慎海雄 主编

当代岭南文化名家

DANGDAI LINGNAN WENHUA MINGJIA

丁荫楠

丁荫楠 丁震 编著

SPM

南方出版传媒

广东人民出版社

·广州·

图书在版编目（CIP）数据

当代岭南文化名家·丁荫楠 / 丁荫楠，丁震编著. —广州：广东人民出版社，2018.3
　　（当代岭南文化名家）
　　ISBN 978-7-218-13206-8

Ⅰ.①当… Ⅱ.①丁… ②丁… Ⅲ.①文艺—作品综合集—广东省—当代 Ⅳ.①I218.65

中国版本图书馆CIP数据核字（2018）第229895号

DANGDAI LINGNAN WENHUA MINGJIA · DING YINNAN

当代岭南文化名家·丁荫楠

丁荫楠　丁震　编著

出 版 人：肖风华

责任编辑：向路安
责任技编：周　杰　吴彦斌　周星奎
装帧设计：书窗设计　赵焜森 / 钟清 / 张雪烽

出版发行：广东人民出版社
地　　址：广州市大沙头四马路10号（邮政编码：510102）
电　　话：（020）83798714（总编室）
传　　真：（020）83780199
网　　址：http://www.gdpph.com
排　　版：广州市友间文化传播有限公司
印　　刷：广州市人杰彩印厂
开　　本：787毫米×1092毫米　1/16
印　　张：21　字　数：300千
版　　次：2018年3月第1版　2018年3月第1次印刷
定　　价：92.00元

如发现印装质量问题，影响阅读，请与出版社（020-83795749）联系调换。
售书热线：（020）83795240

前　言

　　五岭之南的广东，人杰地灵，物丰民慧。自秦汉始，便是沟通中外的重要门户，海上丝绸之路即发祥于此。近代以来，中国遭遇外来侵略，一批有识之士求索救国图强，广东成为民主革命的策源地。进入20世纪70年代，广东敢为天下先，以杀出一条血路的气魄，成为改革开放的前沿地。钟灵毓秀，得天独厚，哺育出灿若星辰的杰出人物，也孕育出独树一帜的岭南文化。谦逊、务实、勤勉的广东人，用他们的智慧和力量，悄然推动着中国历史的进程，也赋予了岭南文化不拘一格、不定一尊、不守一隅的丰富内涵和特质，成为中华文化的瑰宝。

　　改革开放大潮涌起珠江，广东的经济社会发展取得了巨大成就，涌现出一大批德艺双馨的文化名家，在文学、音乐、美术、建筑等众多领域取得开拓性成就，岭南文化绽放出鲜明的时代亮色。今天，我们又面临一个新的、更大的历史机遇——实现中华民族伟大复兴的中国梦。习近平总书记在文艺工作座谈会上指出，实现中华民族伟大复兴需要中华文化繁荣兴盛。广东如何响应要求，创作无愧于时代的优秀作品？省委常委、宣传部部长慎海雄同志就此提出，要按照中央和省委省政府部署，大力推动文化创新，打造岭南文化高地，打造一批弘扬中国精神，具有中国风骨、岭南风格、世界风尚的精品力作，形成一支规模宏大、门类齐全、结构合理的"文化粤军"，并主持策划了《当代岭南文化名家》大型丛书。

　　记录当代，以启后人。本丛书以人物（文化名家）为线索，旨在为当代岭南文化名家提供一个集体亮相的舞台，展现名家风采，引导读者品鉴文艺名作，深切体悟当代岭南文化的独特魅力，提升广东民众的文化自信和地域认同，弘扬新时期的广东精神，为广东全面建成小康社会、书写中国梦的广东篇章提供源源不断的文化驱动力。

为此，我们从文学、绘画、雕塑、音乐、舞蹈、戏曲、影视、新闻出版、工艺美术、非遗传承等领域，遴选出一批贡献卓著、影响广泛的广东文化名家。他们之中，既有土生土长的"邑人"，也有长期在广东生活、工作的"寓贤"。我们为每位名家出版一种图书，内容包括名家传略、众说名家（或对话名家）和名家作品三大篇章，读者可由此了解文化名家的生平事功、思想轨迹、创作理念、审美取向和艺术造诣等。同时，我们将结合多媒体技术，在视频制作、名家专题片、影音资料库和新媒体推广等方面大胆创新，多形式、多渠道地向读者提供新鲜的阅读体验。

我们深信，当代岭南文化名家丰富的文化实践，一定会编织出一幅底蕴深厚、内容丰富、精彩纷呈的文化长卷，它必将成为一份具有重要历史和现实意义的文化积累，价值非凡，传之久远。

《当代岭南文化名家》丛书编委会

2016年6月

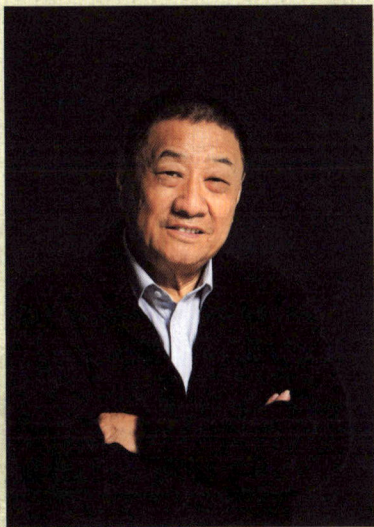

◎ 丁荫楠

丁荫楠，1938年10月生于天津，国家一级导演。首届国家特殊津贴获得者。

1961年考入北京电影学院导演系，毕业后任广东省话剧团导演，后调入珠江电影制片公司任导演。曾任中国文联副主席，中国电影家协会副主席。

1979年《春雨潇潇》获文化部青年优秀创作奖。

1986年《孙中山》获第10届大众电影百花奖最佳故事片奖，广播电影电视部1986—1987年优秀故事片奖，第7届中国电影金鸡奖最佳影片、最佳导演、最佳男主角等9个奖项。

1988年被授予"广东省职工先进生产（工作）者"称号。

1992年《周恩来》（上、下）获广电部最佳故事片奖、百花奖最佳故事片奖及最佳男主角奖，金鸡奖故事片特别奖及最佳男主角奖、最佳化妆奖等奖项。

2000年《相伴永远》获华表奖最佳影片提名，金鸡奖最佳女主角奖、美术奖，中宣部第8届"五个一工程"奖。

2002年《邓小平》先后获第九届华表奖优秀故事片二等奖、最佳男演员奖，第23届中国电影金鸡奖故事片特别奖，第26届大众电影百花奖最佳故事片奖、最佳男演员奖，第9届"五个一工程"奖。

在2005年国家隆重纪念中国电影百年系列活动中，丁荫楠被国家人事部、广播电影电视总局授予"国家有突出贡献电影艺术家"荣誉称号（全国50名）。

2011年，京剧电影《响九霄》获金鸡奖最佳戏曲片奖，中宣部第12届"五个一工程"奖。

◎ 2017年12月，圈内好友为丁荫楠80岁祝寿。左起：卢奇、万山红、丁荫楠、李光曦、王紫薇、孙宇（张啸北摄）

◎ 朋友李康赠送80岁寿礼

◎ 全家福

◎ 同圈内好友合影。前左起：刘永林、丁荫楠、王希钟、李光曦。后左起：王馥荔、郭凯敏、吴玉华（张啸北摄）

◎ 2014年11月28日，在电影《启功》拍摄现场与工作人员交谈

◎ 2017年3月，考察张家湾古城。左起：丁荫楠、陈瑞昆、张弘（张啸北摄）

◎　2016年11月，在正定县宣传部部长成玉红的陪同下，在大佛寺考察

◎　2018年7月，筹备献礼建国70周年的音乐传记电影《祖国之歌》剧本研讨会在北京举行，会上主创人员合影。前排左起：江平、陈山、丁荫楠、仲呈祥、张宏；后排左起：谢大卫、许柏林、董卫、孙崇磊、陆亮、饶曙光、吴卫华、薛景元、丁震、李强

目　录

第一篇
丁荫楠自述

前言

　　2017年8月，我因胆结石住院手术，治疗期间不许进食，只能在病房里打点滴消炎针，为了消磨时间，便回溯起过去的苦辣酸甜。这些"流水账"也许没有现实的价值，但对于一个有80年人生经历的人，总会悟到一些青年人无法体味的人生真谛。就像我的家训："谁家没有本难念的经""夜晚千条路，早起卖豆腐""谁知哪片云彩有雨""学门手艺，吃碗干净饭"。我一生始终遵循这些信条，十分有益。无论电影如何发展，传记类影片仍具有艺术感染力，并将永远以独特的魅力立于电影之林。

　　虽然我不知道，处于中国电影市场五彩纷呈的当下，自己开创的传记影片风格是否还能继续延续，但只要我一息尚存，我仍会继续坚定地走下去。今天，我记述这些文字，也是要纪念与我合作的那些伙伴们，他们为帮助我付出了不少，同时表达我对他们的敬意及我内心的感悟，而这些故事也一定会是独一无二的。

第一章　童年

1938年10月16日，我生于天津王庄子一户有铁门的大宅门，听我四姑妈说，我刚生下来时脸只有烧饼大。

同年天津发大水，全家爬上房躲避，刚出生的我皱着眉，看着洪水，似乎能感受到天灾时的悲凉。我父亲没上房，在屋里架了三张八仙桌睡在上面抽鸦片烟，我母亲就是根据那一闪一闪的烟灯亮光来判断父亲的安危，她很担心他会自杀。那是因为他刚从显赫的军阀高位电报局局长中将的位置上下野，还受到了我祖父的批评、奚落。接着，他的爱妾及儿子被祖父赶走。这一系列的不快，只有我母亲知道，因为她曾看到父亲站在窗前流泪。她担心父亲想不开，不时地盯着屋顶处那一闪一闪的鸦片烟灯。

父亲最终是糖尿病转尿毒症去世的，临终前始终不讲话，是母亲让他留下遗言，他终于说："让孩子们念书。"后来母亲始终坚持一定让我考大学。我对父亲没有直接印象，只记得一年夏天我去父亲养病的屋子，一掀门帘子，听到一个威严的声音"谁呀"，我便吓回来了。后来听四姑妈说父亲是吴佩孚领导下的八大处长，当年在武汉做电报局局长。（也许是她借助自己的想象编的故事，因为我从未从母亲的回忆中听到过类似的事情。）一次吴大帅非常赏识他，想再升他为电话局局长，当时这是很有地位和挣钱的差事了。这天夜里，吴大帅请父亲到大帅府密谈，父亲来了，副官便领他到书房等候。时间一分分过去，已超过了约定的时间，父亲问副官怎么大帅还没有来，副官说大帅正在和姨太太们吃饭，请稍候。此时花厅方向传来嬉笑声。父亲马上怒火中烧，因他不知是为升官的事，以为是平常公事，便让副官转告，"丁润芝来了，有事明天说吧！"拂袖而去。不久大帅席散，问丁处长来了吗？副官添油加醋一说，大帅大为不快，不想自己不准时赴约，反怪父亲傲慢，便取消提升迁父亲为电话局局长的决定。父亲知道后，一气背上长了一颗毒痈，差点危及生命，多亏母亲细心安排治疗照顾，才躲过一劫。此后母亲一直将此事作为一个处事的教训，不停地教导我们：不能逞一时之英雄而误大事。由此有一句名言母亲总挂在嘴上："谁知哪片云彩有雨啊！"就是说，求雨的人，云彩过来，都要有耐心，始终要保持恭谦的心态，不知哪片云会下雨给你，要下雨才能救活庄稼，打了粮食才能活命。逞一时英雄，错过时机便会带来不能补救的损失。从此这便成了家训。

母亲毕业于天津女子师范学校，是邓颖超的同学。她出生于天津最大绸缎庄老板的家庭，又是长女，负责家中一切事务总管。嫁给父亲时已28岁，因是洋学生，深得祖父赏识，进入了丁家，又是丁家总管，可见母亲的人品与能力。父亲在湖北武汉任上，母亲曾去武汉居住，但由于父亲每每参加官场应酬都要带女眷出席，母亲见都是花枝招展的姨太太，而自己是唯一新式的女洋学堂的出身做派，非常不习惯，看不起那些官僚的作风，便不愿参加。于是带着我大哥回天津老家，由着父亲娶姨奶奶、应酬。

国民革命军北伐，吴佩孚战败，父亲与同僚和吴佩孚一起返回天津做寓公。当时日本、军阀曾拉拢吴系军阀合作，吴不从，被害。从此，父亲便深居简出。只留一名贴身护兵，再不与外界联络。而母亲相继生了我的梧哥、奎姐和我，奎姐因病去世。父亲逝世后，祖父、母亲与梧哥和我四人相依为命。一场大火烧光了祖父的产业——福兴斋赁货铺的货厂，本来还算殷实、还算富足的家庭一落千丈。

随着儿子和妻子的去世，本来自信心满满的祖父一下子失落无常。记得丁家大院每到冬天，从屋顶给院外的穷人舍馒头，夏天舍药，我都仍有记忆。祖母的葬礼，何其辉煌。记得和尚、道士七七四十九张八仙桌念经超度，我曾纳闷法师是怎么爬上七层高桌的呢？院中彩棚不见天日，悼念的人络绎不绝。我曾为我的孝服不整齐而烦恼，我大嫂总是过来为我整理，或把她整齐的麻披与我交换，让我高兴。我有印象，大哥结婚，又是祖父长孙，何其隆重。夏天买一车西瓜，堆在北屋下。祖父抽鸦片，一股香味飘出北屋，祖母在炕上坐着，我们用小土豆与祖母"做生意"，换她身后布袋中的银元。

风水先生说丁家是过老太太的日子，老太太走了，家庭必然中落，大火灾难也终来临。祖父的寿材（棺材）在火中烧了一天，后来刨去一层还剩五寸板，可见这个棺材的质量，也可见这个家的财富。分家过了，祖父再没有能养活几十口之家的财力，只能带着他的女儿（我的姑母）、儿媳（我的母亲）和我与梧哥投奔祖父的妹妹，也就是我的姑奶奶，来到天津闸口街张家大院的一间14平米的帐房小屋住着。由于儿媳无法与公公同屋，母亲便带着我

◎　丁荫楠6岁照

与梧哥投奔到她的弟妹家（也就是我姨舅家），从此开始了寄人篱下的生活。在姨舅家的生活就成了我童年的记忆，一直到1949年解放前夕，祖父因膀胱癌去世，我们才搬回天津闸口街张家大院14平米的小屋，相依为命。哥哥找到小学教师的工作，我也开始了小学的学习。

父亲留下的遗产相继当光，只留下照片和各种将军印章，构成对往日的回忆。倒是姑母不停地为我叙述着丁宅的过往：祖父丁又新随他的父亲住在南京秦淮河边，是做纸宫灯的手艺人，进天津后创业，祖父哥俩经过一番努力，建立了一间赁货铺——福兴斋。所谓赁货铺，便是现在人们所说的租赁公司，专职为市民婚丧嫁娶的各种仪式服务，穷人是无法享受的，主要为大宅门服务。福兴斋有自己的货厂及木漆、绣缝匠人制作各种仪仗道具，同时组织社会上的游民参加典礼的表演，就像现在横店拍摄电影电视基地，举行各种仪式也就像拍戏一样。所谓出殡娶亲的仪式，就像《红楼梦》里描写的给宁国府儿媳出殡一样，是要由像祖父开的这种赁货铺完成，包括搭彩棚、打棺木等一条龙服务。

我小时记得许多叔辈等一些工匠形象，说话和行为都十分粗犷。但我父亲不愿继承父业，而要到日本留学学习电报，而后参军，最后做

到了吴佩孚的电报局局长。而又听母亲说外祖父本不同意和丁家结亲，看不起祖父的职业是伺候人的职业，而主要是看中父亲是军阀。当时外祖父这样夸女婿："一掀屁股就是道台。"外祖父的三位女婿都很了不得，大姐许配将军，二姐许配天津聚丰当当主的五儿子，是珠宝商，三姐嫁给了一位国民党中央委员，可谓一个比一个有地位有钱，可见外祖父的择婿标准。

但这些所谓的荣华富贵，随着时代变迁而灰飞烟灭。当然这一切都不是外祖父所能预料的。然而，在我心中的烙印是不能磨灭的，自我激励再造往日辉煌的内心动力不论何时似乎都不曾消失。灵魂深处的形象不会泯灭，这要从母亲身上寻找根源。生活再难，母亲的穿着从来都一丝不苟，夏天一身白，冬天一身黑。她是缠足，一直坚持自缝布袜，几十年裹好的三寸金莲不变形，而衣服是用父亲生前大量上等呢料子、绸料子改制的，始终是一身贵气。吃饭也是吃节令饭，一到什么季节必做应时饭菜给我们吃。而我的穿着全部应时而高质量，弄得不好意思穿。因为我是领助学金的学生，跃华中学的老师便质疑，你穿得这样好，怎么还申请助学金？我只得解释是拿父母旧衣服改的。母亲手巧，用缝纫机绣花、缝制衣裤，每到春节便要为过年用手工挣钱，往往累病。但一应礼遇亲戚走动，面面俱到，没有失礼处。从小教我写柳体毛笔字，带着一种贵族气质。虽然穷苦，但仍保持着乐观的个性，不卑不亢，亲戚无不敬之。

母亲不让我参加阔亲戚的庆典活动，教育我们要自己创业、有志气。一次我参加八叔女儿的婚礼，现场为大家搬汽水箱，由八姐一瓶瓶打开传给别人，剩下最后一瓶我仍递上去，八姐开后又递给别人。我两手空空，无奈地望着，站在一旁的姑母看着不公便大喊："给星子一瓶啊！"八姐才恍悟，我感到一阵尴尬和难过。当晚回家，由于宴会上被冷落而没吃好饭，在炉子上烤馒头垫饥，母亲教导我以后不要去这种场合："要儿自养，要财自挣，要有骨气！"

母亲是影响我最深的人，也是改变我人生命运的人。母亲曾找会算命的瞎六伯为我算算未来的命运，瞎六伯说我命好得很，能挣100万，还说我是驿马星，到处奔跑一刻也不停。我母亲在姨家寄住并不开心，寄望着我和哥哥将来能够出人头地，光耀门楣。

　　我的少年时期，由于有母亲的呵护，没有受委屈，虽然寄人篱下的处境让我压抑，却反而给我争气的动力。但我天性顽劣，就是没有好好读书。上小学时遇到不负责任的老师，只顾利用补课向母亲要钱，而考上耀华中学后也是因参加各种课外活动，荒废了学业。记得从小学到初中，每当我早晨离开家去学校时，母亲总是追出喊一句话："好好念书。"我答应着，似乎心中却总是幻想着别的事，我从未专心听课，考试成绩可想而知。总有许多课业以外的事吸引着我，

◎　丁荫楠耀华中学照

像参加红领巾话剧团演出节目，为演出自创剧本《铁道游击队》、《中队的荣誉》（苏联），踢足球……上课不用心，渴望上台演出，至今我还记得站在舞台上紧张得张不开嘴说话的情境。幻想着长大后做一个企业家、银行家，或者当个京剧演员。放了学便经常与同学合伙凑钱去电影院或剧场看戏。有时候走到半道便停下来看小摊上的吹糖人；看卖大雁肉老板挥刀斩雁，他的右手只有一个手指头，却非常灵活；看增兴德回民饺子馆的伙计用一木板把羊肉馅拨到饺子皮里，双手一合，便掷到滚开的大锅里；看烤白薯是挂在铁钩子上，顺到烤炉中的。天津南市是"三不管"，洋的、土的应有尽有，让我流连忘返，到家天都黑了。我记不得在家有温习过功课的时候，好像老师也没有留什么作业，总之是混日子。成绩不好，又不听母亲话，有一次还赌气撕自己的衬衣，哥哥用通炉子的铁条好好教训了我。不过第二天，他便来向我道歉，还请我去吃锅贴，我生气不去，他把两角钱放在我的手里，竟自与大哥（我隔母的大哥）一块出去吃饭了。总之那时候的我似乎就是玩，很有趣地混日子，每天倒是充实而不感无聊，总在幻想中。

　　母亲终不是父亲，没有严格管教我，我倒是有自尊，知道自己对不起母亲。考不上好高中，16岁便去天津钢铁厂当钢铁工人，白云石车间破碎白云石，一天下来满身粉尘，鼻子里都是白灰，母亲看到我这样不

禁落泪了，说，这孩子如果这样下去就毁了。便让表姐托关系，为我进北京找工作。

母亲这是学孟母择邻啊，她让我进北京，就是要我离开天津南市工人居住的环境，让我进入医学院，那个充满知识气息的环境，提高自己的内心追求。而不是混迹在社会底层，浑浑噩噩地度过一生。现在想起来，进京让我打开了视野，并解放了我心底要改变命运的动力。

记得决定去北京后，我自己去派出所办了转户的手续。第二天早晨，母亲坐在舅舅家堂屋的一张条凳上，一句话没说，只是闷头抽烟。倒是舅舅，当我把擦鼻涕的纸掷在地上时，舅舅说这可不行，出去混事，随地掷废纸，别人会说你没规矩。我马上捡起来，掷在簸箕里。我走出家门时，母亲没有说话，也没有过眼神交流。

因为北京很近，并没有电影中很常见的告别场面，只记得天蒙蒙亮，下着小雨。坐有轨电车来到天津东站上火车，至今我还记得凌晨路灯没灭，天津劝业场的夜景，马路湿漉漉的，泛着光，偶尔有一两个人在雨中小跑。这是我第一次告别家乡出门，不知如何表示，倒是舅舅在火车开动的那一刻向我挥手，我才感到告别了，从此踏上独自掌握的人生之路！

▎第二章　在北医的日子

那年我17岁，第一次来到北京。坐火车两个半小时才来到前门火车站下车。天已大亮，蓝天白云，看到高耸入云的箭楼，十分新奇。那一天1956年9月22日，三轮车把我拉到和平里二舅家住下。

第二天到北医报到，被分配到已住有三个俄文翻译的一间四人宿舍，开始了北医生化学系教学辅助人员的生活，实际就是为学生上课做器材上的准备，还要刷瓶子，养实验用的兔子、老鼠等等，学会配药，总之是一种最初级的教学服务。我终于明白，人和人之间是分等级的。

我被分配到北京医学院做技术员，可以说是最底层，比扫地的卫生员好不到哪里去，总被别人呼来唤去。周而复始地做着单调的活儿，又苦又累：刷瓶子；洗仪器；运送医疗垃圾；为教授送信；取洗好的白大褂；每天早晨一上班便要把装满蒸馏水的5000 cc大瓶，从一楼扛到六楼。记得有一次搬运大瓶的时候，不慎将大瓶打碎在地，被主管的医生呵斥"怎么搞的，这么笨手笨脚的！"那时，我感到一阵屈辱。

1958年"大跃进"失败，让知识分子下乡，我也被下放当农民两年。在北医工作，从1956年到1961年，五年时光是被驱使着，像软木塞在水中随波逐流，没有任何主动权。我还强烈地感受到，没有专业知识技能就只能永远被人驱使。有学问有专长的人是高高在上的，有社会地位，所以我一定要出人头地，做一个有技能、能自主的人，决不能在化验室了此一生。

现在想起来，我儿时寄人篱下、受人驱赶，母亲鼓励我一定要考大学。在北医五年，包括下乡两年，始终处在如何摆脱眼前困境的挣扎中。倒是遇到不少好心人，给我许多鼓励，如一位姓熊的教授让我搬出四人宿舍与他同住，他因为养病，一人一间房，给我布置了书桌，让我有学习的环境。

杜国光、顾霞美两位右派研究生把在北京饭店举行的元宵佳节联欢会的票给我，让我长见识并有机会见到周恩来总理。当时我是第一次参加这样盛大的活动，立即被震撼了，我见到了周恩来总理，还有幸握过他的手，看到了很多社会精英。我终于意识到我一定要凭着自己的努力改变自己的处境。只有奋争，才能拥有成功的人生。因为我没有任何背景关系，我只是一个来自天津的穷小子，我只有靠自己。

在刚进北医生活时，那些国外归来的教授对我冷漠，但老红军胡姐非常照顾我，给了我挣脱困境的动力。值得一提的是，我在北医期间仍不忘我的"爱好"，我还参加了西城区业余文娱活动，后来又参加北京市工人业余话剧团，和人艺、青艺专业顶级艺术家来往，像吴雪、白凌、刁光覃、于是之，舒绣文、朱琳、童弟、童超经常到话剧团教导我们表演的方法。因受到艺术的陶冶与人格魅力的感染，以至于后来我走上专业的艺术之路。

在北医的日子，是我接触社会、感知社会、认识自我的过程，而接触的人，都给我一种正面的鼓励。像最后与我同宿舍的，后来成为乳癌专家的胡永升大夫，成为我奋斗的表率，让我增强奋斗的信心，我十分感恩北医时期的这些不同年龄的朋友给我的激励。

在北医挣的工资省吃俭用，积攒的第一个100元钱，我寄给了母亲。听哥哥说母亲一直把这100元钱压在床垫下，不舍得用，一直到她去世时才用。每年春节我必回天津与家人团聚，此时梧哥也结婚生子，工作上也有了成绩，做了教导主任。我们终于从14平米的小屋搬到了教师宿舍，劳累一生的母亲终于有了安稳的家。虽然我每每回天津必须和母亲挤在一张床上，但无奈中也是一种欢乐。即使早晨要去公厕，一家也是其乐融融的。当然，母亲也从来没有忘记鼓励我考大学，我也从来没有忘记自我奋斗的目标。

在北医的日子里，无论是日常工作还是业余活动，似乎都与游玩沾不上边，北京的许多古迹、许多公园我从未光顾。倒是舅舅常提醒我外出逛逛。我一到星期日便到舅舅家吃个饭，便又回学校住了。

50年代北京还是风和日丽，生活过得丰富充实而又轻松愉快。可我始终思索着自己的前途与命运。由于接触了业余话剧活动，尤其是受到了崇高而神秘的舞台艺术的感染，让我对艺术的激情燃烧起来。到刁光覃家青艺大庙排练场，看人艺、青艺实验话剧院的演员们排练，这都让我十分着迷而不能自拔，使我立志将来要成为一名专业话剧演员。

当我在实验室里大声朗诵戏剧里的大段台词时，这些医学家们以为我疯了。我沉浸在模仿名演员表演的话剧片段，在学院晚会活动中也大显身手：《风暴》戏中施洋的演讲，《胆剑篇》里越王勾践的独白，蔡文姬的《胡笳十八拍诗》，曹操的吟诵，包括唱京剧，总之非常活跃的业余艺术实践陶冶了我开朗的性格。一改在天津的压抑与不自信、害羞等，变成乐观向上的精神面貌。

北医期间虽然下乡大炼钢铁、深翻地，和右派们一起劳动，但没有任何颓势。像右派中的细菌系主任苏醒教授，过年时刻窗花、布置房子，给人留下乐观豁达的印象。他们是中国医学界的顶级知识分子，从他们身上看到优秀的人格魅力。后来我调回府右街口的北医化验室工作，又遇到胡永升，当时我下乡劳动把腰闪了，腰椎间盘突出，是胡大夫给我进行椎穿刺治疗。至今，半个世纪过去了，碘油仍留在我体内，每每体检，还引起医生的质疑，不知道腰椎中斑斑点点的影子是何物。

胡永升，大连人，他的妻子是天津市人。由于他很好客，和他住到一起，对我影响很大，至今难忘。我们相交，真是君子之交淡如水，至今相见还是非常高兴。他总是亲自下厨，做大连海鲜招待我。总之，北医五年的工作、生活，可以说是解放了我潜在的力量，激发了我艺术的潜质。

我现在仍清晰地记得他们：鲁纯素、熊教授、简教授、张希贤教授、刘思职教授、丁教授（宁可湿衣不可乱步，在雨中仍稳步前行），右派学生杜国光、顾霞美、徐格晟。一些年青教授最支持我考电影学院，因为他们看我在实验室里朗诵马雅可夫斯基"向左！向右！"的诗句时，感到格外新奇。

院领导看我那么喜欢文艺，特批准我以调干的身份考大学，也就是说我可以拿着20多块钱的工资上大学。

1956年到1961年，我内心追求向上的动力被开启了。回想起儿时的遭遇，没有好好读书，而我有一位懂得"孟母择邻"的好母亲，对我进京学习成长，起到了决定性的作用。我已近80岁，仍怀念我的母亲，那年我离她出走北京，她已经60岁了。中国有句老话叫"母年迈，儿不远行"，但因为她思想开放、明大义，而不局限于眼前亲情小义，为儿子的前途而舍弃亲情，让人看到她的高风亮节。为大义，也是完成父亲交给她的嘱托。而梧哥挺身扛起支撑全家命运的重担，支持我离家也是出于大义，让我感动至今。这改变了我儿时的盲动，让我真正树立起个人奋斗的信念和决心。

第三章　考进电影学院

自从参加工人业余话剧团，我便迷上了表演，立志要做一名话剧演员，摆脱北医化验室枯燥而无创意的常规工作。我没有考大学的资格，只能去考专业剧团的学员班。许多业余同仁都一致鼓励我报考总政话剧团，当时是李吟谱团长、李维新导演主考，由于我在业余话剧团有过锻炼，顺利通过了考试。

就在同时，电影学院和中央戏剧学院也开始招生。总政的李维新导演说我做演员的条件不足：说话语速过快，嘴皮子不太清楚，个子不高，没有当时的英雄范儿，不是当主演的料。建议我考一考电影学院或戏剧学院导演系，也许做导演更能发挥我的潜质，比做演员更有前途。

我当时将信将疑，但受到启发，决心一试，而且刚认识了也想考导演系的彭宁同学，便一同结伴去考了。我由于上过夜校，有了一个高中同等学力，就毅然报名。接待我的王澍老师（电影《小兵张嘎》中的日本翻译官扮演者）看到我的学历，迟疑了一下。本来是没有资格的，但他却认为"咱搞艺术的，数理化不重要，报吧！"

记得考试在戏剧学院教学楼，有田峰、周玮、张客三位考官，我记得是田锋老师出的题，让我根据他随手掐灭的一个烟头讲故事，我信口开河编起来："我父亲最介意我学抽烟，我躲着他，一天他……"现在知道，这是要考察学生的语言表达能力和分析归纳能力。

田老让我做戏剧小品，我不记得当时的情景，反正我特别自信，因为我考过总政，不像从来未经过艺术考场的人那么紧张，所以发挥不错。后来让我听了一段音乐，描述自己的感受，我又胡说一气；让我分析一幅描述苏联俄国十二月党人流放犯归来的名画，我又即兴侃一顿，反正我凭着感觉，说得非常自信。后来参加笔试分析影片《红色娘子军》，又即兴发挥。但轮到考文化课时，一瞧连数理化都要考，我就傻眼了，当时我根本没有复习过功课，可想而知我考得是一塌糊涂，几乎门门零分。从考场出来，我就想，算了，考不上就考不上吧。

到了看榜时，我挤上去看到自己进了初试录取名单，真是喜出望外，对复试便信心更足了。至今想起，真是要感恩当时录取我的周玮老师，是他改变了我的命运。也许是我的真诚与热情赢得了老师的青睐，让老师看到了我做导演的潜质吧。这到我真正拍出电影《孙中山》，已经是20年以后的事了。

总之，我考上了电影学院，至今还记得在卫生学系实验室接到寄来的录取通知书，是实验室工人老张拿给我的。这是第一次感觉到自我的存在。真是喜出望外，把录取通知书拿给教研室的人看，迫不及待地马上办理离职手续。到北医人事科办离职手续时的得意劲儿，真可谓自得其乐，但也非常不安，真的要去上大学了，是真的吗？急着办离职手续，也因怕北医变卦不同意我走。所以快办，一刻也不想留，但当我真的不属于北医职工时，顿时感到无家可归了。因为离到北京电影学院报到还有一个月，一离职便没有工资、没有饭吃了，还是好友戴佩伟伸出援手，借给我七元钱，又为庆祝我考上大学，陪我第一次游长城，在詹天佑铜像旁拍照。这次命运的改变让我开始了新的航程。

开学刚进学校，印象深刻的是校长张岷接见导演系六一班的全体同学。校长当时说了许多鼓励的话，大都不记得了，唯独记得他说的一句非常令人不安的话："你们有14位同学，只要能培养出两个合格的导演，我们的教学就是成功的。"当时我就想，难道做一个导演有这么难吗？原来，电影学院有三年的别勘制度，每年都要淘汰不合格的学生，两年中劝退的有三位同学，只留下11位，毕业前又有两位不合格。我本身文化课弱，更是岌岌可危，每一天都不敢有半点松懈，便全身心投入学习，不敢怠慢。当时严格的时间安排及学校的学习气氛，让师生都感觉电影艺术具有一种崇高的美。我一扫之前人下人的颓势，心里扬眉吐气，从未有过这般舒畅。从当时的照片看，22岁的我充满朝气，一脸阳光，充满理想。虽然全班50%是高知、高干子弟，而我丝毫没有自卑感。

剧作课、蒙太奇课等专业课，尤其是表演课，年年成绩名列前茅。每年春节回天津探亲也是欢快无比，给了母亲极大安慰，没有辜负她老人家期望。

暑假我通常不回家，留校学习。张客老师带着我看焦菊隐先生排练话剧《茶馆》，去看京戏《姚期》，到后台去见裘盛戎先生。下乡"四清"，与在1958年下放农村当农民，感受全然不一样，上次是受害、被迫不愿，而此次是工作队贯彻中央政策，是国家派出的"钦差"，体验生活的艺术家。与农民交朋友，虽然吃苦、长虱子、夜间抓逃犯，但非常浪漫，充满自信。第一次看房东大娘用瓦盆做凉皮吃；每到一家吃派饭都吃油糕炒鸡蛋，这是过年的菜。而听到形形色色的村干部的劣迹，又可气又好笑。看到工作总队的红军老干部在大会上发言，至今也不能忘记的憨态，这就是建立中华人民共和国的将军。参观云冈石窟、上下华严寺，第一次看到笑得露齿的唐塑佛。周玮老师是我们的组长，我看她一把把吃维生素丸。

一年"四清"后，大有革命归来之感，回学校上了半年大课，便准备毕业作品。先是几个人拍了一段短片，六个导演各有各的见解，剪接起来，趣味无穷。我的毕业作品是北京公交车题材《姐弟俩》，彭宁的是《红柳歌》。彭宁去新疆石河子体验生活，艺术创作热火朝天。我到公交车上体验生活：冬天用热水浇开发动机，学卖票上下车。从来未有过这般热情。学校生活让人放松，每月25元的助学金交15元饭费，还余十多元自用零花。有空时几位好朋友，每人拿一块钱聚餐，下个馆子，真是其乐无穷。

1964年国家成功爆炸原子弹，我同彭宁、张泽宇、徐鑫，还有一位美术系同学徒步走向天安门庆祝。彭宁还穿着拖鞋，可见得少年激情。此时正赶上中苏分裂，电台广播九评苏共修正主义，听得也是满怀豪情，有一句至今难忘，评论说："谁最恨斯大林？是希特勒。"现在想起当时如火的激情，也是一种情怀。年轻时的单纯就和当今青年犯浑一样，也是社会发展造成的一个时代、一种表现，人的成长与特征脱离不了社会的大范围。

学校每年都有年终晚会，八大艺术院校联欢，互赠礼物，许多同学跨校谈恋爱。八大院校是中戏、电影学院、舞蹈学院、中央音乐学院、中国音体学院、戏曲学校、工艺美院、美术学院。艺术学校学生都有艺术范儿，留长发、穿灯笼裤、穿练功鞋，但女同学没有化妆的，认为那是资产阶级作派。那时流传一句话："台下邋里邋遢，台上精神焕发。"这也是一种范儿。

那时兴抓反动学生，五九班郭宝昌（就是后来《大宅门》的编导）被批判抓进监狱。学校留有一个每天扫院子的右派学生许还山。当时政治气氛更浓，而我一心向学，对周围任何事都不关心，只关心作业，班上虽然也有三一群两一伙，但没有什么实质的势力范围。我想那些高干子弟、高知子弟也许看不起我，但我全然不知，何况我学习好，谁也无法超过我。

我在班上最大，大家叫我老丁，我也从未摆谱，一视同仁。再加上我爱模仿人艺的演员演戏，尤其是《胆剑篇》里的刁光覃，《风暴》中施洋在江岸车站的演讲，蓝天野的独白，童超饰演的左贤王、庞太监，我都学得惟妙惟肖。还会练杂技，鼻头顶报纸卷的三角纸筒，唱京剧《红灯记》李玉和唱段《临行喝妈一碗酒》，左右动眼珠，因此拉近了同学关系，受到大伙欢迎。每逢春节组织联欢，来两个小节目，让大家高兴。班上郑洞天最小，大家叫他小郑，与我上下铺睡了八年，也是一种缘分。学校一过年便聚餐，都拿脸盆到食堂打馅，拿回班里包饺子，这都是女同学的事，我从不掺和。

"文革"前，我们在学校稳定而幸福地生活着，同学之间的关系没有暴露出矛盾。而我特别珍惜上学的机会，努力地像海绵一样吸收知识，因此无心管他人的心情。学习好，就会遭记恨。有同学在班会上批评我不关心政治，我只有检讨，但我心里明白，我入学如此不易，如果功课不好被淘汰，岂不是前功尽弃？何况我没有后台，不拼命，如何能站稳脚跟？我只有学习好基本功，才能立足于社会。

三年"文革"后，同学们纷纷下放农村四年，我有幸分配到广东省话剧团，后到珠影。班上同学都各奔东西，各自在工作岗位上奋斗。从1966年毕业到2005年，39年过去了，在2005年中国电影100年庆典大会上评出的全国电影特殊贡献者共50名中，导演系六一班只有郑洞天和我入选获得这一殊荣。

第四章 "文革"开始了

1966年6月6日，"文革"开始，学校乱了，也没有课上了。因为大学毕业生有56元工资，所以经济上、生活上没有困难，整天跟着参加各种运动。记得有一回到大会堂参加批判邓小平、刘少奇，我只记得邓小平说了一句话，"我年纪大了，要坐着讲"。其他一切，都十分茫然。尽管我有不少运动的经历，但从未走心，只是一意自我保护、少说多做。

后来工作组进来，然后又撤了，学校分成两派。我当然和老朋友彭宁在一起，原来班上的分水岭在"文革"中显出来了，平时要好的都成立了各自的组织。我们成立了毛泽东主义红卫兵，对方成立了井冈山派，两派就开始辩论。我从未出头，是因为我们家没有政治后盾，说话也不自信。后来选我做勤务员，就光有个派头，也无所作为。造反头头横冲直撞，揪斗老师，我从未看到过这样的粗鲁行为，真是无法接受。可现实便是这样。我们还在邮电学院斗过胡耀邦，接着冲文化部抓彭、罗、陆、扬，开斗争大会。我虽然参加，但都是站在后面，内心一片茫然。我当时在文化宣传室管大喇叭广播"中央文件"和"最高指示"。

而此时我与李汉文在彭宁表姐的介绍下，正式认识并开始交往。所以"文革"中更关心女朋友。"文革"开始前，汉文曾让党支部去电影学院导演系找我的辅导员苟文伦了解我的情况，文伦为我说了好话，这样汉文才与我交往。

我一个调干生，不敢追求有身份地位的女孩，也不懂怎么谈朋友，有人介绍便顺水推舟。而在青春萌动期，有了女朋友，便是有了安慰。

汉文文静、内向，是钢琴系老师，人品高尚，气质典雅，可母亲看汉文不太满意，觉得她身体太弱，将来怎么生孩子、操持家务呢？而舅舅格外欣赏。

汉文虽是广东人，但全家解放前是在上海定居。后来见到汉文的家人才知道，她从小没有母亲，孤零零一人在中央音乐学院附中读书。我也是一个可怜人，父亲早逝，所以我们有相似的遭遇，有同病相怜之感，遂决定在一起了。随着周围同学相继结婚，我们也在双方同学的帮助下，借中央音乐学院的宿舍结婚了。

这一切都在"文革"乱糟糟的气氛中完成的，我似乎忘记了许多细节。结婚过程中，双方同学都非常热心，那时"文革"已进入尾声，大家都变成逍遥派，过来凑热闹。

我们的婚礼由滕文骥做司仪，郑洞天给我布置新房，把床铺腿锯短，好像席梦思床，还把书箱叠成沙发，把毯子钉在墙上。同学们还送了许多礼品。

结婚不久，就接到工宣队的通知，说要分配我到广州工作。是因为导演系六四班高干子弟潘军田不愿去广州，所以空出一个名额给我。当时工宣队长老王问我："你都30岁了，还跟着他们下乡，不如到广州参加工作。"我当时没有主见，我是天津人，家中还有母亲，汉文又在北京，因为刚生下的孩子早产夭折了，正住在罗明瑶婶子家休养。当时自己内心是矛盾的。到天津与母亲商量，母亲当然不愿意，倒是哥哥说："去广州也好，家里没关系，放心，母亲有我照顾。"由于从小离家在外面闯，我似乎也没有太多留恋，只是想工作、想做导演。而汉文并没去过广州，她虽生在广东，但从未生活过，她却认为家乡好，也不反对反而鼓励。当时如有一方反对，我也就留下了，但他们都支持我，当时我也有逃避现实的心理，便下决心走了。

当时与汉文告别时，在罗明瑶婶子家煮面条，没想到，整把面条下到锅里，成了一锅糊。可见当时我心情的慌乱。汉文躺在床上，和她告别，只说了一声"我走了"，便毅然踏出了门。

冬天的夜，一片漆黑，还下着细雨。我坐公交车路过长安街时，看见天安门，也是一片漆黑。广场上，到处是被风吹起的大字报碎片，心里甚是凄凉，心想从此离开北京了，仍有许多不舍。火车站一片哭声，没有人给我送行。车上有40位被分配到广州的北京艺术院校毕业生，他们都探出窗外与亲人告别，而我就在走道里独自踱着步，等待着车开。从此30年都将在南方工作了。

回忆电影学院八年的日子里，我学会了一门专业，娶到了一位妻子，经历了许多我在天津无法体验的人情世故，锻炼了我处事的能力。虽然当时还显幼稚，但已经到了而立之年，既已成家，就要在立业的道路上奋进了。当时我下定决心要当导演。

1969年，汉文怀上了第一个孩子，因为腰痛，她让我给她捶背，当时不懂，可能是这次按摩造成早产。"七活八不活"，正好八个月，一天夜里，汉文肚子疼，我送她到积水潭医院，连夜便早产了。孩子早产发育不全，生下来不久便夭折了。当时正值"文革"，我正处在被分配时候，心情紊乱，自顾不暇。现在回想，是对这小生命的不负责。汉文怀孕期间没有任何营养，又每天从和平里乘公交车上班抄大字报，整天东跑西颠，我也没帮到什么忙，生活中的事我始终是漠视的。后来汉文怀丁震时，我也仍然在外忙拍戏。

还有一件值得记下来的事，就是和母亲在天安门照相。进北医工作后，一切顺遂，母亲到北京来看我，我住在舅舅家，我带母亲到照相馆留影。同时约她到天安门照相，那天正是大风天，母亲毫不畏惧，答应了我的邀请。等到照相归来，受到了舅舅的斥责，批评我不顾母亲身体。第二天母亲脸肿脚也肿，可见母亲对于儿子的请求是从不拒绝的，伟大的母爱，令我至今愧疚。到自己做了父亲，也从未拒绝儿辈的请求。

◎　丁荫楠与夫人李汉文、儿子丁震

我结婚后母亲住在和平里，看到我结婚，母亲满心欢喜。我只记得我和汉文、母亲同睡一床，甚是欢快。尽管她并不中意这位体弱的儿媳妇，但仍报以笑容。尤其我南下广州后，汉文下放到军粮城，便一直受到母亲与哥哥的关怀，母亲对汉文像对待自己女儿一样。我返回北京探亲，更显得母子深情、兄弟友情。可惜我去广州第三年，母亲便离世了。我是个不孝子，虽然母亲临终前我守床一月，但又算得了什么？面对临终的母亲无能为力，是那样的无助！

12年的北京生活留下许多珍贵照片，反映出不同阶段的心态，从一个毛头小伙，成长为一个有奋斗精神、怀抱着高远目标的青年，一心要当导演，一心要实现这一人生目标。从1955年到1969年发生了许多政治运动，我都参与其中，无形中受到影响，内心慢慢变得强大，只是还有待测试的机会。此时南下广东，走向社会，开始我人生的第二征途。

第五章　在广东的日子里

话剧团的五年实践

广东省话剧团是我报到入职的第一个单位，从北京乘绿皮火车，要走两夜一天，36个小时。好在年轻，加上从广东来接待我们的文艺战线同志十分热情，一路陪同欢声连连，也不觉疲累。记得接待我们的有战士话剧团的领导老钟、战士歌舞团的老王、战士杂技团的老李，他们把我们称作"文艺的接班人"。听说是江青派我们来守南大门的，因为广东文艺界要换血，而我们是新鲜血液，所以对我们相当重视。当时火车站在农林下路，一下车便感到扑面的热气，立马一身汗。晚上我们看了粤剧《智取威虎山》，听着南方粤语唱的样板戏，弄得大家不知所云，如坠十里雾中。有的女同学不适应，还想家，就哭了。那天夜宿广州歌舞团的宿舍，原来是19路军的坟场。宿舍里每张床上都支起蚊帐，真感到心里压抑，我曾半夜被蚊子咬醒，脑海里总有个声音好像在说"你是被发配边境的"。那时候非常想念母亲，像是一辈子回不去了，有种被抛弃的感觉。后来才知道，我被分配到省话剧团工作，我当初要是想搞话剧，早就进总政话剧团了，为何来广东这个连普通话都说不清的南方之地，心里沮丧，无以言表。

第二天到话剧团报到，才知道这个地方剧团的条件简陋，宿舍是个危楼，踏上去楼梯直晃，屋顶铺的是活瓦，天花顶还有两块明瓦（玻璃瓦），能透进一束阳光。晚上睡觉，躺在蚊帐内，闷热的天气，如入蒸笼，汗就直流，身子底下的汗便印成一个人形。走廊里经常闻到一阵骚气冲鼻，后来才知道是一个广东籍的演员在炖狗鞭。见到一个军宣队队长，他是湖南兵，他说他们没学什么专业，他们全是毛泽东思想宣传员。我一下崩溃了，分配到广州完全是一种上当受骗的感觉。来之前的豪言壮志，所谓当电影导演的理想全然破灭，还有当年在人艺看戏的那种神圣感，荡然无存。失望至极，甚至有自杀的念头。

在胡思乱想之际，想起过去读过的一本小说，叫《基督山伯爵》，男主角邓蒂斯被人诬陷打入死牢，一开始也怨天怨地，但后来为了复仇，咬紧牙关，坚持不懈地努力，终于寻求出逃生的办法，并复了仇。而我此时的心境就跟邓蒂斯相同，我只有沉下心来，一心做事，才能争取机会逃出这座精神的地牢。军宣队为庆祝党的九大搞演出，硬派我唱样板戏。我说我五音不全，不适合，但硬要我上，我当时拿定主意，就不演，于是在台上胡唱乱跑调，弄得全场哄堂大笑。那个负责人知道我故意，此后再也不让我演出了。不久，军宣队撤离了剧团。因为我大学本科学的导演专业，所以便进了话剧团创作组，才开始了跟戏剧专业有关的工作。我想我早晚要离开话剧团，但现在我必须努力工作，好好表现。这时老演员们也陆续从英德农场回来，话剧舞台的业务也慢慢展开，当年珠影的演员也归到话剧团，我有了与他们交流的机会。

省、市团合并后，开始排练新戏了，我终于摆脱了心理压力，解放了心智。为排练新戏《银锄战》，我们去粤北体验生活，住在缺水的小村里。第一周在南方农村非常苦，但得到一些创作心得。后来又和姚锡娟合作创作了《进仓之前》《红色火车头》等多部大戏。到韶关机务段上火车烧锅炉，吃火车司机的伙食，没想到很丰盛。当时北京供应的伙食很差，而且还要票证，有时有票还不一定能买到呢。而广东真是丰富，食堂什么菜都有。在机务段体验生活的那段时间，每晚夜宵来两个荷包蛋、一碟牛肉炒河粉，然后去澡堂泡完澡再睡。我的体重一下子猛增，胖得都弯不下腰。

有人说"吃在广州"，确实名不虚传。在那个时候，吃得好，人就像进了天堂，我也不觉得南方不好了，心也安定下来，踏踏实实地搞创作了。忙碌地排练演出，倒也是十分快乐惬意！但我始终怀揣着当电影导演的理想，没有一丝松懈。由于经常排练，和战士话剧团的同志多有联系，经常去到他们那里玩，还认识了天津老乡王振江。他爱人是我们团的演员邓弦，和他们来往，增加了不少生活的乐趣，大家偶尔聚餐，相互谈谈理想。

我来广东第二年返津探亲，买了很多广东特产，大家见我都欢乐异常，也勾起哥哥曾到过广州的往事，说个没完。可没想到第三年，母亲因病去世了，这让我特别悲痛，她还没来得及看到我后来的成就，就撒手人寰。

五年的话剧团，我排了三台戏，认识了许多在广东的北京老乡，尤其我后来与话剧团的王志华团长交情不错，她丈夫孙再昭在珠江电影影厂支左，是上级派去的38军转干部。此时来了一个政策，叫专业归口，即学什么专业干回什么专业。广州有这样一个电影厂，真乃天意。为了争取调到珠影，我托了王志华团长帮我在她丈夫那里说了缘由，孙再昭便同意调我去珠江电影厂。孙再昭非常关心我，还把汉文调到珠影乐团，从此打消了我回北京的念头，全心全意为珠影厂拍电影，这一干就是30年，也圆了我的导演梦。

初调珠影——电影导演之路的发端

1975年7月15日，我终于调进珠影。我到珠影的第一天是住在废弃的办公楼里。我的宿舍在办公楼三楼厂长办公室对面的一间大屋子里，我每天洗澡要到食堂打热水，到对面满是蚊子的冲凉房洗澡，然后提着铁桶再回办公楼三楼，又是一身大汗。当时珠影还没有恢复拍电影故事片，只拍些纪录片，或者去拍国家领导人的活动。

我接到的第一个任务，就是拍摄广东民间工艺，正好借此机会跑遍广东各地。东到潮汕、北到韶关、南到海南、西到罗定。我拍了潮汕的抽纱、广州广彩瓷器、佛山的陶瓷，罗定、揭阳、海门的贝雕，参观了佛山古寺、韶关南华寺、广州光孝寺，真是让人大开眼界。也吃遍了广东，吃了鱼丸、牛肉丸、炒河粉、云吞面、虾子汤、烧鹅、叉烧，各种美味佳肴，大大领略了一番"异域风情"。

片子出来后受到了好评，真正展现了北京电影学院导演系毕业的专业功力。孙再昭在全厂大会上夸奖我的剧本说："这才是专业啊！"弄得我广招嫉恨。凡南粤风格都吸引我，也许正因为我是北方人，没见过，对这些更感兴趣一些。当年广州的马路是用水冲的，竹扫帚刷得干净无比。当时的广州有些排外，称外省人为"捞仔""捞妹"，有些看不起，但我倒觉得颇有异域情调，别有风采。我总想拍一部纯广东特点题材的电影，至今不能如愿。

拍了这部工艺品小片，让我认识了广东，也有了感情；因为汉文是广东台山人，我自称广东女婿，便融入大伙，彼此之间没有隔膜感。这时，汉文调来珠影，全家搬进14平米的筒子楼，住在靠大门的第二间，亏得离厕所水房有一段距离，不然臭味和人声将让人终日不得安宁。当时一间屋子半间床，全是公家家具，每月交几角钱租金。汉文刚调珠影，她在钢琴演奏专业上一直出类拔萃，又是中央音乐学院的高材生，她也很好强，一直想弹奏《黄河》协奏曲。当时我正和她商量再要一个孩子，听她这么一说，我便支持她，等她弹了《黄河》后再要孩子。我们俩此时都已无暇顾及家庭，双方都各忙各的。

我加入了陶金导演的电影《野马河之歌》剧组做场记。这时厂里调来了新厂长于贞——一个马列主义老太太，专管珠影的电影创作。于贞是从延安孩子剧团调来的，曾被周总理接见过，一身革命豪气。"文革"中挨整下放到广东省，后又回北京曲艺团。就是她带我拜访了金山老师（话剧《风暴》《万尼亚舅舅》的男主角），我心中最崇拜的演员。当时"文革"即将结束，金山平返回到青艺，他的卧室全部是用当年最时髦的土蓝布布置的，格调非常高雅，每天买一束百合花祭在孙维世——他最后一位妻子的像前。当时我正和陶金导演一起在小岛宾馆里搞剧本，这些沉寂了十年的老艺术家都跃跃欲试。陶金导演与厂长洪道是老上海、香港电影界同仁，是他的老部下，我做了陶金的徒弟也不亏，得到了不少他的为人处世及拍电影的经验。特别是听他讲一些趣事，比如说江青的脚有六指，还有他和李丽华的恋情，包括他对"文革"及当下电影界的看法，都十分有趣。

于贞厂长刚上任，便要抓创作，介入了陶金的创作，可是于贞的思维很"左"，而且呆板，她只为政治服务的思维模式，无法和上海滩的电影皇帝陶金合拍，两年的时间，两人都白干了一场，拍了样片不合意。

摄影是刘锦堂，是当年珠影名片《大浪淘沙》的摄影，天津人，说话十分幽默，聪明过人。他太太是上影老电影人，与珠影不少老电影人合作过，有当年电影界前辈蔡楚生，还有拍《七十二家房客》出名的王为一，新四军出身的导演黄灿，《逆风千里》的导演方徨。

当时给陶金当徒弟真是个好机会，我也十分珍惜。1976年初，汉文怀孕了，"文革"即将结束，社会安定下来，粮食也有得吃了，此时我已从14平米筒子楼搬到专家小楼，和谭厂长的儿子住同一单元，生活也有了提高，有鱼有肉了。

汉文临产，我仍在广西梧州跟陶金拍《野马河之歌》。于贞不让我回，说："丁荫楠别回来，工作要紧，他老婆生孩子又不是他生，他老婆生孩子，有党委照顾呢。"但当时汉文难产，孩子脐带绕颈，大人、孩子都有生命危险。大夫说"要大人还是要孩子"时，党委代表说："大人孩子都要保住，他爱人在前线战斗呢！"幸亏有个很有经验的妇产科大夫，伸手进子宫，把孩子的头绕开脐带，母子终于平安。等我从梧州赶回来，到医院接汉文，汉文看到我没说什么，我从她的同事劳国英的口中才得知汉文经历了这么凶险的过程。孩子黑漆漆的眸子盯着我看，非常沉静，没有哭。从此我们变成三口之家。

从1975年至1979年，在珠影工作的这四年，由拍摄《潮汕抽纱》一

◎ 丁荫楠在纪录片《云南野生动物考察散记》拍摄中

片开始，到给陶金做场记，真正奠定我在珠影成为青年导演的是一部纪录片——《云南野生动物考察散记》。珠影打算派摄制组去云南拍摄，但云南高黎贡山的高原气候恶劣，山口半年雪封，不能返回，而且要到原始森林里长期蹲点拍摄。当时其他青年导演都怕危险，望而却步，只有我挺身而出，接受了党委的任务。真是初生牛犊不怕虎，我和摄制组在云南待了两年，风餐露宿，历尽艰险。有次掉到独龙河里，幸亏被石头挡住，好不容易才爬上岸。我们随着马帮穿越原始森林，偷拍到野生大象和金丝猴、金钱豹、扭角羚、大蟒蛇等各种野生动物。亚热带的丛林是极为危险的，到处是毒蛇、蚂蟥、蚊虫。我们还到达了海拔4500米的碧罗雪山，访问了雪山垭口哨所，站岗的解放军热情接待，列队让我们拍摄。我当时真是勇往直前，什么都不顾了，有一种革命牺牲精神鼓舞着我。我们还目睹了一场悲剧：一个解放军在巡逻时，不幸被猎人的流弹击中，殉职了。一个生命就这样消失了，当时我恨不得赶快离开，但是为了拍好片子，还是咬牙坚持了下来。后来我胜利回到珠影，把片子剪好后，获得厂里一致好评。片子后来还发行到国外。

接着，陈岗导演筹备拍摄《春歌》，本来让我做副导演，但因为不是党员，便只好还做场记，虽然被亏待了，但我没有任何怨言，仍然热情地完成了自己分内的工作，而且还帮着导演去组织现场，做了很多副导演的工作。最后片子也没上名，主演于秀春、刘晓庆为我鸣不平。我全身心投入工作的表现令厂里的领导有目共睹。我自己也获得了很多收益，积累了不少拍摄经验，心理的承受能力也大大增强，自信心也随之激涨。

电影《春雨潇潇》——处女作的诞生

随着"文革"的结束，厂里的老导演都有创作欲望。《大浪淘沙》

的导演伊琳让我帮他到中山大学找叶挺的资料，一共100万字的材料，两星期便看完，他问我能不能找人写剧本，我想起了苏叔阳。说实话，自从拍《潮汕抽纱》《云南野生动物考察散记》《春歌》等片子，趁到北京送审的机会，我看了不少内部参考电影，尤其是美国电影《孤星泪》《红衣主教》《罗马之战》《巴顿将军》等。当时有几十部内参片在各大艺术院校和政府军队影院放映，我托了关系弄了不少票，大饱眼福。观摩了这些影片后，更让我有一试身手的愿望。此次伊琳交办公事，不就是一次很好的创作机会吗？我和苏叔阳两人见面后，便马不停蹄，花了一个月工夫，创作出电影剧本《江南一叶》，接着兴冲冲地赶回厂交给伊琳导演。伊琳非常重视，将剧本交到厂里管剧本的卢怡浩厂长，结果却石沉大海。伊琳导演去问时，卢厂长却说："这两个年轻人能写出好本子吗？我请上影有经验的编剧来给你写。"我和苏叔阳整整半年的劳动成果瞬间化为乌有。

非常有戏剧性的是，半年后苏叔阳编剧的《丹心谱》在北京红了，消息传来，卢厂长又让我联系苏叔阳。此时南下的苏叔阳已不是一年前的青年编剧，已然成了专家。厂里接待他住招待所，让他给厂里写电影本子，他说："让丁荫楠导，我才写。"

当时全国都在拍摄反思"文革"的电影，如《牧马人》《巴山夜雨》《小街》，我和苏叔阳想拍一个纪念四五运动的故事，叫《春雨潇潇》。这个想法立即获得了厂领导的支持。

按惯例，青年导演第一次执导故事片必须是联合导演。我的合作者是胡炳榴，出人意料的是，公布联合导演的名单时，我的排名在前，一下舆论哗然。炳榴先我在《春歌》就担任副导演了，又是党员，按常规应该是炳榴在先。想起在《春歌》合作中，派给我的虽然是场记的活儿，但我拿它当导演的活儿来干，这是非常难得的锻炼机会，拍片的招儿有的是，何不在此检验自己的能力？所以事无巨细，干得特欢。也许是这种表现引起了领导的注意，领导让我领衔首席是有根据的，况且我是电影学院导演系毕业，专业上没问题。当然也有人替我捏一把汗，厂里计划处的老陶还不咸不淡地说："你拍的每一个镜头能接上就算成功了。"我自己却非常自信，我等了20年，机会终于来了，舍我其谁，不顾一切往前冲。

我推荐魏铎做我的摄影师，拍《春歌》的时候，也是我推荐他做摄影的。所以此次我当导演，他就一直支持我。他鼓励我："甭管别人怎么看，你干你的！"魏铎年岁最长，压得住台，做我的坚强后盾，保证画面质量。加上美术师黎淦，演员张力维、林默予、章杰，再加上厂里的配角演员，还有广东名演员史进，大家都十分卖力。电影《春雨潇潇》，顾名思义，影像上要追求春雨的氛围，叙事抒情化特别突出。尽管故事比较松散，现在看来也有许多镜头处理得过于简单和稚嫩，但是抒情的诗化外衣，掩盖了故事的不足。制片人黄汉升，费心张罗统筹拍摄。我们在杭州拍摄外景，时间是4月，正是春雨时节，广阔的油菜花、玻璃上的水珠，这些画面格外有诗意，让我想到朦胧诗人戴望舒的《雨巷》。外景都是在雨中完成，每天下来大家都是湿漉漉的，真的十分不易。还把摄影机放在卡车上，跟踪拍摄追逐的戏份。当时没有斯坦尼康，全是土法子。大家虽然都很疲惫，但看了样片的质量，都觉得值得。我每日睡觉前都习惯整理镜头思路，因此几十年来从未有过漏拍或少拍。现在看来这种方法比较笨拙，但却行之有效。

《春雨潇潇》完成后，正赶上建国30周年，成了广东的献礼片。也为我争取到第一个国家奖项——全国青年创作奖（50名）。和陈冲主演的《海外赤子》一同为珠影争得了荣誉，从此加入青年导演行列。并参加了北京东方饭店青年导演研讨会。

回想1969年分配到广东，就像被人从北京踢出去，发配边关，似乎永无返京之力，而《春雨潇潇》让我重返北京，并加入到全国青年电影导演行列，真让我扬眉吐气了一回。

《春雨潇潇》尽管有魏铎摄影帮助，画面也充满才华，但作品本身尚有幼稚与生涩的表达，不够成熟。这次使我有了一个切实的体会，就是每拍完一部电影放映时，就像自己裸体面对广大观众，任由人们毫不留情地品头论足，只能听着不堪入耳的批评和轻视的笑声。为此我深深体会到，一部作品，在拿给观众前，一定要仔细精雕细琢，尤其在制作过程中不允许得过且过。谢晋导演说过，拍电影就像手捧水，必须尽最大努力让手指紧闭，就是这样，依然会有水从手指缝里漏出，但一定要尽力夹紧，减少遗憾。否则，前期拍摄就会漏掉不少精华，造成后期无法补救的遗憾，甚至造成整个作品的失败。现在有人说，后期可用电脑补救，但是十补九不足，如果前期不放松要求，后期便是锦上添花，而不是捉襟见肘。这是我在导演《春雨潇潇》这部作品时，获得的最大体会。

电影《流星》—— 一次痛苦的流产

电影《星星欲晓》，后改名《流星》，编剧是珠影的李威仑。原著入选了建国十周年爱情小说。当时我由于《春雨潇潇》获得认可，便继续当导演，急不可待。

《春雨》的成功让我有些轻率，或说有些盲目自信，当时想提炼出一个"南丁格尔精神"，用三个人的爱情故事表现人性。在组班子时也显出有些轻率。演员全是新交的朋友，又是拉帮结伙的关系，像薛晴带着女朋友来，场记是师妹刘苗苗，天热就穿着比基尼在组里晃，广东的领导哪看得惯呢？组里人就传闲话。我本想外借上影的老摄影夏立行，但厂里不同意。厂里主张还是培养自己人，就选了曾拍过纪录片的谢永一，让王亨里当副摄影，但他不服，也不配合，工作上还使绊。由于这些复杂的人事关系，反而令我无法统帅。戏就在磕磕绊绊下拍的。这个教训让我终生难忘，组建摄制组是一门学问，一个导演是不能没有自己班子的，组班子不可轻率。

当时孙长城主张拍完再看，但洪道不同意，他与蔡辉，想借此打击老孙的主张，逼着片子下马。听说当时厂里接到了一个中宣部的七号政治文件，要求清除所谓精神污染。正愁没有典型，而《流星》讲军队医生、护士谈恋爱的，正好撞到枪口上。老孙无奈，没有保住九本样片，听说连底片都被烧了，说是免得以后翻案。编剧李威仑安慰我："这个不怨你，是我命不好，我在长影就推不上去，我的命就是这样，这本子不适合拍电影。"

也许《星星欲晓》改名《流星》就是不吉，"流星"当然是"流产"了。当时思潮非常超前，但不被体制接受，加上摄影组不齐心，故带来诸多困扰。我记得当着薛晴和黄梅莹的面还为拍摄不顺感到压力，悲从中来，哭了一阵。当时的追求，是要展现人性的两面性，歌颂奉献而不计敌人还是自己人。但这是反阶级论的，正好让某些人抓住把柄，扼杀在摇篮里。

两年的心血付之东流，我当时就像祥林嫂一样向别人一遍遍地叙说着我的创作理念，但得不到任何人的同情。过了一年，在厂里碰到书记蔡辉，他为此事向我道歉，我也只有忍耐下来……

《逆光》——导演生涯的重要转折

记得在《春雨潇潇》结束后，有一次在上海与电影学院的老同学相聚，认识了不少青年才俊，我当时正在筹拍《星星欲晓》，遇上了上戏毕业的薛晴（《苦恼人的笑》的编剧）。薛晴、徐鑫昌约我参加苏州东山聚会，晚饭后，去枇杷林吃水果。其他人都成双结对消失在枇杷林中，只留下我一个人孤坐。但一转头看到，面前还坐着一个人。这人面容瘦削，显得有些沧桑，戴着一副黑框眼镜，一脸书卷气，这人就是秦培春，一名青年作家。我们自然而然地就攀谈起来，他说他正在写一篇小说，是关于上海棚户区青年奋发向上，为改变自己命运而努力奋斗的故事。我听后，非常有感触，这多像是我的个人经历。我立即把这个题材推荐给珠影。后来，因为《流星》流产后，孙长城让我启动《逆光》，我便请秦培春进珠影创作剧本。

细节已经模糊，只记得为了说服党委书记蔡辉，我阐述了这部影片的意义就在于展现十一届三中全会以来，为追求美好生活而努力奋斗的一群青年，在面对资产阶级自由化诱惑时，如何表达青年人自尊、自信、自强的主题，并把对现实中一些青年在金钱面前，丧失人格的表现进行一定的批判。蔡辉终于被说服了，又有孙长城支持，便连忙上马。因上影厂也要抢剧本，珠影害怕题材被抢，便急忙勒令开始创作。在当时，这个题材的观点是十分犀利的，即使上海也不一定敢拍这样批判现实的影片。由于有孙长城厂长的支持，我开始独立执导电影。厂里给我派了老制片主任张兆瑞，黄统荣做美术，还请魏铎做摄影。虽然《春雨》在业内获得了好评，但魏铎始终没有获得应有的奖励。

为解开魏铎心中的积怨，黄统荣、李叶余帮我费了一番心思，请魏到我家恳谈，我一再描述《逆光》的前景，我也经常去魏家大谈《逆光》的创作想法，并借此沟通感情，而且答应帮他得奖。为的是借助他的摄影技术，也是为了《逆光》的影像效果达到国内一流的水平。魏铎虽然不是"学院派"，但有才华，构思非常新颖，没有条条框框。因为他是拍纪录片出身，习惯到了现场再想怎么拍，为此我必须在进入现场前，跟他沟通镜头语言，要拍出什么样的镜头才是最符合人物和情节的，让他先心里有个目标，到现场再发挥，便八九不离十，不会走样。否则现场再沟通，一是耽误时间，二是怕万一有意见不统一的地方，现场冲突起来反而打击他的创作热情，况且他是个自尊心非常强的人，要给他留面子。

为了树立自己严谨的作风，以后拍摄片子时便开始了制图。把每场每个镜头的处理方案、构思，用图表形式明确记录在图上，在拍摄前加以温习。保证在漫长的拍摄周期中，影片的构思保持不乱，即便是有很多新的想法跳出来，也能保持初衷不变。而且能非常形象有效地去说服合作的主创人员，也容易将合作者的想法纳入总体构思之中，而不会被别的想法带偏。有了构思总表，便能统一摄制组的创作思想，让所有工作人员都明白导演意图，现场工作起来事半功倍，提高效率。至此，我一直沿用这种工作方法。

《流星》被枪毙之后，我的信心备受打击。《逆光》的筹备过程是非常艰难的，孙长城鼓励我不要沉溺于失败的痛苦，要立即投入新的创作。这是孙长城厂长对我的提携，让我至今非常感动。从此我便依靠在孙长城厂长的麾下。

由于我在城市中长大，体验过城市的魅力，喧闹而热烈，尤其是改革开放初期，一切外国的新鲜事物迅速传入中国，让这个长期封闭的国家，顿时应接不暇、充满活力。而上海的青年人最敏感，最时尚。当时还没有斯坦尼康，利用肩扛摄影机的纪实风格，来处理街道场景，感觉特别真实。阳光下的上海显得有些灰蒙蒙，可能是由于重工业污染，空气并不太干净。可一下雨，空气立时变得通透，城市的色调也深沉起来。树干被雨水浸湿后是黑的，当梧桐树叶长到五分钱大小的时候，远看时就好像顶着一片绿色的雾，显得这座城市充满诗意。雨中的上海清新而干净。各种颜色的雨伞雨衣在雨中的倒影点缀着这座喧嚣的城市。

《逆光》后来获得金鸡奖的提名，我特意去了权威电影评论家钟惦棐处，强烈地推荐《逆光》的摄影造型艺术非常有突破。有人说，何必为摄影讲好话，但我认为，哪怕《逆光》只得摄影奖，那也是影片的成功，是被专家认可的。后来《逆光》果然获得了金鸡奖最佳摄影奖。本来还有编剧奖的提名，但因为编剧秦培春写了《都市里的村庄》，改编自一位工人业余作家梁星明的话剧作品，采用了话剧中的部分情节，却没有给梁星明支付稿酬，结果被梁星明告上了法庭，后来法庭判秦培春败诉，秦培春也被上海圈批判为"剽窃者"，所以这次获奖机会落空了。

《逆光》后来又参加了上海锦江饭店召开的1982年"全国电影工作会议"。会议上，主要是以北京电影学院第四代导演为集体，推介了一批"文革"后的"反思的一代"的电影作品，例如《苦恼人的笑》《生活的颤音》《逆光》《都市里的村庄》等，这是中国第四代导演集体创作的高峰时期。1982年《逆光》的问世，作为新中国电影美学的艺术探索，是具有一定意义的。当时影片正好契合了评论大家钟惦棐提出的"电影与戏剧离婚"的理论，即淡化情节、叙事，还原电影的"本体"，以造型叙事、光影与色彩、抒情诗化代替传统叙事为手段。《逆光》在情节方面其实是淡化的，同时还真实地还原了生活本体，再现了生命本体，展现了人物的生活状态，从而借以表达人物的思想，以及行为个性和语言。编导对当前社会的认识，有这样一种全新的现代电影语言与影像造型表现，当然令人耳目一新。

《逆光》拍出了一个有诗意的上海，这在中国电影史上还未有过。电影局陈荒煤部长在上影厂发问："你们上影厂拍出过这样美丽的上海吗？反映过上海青年人的真实生活吗？丁荫楠不是上海人，却拍出了上海的诗意。"时隔30年后，再看《逆光》，它仍焕发着青春的活力。当时《逆光》送到日本交流时，放映后影响不小，日本著名电影评论家佐藤忠男说："丁荫楠是个有野心的导演，他表达的思想与我心意相通。"

后来电影局推荐了《逆光》等几部国产影片出口德国，由杜尼约克德国电影发行商组团让我去德国参加柏林电影节，我们还看到了已经翻译成德语配音的《逆光》。

建国后，以"五九年献礼"电影为代表的现实主义电影，如《林家铺子》《风暴》《林则徐》《聂耳》等系列优秀电影被称为第二个电影高潮。第一个高潮是解放前夏衍领导的国防电影，而今是"文革"后我们第四代的影片，被称为新中国电影的第三个高潮，既继承了第三代的现实主义表达，又有了创新，不完全依靠戏剧的传统叙事，而转化成凝练的艺术风格，发挥了电影视听效果的艺术本体特点。

《逆光》正是以现实主义为创作原则，以再现生活的本来面貌为目标的造型叙事，营造了生动、真实的生活外，还以电影本体手段营造出诗化的艺术氛围，给人以美的享受，给人以心灵的震撼与感悟。因此，它至今仍能引起当代人的共鸣，而成为经典。《逆光》无疑是80年代优秀影片代表之一，是既有继承又有创新，是一部编导个人灵魂的真正展现，所以它是永恒的。

回顾《春雨潇潇》到《流星》《逆光》三部影片的创作思维的发展，从伤痕电影《春雨潇潇》依靠情节支撑故事叙述，到《流星》探索人性的矛盾与扭曲，再到《逆光》淡化情节，已经完全依赖表现生活本身魅力来支撑一部影片的表达。虽然这完全是我个人对电影诗化的表达，但是在影片结构方法上，已从写实发展到写意。这无疑是为我未来拍摄国家级史诗电影铺垫了一条基础之路。

总结我拍摄的三部影片，《春雨潇潇》是苏叔阳听了真实故事后改编的剧本，《流星》是改编自李威仑的小说的剧本，而《逆光》是秦培春从生活中体验后写出的剧本，这三部作品，只有《逆光》里所表现的生活离我最近，最能让我感同身受，也是由衷地发自内心想要表达的作品，所以《逆光》最为成功。再次说明一部电影成功与否，跟导演是否具备内心的真实表达有直接关系。因为只有这样，导演才能够与观众交流、交心，才能互动。这是每个导演必须做到的。如果单是技术、技巧的卖弄，可能会获得一时的快感，但拍完过后便无法再让人记得住，因为不动心。从《春雨潇潇》到《逆光》，是我走向成熟的过程，从此知道了拍电影的目的和做艺术的目的。这三部电影，也是标志着我作为一个合格导演的三张答卷。

《他在特区》—— 一次有益的艺术实践

《逆光》的问世，让我得到了厂里的信任，尤其是孙长城厂长的信任。接着，他给我安排了一个非常时髦的题材《我要飞》，后改名叫《他在特区》。是鲁彦周（《天云山传奇》的编剧）刚刚写的一部现代题材电影。讲的是深圳蛇口特区的故事，男主角的原型是香港招商局董事长袁庚。

按现在的讲法，这个是主旋律题材的影片，也算是政治任务，所以剧本的自由度是有一定限制的。因为必须立即开始拍，编剧也没有太多时间深入生活，写出更具水准的剧本，所以我只有在导演工作上下功夫。有机会拍片，本身就是一次很好的艺术创作实践，我便当仁不让地接受了任务。当时我想尝试用长镜头语言，运用人物内部调度来完成，还第一次采用宽银幕（画幅1∶2.35）。这些想法和尝试都得到了孙厂长的支持。

在老同学徐庆东的建议下，我到北影厂请到了郑煜元。老郑是摄影大师聂晶的大徒弟，是"北影四小帅"之一，山东黄县人，性格耿直，有这位大哥保驾护航，尤其是徐庆东也来做副导演，使得合作基础极好。为了报恩，我请了总政话剧团的李维新、李雪红夫妇出任男女主角，还有厂里的演员张小磊、新晋小生张天喜、"老戏骨"辛静。虽然题材这么好，演员阵容也很强大，拍摄过程很顺利，团队合作非常好，但对于我来说，却不算太成功，作品公映后没有太大反响。也许这是第一部关于特区的影片，人们还不熟悉特区的人和事，对特区的认识还有一定的误解。而在人物塑造上，也因为没有生活，更显得苍白无力，有些概念化。唯一值得肯定的是，我对诗化电影、散文化电影，进行了影像形式感的尝试，长镜头的尝试。我只用了180个镜头就完成了这部电影的拍摄。对我来说，《他在特区》就是一次很好的电影创作实践训练。老天爷给了我又一次宝贵的锻炼实践机会，为我后来拍摄巨片《孙中山》做了很好的铺垫。

相比拍《流星》时的狼狈相，这次真是顺水行舟。比如说在蛇口全实景拍摄，任何场地都是一路"绿灯"；甚至到北京把景搭到礼士胡同电影局里去了，能在电影局院里"折腾"，实属殊荣。与演员合作也如鱼得水。这要感谢朋友们的支持。记得制片主任张兆瑞，最怕我说给大家每人来瓶美年达，一瓶美年达要两块钱，全组100多号人，是一笔不小的开支，所以张兆瑞总躲着我。一次，台风把养蚝厂给掀翻了，全摄制组下海捞蚝，每人都捞到两脸盆，全摄制组吃了一次蚝大餐，非常好玩。

拍摄《他在特区》时，我在蛇口工业区生活了很长一段时间。记得有一次，我从蛇口买了不少礼物、食物，同时还存了不少港币放在返厂大巴车的后座上。结果到厂后，发现我的包不见了，因为大巴车后座的窗是开着的，路上可能被颠出去了。回家告诉汉文，心里很沮丧。没想到夜里有人敲门，开门看，来人正拿着我的包，那人看到包里的分镜头写着"珠影丁荫楠"几个字，便给送来了。那是1985年的事，人心尚纯，要是搁在现在，谁还有这份闲心呢？丢包是我最大的损失，主要是给丁震的礼物没有了，非常失望，但现在失而复得，皆大欢喜啊。

广州是改革前沿，深圳蛇口更是活跃，诱惑也很多。但我守住了传统的道德观，没有沾染恶习。记得有一次去香港，住在美丽华酒店，据说是我们新华社的专用酒店。第一次看到如此丰盛的自助餐，真是无所适从。我认识蛇口总指挥袁庚，要想辟出一块地自己发展，易如反掌。当时面对花花世界，竟无动心，从未考虑挣钱。当时薛晴在《流星》失败之后，我让孙长城为他开了去香港探亲的证明，结果薛晴一去不归，听说做了生意，赚了很多钱，后来我去香港考察时，为了感谢我，他送给我一台索尼电视机。当时在国内，有彩色电视机的真是凤毛麟角。即使是这样的引诱，也没有动摇我继续做导演的信念。

记得有一回，夜里我突然梦中惊醒，我不能拍戏了，心中十分恐惧。我从来没有想过为自己的生活挣钱，只有一颗纯真的艺术家的心。可见母亲父辈遗留下来的家教传承、品德的建树，使我养成了高尚的情操，维护了自己的精神家园，也给儿子做了一个榜样！

在我成为独立导演的几年中，正值改革开放初期，市场经济大潮迅猛扑来，而我仍建筑着自己的艺术之梦，时而成功，时而受挫，痛苦并快乐地工作着。正因为文化市场还没有来临，人们还没有警觉到艺术能挣钱，所以北京的众同学也还一样奋斗着，沉浸在电影的第三次黄金时代，每年都有精彩影片问世。百花奖、金鸡奖仍是人们向往的目标，仍是主旋律艺术片的天地。

当时广告和电视剧已吸引不少同仁，而电影观众人数每况愈下，电影院也在减少。1995年为了振兴电影，丁关根部长提倡"9550"工程：每年拍摄50部优秀电影。这时商业电影已抬头。1995年赵实部长进电影局管电影，他仍顶着市场压力，支持我拍摄了五部影片：《黄连·厚朴》《相伴永远》《邓小平》《鲁迅》《响九霄》。由此正式确立了我在中国人物传记电影领域的权威地位，并在中国电影百年纪念之际，荣获国家特殊贡献奖50名之一。

综上所述，说明一个问题，我始终坚持了我的"信仰"。从1985年一直到1990年，再到2000年，我终于完成了导演的修炼，用12部戏证明了我的实力。

巨片电影《孙中山》的诞生

记得当时是1984年金鸡奖颁奖典礼上，胡炳榴的《乡音》夺得最佳影片，孙长城率队进京领奖，住在京西宾馆。当时我也在北京，但没有被邀请参加典礼。老孙约我前往京西驻地，当时京西警卫很严，没有请柬的不许进入。我正徘徊在大门前，突然有一人高喊我的名字，一看是吴天明从一辆车中伸出手来招呼我："怎么不进去？""没票！""上来！"我钻进吴天明的汽车，开进京西。我寻到老孙所在楼层的一个单间。

孙长城说："叫你来，是想宣布一个任务，咱们珠影去年拍了《廖仲恺》，当时已定了陶金导演，都筹备好了，让夏公给否了。派了汤晓丹带了上海的主创班子，并说珠影没能力拍这么大的片子。现在《廖仲恺》虽然也得奖，但我就像吃了个苍蝇，我们要拍出我们自己的大片子，而且都得是珠影自己的创作人员完成的。编、导、摄、录、美，主创人员都得姓"珠"。今天让你来就是要告诉你，我们决定拍一部纪念孙中山先生诞辰的传记影片《孙中山》，就由你来当导演。"我当时听了这个决定后十分兴奋。立即想到这种大片子，"婆婆"太多拍不好，而青年导演更是招架不住，十部有九部都会有来自多方的干扰。我当时竟脱口而出："拍这个戏，那您不能管我，我想怎么拍就怎么拍。"

当时老孙一愣，随即他毫不迟疑地说："你怎么拍我就怎么支持你。"后来实践证明他说到做到。胡炳榴得奖归来，厂里组织了盛大欢迎仪式到车站迎接。我积极参加，而且走进车厢，正遇到拿着奖杯的胡炳榴，他抑制不住一脸的兴奋，因为我俩同时联合出道，此次先于我得奖，故志得意满溢于言表。我虽笑脸相迎，握手言欢，但竞争之心人皆有之，这样一激，反而让我决心暗下：一定要拍好《孙中山》！

《孙中山》开始筹备，我决定由厂里于力、贺梦凡担任编剧。当时贺梦凡刚从湖南调来珠影。我表示自己也要参加编剧工作，不上名、不拿稿费，还要请广东省社科院院长张磊做顾问。厂里派编剧们住进小岛宾馆，当时创作要集中住宿，但究竟如何创作谁都不知道。于力好像胸有成竹，因为他曾写过人物影片《张衡》，但与我当时的美学观有差异。我从《逆光》到《他在特区》积累的经验是"造型叙事""与戏剧离婚"，还原电影本体。电影是拍出来的，不是写出来的。张磊提出孙中山人生是一个半弧形，从做医生到临时大总统就职后下野，二次护法，组织中华革命党，最后回归广州，到北京逝世。当时我刚读了一本美国人写的《一个失败的革命家——孙中山》，正好和张磊的理念契合。张磊提出，孙中山不是胜利者，而是个失败者。他发动辛亥革命，推翻了中国2000多年的封建统治，建立了民国，然而却遭到袁世凯等军阀的破坏，民国名存实亡，国家分裂，军阀割据，民不聊生，但他不放弃，继续革命，却遭到一次又一次的失败。二次革命，护法革命，北伐，陈炯明叛变，他的人生是在一次次失败中度过的，在生命即将燃尽之前，还在为中国的命运而奔走，自我的牺牲达到了悲剧的高度。

当时，由于我执着的电影美学要求，与编剧于力产生了矛盾。当时于力自行其是，没有经过我认可，独自写了一个剧本，在未经大家讨论的情况下，便提前打印出来发给了厂领导及摄制组。他认为他的剧本是完整的，便想强加给我，他的做法把我激怒了，当时我立即提出不能和于力合作，孙长城全力支持我的看法，便劝退了于力。

这时，只有贺梦凡接受我的想法，按我的思路创作剧本，而张磊因为是电影外行，也就跟着走。但贺梦凡和我也出现了分歧，我一再让他修改，他也烦了，打算把剧本写出来就拿稿费走人。张磊也同意。他们竟背着我，和张磊单独讨论定稿，在小岛相聚竟没有通知我。编辑何允荣看见我在厂里院子晃，问我怎么没有去小岛，我说去小岛干嘛，何说："人家在讨论剧本定稿呢！把你甩了。"我又怒火中烧，因为贺梦凡每次从湖南来厂都是我去接，而这次他说下星期日才来，没想到他提前来广州，没通知我，和张磊单独勾合，把我甩了。我特生气找到老孙，老孙无奈："让他们写吧。"我说："没有我认可的剧本我不拍！""等他们走了，你再按着你的意思改嘛。""那将来算谁的编剧呢？""算珠影的。"老孙的话让我很无奈，但也只好强忍了。

就这样，我只好把自己关在珠影招待所五楼一个半月，以分镜头导演工作台本的形式，重新改写了《孙中山》剧本。这就是现在电影呈现的结构方式：以散文化方式结构整部传记影片，打破了常规的从头到尾讲故事的传统电影叙事方式。上集讲孙中山不畏失败的精神，屡次起义失败四次后，直到武昌起义成功，继而被推举为临时大总统；下集写辛亥革命失败，果实被袁世凯窃取，为了保护民国，再次革命，然而一个个战友最终都悲剧赴死，而孙中山也为了革命而逝世。这个电影结构完全是提炼出来的，以再现历史真实为目标，是用造型叙事、诗化写意的表现形式，来建立的一种民族史诗电影的格局。这是自1979年《春雨潇潇》到1982年《逆光》，再到1984年《他在特区》，三部影片拍摄后积累的艺术才能的总发挥。导演必须从剧本开始，便介入创作，这成了我今后创作影片的一个经验。导演必须拥有自我表达的欲望时，才能开始拍摄，所以创作剧本阶段就是一个辨识与探究人物行为本质的过程，一旦准确完成并找到表达的形式，开拍便是顺理成章的事了。

在孙中山120周年祭时，全国有几个地方要拍孙中山，上影厂孙道临要拍《非常大总统》，福建要拍《孙中山与宋庆龄》，还有台湾的丁善玺和香港合作筹拍《孙中山与开国英雄》。因为计划经济，题材不能重复，电影局召开会议统筹决策让谁拍，我们广东省派省人大常委会主任杨应彬出席表态："谁拍我们都不管，我们广东一定要拍，因为孙中山是广东人。"电影局没话说，因石方禹是上海来的，也不好阻止孙道临，人家台湾的也不听你的，会议也就不了了之，就等着看谁拍得好了，珠影在省委支持下才得以进行。

另一件事便是组班子，我告诉孙长城，珠影美工不行，必须外请，他同意，我便请吴厚信，但还是不行，又请了闵宗泗，这两个都是彭宁导演的《太阳和人》的美工，我认为比较靠得住，果然不负众望。服装是任奉仪，道具是田世凯，录音是珠影邓清华。摄影王亨里没有拍过宽银幕，我又找田壮壮导演帮忙介绍摄影。田壮壮和我交情不错，他介绍他的摄影侯咏，我答应与他约谈，告诉他，由于孙长城说一定以珠影主创为主，他来只能屈尊排名第二与王亨里合作，不过有去日本、香港的机会。当年去国外和香港拍戏都算是美差了，为此他便答应了，心中虽有不快，也只能顺从。侯咏当时只有28岁，却拍出了《盗马贼》，是国内摄影师的后起之秀，后来事实证明侯咏构图好，曝光技术等各方面都表现得很出色。

任奉仪是厂里最优秀的服装设计师，七八千人的清兵服装，拍一场便要在学校操场上晒，再洒上香水，否则第二场无法穿，而服装制作全部再现历史真实。陈怀恺老师说："你拍孙中山你能把孙中山的服装做对了，我就佩服你。"结果，任奉仪不负众望，因为她父亲曾经是贵州的军阀，她见过当年军政人员的穿戴，她又用自己的便装（中国的袍子马褂），向美国的大班剧组换了孙中山礼服礼帽。服装的品质连陈怀恺老师也佩服了，最终获得金鸡奖最佳服装。

道具是田世凯，从上影调到珠影，经验老到，《孙中山》的道具，追求的是质感真实，也就是只要是镜头前的物品，都要是真实的、可信的。《孙中山》道具的量是非常惊人的，因为有大量的群众场面，比如说拍午朝门海陆空军队入城，群众需要大量提灯1000多盏，加标语；北京前门万名学生欢迎孙中山到京，万条白色标语、百条横幅，包括各种战争、起义场面所用的枪刀、火炮武器。黄兴家的室内陈设，全是古董店借出来的；总统就职欢迎宴会上，大厅墙上的四幅巨大的油画，是上海美院的学生特制的。这一切都是美术设计。

美术设计师闵京泗的修养与文化，成就了他的金鸡奖最佳美术的殊荣。从道景到置景，午朝门大总统就职，洪门聚义仪式、午朝门灯火仪式，宣誓大厅。所选的拍摄场景，实景质感真实，一品香走廊，卷式电梯，上海华侨大厦门厅，石子路，方石路。总之，闵宗泗真是才华横溢，令人佩服。

录音师邓清华，是厂里最好的录音师，当场拾音效果只差一分，输给了《森林中的女人》，遗憾没能得金鸡奖。

导演组内，有我最信任的助手李叶宇，场记是张良的儿子。于得水导演的儿子于小群当时作为副摄影也在组里，他奔走于亨里与侯咏之间，借机参加拍摄，结尾孙中山告别人生的近景就是他借来一只"独眼阿里"旧摄影机拍的。我让他拍孙中山的近景，抓拍下孙中山最后告别人生的惜别神情。作曲施万春是汉文中央音乐学院的老同学钱苾介绍的，施万春的音乐旋律上的气质与《孙中山》这部影片很相符，是那种如贝多芬般的旋律与节奏。当时他正在创作黄果树瀑布交响曲，其中的片段如同洪流般气势磅礴，能够完全烘托出辛亥革命起义的场面。

化妆师是王希钟、何子云，因为是民国戏，发挥不大，但很好地完成了历史人物的塑造。群众场面多，工作量可观。

孙中山早期筹划起义活动主要是在日本，在东京成立了中国同盟会，影片有五分之一的内容是在日本拍摄的。日本松竹制片的荒木正也作为日方的协拍制片人，带来了日本的电影摄制团队，从化妆、服装到灯光、置景，都很有水平，非常敬业。当时正值日中关系"热恋期"，在日本部分的拍摄，使影片的影像增色不少。当时几乎没有国产影片能到国外去拍摄，我们当时算是最有钱的剧组了。对于日本的电影人，让我最有印象的有两件事。一是照明师非常懂戏。当拍摄黄兴离去，宋庆龄返家开灯，第一镜头拍宋庆龄开灯，与孙中山的对话，然后拍第二镜头，反打拍宋庆龄讲话时，快喊开机的一瞬间，灯光师上前用手碰了下吊灯，微微有些晃动，而上一个镜头，宋刚开完灯，灯还在微微地晃动，两个镜头剪辑起来后才连戏。我顿时感到照明师非常专业，他懂戏，观察入微。第二是拍孙文与黄兴闹翻，黄兴告别，刘斯民临时要一手杖，向日方道具提出，道具师一会儿拿出十几根各类手杖，供我挑选，这让我十分佩服道具师的敬业精神。

说起《孙中山》的组班，我也下了一番苦心。为了提高摄制组的专业水平，我带摄制组百十号人进京学习，住的北影招待所，组织大家到资料馆看了近60部内参片。每看一部，我就事先交代看什么，不是请大家看故事，而是看制作水平、看演员调度、声音、灯光、布景……每看到一个地方，便即兴提醒大家看哪里，看细节，对应我们《孙中山》的哪场戏，就照着这样拍，说起来有点像偷艺。半月下来，收获可想而知，这在广州是做不到的，拍前功课做到家了，摄制组主创人员大家都卯上了劲。我制作了一张大图表，贴在摄制组驻地的走廊上，开拍每场戏前，每个部门长都要去看图，了解拍摄要求，到现场便做到心中有数。

在拍摄电影《孙中山》的过程中，出了两场事故。一是搭景制作的午朝门牌楼被烧了。当时拍总统就职典礼，午朝门放鞭炮，烟火太近，迸出来的火星把松枝棚点着了，当时也备有消防车，但救火队员都跑去看热闹，耽误了救火时间，整个牌楼都烧了，最后只好又花五万块重建重拍。二是黄埔军校全体师生送孙总理北上，老闵弄了个红色的标语，我看后拒绝拍摄。我要求必须把标语都改成黑色的。因为这场戏是告别的戏，也是孙中山最后的告别人生，在标语上要体现一种肃穆来，所以不能用红色。当时，5000群众正乘船往黄埔赶，此场动用经费四万块，制片李榜金都跟我急得直跳脚，我却坚决不拍，他打电话给孙长城，孙厂长说："听丁荫楠的！"

第三天，道具组连夜加工制作黑字巨幅标语，副导演又重新组织千名群众演员，虽然浪费四万块，但后来影片呈现出来的压抑氛围，达到了悲剧的美学要求。孙中山进京后便病重，这场戏是隐含着送别的压抑气氛，为孙中山的死做铺垫。孙中山扶病来到北京前门，接受万人迎接的场面，万人手持黑白标语、横幅欢迎孙中山的到来，也如同一场盛大的葬礼，十分壮观。士兵抬着孙中山的椅子，如同乘坐着一艘小船从人海中缓缓远去。评论家钟惦棐看了这段，非常欣赏影片结尾的处理，他看到了史诗影片的品质。

孙长城为了保证这支年轻的队伍能完成这样一部巨片的艰巨的拍摄任务，在正式开拍前，就给了我们一个试拍大场面的机会。我选择了拍广州起义，这部分主要是战斗场面，我以火为主要造型特点。"火"是主角，人的冲锋与搏杀不具体展现，都是写意。我们用十本胶片剪成了一本戏，也就是100分钟的胶片剪出十分钟的样片。我们经过精心设计的三天拍摄，每天夜里进现场，上千群众演员、马匹、高速摄像机、烟火、爆炸场面一应俱全，用最土的灭火方法，侯咏从车上滚下来。大家十分兴奋，因为这是第一回能自由自在地玩火，演员从着火的楼上跳下，跟着"爆炸"，马队在炮火中穿行。

副摄影于小群挖坑把摄影机放在地上来拍摄仰角的镜头，侯咏戴上一顶摩托车头盔，肩扛摄影机进入搏斗的人群。因为没有先进的放烟火的装置，只能自己点自己灭，烟火师傅满身油灰成了"炭人"，可想而知，大家拍摄完毕后都满脸尘土，狼狈得很。三个晚上才完成这场戏，后来剪出样片，大家都非常满意。"考试"合格了。摄制组这才出发上海，宣布正式开机。第一天开拍的是宋耀如的家，侯咏做了一个非常艺术的构思，结果样片出来后，厂里的领导看不懂，说影像太写意，不知表现什么，什么变焦推移前景，花活层出不穷，弄得一头雾水，决定重拍。我决定去掉复杂的镜头语言设计，老老实实刻画人物的动作和表情，我再一次强调，"不要弄现代艺术，咱们是革命题材"，告诫摄影师要遵循现实主义的镜头风格，一定要符合剧本的内容，形式与内容要统一起来。结果第二次重拍后，样片大家都满意。这两回的实践，充分地把摄制组磨合了一遍，在协作方面、电影影像风格方面、表演方面，都是很好的实践与锻炼，若没有这次大练兵，电影会越拍越走样，以致缺乏整体的美学统一。

摄制组在上海过的春节，全组除夕那天包饺子，上海因为没有暖气，冬天很冷，大家就挤在一起，过了一个快乐的春节。春节刚过完，一批批的样片就送回到厂里洗印出来，厂领导看了样片都表示满意。那时是边拍边送厂里洗印审查，过程非常严格，领导要随时纠正你的制作方向，指出技术与艺术的问题，每回送样片审查，都有回信，厂里用文件形式来表达对样片的意见与建议。

一天晚上，我收工回家，助理告诉我，厂长来了。老孙穿着灰大衣灰西装，我还从没有看到他如此讲究，他关切地问我："拍得怎样，你觉得怎样？"我说："非常有信心。""能不能拿几段给北京电影局看看？"我一听，有些疑惑，因为从来没见过孙厂长发过愁，但我还是拍胸脯说："没问题，我是同期录音。""能剪出几场戏？""四场，四场有场面有戏的。"老孙后来才告诉我说："咱们资金有点难，拿样片给电影局看就是为了让电影局支持一下，他们看片子，觉得片子好，有希望，他们就会支持这部影片。"我满怀信心："没问题的，让他们一惊。"老孙非常高兴，他说："我先走了，你随后带着样片进京，咱们在琉璃厂越秀宾馆集合，魏殿青在那里办事。"我立刻让冯惠琳把剪好的四场戏，午朝门总统就职、少年宫孙文归来，还有试验成功的广州起义、宋耀如家等装箱。

第二天，我便飞北京到越秀宾馆与孙厂长汇合。接着去电影局，丁峤部长和石方禹局长双出场，看了同期声样片后，丁峤部长说了一句话："中央首长要求我们拍出与我们民族在世界地位相称的电影，这部影片，可以回答中央领导对我们的要求。"转头又对孙厂长说："老孙，你有什么要求和包局长说，他是管钱的。"包局长马上凑到孙厂长面前，两人小声嘀咕起来，丁峤部长与我寒暄，问长问短，详细打听。石方禹说："北京有戏吗？到时我们到现场看。"很快到了9月份，摄制组在南苑机场拍最后一场戏，也就是北京群众学生一起迎接孙中山的到来这场戏，而这场戏就是孙中山最后告别人生的戏。这场戏动用了上万名群众演员，标语、横幅不计其数。侯咏登上热气球航拍，王亨里负责全景，于小群自己借一台旧机器，按上长焦，拍孙中山的近景镜头，三台机器一同启动，共同完成这场千古绝唱的影片结尾。后来电影局又给了多少投资，我不知道，反正我当时无任何障碍，在艺术想象和创作上没有任何限制，真是自由自在地完成了全部拍摄，至于孙长城为了多少难，我也一概不知。据说他为省钱拒绝了某领导随剧去日本游玩的要求，日后引来大祸，这是后话了。

孙长城对电影事业是无私的，当时电影发行公司经理胡健提出为《孙中山》参股200万，在当时这是个大钱，便让我给孙厂长带话儿，孙厂长批评了我："谁让你弄钱去了，你是只管花钱的，钱你不用费心，他投资（指胡健），将来片子算谁的？"还是他提出的《孙中山》必须姓"珠"的条件，他的本意是希望把珠影打造成能拍巨片的电影厂。真是有志者事竟成啊，想当初摄制组刚成立，他就给了摄制组六万美金，带着主创人员导演我、摄影王亨里、美术闵宗泗、制片李榜金沿着孙中山的革命道路从中山、澳门、香港、檀香山、日本神户、横滨、东京、京都、美国洛杉矶、纽约走了一圈，体验了孙先生的革命历程，感受了国外华侨的爱国心及当时在日本民间、政界对孙中山的支持。这一圈转下来深有体会，是一次创作心灵的洗礼。

剧组到了日本，一听说拍孙中山的电影，各界都来支持。在横滨、神户，还获得宫崎寅藏、梅屋庄吉后人的盛情接待。剧组到美国檀香山洪门总堂，他们一听说要拍"红棍大哥"孙文的电影，每人轮值开车带我们出访，我们拿的是国内致公党的介绍信，通行无阻。洪门的一名高管华哥，从头到尾接待了我们一个星期。在澳门拍戏，曾有人把孙中山的戏服偷走了，任奉仪一下急了，后来听说找了道上的人帮忙打听，一听说是拍《孙中山》的戏，便一件不少地还了回来。拍一部《孙中山》，学习了国民党史，也体验了一次全球华人和世界友人对孙中山先生的敬仰和崇敬。

电影进入紧张的后期制作，然而时间却只有短短的18天，因为要赶在孙中山120周年纪念日放映，为了提早送审，孙厂长甚至邀请北京审查的首长南下广州，在厂里审片。全体住在影星宾馆，最后电影顺利通过审查。那天审查，我坐在放映厅的最后一排，心中忐忑不安，丁峤部长带队，有许多官员参加。后来到北京送审，胡乔木、李鹏、薄一波等领导出席。中南海放映厅的银幕感觉比较简陋，银幕的一个角还没有拴牢，感觉飘忽不定。艾知生部长提了个问题，黄埔军校怎么没有周总理形象？我解释总理是在孙中山逝世后才去黄埔的，是在廖仲恺被刺后才接替政治部主任

◎　丁荫楠与夫人李汉文参加《孙中山》首映礼

职务。这位部长艾知生，就是他给我开证明才进了孙中山故居拍戏，否则不许进呢。审查顺利通过后，在北京民族宫首映，请来孙文书院、国民党革命委员会、民主人士，还有电影局的几位领导同志，丁峤部长也来了。还有一位扫地的清洁员，没有座位，拄着扫把站在门边，两个小时的电影一直站着看完后，第一个退场，我当时就在门外大厅休息，一听散场就站起身来，和这位清洁人员打了一个照面，清洁工不知我是导演，自言自语地说："孙先生这一辈子，真不容易啊。"我觉得一个普通观众有了这个观感就是对影片的最高评价了。

座谈会由丁峤部长主持，大家都给予影片极高的评价，影片最终获得通过，批准在全国公映。随即把《孙中山》报到中国电影金鸡奖评委会评奖。过了两周后，孙长城忍不住让我给倪震打电话问一下评奖的情况，因为倪震

◎ 《孙中山》获得金鸡奖最佳导演奖，丁荫楠上台领奖

是金鸡奖评委。记得是一个星期天早上9点，老孙叫我到他办公室，让我打电话问问，那时厂里只有一部长途电话机，拨通倪震家的电话后，我和老孙非常期待，我让老孙接听，那边传来倪震的声音："我刚进门儿，等我脱了大衣，你拿纸记一下。"我让老孙拿纸笔，倪震在电话那边抑制不住地激动道："最佳影片、最佳导演、最佳摄影、最佳美工、最佳剪辑、最佳服装、最佳烟火、最佳道具、最佳演员，一个大奖，八个单项奖。"这是金鸡奖的大满贯，真是前无古人，后无来者。

当年《野山》也才六个奖，而今我们《孙中山》九个奖，后来又得了国家奖（当年还没有华表奖和百花奖）。本来得百花奖的是《汪洋中的一条船》，李行导演的，但百花奖不评台湾的影片，我们《孙中山》便从第二名升格为第一名。后来听说本来编剧单项奖也想给《孙中山》，但评委对照剧本一看，影片中只用了剧本中30%的内容，便把剧本奖给了《血战台儿庄》，后来杨光远导演跟我说："《血战台儿庄》剧

就是按照我写的剧本拍的，当然剧本和影片一样了。"所以《血战台儿庄》剧获了金鸡奖最佳剧本奖。

我进京领奖，在领奖台上特别把孙长城介绍给大家，让他在场中站起来让大家认识。因为没有孙长城便没有《孙中山》，至今许多老同志都记得那场面，尤其是电影局局长滕进贤总把此事挂在嘴边。"丁荫楠是知恩图报的人，会感恩的人！"

回到广州，省委书记任仲夷为我们庆功，举行大型座谈会。任仲夷书记亲自接见，举行首映式，热闹空前，并评我为"劳动模范"。紧接着，支书冯惠林代表中共《孙中山》剧组党支部批准我入党的申请。没有预备期，立马宣誓入党。《孙中山》的获奖，确立了我在全国导演界的地位。

我的心情就像放下了一块大石头，因为我终于成才，有了骄人的成绩，小时候被要求"第一"的执念一直压着我，此刻，我终于实现了"第一"。但这个奖，在久病中的荫梧哥哥心里，就像是他要去向在天堂的老母亲汇报的信号。当哥哥看到我和丁岳（侄）拿着金鸡奖杯合影时，说："我也该走了，是奶奶让我看着你叔叔的……今天你考上研究生，你叔叔得了第一，总算没白盼，我要向你奶奶报告去了。"不久哥哥便去世了。

电影《孙中山》接连去香港参加孙中山120周年纪念活动，并与台湾丁善玺拍的《孙中山与开国英雄》同时上映，竞争之下，《孙中山》以3000万的票房收官，而《孙中山与开国英雄》不到一星期便下映，票房惨淡，《孙中山》却演了一个月，由银都机构影业发行。当时地铁上全是《孙中山》的海报，这是我第一次看到自己导演的电影海报贴在香港的地铁里，宏大而有气派，整整贴了一星期。

其中最有意思的是两位丁导演的会面。台湾导演是一位将军之子，曾拍过台湾主旋律《八百壮士》的丁善玺。我请示香港新华社，领导同意交流，嘱咐我只谈影片，不谈政治，这是两岸电影人第一次开会。会见时，对方是位彪形大汉，握手时他满手汗，坐下夜谈也很友好，各抒己见。他首先表态，说我的《孙中山》拍得好，有国家支持，他只是民营企业，资金有限，又给我提意见：孙先生在公开场合从不解衣扣敞怀。他指的是广西火把进军与马林见面那场戏，孙先生解开衣扣，那是不可能的。丁善玺的批评我欣然接受。这次是台湾与大陆导演电影界第一次会面，很有纪念意义。我略显得有些紧张，但丁善玺很放松。后来两岸举行导演会，我又见到了丁善玺，并请他看了我的《周恩来》，他特别感动。我问他："你为什么会同情一个共产党总理呢？"他说："因为他是中国人！"可见丁善玺导演有中华情怀，让我感到他自由、纯真的天性。

《孙中山》当时在票房上是非常成功的，在那个统购统销时代，是不愁没有票房的，可以说是社会效益和经济效益双丰收，完成了珠影能拍大片的目标。电影理论专家黄式宪老师写了评论《巨片之诞——评电影〈孙中山〉》。后来，第四代导演影协的罗雪莹，主编影协影评小册子，高度评价《孙中山》。

《电影人》——超前意识、个性张扬

《孙中山》成功后，老孙仍精神抖擞，准备筹拍关于中日建交的电影《东京·北京》。为了拍好这部影片，打算和日本的黑泽制片公司投资合拍，孙厂长便把电影《孙中山》放给日本黑泽明公司制片人川村义之看，看完后对方立即表态："这个导演我们愿意合作。"后来我便投入到电影《东京·北京》的筹备工作，和河北的编剧李乃仪一起撰写剧本，他完全按我的意见修改剧本，三个月便完成剧本，很快进入筹备阶段。但后来由于一些原因，这影片被迫腰斩。

本来老孙还想拍中美建交的影片《毛泽东与尼克松1972》，北影厂长胡振民找我谈："你们《孙中山》就与别人争，现在你们胜了，中美建交的题材就别和我们北影争了。"我和孙厂长汇报后，就决定不拍了。

几个电影项目都没有成功，一时间感到沮丧，我便突然有了冲动，想拍一部描述自身生活的电影。《孙中山》成功后，的确经历了一段思绪的混乱，坐立不安的浮躁，变得有些迷茫，不知道何去何从。当时也曾想挣钱去拍广告片，经摄影于小群介绍去一个柑橘厂见老板，他是中山大学毕业的，以为他有文化，便很激动地跟他描述我的创作思路，但

老板反而觉得我这个人不好合作，对他不敬，说："我给丁导钱，他怎么还骂我。"我至今也想不通，怎么会给人家留下这个印象。也许正像王亨里给我的评价："你的热情往往会把人吓跑。"《北京·东京》的编剧也曾因我无休止地要求修改剧本而感到无法忍受。我的认真把人吓跑了。

经历了这些挫折后，构思出一个讲导演的故事，就是想表达一个艺术家的无奈，因为我听到不少电影人的抱怨，他们在创作中痛苦挣扎。《孙中山》的成功，让我预感到这是我作为一个导演进入艺术独立思考、独立表达的关键点。

借着孙厂长的支持："让他拍一部自己喜欢的片吧"，《电影人》匆匆上马。当时的演员选择十分纠结，摄影由于小群担当，戴大卫做制片主任，都是自己人，便由着自己的性子来。拍摄过程非常顺利，也非常享受，因为毫无束缚，所有的想法均能实现。如今看来，当时的创作状态，就是一种玩，一种自由的激情宣泄，一次疯狂的冒险！毫无保留、毫无顾忌地表达自己的态度。彩色宽银幕，画面非常好看，构图考究，声光色五彩斑斓，充满激情的想象，现在看也一点不过时，反而很前卫、很新潮，后来有影评人认为这是中国的"八部半"。到北京送审，在北京电影学院放映后，同学们都说："丁荫楠疯了！"现在想起是有点疯，有点狂，是我当导演以来，把心里压抑的情绪借着这个电影宣泄出来的一部个性张扬的作品。

变故与转机——传记巨片《周恩来》的诞生

人人都知道，孙厂长是我的"后台"。他的退休，直接导致我的"失业"。我漫步在珠影内的林荫路上，遇到《文汇报》记者章小龙问我："你最近忙什么啦？"我说："没事闲逛呢。"他回北京在报上发表文章，提到获得金鸡奖最佳导演的丁荫楠在厂里没戏拍，闲逛，大家对我的前景都非常担忧。总之，珠影再也不是我的阵地了。我曾劝老孙开一个自己的公司，老孙说："你不就是想拍电影吗？有我在，你怕什么？"这句话说出来还不到一年，天便塌了，我很焦虑。

一天我又在厂里闲逛，迎面走来广西厂厂长高鸿鹄："干什么呢？"我说："闲逛呗。""走呀，上我那儿去啊。""干嘛？""你想干嘛？""我想拍《周恩来》……"

为什么要拍周恩来？原来拍完《电影人》后，实在找不到活儿了，为了挣钱，便应安徽省电视台约请，去拍一部七集电视剧，酬劳是3000一集，虽然有些少，但允许我带爱人和孩子去厦门鼓浪屿玩，一切由剧组负责接待，我动心了，便约于小群一同前往。到了安徽，才知道是拍廖承志同志的传记电视剧，制片人黄家佐告诉我，请到演员王铁成扮演周总理，还请了名化妆师王希钟老师。到了鼓浪屿，才知道整个岛是个疗养区，而且是个建筑博物馆，许多洋楼都是福建华侨在海外挣了钱回家盖的，千奇百怪，非常奇特。尤其室内装饰，也都非常豪华。汉白玉楼梯，红木、柚木家具，镶罗甸的、镶贝壳的，非常考究。尽管年久失修，但留下来的原房主的近亲或后辈也适当做了维护，闽南风格尽收眼底。电视剧在小群手里没有任何难度，一天一集，一个月便完成了。

王铁成扮演长征时期的周恩来，那天我进现场，看到他刚化好妆，穿着背心裤头，蹲在地上吃炸酱面，可脸却是周恩来的脸，惟妙惟肖，我想这个人连吃炸酱面都像周恩来，是不可多得的特型演员。可见王老师的化妆技术了得，我当即从心底里冒出一个想法，脱口而出："铁成兄，你演了15年周恩来，没有一部不是配角，愿不愿意来一部演主角？""当然想，谁敢弄？""我弄，而且是一部晚年周恩来，是在病中、'文革'中的周恩来。""行啊！""不过你得瘦下来20斤。""行，我能减肥。""那我弄剧本。""我减肥，半年后见。"分手时在鼓浪屿的码头上，铁成送了三个寿字漆盘，至今我还保存着呢！这是我们合作的信物。自鼓浪屿码头分手后，我在《东京·北京》研究的基础上开始了周恩来资料的收集研究。这便是与高鸿鹄厂长谈起要拍周恩来的前因。当时我还正愁找不到拍《周恩来》的制片人。

我与老高约好一星期后便到南宁，我到南宁火车站是广西厂文学部侯主任接的我。广西厂坐落在一个农副市场中间，厂门口有许多猪肉铺，在红色的灯罩下，满是发红的猪肉，蔬菜、活鸡、鲜鱼，应有尽有。乱哄哄的街面，比起珠影那是差远了。珠影当年的大门还是非常气派的，厂里种满了树，像个公园。广西就只有一栋办公楼，规模像乡公所。我来到老高家，立即受到热情的接待，一进门便开始研究如何启动《周恩来》，老高说只靠广西厂很难，要动员电影局腾进贤局长和电影发行总公司胡健总经理支持，才能有足够的资金。其次谁来写剧本，靠谁才能拿到周恩来的第一手的权威资料。

高鸿鹄让自己的夫人黄昧鲁同志作剧本的责任编辑，黄昧鲁说，得靠中共中央文献研究室周恩来组组长金冲及，巧的是金主任太太是奚姗姗，是电影局的艺术处处长。所以先进京找腾进贤，因为胡健下月要在北京怀柔召开每年一度的电影工作会，每位厂长都要参加，届时由老高与他们二位联络敲定此事。黄昧鲁陪我进京，找奚姗姗联络金冲及，奚姗姗表示可以联系金冲及，但老金是一个谨慎的人，他说必须先了解清楚丁荫楠这个导演。老金是孙中山学会的副会长，他很想看丁荫楠的《孙中山》，黄昧鲁把《孙中山》转成录像带送到金冲及家。

金冲及看后评价："你是个对历史负责的导演，影片只有一处错，那不是导演的问题，那是编剧的错，我支持你拍《周恩来》。"

之后，我就住进中共中央文献研究室。在毛家湾一号楼林彪的旧宅，我住在大礼堂的后台，一张铺板当床，一张化妆台当书桌，吃饭就在楼下食堂。中央机关有补贴，每个菜就几毛钱，小菜也特别丰富。每天与周组的研究员交流。我在北京开始寻找合适的编剧，后来在刘斯民介绍下认识了宋家玲，特去中国广播学院（现中国传媒大学）宋家玲的住处去拜访他，一块敲定合作。就这样，我们组成了一个三人编剧小组，和周组的研究员廖星文、小熊成天混在一起，成了朋友，他们提供了周恩来真实而权威的资料。还有老金把关剧本真实性，确保万无一失。这便是这部影片成功的基础。金冲及女儿是患有小儿麻痹症的残疾人，也替我们张罗稿纸、饭票。有时斯民、家玲还从家里带来红烧肉给我打牙祭。我一个人在文献研究室楼上一住就两个月。有一次拉肚子，上厕所要下四楼，要一次次地爬梯，最后扶着墙跑到北大医院打点滴才止住。好在北大二院离毛家湾很近，这时候的我刚刚过了50岁。

还有一次可笑的经历，某天晚上实在睡不着，下楼散步，遇到巡夜卫兵，被盘问许久。"这是中央机关，你住进来是要接受层层审查批准的。"当我说出我是拍《周恩来》电影的导演，是金冲及主任让我住进来后，卫兵一听周恩来的名字也就欣然放行，但教育我："晚上最好别出来。"我只好点头称是。与刘斯民、宋家玲苦战两个月后，剧本的初稿完成，便交宋家玲润色，我便开始推动筹备上马的其他事宜。这时距我与王铁成相约时间已到，他把化好妆穿军装的"病中总理"的照片寄给了我们。大家都异口同声说："这事成了！"王铁成请我们在柳泉居吃了一顿，那时能吃一顿好的也很难得。其中炒鳝糊不新鲜，还让爱挑刺的王铁成发了一顿脾气给退了。

剧本立项阶段时，高鸿鹄便请胡健先拿了五万元做筹备资金，胡健批准了，但到了财务经理处却不同意，说："拍周恩来，有人看么？万一拍不成，还有政治风险……"高鸿鹄拍胸脯道："那我赔你五万！"这就是我们第一次拿到筹备款时高鸿鹄厂长的担当。《周恩来》剧本筹备工作就只有五万起家，时间已经到了1989年的夏天，靠着五万元的生活费，我驻守在北京，等待着电影局重大历史题材领导小组讨论《周恩来》剧本的结果。听陈播说大家都拿不定主意正为难呢。

最后还是丁峤部长，他是重大历史题材小组组长，他说："丁荫楠既然能把《孙中山》拍好，《周恩来》也错不了，让他拍去吧！"丁峤又单独找我谈："你最好到每位重大历史题材小组成员家里，细谈你的构思，取得他们的理解。"于是我带着《周恩来》电影示意图挨家串门，党史研究所的郑惠、八一厂的陈播、军科院的文研所、中宣部的……由于我的激情演说，他们都对影片产生极大期待，我又强调这是在中共中央文献研究室的指导下完成的，不会有错，再以我对周恩来的理解，我明确阐述：我要拍一部人民心中的《周恩来》。最后一切迎刃而解，剧本终于通过。

至今我也没有看到文件，只有电影局制片处张处长直接口头传达给我："拍吧！"筹备班子的第一步，我首先提出让辛明同志做制片主任，带领我们珠影的制作团队为基本班底。记得当初我进北京动员胡健和腾进贤支持我拍《周恩来》时，连进京的路费都没有，辛明父子正拍《洪秀全》，手里掌握活钱，我向他借了800元才得以进京。我答应辛明一旦《周恩来》运作成功，就请他做制片主任，我一定遵守诺言。可此事受到广西厂抵制："让我们拿钱，还让外人当制片管钱，没有这规矩。"可高鸿鹄支持我说:"我们派财务科负责监督管理就行了,具体怎么花,还是让导演信任的人去做吧。"让副厂长赵愚同志做摄制组最高领导。于小群主动要求当周恩来的摄影,和辛明一起到广西接任务,却遭到围攻,认为于小群年轻难担大任,对辛明也不信任。但都由于有高鸿鹄同志的支持,风波都一一平息下去,才获得了拍摄的许可。第一笔30万的拍摄资金终于到位。

摄制组是在湖南长沙监狱招待所成立的。辛明是河南人,我找的执行导演周子和,道具郭大刀、刘师傅都是河南话剧团的班底。化妆造型师王希钟老师是王铁成"周恩来"造型的关键,录音、美工是珠影的,所以整个摄制组可以说就是一个杂牌军。在摄制组成立大会上,辛明提起前期筹备的艰辛时哭了。因为我们是没等正式开拍便擅自开机的摄制组,当时没有生产令,在长沙筹备举步维艰,天又冷,我们到军事学校拍外景,让人给轰了出来。只在防空地下室拍了林立果轰击毛主席列车的片段镜头,进蓉园九所,只能在门廊拍,不许入内。

为什么要提前开拍呢?因为很多人对我们有质疑,包括广西厂的个别领导,认为我们不行,所以当时我就想了一招儿,叫"牛不喝水强按头",就是把前期筹备的钱都用来拍摄,要显示出我们这伙人是有能力的,我们要抢先开拍,用样片的质量来说话,我们这个创作团队是能够胜任的。然而这个过程十分曲折。我们也冒了一大险,拍摄途中还出了件大事。

辛明的朋友外联制片姜有石有长沙关系,由于他曾是造反派头头,"文革"中有势力,与文联的老领导都有关系,辛明才确定在长沙筹备开拍,尤其长途跋涉到深山拍"五七"干校的戏,也是老姜看的景,有一座废弃的"五七"干校旧址,正好成为实景,非常完整,道具陈设都非常真实。但返回长沙的时候却出了一场车祸,险些断送了电影的拍摄。主演王铁成乘坐的面包车中途翻车了,王铁成当场摔断了六根肋骨,当时一群村民一拥而上,看见车里的铁皮箱,上去就搬,但是看到箱子上写着"周恩来"三个字,有个领头的立即喊道:"大家不要动,这是周总理的东西!"可见当时周恩来在人们心目中的地位。大家这才放下东西先救人,把受伤的王铁成送到市里的医院救治。我当时听到王铁成翻车的消息，心一下慌了，因为如果王铁成出事，电影也就流产了，我急忙询问王铁成的情况，听说肋骨断了，具体情况不清楚。我和制片主任连夜赶到医院，看到王铁成蒙着被子"哼哼"，我连忙上前一掀被子，一瞧脸没破，脱口而出"还好，还能拍！"王铁成听后生气道："你就顾着你的片子，不顾我的死活。"后来这件事却一直传为趣谈。几十年过去了，王铁成后来回忆到这段往事，没有生气，反而夸奖我这个导演对电影的态度是"戏比天大"，是为电影能拼命的人，并表示了尊敬。我曾经在王铁成出车祸后跟他说了一句唯心的话："铁成啊，你这一次大难不死，受了这些苦，就是把咱们摄制组的灾祸顶了，咱们下面的拍摄肯定非常顺利！"

◎ 《周恩来》剧照

　　由于王铁成车祸未愈，我突然灵机一动，那就正好拍病中的周恩来。于是立即联系，让王铁成住进三〇五医院，周恩来总理就是在这个医院去世的。一进三〇五高干病室（周总理住过的病房），大家立即肃然起敬。我们全体摄制组同仁向总理病床行礼后祷告：希望总理在天之灵保佑我们顺利完成电影的拍摄。果然三〇五总理病房戏拍摄十分顺利。演员们和摄制组人员怀着一种崇敬的心情，大家默默地认真工作，现场安静得出奇。所有人都是精神紧绷的，生怕打搅了总理的"灵魂"。

　　在拍摄贺龙追悼会的那场戏时，为了营造现场真实的悲痛氛围，我们打算用真的贺龙骨灰。道具组长郭大刀在八宝山一室请骨灰时默念："贺老总，如果您不同意参加拍摄，就给我一个动静。"他静静观察了五分钟，看周围没有任何异常，便伸手请出骨灰盒。骨灰盒到灵堂时，我高喊了一声"贺老总来啦！"现场的人都立即肃然起敬，氛围一下子沉重起来，郭大刀把骨灰陈放在遗像前，王铁成带头行礼，全场肃静。此时有两位首长是贺龙老部下，激动得几乎当场晕厥。拍摄周恩来向贺龙骨灰鞠躬七次，他满面流泪，拍了三条，后期剪辑的时候，先用第三条，再第二条再第一条，因为第一条激情流泪，下巴抖动最饱满，放在最后才显出情绪的高潮。总理与贺龙夫人薛明（郑振瑶饰）见面的镜头也是拍了三条，三次与总理相拥流泪，在王铁成肩上三次泪痕的位置都不变，可见郑振瑶演技炉火纯青。拍摄完，全体演职员一起送贺龙骨灰归位。那是我第一次进八宝山一室，这里安放着已故的所有党政领导。

晚上回驻地，一摸盒饭都是硬的，是上午追悼会没有吃，老干部不愿吃我们的盒饭，各自回家了。摄制组把盒饭拿回连盒蒸热，自然变了味，大家有意见。我批评了制片主任辛明，告诉大家自己去外面吃，回来报销，这下大伙开了一次荤，都跑去吃烤鸭了。又记得有一次在大会堂拍戏，剧务问我中午吃啥，我正想吃披萨，并随口说了一声"吃披萨吧"，结果200盒披萨运到现场，广西人吃不惯，有人喊："谁让吃这个的？"引起了公愤。弄得我很尴尬，下次再也不贸然决定。摄制组工作一天很辛苦，吃好是摄制组领导最应细致考虑的。因为只有吃好了，工作才会有干劲。有的制片部门不懂得这个道理，克扣贪污工作人员的伙食费，弄得剧组怨声载道，引发抱怨、公愤，这会直接影响拍摄质量和效率，甚至导致剧组解散。

由于王铁成在治疗恢复的过程中，绑着绷带仍然坚持拍摄，整整又瘦了十斤，从外形上更接近当时总理的状态，所以高质量地完成了周总理晚年病中的戏份，尤其是国庆招待会，中美建交尼克松访华，林彪外逃周总理调度有方，及大会堂戏都非常精彩。王铁成肉体上虽然受了罪，却是因祸得福，形神兼备地完成了角色的塑造。

当拍摄到三〇五医院告别总理逝世那场戏时，其中有一个镜头是邓颖超在总理额头最后一吻，是当年给周总理做专职护士的小徐提供给我

◎ 丁荫楠与
王铁成（右）

们的细节。当时这场戏差不多快拍完了，几个干部带着小徐来探班，在聊天的过程中，随口说到的，但我立即更改拍摄方案，重新把这个镜头拍了。这真是十分神奇的事情。如果那天小徐不来的话，结尾就欠缺一个震撼的镜头。因为总理和邓颖超，就所有的中共领导人来说，他们是最浪漫的一对。最后的一吻，代表着对爱人的惜别，是最感人至深的、最富有人性的情感表达。而我们这些创作者，却缺乏对领袖人性一面的展现，更多的是伟大、悲壮英雄主义情节，缺乏对人性的柔软的情感体现。这一吻弥补了这个欠缺。要感谢小徐。感谢所有曾在总理身边生活过、工作过的人们，他们的口述历史，帮助我们真实还原了当年总理的生活状态。

北京部分的戏，最后来到神秘的中南海拍摄。一场"风雪西花厅"可谓神来之笔。当时拍摄已快接近尾声，我一直盼望着，如果能拍一场雪景那该有多好啊。四月的北京不可能下雪，人工降雪根本不允许，人造雪都是尿素做的，毕竟在中南海里，撒人造雪会影响里面的植物生长。更何况，我们没有这条件。偶然一个大阴天，凌晨三点我突然醒了，拉开窗帘一看，竟然有雪花飘下，我立刻把摄制组各部门都从被窝里哄起来，一面命令化妆师立即给王铁成化妆，一边让外联制片调动车辆，联系中南海西门。

当警卫局得知摄制组要进西花厅拍摄，十分不满。"大半夜进中南海？西花厅是丁荫楠的家啊！想来就来？"制片主任一再恳求，不是赶这场雪吗？等我进了西门来到西花厅，就只剩几丝雪花了。我们立即抢拍了红旗车在中南海行驶的镜头，等到了西花厅院门口，雪便彻底停了。我看房顶琉璃瓦上还有点残雪，既然来，不拍也不行，便让王铁成下车走上西花厅的台阶，当镜头机器一架好，车启动，随着我喊"开始"话音未落，突然漫天雪花，我从未见过巴掌这样大的鹅毛大雪，随着红旗车停下来，副导演周子和从西花厅里撑着伞走出来，走下台阶为总理撑伞，迎总理上台阶，此时王铁成回头伸手接雪，欣赏着这场瑞雪，心情愉悦，转头随人们鱼贯走进西花厅直至关门，我喊："停！"大雪便戛然而止了，真是神奇得很。这场戏我们拍足了风雪西花厅的意境。

拍周总理视察延安的那场戏，周总理的吉普车经过延河，沿岸看热闹的延安老百姓以为真的总理来了，原定的2000群众演员结果来了一万，当总理的车深陷河滩烂泥中时，人们争先恐后地往前跑，众人抬着总理车向前移动，车在人潮里上下浮动，人民就是这样托着总理的车前行的，意念深远啊！这让我想起当年孙中山最后告别时的镜头，也是人潮汹涌，众人拖着孙中山，像一艘小舟在人海中"航行"。这也让我想起一句古话："水能载舟，亦能覆舟。"老百姓就是水，舟就是领袖，周恩来和孙中山，他们都是得到广大人民的支持和拥护的伟大人物。

延安拍戏非常赶，怕下雨封路影响周期。制片主任辛明累病了，躺在床上，我带着队继续拍，连着两天两夜，人困马乏。王铁成两眼通红向我嚷："你不把我拍死不算完！"我只有苦笑。我们终于在雨季到来前撤离了延安，不然大轿车在延安土路上没法走，整个队伍就要延误一个星期。看来赶赶戏还是对的。

拍摄周恩来视察邢台地震那场戏，我们选了一个废弃的村子，又用起重机吊起大铁球，锤烂了一些土墙和破屋，整个就像地震后的场景。为了表现灾民灾后的真实状态与情感，我们约请了河南话剧团的全体演员参演灾民。河南话剧团当年演的《龙马精神》红遍大江南北，后来又拍《瘦马记》的，是最有乡土气的一个话剧团，被我用飞机全团接到北京演这场戏。有人非议我摆谱，但看了样片就会服气我的选择，整个剧团50多位名演员成了这2000人场面的灵魂。他们把整场灾难后的村民的角色演活了，做到细节真实，真情实感。因为这些演员都深入到农村，掌握了演农民的绝活，有那种从骨子里带出来的乡土气，再和王铁成塑造的周总理来交流，反映出总理爱人民的崇高精神。这场戏之所以是支撑《周恩来》全片的几根柱子之一，就是因为有了河南话剧团。

大字报街作为全片开场的第一场戏，必须再现"文革"的氛围，要镇住观众就要真实再现。我选择了北京成贤街，并且封街布置，因为这里有红墙太庙，是当年的翰林院，封建味极浓，正和大字报、造反派的军装及抄家的"四旧"堆在马路上，形成鲜明对比，总理乘车路过百感交集。这条街由美工王大雨负责布置一切，一星期一个连的解放军，日夜兼程，按期完成。我跟王铁成坐在一辆大红旗车上，我盘腿坐在车脚边，于小群把机器架在副驾驶座位上，来回拍摄周子和组织的群众场面，可谓艰苦，一天来回十几趟，效果是非凡的。这个构思实际是"文革"的大写意，是一种对时代背景的提炼。大家看《周恩来》第一场戏就被这个气氛所震住了，犹如纪录片一般，再现了那个动乱的年代。红卫兵以"打倒贺龙"为口号，引出周恩来保贺龙不成的悲剧情节。拍批斗陈毅，发挥了群众演员的冲击力，坐在会场的是普通群众演员，而冲进会场的其中一支队伍是戏剧学院的学生，另一支是电影学院学生，他们相互较着劲，看谁演得好，没有排练，便更加真实。因为他们都是学表演的，一旦排练就僵了，会影响自身的表演爆发力，为此听我步话机一个"冲"字，学生便冲入会场，像两条恶龙冲向舞台，第一次差点把王铁成的头套碰掉，氛围真实而令人信服，再现了"文革"的混乱。此时，王铁成的台词"要想抓陈毅，就从我身上踏过去！"把疯狂的队伍震住了，从"打倒陈毅"的口号变成了"向总理致敬"。

没有经历过"文革"，是绝对拍不出这样生动的场面，随周总理带陈毅，被八三四一部队保护上车，又变得有条不紊，展现了周恩来的威信与人格魅力。《周恩来》剧组在北京的拍摄产成了巨大影响。所谓影响是因为中南海、人民大会堂、钓鱼台、三〇五医院、长沙蓉园九号，都是国家领袖的办公住所，都受到了他们的热情接待。作为一个电影摄制组，获得了难以想象的礼遇，一路"绿灯"，而且不收费，还让摄制组在机关单位食堂用餐，像钓鱼台国宾馆，刚准备收取费用，就被礼宾司司长韩叙批评："拍周总理的电影，你们还收费，对得起总理吗？"

在中南海拍摄期间，有好几名经历过整个"文革"时期的老秘书在拍摄现场为我们当顾问，像总理秘书陈元功、高振晋就和剧组生活在一起，随叫随到。在大会堂北小厅拍"九一三"事件，李鹏总理本来在北小厅外的东大厅接待外宾，当知道拍戏时，就吩咐安排其他地方，"给《周恩来》剧组让路"。我们为了表示诚意，在摄制组进入这些国家机关重要场所时，都要求剧组人员必须沐浴更衣，把艺术范儿的披肩发剪掉，用地毯铺地架轨道，免得划坏地板，换干净的鞋再上地毯。为此，大会堂管理处的王局长表扬并赠"仁义之师"锦旗给我们。《周恩来》剧组之所以能通行无阻，是因为这些党政干部全都是受过周总理生前的关怀与培养，在感恩的心情下支援我们。大会堂王姐向我行礼说："你们干了一件我们要干而不成的事，感谢你们！"说话时泪流满面。

在大会堂拍戏时，我们剧组受到了李鹏总理的接见，他热情鼓励我，我跟他提到了当年审查电影《孙中山》时的情景，他问："《孙中山》也是你拍的？怎么你总拍这些大人物呢？"在北京拍摄《周恩来》的整个过程，就是在一种关怀下完成的，一切都是因大家对总理的感情。记得当年，我在华侨大厦前的一个电话亭里给王铁成挂电话，收话费的人听到我电话的内容，就冲我问道："你是拍总理电影的？"我一看他一米八的个头，像是一名转业军人，我便回答："是。"他一听热情地说道："往后你和你的剧组到这打电话、存车不要钱。"这些事都让我深深感到，总理仍活在老百姓的心中。从此立志要拍一部人民心目中的《周恩来》。

记得在中南海西花厅拍摄的时候，邓颖超同志接见了我们，亲口对我说："描绘总理的生平不要夸大也不要缩小，要真实。"周恩来的警卫秘书高振晋同志热情地教演卫士长的演员全解放，如何当总理的秘书，毛主席的护士张玉凤同志亲自陪我们去了长沙蓉园九所，她去就不会有人拒绝。我们进主席的卧房，是张玉凤亲自带我们参观，并亲自描绘总理赴长沙会见毛主席，研究四届人大的人选事宜过程中的情景。主席睡的是柏木大床，床挡是块整板，有三米宽，五公分厚，屋顶上列着六盏电灯，都有丝网，罩着灯罩，照亮整个床。现在已不是秘密，但在90年代，还是令人大开眼界。总之，电影的拍摄过程就是一次学习，是一次空前绝后的红色领袖生活的探秘。

前期拍摄结束后，我开始进入紧张的后期制作阶段。因要赶在国庆节之前上映，所有珠影的工作人员又开始加班加点了。剪辑师杨杏元非常投入，剪成第一稿时便看出其动人的魅力。化妆师王希钟看了样片说："明明是自己造的假，怎么还抑制不住地感动流泪呢？"这说明整部戏的真实已经达到前所未有的高度。

接着，我又出了另一个方案，却不感人。我渐渐深刻体会到叙事顺畅了不一定感人，要感人是需要情感铺垫的。从贺龙追悼会起，全是感情戏，是总理告别人生的最后过程，其他事件的插入都会破坏情绪。告别人生的过程，是饱含感情的。从贺龙追悼会，到进入手术室与邓小平谈话，手术后在病床上与罗青长谈台湾问题，再到大会堂服务员来探望哭成泪人……日子一天天地过去，周恩来离死亡越来越近，拉上窗帘、关窗帘，代表着时间的流逝，周恩来在弥留之际还跟主治大夫吴阶平说，让他离开病房去照顾别人，这是一个伟人临终的最后嘱托，到死还在为别人着想。他死不闭目，警卫秘书悲痛大喊"总理"，情感一层层地叠加。这些编排，如何做到准确、适度，又避免刻意煽情，都是需要反复试验、琢磨、推敲的，目的只有一个，就是要加强对观众的心理冲击，让人们淹没在一片悲情的气氛中，观者无不泪如雨下。

记得在电影局审查时，我看到李文斌在看到影片中贺龙追悼会的时候便开始抽泣，一直到大会堂服务员哭总理的那段，竟哽咽大哭起来。审查结束，所有人都眼泪纵横。我看到陈荒煤红着眼走出来，腾进贤、丁峤，无一例外。这些现象已经表明：影片成功了！

接着组织全国各省电影发行公司的经理来放映厅看片，订拷贝。我当时参加了这场订货会。影片放映结束，经理们红着眼睛，高喊："内蒙古50个、辽宁60、福建40、青海20、广西40……"接着内蒙古经理冲着周秉建打电话那场戏，再追加十个拷贝（周秉建那场电话戏中，总理说要周秉建学好蒙古语言才能为蒙古人们服务嘛），大家争先恐后，一边抹眼，一边喊拷贝数，最后初算，全国定了417个拷贝（拷贝数全国排名第二，第一是《焦裕禄》）。老高、胡健都很高兴，马上开始印拷贝。但就在这个节骨眼上，听到中宣部要调看影片，我们便立马送去，但过了一阵子，消息便石沉大海，一个星期了都没动静。接着中南海要调片子看，却不让导演去，听说是因为导演一去，总在边上说话，中央首长也不好评价。只叫广西党政领导李振潜、广电部部长田聪明、电影局局长腾进贤参加，我们只好在中苑宾馆等消息。

夜里11点，李振潜回到宾馆，非常兴奋，江泽民为影片题了六个字："深刻、真实、感人。"李鹏总理观影时也哭得像泪人，跑到洗手间洗脸。而看到江青换护士的情节时，大家都笑了。还有朱镕基同志、李瑞环同志都高度评价了影片。李瑞环还说："怎么没有十里长街送总理啊，应该加上。"我觉得李瑞环同志的意见很好，便立即把纪录片中十里长街的场面加进了片尾，将影片推向高潮。

我们摄制组主创按发行公司的安排，到全国各地参加不同地区的首映礼。天津摩托车开道，沈阳用飞机在天上撒传单，南京万人空巷看总理，在淮安——周恩来的家乡更是家喻户晓，上海大光明电影院座无虚席。正值武汉10月1日国庆节，我、高鸿鹄、王铁成同回北京参加国庆节国宴招待会，第一回以贵宾身份，到大会堂宴会厅参加国宴。入场前，李鹏又是接见、又是照相。很快高鸿鹄便被调入北京当上影协书记，王铁成当了政协委员，获第12届金鸡奖最佳男演员，获第15届大众电影百花奖最佳男演员，被誉为"活总理"，享誉至今。我还照旧做我的导演。听说评选金鸡奖最佳导演时，因为我已经得过了，便把获奖的名额给了别人。于敏为此在报上发表言论，说评委不给丁荫楠最佳导演奖是最大遗憾，我只有一笑了之。《周恩来》到广东省委献映结束时，看到是广西厂出品的，有人就在《南方日报》上发文章批评珠影走宝，人才外流。王进一进厂门，正好遇见我出厂，对我说："你让我们很被动啊。"我插科打诨："哪能呐，哈哈哈！"那一刻我的心情感到从未有过的轻松！

迷茫的90年代——电影人的生存之道

1991年拍完《周恩来》后，我曾有过退出"江湖"的意思，和朋友李小明（战士话剧团的演员李谢林之子）准备合开一个影视公司，却遇到了个诈骗犯，后来又开了一个广告公司，不知何因又遭陷害，小明被公安局传讯，险些坐了班房。最后开了个包子铺，我起的名叫"老班长"，顿时火遍广州城，混了一阵，但终究觉得不是自己本行，看不到前途。广州是改革开放前沿，诱惑极多，而我由于离开影视专业，像巨人离开大地，没有任何力量。后来想来想去还是要干本行。

此时有个好友——广州美院的油画家李正天邀我策划《隋炀帝》，立即引起我的兴趣。《隋炀帝》剧本是扬州丁家桐同志写的，因为他是扬州本地人，所以对隋炀帝的历史十分了解。当时也有北京的投资方很看好这个项目，并在北京启动筹备，我便请了宋鸿荣，来担当影片的美术设计，并开始着手做美术概念图，当时物色演员，看中了美籍华人尊龙，他和贝托鲁奇合作过，出演《末代皇帝》里溥仪的角色，风光得很，有票房效应，后来又接拍了不少好莱坞大片，如《蝴蝶夫人》等。可以说，我投入了相当的精力，是希望这部影片能与以往所有作品不同，远离政治，彻底走一把商业电影的道路。90年代，随着市场经济的到来，很多电影厂都在走下坡路，民间资本拍电影悄然兴起。但可惜《隋炀帝》的体量过于庞大，加上投资老板生意场上赔了钱，资金链断裂，项目被迫腰斩。我们算是白忙活一场。

后来，制片主任辛明约我导演了一部电视剧叫《史来贺》，由他来主演，编剧是曾经在《周恩来》担任道具师的郭大刀的爱人张建莹。

接着，又接拍了电视剧《商旗》《郭兰英》《欢喜人家》，当时就像盲头苍蝇乱撞，但每部片子我都像做电影一样，认真地对待，很多制片人都不太理解，觉得拍电视剧没必要太认真、太使劲。

到了1995年，中国电影正走下坡路，全国的电影都在亏损，电影厂拍的作品创历史新低，电视媒体越来越占到主导地位，很多电影人纷纷下海拍电视剧。这个时候，为了挽救中国电影市场，电影频道应运而生。当时一种新生事物——电视电影诞生了。所谓电视电影，就是在电视上播放的电影。长度和电影一样，但是播出平台在电视上，虽然成本很低，但是对于那时候的市场来说，是难得的拍片机会，那时候每个国营电影厂都分到一部分电视电影的拍摄指标。那时候我在北京闯出了点

当代岭南文化名家·丁荫楠

◎ 《黄连·厚朴》剧照

名声，北影厂厂长韩三平听说我在北京，便约见我。记得韩三平见到我说的第一句就是："丁导演，您是花大钱、拍大片的，今天我约您拍一部百万小片行吗？但剧本你得自己弄。"为了能再拍电影，我咬了咬牙，便答应了。我便开始着手寻找题材，偶然看到中篇小说杂志上有一篇名为《黄连·厚朴》的中篇小说，讲的是中医世家的故事，格局比较小，也适合改编，便向朋友借了五万块钱，购买了版权，将小说改编成电影剧本，北影厂审了剧本觉得还不错，便同意拍摄了。我选了朱旭、王之夏为男女主角，韩三平派北影的孙制片，将成本控制在120万以内。我闷头拍戏，给北影孙制片留下不错印象。有一回我和孙制片吃饭，孙制片看我只吃包子也没有摆谱，觉得我这个人很好合作，便获得了北影人的好评。影片拍得很顺利，只是北影场地外景没有暖气，把我冻得直流鼻血，化妆师王希钟老师特意炖了鸡汤拿到现场，让我非常感动。戏提前完活，还给公家节约了两万。

这是一部小成本作品，后来获得北京电影学院学生的好评。但到了金鸡奖评奖时，听闻有评委认为："这哪是丁荫楠作品，他是拍着玩的。"其实我是非常下功夫的，这部影片描绘了东西方的文化差异，揭示了东方人对西方人的误读，批判了东方人的浮躁、循规蹈矩、浅薄与虚伪，现代人性中仍被封建文化所影响和束缚的生存状态，戏剧冲突虽小，但隐喻的色彩浓郁，讽刺辛辣，很有生活质感。

片子拍完后，我结交了不少北京的朋友，给北影留下好印象，同时在电影界传出丁荫楠也拍投资小的片子，从此改变了我"花钱祖宗"的印象。其实这是无中生有的传闻，钱从来都是投资人来掌控的，我从不关心钱。本来多年前就想请我拍戏的刘信义，一直怕我花钱太猛，便不敢约，再加上他是我带进电影界的，怕管不住我。此次他听闻我的好评，决定让我执导30集电视剧《海瑞》，我答应了。《海瑞》是王培公写的文学剧本，功底十分扎实，是历史正剧的类型，正合我的意。当时横店刚刚有了初步的规模，有了电影《荆轲刺秦王》搭建的宫殿，场地外景拍得很有气派、有场面、有诗意，刘、王都满意，后来电视剧得了飞天二等奖，我拍的《史来贺》也是飞天二等奖。拍《海瑞》的时候便认识了摄影师沈星浩，还有化妆师徐广瑞。徐广瑞是王希钟老师的徒弟。

这段时间我只是为了生存而拍摄，还没有一部让我真心要拍的作品。时间就这样悄然度过，浪费了不少光阴。

东山再起辉煌——电影《相伴永远》的得失

在拍摄《海瑞》期间，丁震借着暑假就到剧组来实习，跟摄影组工作，在这期间，他已经立志要跟我干电影了。到了1999年，他大学毕业后就直接跑到北京来找我，顺理成章地成为了我的得力助手。当时我正在筹备电影《李富春与蔡畅》，后来改名《相伴永远》。电影局王庚年副局长支持李富春、蔡畅的女儿李特特，要给他爸妈拍一部电影，但剧本总不过审，编剧胡健、顾保孜合作几易其稿都无法通过。创作上遇到瓶颈，就面临下马的危机。李特特的儿媳姚萍也参与运作此事，并代表李特特和北影领导研究影片如何推进。

韩三平说："你如果把丁荫楠找来，我就拍这片子！"曹彪便介绍我和姚萍，还有胡、顾两位编剧认识，希望能让这部片子起死回生。我看到原剧本的内容过于沉闷，主要是讲他们的功绩，缺乏人性化的刻画。所以便建议编剧以两个人的革命爱情为主线来构成故事，把功绩作为背景来讲。刚开始李特特并不同意，姚萍同意去说服她婆婆，我便向顾、胡讲述了人物传记片的创作诀窍——"干枝梅，论段卖"，将剧本分成四个段落：留法相识、抗战谍战、解放欢歌、"文革"炼狱四段。

爱情、友谊随着革命浪潮的发展而发展，情感非常丰富，带有一股革命浪漫主义史诗的味道。编剧同意我的建议，剧本很快成型，曹彪当制片主任，非常有经验，厂里还没下生产令，我们就筹备开了。

决定由四位演员分饰人物李富春与蔡畅的前后两个阶段，青年时期是苏岩、苗海忠，中老年期是王学圻、宋春丽。韩三平曾把我叫到他的办公室，担心演员接不上，我向他做了保证。影片出来后，总政宣传部部长徐怀中看了影片后，发出感慨："人物电影就得找丁荫楠。"丁震初出茅庐，担任了《相伴永远》的场记，从此跟我走南闯北，实现自己的电影梦。

电影《相伴永远》描写李富春、蔡畅在法国勤工俭学，并和周恩来一起在法国成立青年共产主义青年团，当时还有邓小平、蔡和森、向警予。青年就是一股热血，他们不畏强权，勇于表达社会的不公。法国是新中国第一代革命领导人成长的摇篮。我们在巴黎开始筹备这部电影，参观了法国的道具公司、服装公司，古老的东西应有尽有，他们的管理十分科学，真是拍电影的天堂。特别是给蔡畅的扮演者苏岩穿的一件抽纱大翻领衬衫，真是完美，充分体现了19世纪初，欧洲服装的编织质感。跟我们合作拍摄的法国制片人伊蒙先生，工作态度认真，专业。他的中国翻译祝虹，虽然身材矮小，却是个小精豆，在法国待了十几年就是不结婚，后来回国到中国传媒大学当了教授。

《相伴永远》拉开了我和丁震父子合作的序幕，丁震很适应摄制组的生活，而且他心地善良。有一次，拍李富春骑着车载着蔡畅从石子路的斜坡上飞驰下来的戏，结果石子路上撒了水，轮胎打滑，男演员失控连人带车翻了下来，幸亏演员没有摔坏，只是擦破了点皮。丁震见我对演员受伤也不关心，便向我发了脾气。我马上说："他们没摔坏，没必要大惊小怪，摄制组就是摸爬滚打，不能娇气。"丁震心里很不服气。

我第一次和摄影师穆德远合作。穆德远是78班摄影系毕业，是第五代学院派的中坚力量。在法国租器材，狮子大张口，又要移动升降机，又要"大炮"，预算超支，法国制片尹蒙有点吃不消了，让我来平衡一下。我便和穆德远有了一次交锋。穆德远是个性情中人，既有江湖气质，又有儒雅的一面，江湖气是指他有大哥的风范，讲究义气。加上一毕业就拿机器拍电影，当了摄影系主任，又当教务长，仕途一路顺利，是时代造就的一代。人很聪明，是个多面手，又当导演又当制片人。丁震向他请教业务："要想学电影，先学吃、喝、嫖、赌、抽。"其实都是夸张。意思是学电影的人要有阅历，要体验生活。后来拍摄结束的时候，他由衷地跟我说："我合作了这么多导演，您最有想法！"

有一次，因为升降车的配重有问题，在移动过程中，摄影助理停得有些急了，原本头重脚轻的升降车，向下倾斜，眼看就要连人连机器摔下来，亏得穆德远，连忙将机器摇开，没有正中摔在地上，镜头因为有"斗"保护，没有摔坏，避免了一个损失。穆德远整个人摔下轨道，腿上刺了一大裂口，鲜血直流。后来查出是器材的问题，追究了器材公司的责任。

◎　《相伴永远》剧组在中南海瀛台合影

最后一场戏，李富春和蔡畅在玻璃窗前诀别，堪称千古绝唱，没有人用这样的手法，来体现革命伴侣的情感，这是创造出来的诗化出来的意境。王学圻因此获得了当年华表奖最佳男主角，宋春丽获得金鸡奖最佳女主角。导演奖给了张金标。其实获奖与否对我来说已经不那么重要了，主要是因为儿子丁震从头到尾拍完了一部电影，收获更大，学习了不少电影知识。他从前期拍摄到后期制作，盯剪接、盯特技、跑洗印、做字幕、修改，因为太累，得了阑尾炎住进三〇六医院，立即手术将肠粘连剥离，做了两个小时的手术，元气大伤。这是我第一次照顾生病的儿子，也不敢告诉他母亲，每日送鸡汤、骨汤。为了尽快康复，术后三天必须下床走动，丁震疼得站不起来，体力虚弱，我扶着他从床上起来，扶着他在床边走动，我抱着他，他扶着我，我们父子俩就好像在跳舞一般，从未有过如此亲密，真是一对相依为命的父子啊！父子之情比任何奖赏都要弥足珍贵。我觉得我的生命自从丁震的到来有了变化。我开始为他的未来着想，我决心培养他成为一名导演，可能这条道路对他来说过于艰辛，毕竟导演并不是人人都适合的职业，我也不期望他能继承我的衣钵，只是为了让他学会能拍电影的手艺，未来能独立成为一名电影人就足够了。

再拍伟人传记片《邓小平》

记得2000年冬天的第一场大雪，我和丁震去外面赏雪照相，晚上踏着雪走在回家的路上，就谈到下步该做什么。刘信义投资的电视剧《三言二拍》打算还按《海瑞》的班底让我再拍一部，眼下就只有这个项目是比较靠谱的。丁震当时年轻，他比较喜欢历史方面的书，刚刚看完邓榕写的《我的父亲邓小平——"文革"岁月》，被邓小平"文革"中"两上两下"的情节所感动。我便提议重启电影《邓小平》的项目。因为是邓小平女儿邓榕写的书，书中的内容完全可以变成电影剧本。丁震认为我以前拍了《孙中山》《周恩来》，如果把《邓小平》拍了，那就全了，就成了伟人三部曲。我当时听了这个提议，一方面感到兴奋，又一方面又感到压力。

在1994年的时候，珠影要做《邓小平》，几易其稿，找了很多编剧写过剧本，王培公、倪震、刘星都写过剧本，但都因为邓小平还在世而被迫叫停。1997年，邓小平去世后，央视拍了一部邓小平的纪录片，但作为电影来说，也没有再重提，可能是因为离得太近了，没有人再去关注这个题材，毕竟是写邓小平，政治话题比较敏感，都不敢再碰这个题材。我对这个题材其实也是有顾虑的，但看到丁震非常有创作热情，便支持他做剧本。之前他写过一稿《毛泽东在1972》，是关于中美建交的，我看他的文笔不错，有写作能力，构思能力也还不错，最主要的是他电脑打字非常迅速，写起来也不费力。因为还没有投资，所以我们自己就先干，我和丁震便开始创作剧本。由他执笔，我负责看，我们两人合作得非常有成效，一个多月便迅速写出了一稿剧本。

说起电影《邓小平》，虽说是丁震起意要拍，但其实早在1992年《周恩来》取得空前的成功，珠影便有打算投资拍摄《邓小平》的想法。而我也有完成拍摄三位领袖的夙愿。当时仍由辛明组织，住在北京北海饭店搞剧本，当时邓小平南巡刚结束。下步便是与邓家接触，但始终联系不上。后来为深入生活，于是沿着小平南巡的路走一趟。体验生活是从做《孙中山》的经历中学会的，一路上收获颇多，了解到许多细节。当时邓小平已90岁高龄，还亲自南下推动改革，真是和死亡争时间。邓小平这种与生命赛跑的坚强意志，扎根于我的创作意识中。我多次访问冷溶（中央文献研究室副主任），均得到热情接待，但没有积极成效。

后来电影局柳城找我谈话，传达了丁关根部长指示："告诉丁荫楠，不要搞电影了，小平同志不同意。"当时丁桥部长为电影《邓小平》之事也颇费力气，拉着丁关根说："丁荫楠想拍《邓小平》，这都是咱老丁家的事，你支持一把。"丁关根并没有搭茬。就这样，电影《邓小平》暂时搁置，我这才去拍电视剧《农民儿子》和《海瑞》。

想起来，从1991年动意到2000年重新启动，一晃九年过去了。记得我和丁震决定再重启电影《邓小平》，第一想到的便是黄勇——当时珠影一把手，我的老同学，他听后勇敢地决定，珠影应该重启《邓小平》项目，便立即飞到北京与我签订剧本的合同，定金十万。这个支持力度可谓是非常大的，让我立即充满了信心。

在此期间，我当选了电影家协会副主席，丁关根请影协新班子在中宣部吃炸酱面，我与赵实会面，请丁部长与邓家谈，丁说："我行吗？"赵实说："有您支持，才能拍《邓小平》，您必须让邓家认可。"丁说："我试试罢。"此时在广电部大楼，赵实招我去办公室见邓榕谈创作，为此我又制作了一个示意图，从头到尾描述一番，得到了邓榕首肯。当时腾进贤也在场，就等于官方也直接参与了。

丁震埋头写剧本，一稿一稿地送邓家审阅，每回都按着邓家意见修改，但冷溶总不满意。最后由王庚年出面，在西山虎啸山庄开剧本讨论会。会上，冷溶认为不能再写"文革"中邓小平"两上两下"。毕竟这段历史不好把握，应该写邓小平"文革"结束后恢复工作，直到改革开放。王庚年看得透彻，便决定请冷溶接手改剧本，龙平平、高屹参加，我也算一个。这样就把丁震挤出去了。丁震只得了一个副导演的位置，好在丁震心地宽，没计较，欣然参加拍摄。很快，不到一个月，邓小平的剧本基本定稿，电影进入实质性的筹备阶段。我和丁震都很为这事高兴和兴奋。对我们来说，能拍就是胜利。

这天广电部大楼会议室，赵实为电影集资召开会议，当时我在场目睹了国家对电影的支持。开场赵实简单地说了拍摄电影《邓小平》的意义，认为受过改革开放发展得益的各单位，都应该出资帮助这部主旋律电影的拍摄。我记得到场的有广东、深圳不少宣传单位的代表。赵部长开门见山："你出多少啊？""我们出200万。""邓小平让你们从一个小渔村建成现代化城市，你才出200万？400万吧。""那我打电话请示一下。""你就是代表，还请示啥？""好，那我们出600万。""这还差不多。下一个。""我们出300万。""你们一个落后的厂，现变成跨国公司，才出300万？""行，那我们也出600万。"……不到40分钟，2600万的制作费齐了。赵实说完后，起身："感谢大家支持，请大家回去落实吧。""丁导演，钱交给您了，就看您的了。"

散会时，各人都怀着不同心情落实钱去了。很久后我遇到一个当时给《邓小平》筹钱的一位处长，他告诉我，他们为筹资金废了大劲了。总之，在赵实支持下，正式进入筹备，由珠影掌盘子，由陈浩厂长主持制片任务。当时由于沙龙公司汪先生看到了《邓小平》这样难得的国家项目，毛遂自荐，赞助了当时最好的胶片摄影机——潘纳维仙（PANAVISION）摄影机，提供了从未使用过的豪华设备。我是第一次做总制片人，签字批准一切，真正让丁震进行了一回导演工作的实践。姚萍也加入到制片部门，借着她干部子弟的关系，接洽中南海。为拍升旗仪式，让摄影机随车横穿长安街，在长安街上停车五分钟。记得姚萍找到铁道部，理直气壮地要开出邓小平的专列以供拍摄，和当年《周恩来》一样，动用了国家的力量来拍一部电影。

电影《邓小平》的开机仪式是在大会堂的香港厅举行，新闻发布会由赵部长亲自主持。主演卢奇同志激动地落下了眼泪。早在5月5日，摄制组就在邓家的大院开机拍摄，当时在场的有以赵实为首的电影界领导，冷溶为首的中央文献研究室成员，及邓家三姐妹。由于邓小平夫人卓琳的认可，三姐妹亲自接待。这是电影界从未有过的待遇，一部电影能受如此重视，恐怕空前绝后了吧。

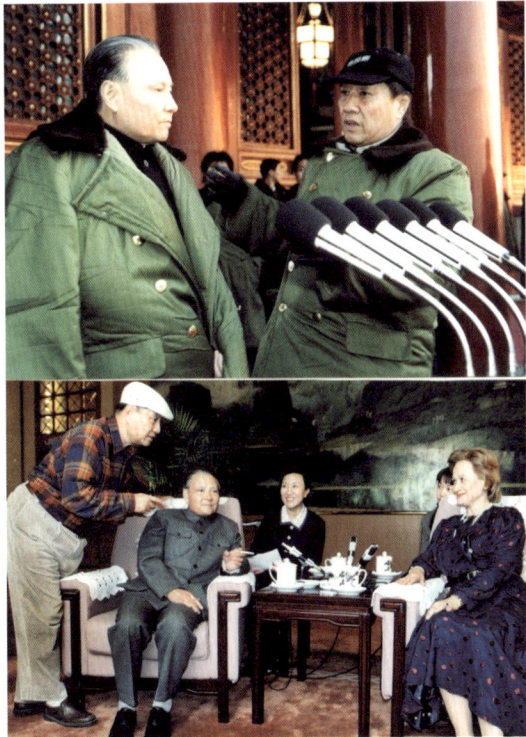

◎　丁荫楠在《邓小平》拍摄现场为演员说戏

　　从筹备到拍摄，赵实非常关心，是因为这个题材太重大了。为了再现历史，摄制组从中南海到专列，到邓家，到天安门，再到纪念堂，一路通行无阻。在深圳拍摄期间还受到市长于幼军的亲切接待。九年前，于市长在广州东山当区委书记时便支持我拍《邓小平》，还帮我进京活动，心中感激不尽。

　　《邓小平》终于在百日后制作完成，立即送中宣部，丁关根同志亲自审查，邓家人到场，赵部长主持，徐光春更是积极参加审查。丁关根带头鼓掌说："我就给两部电影鼓过掌，一部是《花样年华》，另一部就是今天的《邓小平》。"影片顺利通过。然而影片的票房和口碑却没有想象中那么好。也许因为受到太多政治因素的影响，使得这部传记片失去了艺术个性的光芒。电影《邓小平》在艺术上没有更多的创新，然而它的文献价值还是存在的，无论到什么时候，它都会是一部特别的传记影片，也是一个时代的产物。

《梅兰芳》的流产和《鲁迅》的诞生

2003年，正赶上北京闹"非典"传染病，我们搬入了五环外的清河新居，街上不时传来急救车的警报声。既然不能出去，就闭门搞创作吧。这次我们将目光转向文化名人——梅兰芳。拍《梅兰芳》是我在参加文联主席团会的时候，看卖书场上陈列着一部由李伶伶写的《梅兰芳传》，读后非常感兴趣，我便鼓励丁震研究梅兰芳，看能否将这本书的内容吃透，然后改编成剧本。丁震有些犹豫，毕竟对京剧实在是外行，他怕写不好。我说，梅兰芳是四大名旦之首，是京剧的大师，是传统文化的代表人物，如果把他拍出来，一定会引起广大观众的兴趣，而且有《霸王别姬》在前，如果能做出新意，而且真实地反映京剧发展的历史，将是非常有价值的题材。丁震毕竟年轻，需要重新开始一点点研究京剧流派。他开始阅读大量的素材和书籍，买了好几百万字的有关梅兰芳的资料，还有京剧老艺人们的回忆录，潜心研究了三个月后，开始下笔，终于在半年后完成了一稿剧本。

与此同时，我又对"鲁迅"这个题材开始产生兴趣，因正好结识了电影学院1990级的毕业生刘志钊，他十分热爱鲁迅，潜心研究鲁迅若干年，对鲁迅十分了解，我便决定由他执笔开始创作剧本。当时我的创作仍在旺盛期，对于中国电影开始走向市场化、商业化的状况漠不关心，尽管《相伴永远》和《邓小平》发行不利，我并没有改变自己拍电影的初心——不迎合市场，要拍出与民族相称的，代表中华文化的电影。

我们一边搞剧本，一边开始运作电影《梅兰芳》。赵实部长听到这个电影题材，十分高兴，并决定帮助我。她约了北影韩三平，香港电影投资者江志强先生，还有我、胡克副局长一起谈电影《梅兰芳》的投资。江志强愿意出300万购买梅兰芳的海外发行版权。江志强把《梅兰芳》剧本拿到香港的电影公司做评估，从情节到语言，到故事桥段，到细节等等都做了打分，对电影《梅兰芳》的市场效益不看好。我们的剧本过于遵从真实和历史，而没有所谓"突破"，最终这部电影便没有正式开拍。

电影《鲁迅》也是一番周折！

当时正值张宏森同志调电影局任副局长，赵部长让他抓电影《鲁迅》创作，给了300万国家补助，让我找上海电影集团董事长任仲伦合作。因为这个题材一直是上海的。赵丹当年就想扮演鲁迅，由于当时提出"大写十三年"，《鲁迅》只好搁浅没有拍成。现在由我来完成赵丹先生的遗愿了。

首先，我们拜访了鲁迅的儿子周海婴先生，并得到了他的大力支持。到上影厂，受到了任总的欢迎，并受邀参加上影厂的厂庆活动，我在会上宣布要拍《鲁迅》，并邀请上海话剧团著名男演员焦晃先生扮演鲁迅，当时焦晃先生刚刚在《雍正王朝》饰演康熙，风光一时。然而任仲伦向我交底，电影已有300万现金，上影"软投"400万（即棚、景、化、服、道、摄影、照明、器材、摄制组食宿、群演），预算1500万，还缺800万，让我自筹资金才能开拍，一下子把我难住了。

哪儿去弄这800万？当时我一筹莫展。就在这时，服装师董董开了一家川菜馆，举行开业仪式请我们吃饭。当时我的心情极度沮丧。就在开席前，有一位叫王立平的女士找我借一步说话："丁导，《鲁迅》是不是缺钱？差多少？"我说："800万。""我替您筹措800万，但有一个条件，让张瑜演许广平。"我一头雾水，原来张瑜在北京见过赵实，赵实说："你张瑜是电影界的明星，怎么总演电视剧？应该回归电

◎ 丁荫楠（左二）与周海婴（左三）、制片人姚萍（左一）、编剧刘志钊（右二）、执行导演丁震（右一）合影

影。""可没有适合演的电影啊。"赵实说："丁荫楠导演正筹备《鲁迅》呢，你可以饰演许广平嘛！"

有了筹措的800万投资，令上影厂随即一拍即合。《鲁迅》终于开拍了！120天后，电影《鲁迅》虽然顺利完成，然而上影厂没有给这部影片作大力宣传。后来汪天云厂长在制片协会上检讨："没有发行好《鲁迅》，令人遗憾。"《鲁迅》院线一日游，零票房。《鲁迅》最后只在电影频道播放，但看过的无不称赞，这是一部非常特别的传记影片。影片用了七个梦，代表着鲁迅的作品，贯穿在鲁迅最后三年在上海生活的点点滴滴。影片放弃了起承转合的传统叙事，而转向鲁迅细腻内心的情绪式、积累式的散文化叙事特点，加上诗化的处理，给影片一种别样的文艺气息。现在看来，仍然感人至深。濮存昕的表演非常抢眼，和过去人们心目中鲁迅的形象有些不一样，濮存昕饰演的鲁迅更加富有人情味，然而这种亲和反而和真实的鲁迅有一定反差。但这仍然是我心目中的鲁迅形象。100个人有100个鲁迅形象，至于电影能不能在目标观众中产生共鸣，我也管不了那么多了。

2005年，中国电影100周年纪念，我入选全国有特殊贡献的50名电影工作者之一，全仗着过去拍的伟人电影，《孙中山》《周恩来》《邓小平》，还有《鲁迅》。回想起来，这些影片的诞生真是艰难的历程，但我坚持下来了，现在仍然坚守着，要做有价值的电影，能留得住的电影。2009年，我还给京剧名家裴艳玲先生拍了一部戏曲电影《响九霄》，得了金鸡奖最佳戏曲片奖。我利用数字合成技术，把舞台背景换成国画，衬托舞台上的表演。这是一次独创，也算是成功的表现手法。裴艳玲先生一赶三：青衣、武生、老生。《响九霄》也算是他关门佳作。因丁震去了电影学院导演系进修而未能参与此片，失去了一次拍戏曲片的实践。

上阵父子兵——电影《启功》再联手

2011年冬，在中国文联开书法协会成立30周年纪念会。书协书记建议我给前书协主席启功先生100周年拍个纪录片。我当时欣然地接受了这个任务。但是我一想纪录片并不是我擅长的，不知道如何入手。我更擅长做人物传记影片。能否把《启功》拍成电影呢？依据以往的经验，一部人物传记片，需要家属、专家、国家三家的支持才能做起来。

我开始着手联系启功先生的家属。启功先生没有直属亲人，章景怀先生是他的内侄。章先生听了我的想法，还是表示支持的，但条件是学校也要支持这件事，家属在这里的力量不足。接着，我又找到了学校的董奇校长，并跟他说我要拍《启功》的意愿。董校长曾经是励耘奖学金的获得者，对启功先生有感情，很支持，便责令组织《启功》的相关研究专家开会，研究电影拍摄的可能性。当时参会的人员都是启功当年的研究生、博士学生，现在都是博士生导师、教授了。大家对拍电影的看法并不统一，最感到困难的是到底由谁来扮演启功，演员是个大问题。丁震后来在网上寻找演员，看到了人艺退休老演员马恩然先生的剧照，感觉气质和外形与启功先生十分相似，只是马老师一直以来都是扮演农民的形象，过于乡土气，但整体外形还是可以塑造的。我们便联系到马恩然老师，希望他能来试装造型一下。马老师开始并没有信心，而且十分谦虚，说如果不合适，就不要勉强。我们请了王希钟老师的大徒弟徐广瑞老师为"启功"造型。没想到一造型，形似达到90%，有了这个底气。我决定让化好妆的马恩然来到章家（启功内侄家）去获得家属的认可。正赶上几位启功弟子去章家拜年，一见化好妆的马恩然，大家都全傻了，天下竟有第二个活"启功"！此事一传十，十传百，便打消了专家们认为不能搞故事片的顾虑，也增加了他们的信心。

丁震与启功研究会的李强先生，一起合作研究写的第一稿剧本，交给了中国文联基金会的会长姜昆先生，姜昆对启功很有感情，一口答应帮助集资："您先干起来！"他不知道，先干起来也得有一笔钱啊！我只有自掏腰包了，我动员书协书记赵长青，他立即把刚刚送到办公室的稿费五万元交给我，算是车马费。由于剧本得报电影局备案，那时还有所谓单片申请，我得到影协许柏林书记帮助，报电影局并汇报给宏森局长，又跑到文联基金会，得到郭秘书长支持，再打报告以影协的名义，让会计室的叶会计师完成财务手续，这100万才真正算是《启功》的启动费。2013年夏，开始初步筹备，看景，演员试装，服装设计，美术设计，还让丁震完成了一部《启功轶事》微电影拍摄。拍这部微电影是用小球转大球的做法，微电影是新生事物，通过微电影，可以同时检验影片题材是否有关注度，演员是否能胜任，主创团队是否有能力完成。算是试拍也是练兵。

《启功轶事》后来获得好评，当时正是微电影热的时候，各种微电影节抢着要颁给《启功轶事》各种最佳奖：最佳影片、最佳导演、最佳演员，而且由文联基金会派人领奖。有了成绩，这给秘书长姜昆很大信心，姜昆动员书法协会参与，全国各地书协主席、理事进行写字义卖，为《启功》电影筹措拍摄资金，全国书协的积极响应，大家挥毫上阵，全是看在启老爷子的面子上，是启功先生的德行感动了大家。183幅字画寄来裱好，分开展览，由文联党组书记赵实、主席孙家正出席，成了文联的一件盛举。我请师大党组书记刘川生出席，并表示他们师大也出200万。此举也是水到渠成，影片拍摄又有了200万。

有了这笔现金，任乃长作为执行制片人，有200万也开拍，因为有一位老板答应给他支持，组成摄制组。到2014年的夏天才真正开始建组，主创开始到怀柔外景地勘景，美术组进入，开始做概念设计图，此时便像以往策划大片一样。起初还都是我拉车，后来我推车，再后来便是众人推我，我不用使劲也能往前走了。因为力量动员起来，个人之力变成了群众之力。"人民"动员起来，还能不前进吗！

183幅书画作品终于由海澜公司收购，1300万拍摄资金到位。之前有人出800万姜昆没有卖，我曾请姜昆让步，还是姜昆有市场观念。终于找到海澜公司，交接时在对外文委举行宴会，遇到张和平主席伸出拇指向我祝贺："您真行！"有了这1300万，他不能不服我的坚持，正像章景怀说的："没有老丁导，《启功》电影就做不成。"连姜昆也说："也就是您，换第二个人，我都不管。"

至今我给姜昆及基金会留下很好的印象。《启功》电影是丁震从筹备到拍摄前、后期独立完成的一部长片，接受了一次全面检验。从构思到组织实施，从艺术创作到人事安排，从构思到现场指挥，全面发挥十年来的积累，尽管有些不尽如人意，但终于自编自导完成了一个作品。收获是全面的体验，也是深刻的，尤其是导演须做到坚韧，不达目的不罢休，及严格掌握周期，获得全组好评，人品、能力全面合格不易。这部电影最终获得中加国际电影节导演奖和法国巴黎中国电影节最佳青年导演奖，圆满地画上了句号。

丁震从2012年开始琢磨构思写出初稿，直到2014年拿出定稿本，经历三次大改，无数次小改。他的坚持给我留下深刻印象，这是导演的最核心品质，也是成功的第一要素。获得北京影协杯剧本二等奖，这个剧本被青影厂专家一致认为是具有人文价值的剧本，并同意投拍电影。这次由丁震又编又导，终于能独当一面地指挥摄制组拍摄。而这个作品也获得了法国巴黎中国电影节，最佳青年导演奖、加拿大中国电影节最佳导演奖的殊荣，真可谓三年不负苦人心，丁震终于迈出了作为导演的坚实的一步。我很替他高兴。

总之，《启功》运作三年，跑遍了北京城，最后能够拿出一部令人满意的作品，足见我们丁氏父子的诚意感动了所有参与的人。有志者事竟成，是一条人生真理。

▎结束语

我从1979年开始做导演，至今2017年，已经过去将近40年，我始终无怨无悔。40年的生命都献给了电影、电视剧，因而忽略了家庭、朋友，使他们都没有得到关怀与照顾，对此十分惭愧。只有怀着歉意，向你们鞠躬了！但我无愧于我的祖国及我的专业！为广大观众服务也是我们这一代人的最高理想。

电影是我热爱的艺术与事业，没有电影，就没有我丁荫楠的今天，我无疑还是要继续做下去，仍要以丁家班掌门人的身份，支持丁震以及广大同行，一直到我生命的最后一刻。我将以电影事业的成绩来描绘我的人生，这是十分幸运的事。我不会忘记曾经给过我帮助的人，我的母亲，我的哥哥，我的表姐，批准我去考学的北医领导，支持我的北医同事，接受我入学的电影学院老师，培养我的多位教授，分配我到广州的工宣队队长，接受我、锻炼我并把我移送珠影的广东省话剧团领导，培养我成为导演的珠影孙长城厂长，北京影协的众位专家给我的肯定，中央领导交给的任务及他们的热心支持和鼓励，包括全体影协理事，每次各项大奖评委的包容与厚爱，上海、广西、北影各位老厂长的邀请及不同时期的影片投资人，尤其不能忘记的给过我帮助及与我合作过的编剧，摄、美、录、化、服、道、演员们对我的宽容与合作，我是站在你们的肩上，去获得这些荣誉的。没有你们，我丁荫楠一个人是做不成的。

还有在生活上、感情上给我慰藉的人，尤其我要感谢我的妻子和儿子给我的爱，这些都是我立于不败之地的能量来源。我将永远感谢你们。同时我也感恩这个时代，每次社会的进步都赐给我成长的机遇，让我进取，鼓励我奋进。

最后，我要感谢母亲给了我一个强壮的体魄，妻子给了我最大的宽容，儿子给了我最大的希望。

2017年6月12日

于北京清河清缘里老宅

当代岭南文化名家

第二篇
众说丁荫楠

▌光辉的形象，不朽的史诗

陈荒煤

我热泪盈眶，又终于热泪进流地看完了影片《周恩来》。好几天过去了，我脑海里始终萦绕、甚至梦中还会经常浮荡起影片中某些激动人心的片断，无法抑止心情的激荡。我首先要真诚地感谢广西电影制片厂——一个较偏远的省级厂，却有这样的雄心壮志，拍摄了这样的优秀影片。真挚地感谢编导和全体摄制组的热情与努力，特别感谢周恩来的主演王铁成同志，他出神入化地塑造了周恩来的光辉形象。

《周恩来》是一部电影，但也是中国人民永远无法忘却的名字。它是一部无法忘却和不应忘却的历史，又是一部艺术地再现的历史；它与真正的历史——一场长达十年的"文革"灾难的时间相比，不过是短暂的一瞬，它对周恩来半个多世纪的丰功伟绩也无法全面地概括，然而它又异常集中地表现了周恩来作为中国重要领导人——一个当时拥有十亿人口的大国的总理，在国家十分动荡不安的恶劣情势下，顾全大局、力挽狂澜、无私奉献、鞠躬尽瘁、死而后已的一种非凡的崇高的革命精神和高贵品德。

总之，《周恩来》是一部电影艺术家们呕心沥血用电影艺术再现的历史，它创造了一个真实深刻、生动感人、心灵丰富的光辉的艺术形象，为中国文艺史写下了一部不朽的史诗。我认为，这也必将是一部最优秀的形象化教材。要了解"文革"这场灾难和悲剧，要了解周恩来这位伟人晚年的遭遇、处境、心情，对他作出公正的历史的评价，这部影片为我们提供了真实可信的历史依据。影片对周恩来竭力与"四人帮"

周旋，排除他们的干扰，进行必要的斗争，保护老干部、老战友，使得国家政权还能照常运转，并且协助毛泽东完成中美建交的历史任务等这些历史的再现，形象而深刻地揭示出："文革"十年既是周恩来一生最后的最艰辛的时期，也是中国革命受到最严重的考验和挫折的历史时期。

凡是经过"文革"浩劫的老一代，凡是对"文革"这段历史还缺乏深刻理解的中青年一代，特别是未经过"文革"的青年一代，我认为，每一个中国公民都应该看看这部影片，重温历史，回顾过去，面对现实，展望未来，进行冷静地思考，认真总结历史经验，从而更加坚定信心，走有中国特色的社会主义道路。然而，现在仍还有人天真地惋惜周恩来在"文革"中过于"委屈求全"。观看了影片之后，我们就不难设想，当时周恩来倘若不顾全大局，竭尽一切可能保护大批老干部，使得国家政权还掌握在以他为首的领导班子下正常运转，不使生产停顿下来……简单说，倘若没有周恩来，我们的国家政权便完全落入"四人帮"手里，中国将会是什么结果？！

我们的党、国家、人民不能没有周恩来！这就是真正的历史。这也就是《周恩来》这部影片所揭示的深刻的思想内涵和历史的真实。

但影片终究是艺术，既不能不反映历史的真实，又必须通过形象——真实可信、生动感人的形象去反映。马克思主义文艺的基本观念，是要求用历史的美学的观点来评论作品。也就是说，要用历史唯物主义和辩证唯物主义的观点去评价文艺作品的形象，去要求艺术家反映和塑造在各种特定的历史条件下的典型环境中的典型人物。对周恩来在"文革"期间的历史作用和意义，这部影片是否作出了准确的历史评价和判断？它对周恩来当时的行动和心境，他的思想和感情，以及精神面貌的呈现，是否符合当时的历史背景，是否真实？通过艺术家精心选择的富有人物个性和内心情感的细节与情节的表现，我认为影片成功地塑造了周恩来伟大而感人的艺术形象。

例如，影片中有一段感人至深的场景：在对陈毅同志的批判会上，周恩来坚决抵制群众的盲目行动，毅然宣布，谁要武斗，"就从我的身上踏过去"，然后果断宣布大会停止，带领陈毅同志走出会场。但是回到西花厅，他又冷静地劝导陈毅同志带个头，作检讨，好再把工作抓起来。

染重病之后，周恩来身心交瘁、步履踉跄地走进八宝山，从突然发出令人心碎的呼喊声，连声"薛明，对不起"，到在贺龙同志遗像前一再深深鞠躬，让人泪流满面……这些画面，没有更多的语言，然而十分感人，深刻地表现出周恩来难以抑制的异常悲痛的心情。也是在这场戏中，周恩来说他自己的时间也不多了，就更进一步地揭示了周恩来当时那种无法描述的心境。

导演的艺术处理和演员真情的表演，以及使观众不禁泪下的这些画面，又恰恰证明电影艺术独特的魅力，这种强烈的视觉的感染力，是文字等其他任何艺术都无法比拟的。

再例如，当林彪叛逃直到飞机坠落蒙古的整个过程中，周恩来只不过打了几次电话，此外便是他长时间在办公室里的慢步踯躅……"此处无声胜有声"，没有任何必要再增加什么别的细节去表达周恩来的心情了。

在周恩来生命的最后几年，他经受了难以想象的痛苦折磨——固然，与"四人帮"的激烈斗争，和病魔的痛苦搏斗，给周恩来身心带来巨大的折磨，然而以周恩来当时的心境来说，最大的痛苦，还是在党和人民最需要他的时候，他却不得不走了。他不可能想不到"四人帮"的更加猖狂……

可是，我们却只能听到他说："我这里没有事了，你去照顾别的病人吧，他们更需要你啊……"然后出现了一个胡须遮面的憔悴面容，一双安详的没有闭拢的眼睛的特写……他终于离开了我们。最后，我们看到了邓颖超如此冷静、深情而悲痛地在已经长眠的周恩来额头上留下一个轻轻的长吻，永远告别了周恩来。

然而，那十里长街上成千上万的人民热泪迸流、惊天地泣鬼神的场面，不又正好表明了周恩来心里最大的忧虑——他实在不甘心这样早地就离开他所热爱的人民哪！

我随便摘下这些片断的画面，是想说明，电影艺术的确有其他艺术所无法比拟和代替的强大潜力，完全足以最深刻、最真实、最生动地去表现人的内心世界和精神面貌。

当然，影片艺术地再现了历史，再现了周恩来晚年在这些特定历史条件下的各种心态和内心世界，但是使我们心灵感到巨大震撼，更多的还是周恩来一生光辉的业绩中所显示的崇高的品德，是在"文革"中无人可取代的地位和作用。可是，周恩来真实的心情能有多少机会，能在什么场所，能对什么人去叙述表达呢？更关键的是，在当时的情况下，他不可能、也不愿意去表达。凡是跟周恩来有过接触、有些了解的同志，都深深感到周恩来从不隐藏自己的观点，他严格律己，勇于自我批评，性格坦率豪爽。那么，在"文革"的艰难处境中，周恩来的心境也就可想而知了。

从现在的影片来看，编导的艺术创作，特别是王铁成所饰演的周恩来，之所以获得如此重要的成就，我认为，最重要的一个原因，在于对再现周恩来的心境的分寸感的把握。这既遵循了革命现实主义的严格规律——历史的美学的原则，即既要符合历史的真实，又要有典型的创造；而且又发扬了电影艺术的特性，用精心选择的、结构的、真实的画面再现了特定的历史背景和典型形象的性格。

从我国电影艺术长期以来创造老一辈无产阶级革命家、领袖形象的经验来看，《周恩来》既突破了过去一些影片常有的"神化"领袖人物形象的缺陷，又没有陷于那种所谓"还原于人""走下神坛"，而忽视伟大的领袖人物在长期革命斗争中的经历。经验、智慧、才能等形成的特殊的气质与个性，周恩来毕竟不是个凡人。这对于反映重大革命历史题材的创作来讲，的确是一个重要的突破。可以说，《周恩来》为我们今后创作这类题材的影片开拓了更新的道路，更高的境界！因此，我认为，这部影片不是为周恩来一生光辉的历史画一个句号，而是鼓励艺术家们继承这部影片的传统和经验，创作出一系列周恩来的故事片。

这部影片也证明，文学艺术正确地认识理解和反映党的历史，党所领导的中国人民奋斗的任何时期的历史，都不能脱离对当时领袖人物的创造。正确地表现历史和历史人物，是艺术地再现历史的前提。不能正确地塑造领袖人物的形象，也就不可能正确地表现历史。各个革命时期的领袖和领导人物，既不都是"神"，也不都是一般的普通人，更不是一个平凡的人。他们往往是在关键时刻决定革命胜败的一个重要因素。也正因此，这些领导人物的性格和命运往往与革命斗争的胜败，前进和后退，成功和挫折，正确与错误有着千丝万缕的联系。因而把领袖人物在历史进程中的作用和地位，艺术地再现在文艺作品中，实际上也就是"典型环境中的典型性格"。文艺作品创造的领袖形象，帮助人民更深刻地认识和理解我们党和国家的领导人，这是全面认识和理解中国革命历史的一个非常重要的方面。

影片《周恩来》通过周恩来在"文革"期间的某些片断，实际上从侧面反映了一般人所不了解的"四人帮"的罪恶。影片一方面表现了周恩来力所能及保护了陈毅等同志，另一方面他未能保护住贺龙、老舍、孙维世……这种心灵上的创伤，既表明了他当时处境的艰难，揭示了"四人帮"的罪恶，也反映了在"文革"期间复杂的历史背景下，周恩来虽力挽狂澜但也有他力不从心的地方。"文革"期间有多少老干部、知识分子被加以"莫须有"的罪名，受到残酷的迫害——有的同志甚至丧失生命。从艺术创作来讲，影片更难于表现周恩来这个人在这场灾难中极其复杂的内心世界。

我看过影片之后，就闪过一个念头：单是表现周恩来与文艺界的关系，与文艺界许多同志的友谊，以及在"文革"期间一些优秀艺术家的遭遇，有的同志即使经过周恩来竭力保护但仍死于非命，等等，就可拍成一部很好的影片。我希望电影界能够很好地总结这方面的经验，继《毛泽东和他的儿子》《周恩来》之后，在塑造革命领袖光辉形象、更真实深刻地反映历史的真实等方面做出更大的贡献，以便有更多光辉的形象和不朽的史诗出现。

此外，我觉得影片尚有几点不足之处，愿提供今后参考：

一、从剧本来看，很明显，尽管片名定为《周恩来》，但实际上主要内容、时间已经明确以反映周恩来晚年在"文革"期间的工作与生活为主。但也许由于在剧本创作中，受最初构思设想的局限，尽可能结合"文革"联系过去的历史，想比较全面地或者说尽可能兼顾到过去的历史来表现周恩来光辉的一生，影片中用了不少的闪回镜头去反映周恩来一生中多方面的活动。但是"文革"十年是一场极为复杂的斗争，周恩来作为政府首脑，竭尽全力像一个擎天柱支撑着几乎四分五裂的国家。即使完全集中表现这期间周总理的所作所为，一部影片的容量也是难以容纳的。因此，创作者忍痛删去了许多表现过去历史的情节。但尽管如此，就现在保留的少数闪回反映历史的镜头来看，除了送贺龙夫妇去西山，周恩来站在台阶前不禁回忆起南昌起义那段历史，还比较自然，也和周恩来后来在悼念贺龙时心境相对应，成为必不可少的一组镜头。其他一些回忆的画面，缺乏有机的联系，显得凌乱了。这些闪回镜头尽管篇幅不多，却影响到影片更加集中、充分反映周恩来在"文革"期间的心态。

电影是一个遗憾的艺术，电影表现力的丰富和魅力固然是无穷尽的，但是其容量却又是十分有限的。在不到三个小时的时间里，表现周总理这位伟人晚年在"文革"中的遭遇的确是太难了。虽然影片惊心动魄、震撼人心地展示了周恩来生命最后的闪光，但仍然不能不令人感到遗憾，周恩来在"文革"后期内心的矛盾还远没有充分展示出来。

二、我个人还认为，影片对林彪和"四人帮"的罪恶，尤其"四人帮"明枪暗箭地对周恩来的干扰和仇恨（例如，在周恩来病重期间，江青还常常在深夜借故去扰乱），还缺乏更深刻有力的揭露，在表现上显得比较散乱一些。不太熟悉历史的观众可能就难以从影片中更深刻地看透"四人帮"的嘴脸及其险恶的用心，也不能更深刻地理解周恩来的痛苦和愤怒。

我之所以强调这一点，觉得很遗憾，正是因为我不能同意这样一种观点：周恩来在"文革"期间过于"委屈求全"，没有更坚决地和"四人帮"进行斗争。尽管毛泽东同志觉察到林彪的阴谋，尽管他也批评了江青他们不要搞"四人帮"，指出了江青有野心，但是毛泽东同志那时候既没有当机立断停止"四人帮"的一切活动，也还没有看到自己发动"文革"而造成的悲剧。毛泽东在全国人民心中仍然保持着个人的崇高权威，"文革"中极左思潮的泛滥，"四人帮"篡党夺权的阴谋还没被广大群众所了解，能够要求周公开指责"文革"的错误，甚至批评毛泽东同志吗？设想这种做法在毛泽东当时因病不了解实际情况，在仍然受到"四人帮"的包围和影响下，会造成一种什么结果？能够要求一生谨慎而又思想敏锐的周恩来在那样一种历史情况下来否定"文革"么?

我认为"委屈求全"与"顺全大局"不是等一的观念。顾全大局可以委屈求全,但委屈求全也未必能顾全大局。

我丝毫没有这种意思,要求《周恩来》这部影片对整个"文革"的严重错误作出全面的评价。但是既然影片表现了周恩来晚年最艰辛的岁月,以至他在身染绝症的情形下,竭尽全力维持国家正常运作所做出的努力与贡献,那么这一切都与灾难的"文革"无不紧密相关。而对林彪、"四人帮"两个反革命集团揭露得不深,必然会妨碍再现历史的真实,也会一定程度地削弱周恩来的光辉形象。我之所以特别指出这一点,也是考虑到今后还可能拍摄同类或相关题材的影片,应该很好地总结这方面的经验。

尽管如此,正如文章标题就明确指出,这部影片是我国电影艺术家们精心创造的具有光辉形象的不朽的史诗。它不仅是中国电影史上一部值得自豪的、具有典型创造的美学价值和史诗意义的艺术精品,也是我们电影艺术家们呕心沥血地用真挚的感情、崇高的敬意和辛勤的劳动所写下的光辉诗篇。艺术家们富有创造性的突破,为我国文艺在表现革命领袖、革命历史题材方面开拓了一条有历史意义的道路。更重要的是,《周恩来》这部影片可以说是用真实、深刻、震撼人心的艺术形象,在人们心中复活了对周恩来一切为了服务于人民的那种毫不利己、无私奉献、鞠躬尽瘁、死而后已的崇高革命精神和伟大品德的思念,它将永远激励人民为实现他在四届人大提出的"在本世纪内,全面实现农业、工业、国防和科学技术的现代化,使我国国民经济走向世界的前列"这个伟大的目标而奋斗。

周恩来的遗愿我们一定要实现!

周恩来光辉的形象永远活在我们心中!

(原载《当代电影》1992年第1期)

《启功》成功的启示

许柏林

电影《启功》拍完了献给观众，获得了好评。四年多的时间，我有生以来第一次从头到尾"跟随"了影片的完成，感受很多，浅说三点：

一、走进丁荫楠导演的艺术世界

电影传记故事片《启功》，以我国著名书法家、社会活动家和教育家爱新觉罗·启功先生丰富多彩又艰辛备至、境界高远而生活朴实的一生为主脉，开掘了启功先生刻骨铭心的"师生情谊"的主题，刻画了启功先生重教爱生，传道授业的学者情怀。影片粗线条、大写意、重细节、强勾勒，将现实与历史穿插叙事，将人物关系如夫妻关系、师生关系，放到主观镜头中来叙述、来展现，收到了一石二鸟之效，既交代了史事，又处理了关系。启功与章宝琛的夫妻感情从章宝琛爱护、整理、收藏启功的字画展开并发展，使两人的惬意、增情到贴身、爱命，从"少伴"到"老伴"，从相认相知到相濡以沫，从几张字画的命运相关联，达到了既简约又入味的程度；启功与老师、学友的关系从启功在老师的桌子上看到当年的照片进入和退出，使历史和今天紧密地联系在一起，也展开了师生情谊的脉络，对人物性格、人物命运的展示入木三分，并以此荣辱之境折射出社会的文明状况。马安然、王馥荔、娜仁花、孔祥玉、张绍刚、刘琳等演员的表演敛放有度，情景交融，时代感很强。镜头苍劲有力，传达出历史信息和人物命运，映照出国运、国学、国脉、国人……

影片不仅受到了"启功迷"的肯定，而且受到了当代大学生们的欢迎。观众们从影片中品鉴人物、追索人生、探求师道、感受生活。

《启功》的总导演是我国著名导演丁荫楠先生。由于中国电影家协会是出品单位之一，而且，我作为中国影协的工作人员全程参与到影片的筹划、研讨、运作中，一点一滴地、一步一个脚印地全程感受了丁荫楠导演的艺术创作，有机会进入了丁荫楠导演的电影艺术世界。我们都知道，丁荫楠导演执导的《孙中山》《鲁迅》，特别是《周恩来》等影片，具有重大的社会政治意义和强烈的艺术震撼力，他在银幕上复活了孙中山、鲁迅、周恩来等杰出人物，而且将这些人物博大的情怀感染了观众。他擅长通过人物的性格和使命来展示一个时代和社会的发展，又通过历史的背景、事件的近景和时代的前景，来投射人物的光影，不仅取得了艺术的成功，而且取得了艺术的经验。近些年来，丁荫楠导演还执导了京剧《响九霄》《廉吏于成龙》等影片，获得了中国电影金鸡奖等奖项。我有幸听他讲艺术创作的经验。他讲到，拍人物传记故事片，一定要避免千篇一律，更要避免过度虚构。我的办法和经验是什么呢？就是要进入人物的性格世界，抓住他们在一定历史条件下的人生抉择。先用排除法，这个不是、那个不是，这点不突出、那点不鲜明，剩到最后的就是"这一个"（黑格尔语）了。找到了这个属于"这一个"人物的内核与主骨之后，再取来属于他的细节和时代背景，用人物的主观细节和时代的客观背景来叙事、来塑人，作品就完成了。讲述经验总是简单的，但要应用好这些经验还是要深厚的思想功力和艰苦的艺术创造。

启功先生也是一个特殊的人物，个人经历复杂，成就多面。丁荫楠导演又一次成功地运用了他的经验，先走进启功，花费了大量的心血，查材料、访老人、踩故地、品佳作……最终，抓到了启功先生的尊师爱生、重教尚德，也收集了启功先生大智慧、大情怀、热爱生活、乐观幽默的人生细节。随后，丁荫楠导演参与剧本创作，一改再改；画效果图样，作分场剧本……

不止于此。丁荫楠导演为了《启功》，广为联络，筹措八方，费尽心机，劳筋累骨。最后，终于在各方的鼎力支持下，以一种生命投入的力道完成了他艺术画廊中的又一部力作，而他像是又完成了一次探索、一次考验一样。我的感受则是，在创作激情的燃烧中，在艺术高峰的攀爬中，在艺术创造的结果面前，艺术家没有什么年长、年轻之分，没有什么优势、劣势可言，没有什么幸运、机遇可享，一切就在你的努力和创造之中。

二、父子导演的"接力"与"借力"

丁荫楠导演在自己的电影创作中积累了宝贵的经验，形成了独树一帜的创作方法和导演风格。但是，他不囿于自我的成功经验，总是既想着不断完善艰辛探索出来的艺术经验和艺术风格，加以传承，又想着不断创新，使自己的艺术道路和艺术方法成为开放性的、与时俱进的。因此，《启功》的创作，丁荫楠导演与丁震编剧兼导演，演绎了一出"上阵父子兵"。丁荫楠导演想着借力于丁震的时代感与创新意识，丁震导演想着接力于丁荫楠导演的传统和经验。在共同的构思、编剧、导演的艺术创作中，可以说，丁荫楠导演给出了《启功》这艘艺术之船的"老航道"，丁震导演则画出了艺术之船的"新航线"。两代导演实现了"接力与借力"的艺术创作。在丁荫楠导演的成功经验的基础上，丁震导演发觉了新的审美视角和细节意蕴，淡化了一些表现人物的程式和手法，使启功这个人物在真实和凝神的基础上，更接地气，更符合当下观众的审美需求，也使得启功这个历史人物经过艺术再造之后，成为了时代的人物或明天的人物。

在创作之初，父子二人对《启功》的艺术把握和风格追求有着不兼容的状态，一个嫌"无根"，另一个嫌"无新"。经过耐心的切磋和艺术解析，彼此逐步靠拢，再经过对对方艺术理念的溶解，对自己艺术观念的反思，两代人实现了"接力"与"借力"，实现了"继承"与"创新"的艺术焊接。丁荫楠导演心悦诚服地说，要向小字辈儿学些东西，他们有，我们缺。丁震导演诚恳地说，老一辈的艺术经验还是比我们厚重，他们的担当意识使艺术别有一种境界。

父子之间的艺术交接、艺术传导、艺术实践、艺术蜕变不仅完成了《启功》，也给了我们诸多艺术上的启示。

三、产生的联想

1. 多方支持：中国文联孙家正主席、中国文联赵实书记、中国文联文艺基金会秘书长姜昆，新闻出版广电总局电影局、中国电影家协会、中国书法家协会、中共北京市委徐宣传部、北京师范大学、北京电影学院青年电影制片厂、珠江电影制片厂、启功先生的亲属、好友、弟子等各个方面给予了大力支持，共襄义举，终于完成。

但是，本片历尽波折，几近夭折，全赖丁荫楠导演和他的团队竭力坚持，顽强拼搏。在这当中，缺少权威机构和资金对艺术影片的总体支持。只靠联合性支持是远远不够的。

2. 当今的中国正在和平崛起，正在从大国向强国发展。而强国不可或缺的是文化，是价值观，是艺术担当。崛起的大国，需要坚硬的肌肉、坚韧的精神和坚强的艺术。我们不能未富先奢，未强先娇，"小鲜肉"托不起大国的复兴。我们需要《启功》这样的关心国运、关心民族精神、关怀知识分子的艺术佳作。

3. 优化电影生态。本世纪初的中国电影院线制改革、市场化发展，是对的，是抓住了机遇的。改革的成效铸造了今日中国电影的发展和电影产业的辉煌。这一点是应当充分肯定的，而且这种发展还有巨大的潜力。但是，多元化发展、多层次发展、公益化发展、艺术化发展则明显不足。政府在改革之初进行市场化推动是完全必要的。但当市场化达到一定规模和清晰的规则之后，"看不见的手"发挥了作用以后，政府这支看得见的手，就应当更多地做市场之外的或市场化较弱的电影的扶持和推动，达到电影业整体的生态平衡。市场化之外的电影事业和电影艺术发展，党和政府有更多的事情应该做，而且"政府"也不仅仅是"政府主管部门"。

（原载《中国电影报》2015年8月5日。作者系中国电影家协会分党组副书记）

永不逝去的宗师之气

——评丁荫楠导演新作《启功》

饶曙光 鲜 佳

这是一个人文精神和艺术电影式微的年代，这是一个迷恋粘贴各种概念、被利益驱动的电影商业语境。在这个年代，回望中国电影的第四代，更像是怀念一个逝去的时代。那些曾以艺术价值为主要诉求，固守理想与激情，以温润醇厚为文化品格的"共和国一代"影像，已经多成为光影记忆。

然而，即便是踏入花甲之年，他们之中，也仍有人坚持着艺术创作，建构中国电影人文精神、传承艺术品格——譬如丁荫楠导演。而其诗意与纪实并重的人文传记片《启功》，再次为中国电影画上了浓墨重彩的一笔。

宗师的一生

以拍摄伟人传记片著称的丁导，在自己人生的古稀之年，将目光投向了艺术大师，自《鲁迅》之后，他又将书法大家启功的故事搬上银幕，在20世纪的历史沉浮中讲述启功先生一生的遭遇与坚守，表达其书画诗之美，将风格的空灵和历史的厚重糅为一体，溶史诗浪漫与纪实表现于一炉。

1. 立身之生平

本传记片的主角启功是中国当代著名教育家、国学大师、古典文献学家、书画家、文物鉴定家、诗人。他符合丁荫楠一贯崇尚的"民族优秀精英人物"的题材标准。但选择启功作为主角，却并不是一件讨巧的事情。究其原因，大致是：其一，启功并不是一个理想的电影主角人选，他为人平和，缺乏激烈鲜明的戏剧性格，其人生历程也并未充满曲折波澜的经历和激烈的戏剧冲突，影片的故事性和传奇性并不算强；其二，他是中国传统文化的代表，静水流深，面对时代洪流变迁，他更多体现出的是内在心灵的选择、判断和坚守，而在外部动作/冲突上比较弱，其心灵坚守也并不能直接反映在电影的戏剧情节当中；其三，他在当下的大众知名度并不是那么高，因此在电影市场受众上或会受限。这些都决定了《启功》无法像导演之前拍摄的伟人系列传记片那般具有为人熟知的故事桥段、承转启合的戏剧情节发展以及广泛的受众基础，但也正因此，更彰显出该片人文传记片的气质，即意在突出作为传统文化代表的启功的文化品格。

导演丁荫楠对人物的展现以及人物生平事件的选择向来有其独到的一面。筹拍《启功》时，他已经70多岁了，本片算是导演汇集早年创作成功经验的集大成之作，其叙事结构也与导演以往拍摄的伟人传记片一脉相承：其《孙中山》并非面面俱到地表现人物生平琐事，而是以时空交错的方法，从人物的情感心理线索出发架构全篇；《周恩来》以"文革"十年浩劫为切入口，聚集于周恩来在人生中的最后岁月为新中国事业和人民群众鞠躬尽瘁的艰难历程；《邓小平》则真实再现邓小平质朴的"人本"来打动观众——《启功》即较好地糅合了这三部影片的成功经验。

在叙事结构上，导演采用了时空交错的形式，以启功在"文革"十年浩劫作为切口和主体表现对象，选取其人生中重要的几个关键点建构故事，以闪回串联起过去和现在，细腻而真实地表现出了一个"本真"的启功，重现其人生历程：他在幼时跟随祖父学画，经历家庭变迁；少年时天赋显现，拜师求学；青年时与人生伴侣章宝琛结为佳缘，也得到陈垣校长赏识、进入辅仁中学教学，因故被辞退，后再在其帮助下进入辅仁大学教学；再至"文革"时期，在经历了爱侣和恩师去世的打击之后，他仍然坚守艺术。而故事过去与现在并行的两条线索巧妙地结合于1976年，即"文革"结束，影片接下来的部分顺叙了其在新时期重返讲堂，教学育人、著书立作、创立励耘奖学金，将中华民族的传统文化传递下去，直至耄耋之年的经历。在历史事件的选择上，以及时空的穿插和事件的铺成上，导演都做到了历史的纪实性和故事性、抒情性的有机统一。

导演不仅严谨真实地还原了启功的真实生平，更由他的人生轨迹，反映其代表的中国文人的品格，折射出一脉相承的中国文化精神。正如启功所说："涉世或始今日，立身却在生平。"影片选取了诸多细节来描述其坚守道德底线和文化底蕴的"立身生平"：启功在黑暗年代仍用笔墨坚守，比如在"文革"时期，被派去扫厕所的他，却认真地用扫帚蘸水在地上画出坚韧挺拔的竹；他宽容与豁达，比如他安慰曾批斗过他的红卫兵小将刘雨辰，"那时的人啊，都在演戏，戏唱完了，也都过去了，别往心里去"；他温和谦逊，在严肃中仍不失幽默，比如他对意欲邀请他参加《东方之子》节目的记者谦虚自己不敢为"东方之子"，顶多算是"东方之孙"等。通过生活细节的积累，影片生动再现了启功这样"平凡"的文化名人。

2. 知己之恩情

影片的整体结构由启功人生中最重要的事情架构而成，而贯穿全篇的有两条重要的情感线索：一为家庭线，即亲人的相持之情；一为师生线，即良师的知遇之恩。

片中有两处互为对照的片段，即在"文革"前后，启功在课堂上讲解王勃的诗歌《送杜少府之任蜀州》："海内存知己，天涯若比邻。无为在歧路，儿女共沾巾。"而这"知己"两字，不光为此诗歌题眼，也为全篇情感之题眼。正如启功所言，所谓知己，即"知情、致意、知心"；做知己，要做到"通情、达意、知心"。知己因难得，方为珍贵，能驱散孤独，雪中送炭，困惑得解，使人得以"过大关、自由行"。实际上，与家人的亲情，与老师的恩情，都是一种知己之情，正是有了相濡以沫的爱妻，以及帮助与指引的恩师良友们，才铸就了一代艺术家启功。

影片的一大主线是表达伉俪情深的家庭线。启功与妻子章宝琛虽是"父母之命，媒妁之言"，但两人心意相通，情谊厚笃。影片有意选择了几大镜头组合来渲染烘托两人美好的情感关系。其一反复表现的段落是在启功的治学路上，每遇迷惘或动摇，比如青年启功被八师祖批评字写得不好看时，中年启功在日占时期被学校辞退又卖不出画时，"文革"时期因出版不了书稿而愤而烧书时，都有贤妻的鼓励。虽然两人之间并无惊心动魄的爱情故事，但这些相互扶持的细节的积累，也让感情足以深厚。其二是影片几次表现两人对一方去世后另一方日后是否再娶的"赌约"，反映出在动荡年代中，相濡以沫的夫妻却无法把握命运变迁的悲剧性情感，令人动容。

同时，正如启功对比自己大两岁的宝琛以"姐姐"相称一般，作为贤妻良母的宝琛，就像谢晋电影中具有传统美德的女性形象如冯晴岚，以相伴的、理解的、牺牲的母性形象出现。全篇也采取了家庭伦理情节剧的情感表达，颂扬了含蓄内敛的中国传统伦理道德。

影片的另一条情感主线，即师生相传线。师恩，也成为影片主要的表现对象之一，这在当下以市场为导向的电影中，难能可贵。影片的几次闪回片段，展现了启功求学问教的一生：一是他少时拜贾羲民学画画，二是他青年时受溥心畬指点悟诗画空灵意境，三是他中青年时拜见辅仁大学校长陈垣，走上从教之路。

其中，尤以启功与恩师陈垣的感情令人动容。陈垣对其有知遇之恩，他知人善任，在其困难时引其入教育之门，也指引启功放弃行政职务，安心任教，因为"为人师，贵在传道"。而在老师被打倒的荒谬岁月，启功仍保持着对师恩的尊重，给恩师下跪拜寿。当陈垣去世时，启功无法进门拜见，于夜晚写联悼念，情深意切："依函丈三十九年，信有师生同父子；刊习作二三册，痛余文字答陶甄！"同样，启功也耐心传授学业，在"文革"中，仍教导红卫兵小将刘雨辰学书法，中华文化正是在这样的传承中，生生不息："我所学到的东西，都是老师传给我的，我要继续培养后人，把所学到的传下来，人这辈子，没有比这更重要的了。"

另外，不光是启功本人，他身边的良师益友都是中国文化的旗帜，他们共同勾勒出了中华文化的群像，比如"南张北溥"两位泰斗聚在一起作画的场景，陈垣校长传授教书育人之道等片段。他们共同演绎了

"学为人师，行为世范"的深刻涵义。

文化之气韵

导演丁荫楠热爱苏联电影，尤其是苏联导演杜甫仁科用情绪结构的诗电影，其视野广阔、内涵丰富又深入内心，对丁荫楠产生了极大影响。他也欣赏前辈如水华、成荫和崔嵬的作品，因其"有力量，有气势"，有"强烈的，炽热的"和"大派的"作风。另外，中国民族电影的优秀作品，譬如《小城之春》《早春二月》《城南旧事》等电影含蓄隽永的民族诗意和抒情美学也给予他诸多启发。这些都使得丁荫楠的创作一开始便体现出对浪漫、唯美的东西的追求，比如《春雨潇潇》《逆光》等，糅合诗意、浪漫和纪实于一体，被誉为"诗电影"和"散文电影"。至拍摄对象涉及绘画、书法、诗歌、国文等中国传统文化的《启功》时，导演更是得以一展身手，诗意地在银幕上尽显影片的绘画之境、书法之气、诗歌之幽和古文之美。

1. 书画之空灵

影片中溥心畲老师曾传授给启功中国书画的最高意境："空灵，画即抒胸臆，见意境，而轻技巧，薄艺能；抒胸臆，在逸，在适；见意境，在空，在幽。"《启功》一片的运镜、构图、色彩和声画造型，恰体现出东方美学的神韵，追求意在言外的悠远意境。

作为"诗人导演"的丁荫楠，自是讲究在影片中重现诗词情境和书画气韵，《启功》的诸多画面，也如中国传统水墨画。特别是闪回片段中，以昏黄影像讲述启功幼时习画的经历，有多个类似水墨画般的诗化镜头，比如启功在课堂上偷画窗外树杈上麻雀的空镜头；再如启功拜师画画的一场戏，由拍摄菊花、宣纸上的细笔描画、转入黑色夜景，再由油灯的光线引导，镜头推至灯光下的作好之画，几个镜头的组接，恰如中国古典绘画，寥寥几笔，大意勾勒又尽得风流。

若绘画之相，因其同为视听语言而便于电影用视觉画面表现，那么，静态的书法之美如何现于银幕，则是对导演技法的一次挑战。书法讲究"气"，书法家也需要有主体之气，而导演为了在电影中再现书法的气势、笔墨与气韵，综合运用特写、碎切、高速摄影、民族特色的背景音乐等，凡是拍摄启功写字时（如"文革"时期他被命令书写大字报），影片的节奏、镜头组接、韵律等都会产生相应变化，仿佛这一刻万物慢下来，书法的灵韵也呼之欲出。

2. 诗歌之韵律

影片对人物生平片段选择，并不是事无巨细地铺成开来，而是有意选择了几组彼此互为呼应的镜头，如诗歌重章叠句般展开，用回环复沓的场景来表达情感的节奏与韵律。比如启功与妻子的两次打赌，夫妻在街头的两次相遇，启功的三次下跪，红卫兵小将刘雨辰的两次上门搜查和求学等，这些反复出现的场景互为映照，犹如诗歌的叠句与变奏，既赋予影片诗意性，又通过细节的堆积，带来一唱三叹的情感效果。

除了文本之间的互相呼应之外，影片也体现出动与静的对比。故事从动荡开始，打破平静，再复归平静：影片开始处，启功在上课，这时窗外一阵吵闹声，"文化大革命"开始了，由此拉开了故事的序幕；而当"文革"结束，启功重新回归宁静的课堂时，窗外传来了打篮球的学生的喧闹，让他一时恍惚，以为又再次回到了动荡的"文革"时期——好在平和的新时代终于到来了。

整部影片也在动静结合中展开：在"文革"时期，外部环境是喧哗纷扰的，然而启功一直不急不慢，是动荡中难得的一抹静。尤其是当红卫兵出现时，画面的和谐平稳被打破，声音嘈杂，呈现出不稳定的状态；而当表现启功的书画世界时，却格外宁静雅致，镜头不急不缓地特写其一笔一画细致习作的过程，构图简单、运镜稳定。

片中亦有独具意境的抒情性片段，比如有一幕是溥心畬在窗外弹唱，而室内作画的启功闻其声，若目睹民生凋敝的凄凄场景，因深切地感受到民生的哀苦，故更能有感而作。如果说，影片中的启功由此悟到诗画相通的意境，那么这段带有强烈意象性的抒情片段，则较好糅合了电影的叙述与抒情、表现与再现。

结语

《启功》是对中国文人和师恩的一曲深情赞歌，除了书写启功的人生传记之外，还有师道主题的延续、对荒谬时代的反思和对革命年代的回望。它讲述了文化的坚守和传承，在动乱的岁月，仍有人保持平静谦和；在"打倒老师"的年代，仍有人铭记师恩。

　　《启功》也是一次将中国传统文化搬上大银幕的有益尝试，而导演对影片的精工雕琢，体现的正是自己的艺术坚守和文化梦想，其工整和雅致，使其不同于当下大量浮躁应景之作，方能宁静而致远。

　　　　　　　　　　（原载《当代电影》2015年第10期。收入本书时有删节）

丁荫楠：中国式大片的始创者

胡建新

　　1998年夏，我应约写作李富春与蔡畅爱情生涯的电影剧本《相伴永远》，中途涉及诸多审查问题，制片方没有把握，提出如果请出丁荫楠导演来执导，就可以进行下去。我的合作者顾保孜与丁导有交往，遂将我的剧本提纲送交丁导看。丁导当即给予肯定，并约我在东城上海餐馆见面。这部影片最后获得当年华表奖最佳剧本奖、最佳男演员奖，金鸡奖最佳女演员奖，并被美国人买走版权。从此合作至今。后来他邀我成为"丁荫楠影视中心"的剧本文学总监，有幸在后来他所拍摄的影片中参与剧本的编审工作。

　　2000年以后，中国电影进入一个商业蜕变期，各路导演上演了一场宏大的电影争夺战。第五代导演放弃了以往的追求，在商业电影中雄起；第六代导演侧重关注中国非主流人生，并在国内外奖项中奋起直逼；第四代导演除了领军人物丁荫楠仍然坚守着主流题材的开掘，孤军奋战，其他人渐失导筒，几乎销声匿迹。这三类电影都可看作电影人在新时期的拼搏，不可或缺，形成了这时期十分悲壮的电影现象。

　　中国的大片，以丁导的《孙中山》为始创者。这部规模宏大的电影，表达了民族奋斗不息的自强精神，并以其史诗般的叙述，成为中国电影史上的骄傲。后来他拍摄的电影《周恩来》，则是保持了民族的自重感，表达了民族的坚忍精神和博大的人类之爱，与《孙中山》一并可称为中国史诗电影的双壁。《相伴永远》则描写了处于艰难复杂的政治背景下，一对革命家夫妇的真实爱情，表达了被政治风暴洗礼的坚贞爱情，独树一帜，成为表达政治与爱情的绝唱。丁导认为，所谓大片，如果主题不涉及人类共同的命运和关怀，就不能成立。

他拍摄《邓小平》之后，进入中国文化名人电影拍摄准备。丁导先后组织了《徐悲鸿》《梅兰芳》和《鲁迅》三个剧本。第一部由我写作，第二部他亲自操刀写剧本，第三部请东北作家刘志钊写作。三部剧本都完成了，但最后只拍成了《鲁迅》。《鲁迅》一片由濮存昕主演，拍成了一部文人情怀的哲理史诗片，相当精美。《徐悲鸿》投资方中途告退，《梅兰芳》则经历了上马下马的大起大落，也是丁导的一大遗憾。

丁导凡遇到一个有兴趣的题材，相守数年，激情不减，始终如一，最令人感动。这个境界并不是"执着"二字可以说明的，唯一个"禅"字能解释得透彻。在研究和讨论剧本的日日夜夜里，他总是充满热情，不放过任何一个材料中的细节，开掘再开掘。累的时候喝点茶，乏的时候看一两本闲书，谈到兴起时顶着浴巾，裹着毛毯，打着手势，演绎着细节，在屋里走来走去，得意的时候会伸手要一支烟来享受。面对此类题材艰难的审查关，他从不抱怨，而是专一精心地研究可能性，在谨慎妥协的同时，保持着原则和坚守。

谢晋电影与丁荫楠电影是新中国成立以来成就最高的主流电影。谢晋电影通过不同时期新中国的历史风云，表现了新中国主流意识形态的精神历史；丁荫楠电影则是通过对中国近代人物的传记表达，表现了超越于历史的民族人文精神，更易为不同意识形态的世界所接受。

最近丁导受到一些国外投资人的注意，他们到中国来选片时发现了他们所陌生的导演作品，这就是丁荫楠电影系列。他们惊讶于中国主流传记导演的功力，开始商谈投资事宜。老骥伏枥，志在千里，丁导虽然年过六旬，但老当益壮，雄力不减，锐力不磨。黑泽明拍到80多岁，以丁导的身体和精神状态，我期待并祝愿他拍出更壮美的影片。

丁荫楠电影：激荡百年潮，影像为史记

——纪念改革开放40周年、周恩来诞辰120年特别策划

世界电影史上，电影甫一出现，便承载着记录历史，为历史人物作传的功能。从格里菲斯的《一个国家的诞生》到奥利弗·斯通的《尼克松》，恢弘的国家史诗电影，特别是重要历史人物的传记电影不断地铸就着经典影片的传奇。世界各国的经典之作中，人们记得住罗姆的《列宁在十月》、大卫·里恩的《阿拉伯的劳伦斯》、理查德·阿腾伯勒的《甘地传》、帕索里尼的《马太福音》、筱田正浩的《佐尔格》等一大串电影。

在中国，以大的时间跨度记录国家的历史，并将镜头聚焦于历史人物的导演及作品并不多见。艺术创作生命最为持久的第四代导演丁荫楠当属此类诗化传记片的代表人物。迄今为止丁荫楠拍摄的人物传记片有《孙中山》《周恩来》《相伴永远》《邓小平》《鲁迅》《启功》等六部。这位中国导演创立的，融汇了传统京剧的象征手法以及传记体风格的人物传记片，在时间上涵盖了百年激荡的中国历史，以其诗化的电影结构和对中国伟大人物渗入灵魂的描写，为世界影坛中的中国传记电影留下浓厚的一笔，成为大时代中留住"人民的记忆"的重要的影像文本。

最近，导演丁荫楠、丁震父子及学者、戏剧电影研究者靳飞、高远东、王众一等人以座谈及问答的形式，围绕着人物传记片主线，回顾、梳理了丁氏诗化电影的前世今生、来龙去脉，讨论了丁氏电影对于中国电影的意义。

个人成长与早年的《逆光》

王众一：记得靳飞点出过丁荫楠电影与京剧象征手法之间关系。这一点意味深长，我十分赞同。从电影史的角度来看，中国电影的发生与发展本来就与京剧密不可分。电影、电影，就是"电光影戏"嘛。只是对于电影人，这样的文化自觉未必普遍都有。请问丁荫楠导演自己的经历和戏剧之间有什么关系呢？

丁荫楠：我本人的成长经历中确实和京剧有很深的缘分。年轻时从天津来到北京工作，酷爱表演。那时候在北京看京剧很容易。李少春的《满江红》《野猪林》，盖叫天的《恶虎村》《武松打店》都是来到北京以后看的。回想起来，当年看过许多大师级的表演，像唱花旦的荀慧生的告别演出，在吉祥戏院演的《红娘》。我一到北京，各种戏剧的眼界都打开了，在后来考上北京电影学院之前，根本就没看什么电影。

王众一：这个经历潜移默化地影响了您后来的电影观念？您说您从天津来北京，工作后又考上电影学院，这是怎么一回事呢？

丁荫楠：我是在天津长大的，幼年时期家族没落，没好好上学，总喜欢幻想。小时候哥哥总带着我看戏、看电影。母亲是天津女子师范的学生，和邓颖超是同学，有很多维新的想法。出于孟母择邻的思想，她很希望我离开天津贫民生活的环境。我有个表姐在北京医学院当教授，她介绍我来医院做技术员。1956年的北京，人艺、青艺，各种戏剧都向公众开放，那时差不多天天看沪剧、川剧，还有歌剧和芭蕾舞剧，甚至还看过清水正夫带来的日本松山芭蕾舞团的舞剧。这一切让我大开眼界。参加工人业余话剧团以后，开始接触金山、白玲、吴雪等人，接受他们的指导。从此对舞台的迷恋一发而不可收。1961年我同时接到总政话剧团和北京电影学院的录取通知，一位前辈的点拨令我顿悟，"电影不也是戏吗？它可比戏剧还有戏呢！"这使我下决心跳出舞台，在电影天地里延续我的戏剧理想。于是我就选择了北京电影学院。

王众一："文革"之前进电影学院，这是你们第四代导演的一个共同特点吧？1961年进了电影学院，您受到最多的影响是来自哪里？

丁荫楠：正是这样。当时进到电影学院之后，苏联电影的三位大师：杜甫仁科、普多夫金、爱森斯坦的作品看得最多。其中不论是理论还是作品，给我影响最深的是爱森斯坦的《战舰波将金号》。从风格上讲影响最大的是杜甫仁科的诗化电影。他的作品可以说是真正的诗化电影的滥觞。这段时间学到的东西终身受用。探索如何对作品中的人物进行导演个性化的表达，成为我不断挑战新作品的动力。

靳飞：戏曲、戏剧与苏联诗化电影的熏陶为后来丁荫楠导演挑战中国的历史人物传记电影奠定了扎实的基础。

王众一：您早年的前卫性探索影片《逆光》反映了当时的社会现实，正是这部作品让您初露锋芒。这个题材的选择和您的个人经历有关吗？

丁荫楠：《逆光》写的是上海棚户区的青年在改革开放初期有人奋进、有人沉沦的平民爱情悲欢故事。其实那就是我自己经历、体验过的事儿，我是个棚户区长大的孩子，很自然地就关注了怎么在棚户区奋斗，怎么改变命运。

王众一：《逆光》这部作品完成于1982年，当时的电影观念还都比较循规蹈矩，而您已经在摄影及剪接方面有了很多新的尝试，露出了不安分的冲动。片中造船厂滚滚人流的镜头呈现出来的节奏感，看得出您借助蒙太奇理论制造诗化气氛的意图。您是第四代导演，在改革开放初期是否有一些国内外电影的观摩对您产生过新的刺激呢？

丁荫楠：是的，那个时候可以接触到很多以前无法想象的电影，比如《教父》《甘地传》《莫扎特》《武训传》《现代启示录》《影子武士》《罗生门》，这些都给了我很大启发，特别是对后来拍摄人物传记片影响甚大。

高远东：那个时候正是第四代导演群星璀璨的时候，丁荫楠的《逆光》、杨延晋的《小街》、张暖忻的《沙鸥》、黄建中的《如意》是80年代初期引领潮流的电影。现在很多年轻人对那段时间的中国电影了解很少。

丁荫楠：现在《逆光》出来以后很多人就说，这个片子怎么不放啊？他们不知道这是我30年前拍的片子。好多年轻人看了这个片子以后觉得很奇怪。《逆光》在1982年曾送到西德和日本展映。在日本放映的时候，年轻观众一看我是《逆光》的导演就拥抱我。影评家佐藤忠男看过之后很兴奋，在他的影评中说，"这是一个有野心的导演"。

靳飞：第四代导演和后来的第五代相比，最为吃亏的就是，他们做了很多非常前卫的尝试，只不过后来被遮盖住了，没有得到充分的表现。如果那个时候送展国际电影节渠道畅通，这种反应底层草根市井生活的现实主义题材电影早在贾樟柯之前就会赢得国际声誉。

王众一：的确，这部电影今天看来都不过时，诗化电影的韵味与节奏今天看来也是很个性化的风格。还有就是纪录片风格的镜头印象深刻，留住了很多当年的社会信息：比如上海展览馆的日本时装展、大光明电影院门前日本电影《人证》的海报等。甚至可以发现当时的电影美学受到来自日本的影响：比如片尾打出的字幕不是"剧终"，而是像日本电影那样在银幕的右下角打出一个反白的"终"。（笑）

异军突起的《孙中山》

王众一：高远东先生刚才提到了几位第四代导演代表人物。他们都身处中国电影的转折期，其中很多人十分优秀，却活跃于70年代末到80年代一个相对比较短的时期。但是丁荫楠导演是个例外，从70年代末一直活跃于今天仍保持了旺盛创作力。丁荫楠导演，您好像在1984年完成改革题材电影《他在特区》之后，又经过了两年构思出了风格全新的人物传记片《孙中山》吧？

丁荫楠：是的，我正是从这时候起有意识地朝人物传记片尝试转型，并获得成功。这得益于当年自由开放的大环境。当时珠影厂的领导很有魄力，思想也很解放。他们让我自由按照导演的想象来拍摄人物传记片《孙中山》——"给你五万块钱，你去沿着孙中山的路走吧"。我就沿着孙中山的足迹一路走到日本、美国。制片人也完全放手让我按照自己的感受来自由表达。《孙中山》是我十几年积累的总爆发。因为经过前面几部电影，已经知道怎么拍了，没想到领导给了这么一个自由的创作条件，我一口气把积累的所有东西都酣畅淋漓地表现出来了。结果这部作品当年获得八个单项奖，三个大奖，后来国家也给予很高的评价。

王众一：好像评奖时您的对手是当时正如日中天的第三代导演代表

人物谢晋的代表作品《芙蓉镇》？

丁荫楠：是的。当时在北京金鸡奖评选的时候不少评委说，这是一部奇特的电影，跟所有的叙事都不一样。谢晋先生的《芙蓉镇》传统手法运用得非常娴熟。但评委中的导演认为《芙蓉镇》我们都能拍，可丁荫楠这个我们拍不了，完全是另一种思维，不知道该怎么拍。于是在最后投票中《孙中山》胜出了。这给我一个很大的鼓励与启发。

王众一：刘文治扮演的孙中山和以往呆板的特型演员扮演的革命领袖不同，个性鲜明。以孙中山为中心，这部作品还刻画了一批辛亥革命前后的人物群像，个个有血有肉。而最为印象深刻的是《孙中山》全片中洋溢着的诗化节奏。不论是孙中山四处奔走为革命募捐，还是视察黄埔军校时的仪式感，都惜墨如金，但颇具视觉冲击力。结构紧凑，节奏流畅，前所未有的史诗框架一下子就活了起来。

靳飞：这跟京戏有关系。它是虚拟的，意念性的。《孙中山》的节奏是京剧的锣鼓点。

王众一：我还注意到，您对蒋介石形象的处理是很大胆的。与广东商团的战斗用了很写意的手法，没有表现战场搏杀，只有像京剧跑龙套一样奔跑的队伍整齐步伐，穿梭前行，消失在滚滚硝烟中。全靠鼓点节奏，就把战斗的气氛表达出来了，也把蒋介石的内在气质烘托出来了。这种空间的节奏感和仪式感后来在您的作品中反复得到运用。

丁荫楠：这个人物当时十分敏感，影片中是作为正面形象出现的，但又不能突出去表现，我就想到了这么一个"此处无声胜有声的"的处理办法。

王众一：片中还有一个反面人物您却刻画出失意英雄般的性格。那就是被孙中山免职的陈炯明。

靳飞：这个你又说到一个点上了。这个人物的塑造来自丁导对父亲的记忆，他父亲是个将军，曾经是吴佩孚手下的电报局局长，而且还挺横。吴佩孚是大军阀，谱大，八方风雨会中州。但他父亲曾经敢和吴佩孚梗着脖子，在家也是严肃的。但是丁导那时很小，跟父亲接触少，只留了一些碎片化的印象。所以说这就是他自己拼凑的他父亲的电影，因为没更多接触，所以他就会加进自己的想象。这种对父亲的想象后来就带入到很多电影中。

　　丁荫楠：所以那场戏，陈炯明被革职后的造型就是我父亲的造型。当时有照片的记忆，敞袍子、圆口鞋、八字胡，拿着雪茄。因为被撤职了，就有种"大帅把我撤职了，我来跟大家道别"的感觉，就跟我父亲照片一样。后来造型师问我："您怎么知道这样的造型？"我就说我父亲就是这样。你说的很准确，因为我看过这样一张照片。

　　王众一：《孙中山》还有一段和日本有关的故事。因为片中有较多篇幅描写了宫崎滔天等人对孙中山的支持，这部作品有大段在日本的拍摄。因《追捕》而在中国成名的中野良子动用了她的粉丝会——东京真优美会支持该片拍摄，她本人也在片中扮演了角色。1989年5月，《孙中山》在日本公映，东京街头的影院前挂出了大幅的《孙文》电影宣传画。当时北野武正在拍摄他的成名作之一《小心恶警》，其中有一场影院门口无辜群众遭枪击的戏，画面上醒目地出现的背景，就是那张《孙文》的宣传画。

　　靳飞：这真是一个有趣的发现。一场毫无预兆的偶发街头枪击事件恰好被孙中山目击！中日电影总是以某种不经意的方式会发生交集。这也算是一段电影交流的佳话吧。（笑）

　　王众一：不过这部电影印象最深的，还是导演提炼出来的两种精神：一个是孙中山愈挫愈奋的革命精神，另一个是孙中山和他的战友们义无反顾的牺牲精神。

　　丁荫楠：这之间是有关联的。孙中山屡战屡败和越挫越奋，而在这个过程中他的战友陆浩东、陈英士、朱执信、黄兴、宋教仁等个性鲜明的一个个也倒下了，最后他也离开了他深爱着的祖国和人民。

　　高远东：这部作品简直就是一部英雄列传。中国是一个史传大国，我们的史传传统从古至今一直未断。这是其他国家都没有的。丁荫楠导演的作品，不论是《孙中山》还是后来的《周恩来》，都是中国史传传统在电影中的体现。要看到，这一点人们的认识还很不充分。

剑指产业破壁的《电影人》

　　王众一：高先生概括得好。在《孙中山》和《周恩来》之间，丁导还拍摄过一个风格更加前卫的作品《电影人》?

丁荫楠：这个电影更加不为人所了解了。那是1988年的作品。你知道，那时中国的改革正风高浪急，全社会都处在一种躁动与焦虑之中。电影产业也不例外。那个时候第五代导演凭借国外电影节获奖赢得了一些声誉，但大部分国产电影产业在审查与市场的双重压力下举步维艰，正在进行苦难转型。这部作品正是我披露心声之作。通过一个疲于奔命的导演在生存与创作双重困境中突围的努力，为那个时代的中国电影产业和与我同龄的第四代导演所共同面临的困惑和焦虑勾勒了一幅全景素描。

王众一：您这么一说我理解了。如果说《逆光》表现了改革开放初期上海草根青年的奋斗与彷徨，《电影人》则反映了广州的电影人在改革深水区中的突围冲动和焦灼意识。从电影史的角度来看，这两部作品既反映了导演在电影语言表达方面探索不断深入，也和1982年与1989年的社会背景与社会意识的演变密切关联。因此这两部现实主义题材的作品堪称为时代文本意义的诚实作品。

丁震：这部电影还反映了我父亲沿袭《孙中山》的主题所要表达的"革命精神"。这是父亲从影的切身体验。所以片头和结尾导演冲破砖墙的构图，正反映了父亲这一代电影人试图打破种种枷锁的心声。这种大胆的实验性，使它和《生者对死者的访问》《给咖啡加点糖》等当年的其他一些电影一样，被人们归类为改革开放以后的"后现代"电影。有人说这个戏是中国的《八部半》。

丁荫楠：这部作品确实是以悲怆的颂歌叙述人生的苦难，我试图用一种叙事诗体表达一种意念：创造就是突破束缚后的新生。所以这部作品我大胆采用了板块式结构，用超长速节奏，以"大信息量"展开剧情。片中我尝试了"空间与造型的思维""运动的思维""多彩、多线、多面的结构思维"，后者我称之为"交响性思维"。这些尝试为后来拍摄人物传记片积累了很多经验。

靳飞：到了80年代末，第四代导演还在活跃的人物已经很少了。印象中到后来比较有分量的导演有两个人。一个是以描写遍尝人生苦难而具有厚德载物胸怀的女性见长的谢飞导演，另一个就是以擅长描写父亲型老生人物见长的丁荫楠导演。这种对应性在电影史上也是很有意思的事情。

王众一：谢飞关注的是女性的苦难，你看他拍的《黑骏马》《湘女潇潇》《香魂女》，还有《益西卓玛》，都是这种情结。我想这也许和他老革命的母亲王定国的经历和给他的影响有关。他的作品都是反复在讲母性的包容与美德。

高远东：而丁导对父亲的追忆与想象，就使他对父系人物题材十分执着，而且上升到国家层级去寻觅这种父系情结。于是就有了《孙中山》《周恩来》《相伴永远》《邓小平》《鲁迅》《启功》。这其中有些人虽然没有子嗣，但对国家和民族、人民却呈现出浓厚的父爱。这在后面可以继续展开讨论。

难以逾越的高峰《周恩来》

靳飞：这种精神的升华过程十分重要。恐怕从《孙中山》到《周恩来》，这个升华的轨迹可以看得很清楚。

高远东：所以说以《周恩来》为代表的丁荫楠导演的史传电影是有历史品格的。它要记录时代，记录历史，记录当时人们的真实生活，这与第五代电影导演的表现主义大不相同，因为第五代导演强调风格，他们作品中的个人要素要大于历史真实。丁导则坚持写实，所以同史传一样，其电影有着记录生活和时代的功能，极其可贵。不论是革命的时代还是改革开放的时代，都没有人把这段前所未有的大时代比较真实地记录下来，非常遗憾。

靳飞：而且和第五代相比较还有一个意义，就是什么是真正意义的中国电影。一段时间以来，西方概念的"中国电影"，基本上是以全球性的"浅层国际化"潮流里应运而生的"东西文化交流中的中国电影"，当然这也有它的意义。而中国电影按照其自身的戏剧传统、诗化轨迹发展的进程，本来在第二代导演费穆那里曾达到过一个高峰，可惜后来中断了。费穆之后这一传统的标志性人物就当属丁荫楠了。

丁荫楠：《周恩来》是我1992年的作品。拍《孙中山》的时候我的定位是"我心中的孙中山"，拍完之后我意识到，这类题材必须突破小我才能得到更多民众的认同。所以到了《周恩来》的时候，我的定位就是"人民心中的周恩来"。这部影片必须与亿万人民对周恩来的印象和想象产生共鸣才能成功。我知难而上，选择了"文革"十年这个历史上矛盾冲突最为复杂和尖锐的时期，立体地表现周恩来的人格与内心。

王众一：正是有了这种直面历史的勇气和更加宽阔的胸襟与视野，这部电影才在特定的背景下烘托出了周恩来的人格魅力，在情感世界里引起了国人的共鸣。

丁荫楠：从前作品的板块化理念在这部作品中得到深化应用。事件作为背景，突出到前台的是"情感与情绪"。这样就形成了一个巨大的磁场，是对这段历史有亲身经历的观众在影院内产生集体共鸣。

靳飞：这种共鸣是基于一种中国人的共同情感。比如在贺龙骨灰安放仪式上连鞠七躬，为未能保护好战友悲痛不已的周恩来，比如在批斗大会上拍案而起保护陈毅的周恩来，比如在延安和当地干部商定尽快改变老区贫困面貌动情干杯的周恩来，以及弥留之际约见罗青长气若游丝地交代祖国统一大事的周恩来。这一串串镜头高潮迭起地铺陈，最后一直到片尾十里长街送总理的纪录片衔接，一气呵成。这种气场能够使包括外国人在内的观众都为之动容。

王众一：说到外国观众的反应，在日本上映的过程就很能够说明问题。1992年中日邦交正常化20周年，两国各自拿出自己的人物传记作品到对方国家演出或上映。日本带到中国来的是浅利庆太的四季剧团音乐剧《李香兰》，中国拿到日本去的就是这部《周恩来》。日本的电影传单上印的宣传词是"恢宏历史巨片再现十二亿中国民众之父周恩来其人及其时代"。东京的300人剧场集中连放五天，几乎场场爆满。许多观众看过电影后留下感人至深的观感。为了让更多观众看到此片，日本NHK电视台又安排电视播映，特地请来权威研究中国共产党问题的知名学者村田忠禧翻译字幕，播出的效果也非常轰动。

靳飞：从当时日方印制的电影宣传材料来看，在日本上映时的卖点之一，就是对红墙内中国政治仪式的好奇。

高远东：的确，不论是中南海建筑内长长的过道，还是人民大会堂国务活动的宏大场面，几乎都做到了实景拍摄，这种仪式感和现场感独有的震撼力是今天的娱乐大片远远无法相比的。别说日本观众，就是中国观众也都为之折服。当年一个亿的票房纪录就最说明问题。

　　丁震：说到仪式感，父亲最得意的要数周总理出席国庆25周年招待会那场戏。先是周恩来穿好衣服，揣好讲话稿，关掉房间的电灯，离开居所；平行展开的是各界代表走进大会堂宴会厅的铺陈；接下来是周恩来进入贵宾休息室，在一群中央委员的迎候中径直走向坐在沙发上的元老董必武问候的镜头；再接下来是领导人一行和周恩来步入宴会大厅；紧接着是全场众人泪奔，欢声雷动的镜头。这些几乎都是全景镜头，把国家活动的仪式感以及细节，以一种渐次提升的节奏感如全景图般展现出来。

　　靳飞：我说丁荫楠导演实际上开辟了我称之为"京朝派电影"的先河。特点之一是在细节上极讲规矩。你刚才所说的周恩来问候董必武的细节设定就是一种仪式，是老一辈革命家之间的规矩和仪式。现在许多大片再怎么铺陈、热闹也不过是地方戏对北京的想象，好像香港的宫廷戏，想哪是哪，差得实在太多。

　　丁荫楠：这个要认真观察，感悟。拍《周恩来》的时候，我坐的是徐向前的红旗轿车，每次从新华门进，一进大门门卫就冲着车敬礼，不是冲我人敬礼。进去之后一下子就安静了，这么大一个花园，没有任何声音。每天从里边一出来一到长安街上"哗——"就喧闹起来，我觉得这个得在电影里表现出来。于是拍毛主席南巡回来的车队进新华门，五辆车鱼贯而入，就找到了那种安静的肃穆的感觉。

　　王众一：这也是您坚持必须实景拍摄的原因吗？据我所知在此之前，贝托鲁奇拍摄《末代皇帝》时成功地但也是唯一的一次被允许在故宫内实拍，而您的几部作品都得到了在中南海内实拍的许可，真是奇迹。

　　丁荫楠：为什么要坚持到中南海内拍？因为你搭不出这样的景来。你看西花厅里的墙的那质感，镜头一扫过来这个墙是裱绢的墙，里边是丝绵，不是咱们这墙纸，是有弹性的。你能做到吗，这个质感你做不到，你照着做也做不到。所以一定要到那里边。再比如，怀仁堂门口那牌楼你搭得出来吗？所以我坚持拍红色大内戏一定要在现场实拍。

王众一：除了实景拍摄，您甚至还做到了动用大量实物拍摄，如何理解这么做的必要性？

丁荫楠：比如贺龙骨灰安放仪式，你知道情绪为什么烘托得那么好？当时的群众演员好多都是贺老总身边的工作人员。当人都站好了准备开拍时，我喊了一声"贺老总来啦"，真实的贺龙骨灰盒就被捧进来了，好多人就哭起来，有的人都晕倒了。这个场面，气氛一下子就出来了，拍摄也一气呵成，非常真实。

高远东：丁导驾驭演员、道具、场景的能力确实非凡。包括空镜头的剪接也都干净利落，言简意赅。

王众一：对，片尾的三个镜头堪称经典。从十里长街送总理，三个雪景的空镜头为收篇之笔。个人认为，西花厅中落满雪花的松柏十分形象地烘托了斯人已去，音容宛在的气氛；筒子河、故宫宫墙与角楼则深度隐喻地象征了周恩来在"文革"中的历史地位；人民大会堂高度概括地象征了周恩来在国家政治生活中的地位。画面之外含义隽永，回味无穷。

丁荫楠：你的这个概括很有意思。其实这是我长期积累的一种感觉，用影像进行了抽象化处理。这一切并不是刻意的，但可能在创作过程中进行了下意识地提炼，琢磨出一个东西能表达出这个意思。

靳飞：从《孙中山》到《周恩来》，乃至到后来的人物传记片，丁导作品里的主人公都呈现出京剧中的老生人物特点。这与前面讨论到的父系形象有密切联系。老生与父亲的形象其实是一种家国同构的担当性，而且是一种悲怆的英雄，明知不可为而为之的牺牲精神。

丁震：这一点概括得很准确。记得父亲说过，"我们中国人，大多数的中国人，跟总理的心是相通的，忍辱负重，死而后已"。我觉得这正是亿万中国人的集体悲剧潜意识，是父亲抓住了这一点，感染了亿万观众面对银幕上的周恩来体会自身的悲剧感。这确实和京剧的老生戏有相通之处。

高远东：就像诸葛亮一样，老生往往还是留下很多遗憾的英雄。但他还是要凭借一种近乎宗教般执着的担当与坚定的热情践行"众生无边是缘渡"的大乘精神。历史上的仁人志士都有这样普度天下的精神。

王众一：这种精神可以见诸外国影片《甘地传》中的圣雄甘地、《马太福音》中的耶稣、京剧《海瑞罢官》中的海瑞、中国电影《甲午风云》中的邓世昌。丁氏人物传记片中体现的东方式献身精神，大大地提升了作品的温度与感染力。在后来的《邓小平》《鲁迅》《启功》里都可以见到这种精神。这与京剧审美有着异曲同工之效。

靳飞：所以我说，艺术家对外来的艺术形式，有一个不断的挑战。费穆面对这种挑战有过正面应战，丁荫楠也同样应战过。费穆有历史局限性，选择了"旦"，没选择"生"。所以我说费穆在中国电影史上意义很大，在中国文化史上意义不大。他没有把电影和中国主流文化衔接，而丁荫楠做到了。

高远东：所以说《周恩来》不仅是丁氏人物传记片的高峰，也是中国人物传记片的一个难以逾越的高峰，它衔接了中国的主流文化，并因此成为一部可以和世界对话的电影。

《相伴永远》与《邓小平》：从革命到改革

丁荫楠：《孙中山》特别是《周恩来》的成功，使我挑战历史人物传记片的机会增加了。90年代中期曾经尝试拍一部古代历史人物传记片《隋炀帝》，结果架子都搭好了，可惜最终未能投拍。2000年我接受了反映老一辈革命家李富春、蔡畅夫妇的传记片《相伴永远》。这是一个难度较大的题材。

丁震：从这部作品开始，父亲正式带着我作为副导演拍片，我参加了全片的各个制作环节。我记得在和北影制片人讨论影片定位时父亲说，"如果写经济建设和妇女运动是没法拍成电影的，如果是他们的革命浪漫史，这个电影就有拍头了。"

就这样，中国首部表现革命家浪漫爱情的电影开拍了。

王众一：这部电影结构很复杂，时间跨度大，故事头绪多，用浪漫的爱情线索串联起来，确实一盘棋就活了。李富春、蔡畅夫妇墓前名为"相伴永远"的双人铜像是八宝山革命公墓里最靓丽、最浪漫的一道景观。不知创意灵感是否和电影有关？

丁震：差不多同时吧。或者说互有启发，不约而同。这部电影的构思中色彩板块的设定是一个亮点。四个故事板块分别是巴黎之恋、遇难香港、新中国曙光、最后的抗争。父亲要求分别用灿烂、灰冷、金黄、黑红四种色调与之对应。

丁荫楠：到了《相伴永远》，由于主题的特点，我给它的定位就是一部电影诗。所以，从前实验电影中尝试过的手法再次得以应用。用不相关联的板块结构的电影，靠心理、情绪而不是靠情节作为连接的手段。所以，我们就要借助男女主人公浪漫的情感，按照形散意不散的原则，靠情绪循序渐进的积累达到影片的高潮，进而达到感染观众的目的。

王众一：这一点很成功。"最后的抗争"板块是全片的高潮，描写了二人在"文革"中相依为命，相濡以沫的深情。在李富春弥留之际和蔡畅隔窗接吻的镜头堪称经典。甚至让人联想起日本导演今井正50年代作品《何日再相逢》的经典桥段。

靳飞：也正是在这一板块，丁导最拿手的表现"红色仪式感"的风格再次淋漓尽致地发挥了出来。

王众一：对了，我本以为会像《周恩来》中"陈毅批斗会"那样正面描述"大闹怀仁堂"，结果丁导的处理令人叫绝。非常有质感的怀仁堂外景前，红旗轿车中走下江青，抖一抖披在肩上的大衣，不可一世地走进会场。一共就几秒钟的戏，戛然而止，后面发生的事情就靠观众去想象。这种时间上的留白，一如国画中疏可走马的空间留白一样恰到好处。和在《孙中山》中处理蒋介石有异曲同工之妙。然而，区区几秒钟的怀仁堂实拍所烘托出来的气氛却是超级震撼的。

靳飞：真正"红色仪式感"的高潮恐怕还是在《邓小平》中在天安门城楼的实拍吧。

丁荫楠：《邓小平》在人民大会堂、中南海、邓宅、毛主席纪念堂、故宫、中组部等真实地点都实现了实拍。不过最不容易的还是天安门城楼的实拍。城楼上挂灯笼就费了很大周折。因为只有重大节日才挂灯笼，担心引起传媒猜测。最后终于顺利解决了这个问题。200多辆小车停在天安门后面，上千人在天安门城楼上，拍摄国庆35周年邓小平阅兵的场面。

丁震：这段戏的节奏感营造了非常震撼的效果。电影开头是安静的邓家院子里邓小平走出家门，紧接着轿车沿着静谧的景山后街向天安门开去，最后，从午门前驶向天安门，可以看见几百辆黑色红旗轿车已经整齐地停在空地。登上城楼，向群众挥手，欢声雷动。整个过程有如江河奔入大海，气氛渐次升高，最后呈现出一个无比磅礴的气场。

王众一：我一直认为这段戏和《周恩来》中国庆25周年招待会的仪式感与节奏感有一个高度的衔接。1974年到1984，从《周恩来》到《邓小平》，两场国庆庆典，一个在人民大会堂内，另一个在天安门城楼，导演运用这种时空的对应性，将两个历史人物的内在逻辑关系、承接关系用相似的仪式感与节奏感联系起来，提示给了观众。

靳飞：别人都弄不出这个劲头，这种气场。前面我曾经提了个"京朝派"电影的概念。我们共和国60年，京朝派电影的出现，是从丁荫楠开始的。这就像京剧一样，也是从地方戏开始，之后不断融合形成了京剧。各地地方的地域文化进入到北京之后，首先要认同中国文化主流，汇入这个主流中，成为它的一部分，这才行。丁导也是一样，甭管是哪的人，学的是哪，都要在北京完成汇入中国文化主流的过程。北京文化并不是北京人创造的，丁导虽然不是北京人，但是他的电影属于北京文化的一部分，属于北京当代文化的一部分。

王众一：说着说着又说到京朝派电影了。可是有一点还没有问丁导，怎么选了个《邓小平》这么一个难啃的题材来拍？而且居然还成功了？

丁荫楠：邓小平的改革开放对于我这一代人影响巨大。我的第一部电影《春雨潇潇》摄制于1979年，讲的是和1976年四五运动有关的故事。1992年，我就动了拍《邓小平》的念头，与人合写了第一稿。到2000年数易其稿，最后在丁震执笔下完成。这个过程得到了许多方面的大力支持才得以完成，拍摄过程更是克服了许多难以想象的困难，回过头想来，真是个奇迹。从电影诗《春雨潇潇》到诗电影"春天的故事"《邓小平》，我走了整整21年。前面你已经注意到，我拍了《周恩来》再拍《邓小平》是一种命运安排。因为在我心目中，周恩来的未竟事业，在邓小平手里成为了现实。丁震和我说过，这个电影就该我来拍。

王众一：这也真是巧了！即将到来的2018年恰好是周恩来诞辰120周年，中国改革开放40周年。好像我们的座谈也和这个时间节点有了某种暗合呢。（笑）

革命意识与文化意识高度融合的《鲁迅》

王众一：丁氏人物传记片成了系列，从孙中山写到邓小平，从反清革命、人民革命一直写到"文化大革命"、改革开放，整个20世纪革命历程，成功与失败、进步与挫折都写到了。可就是这么一个激荡的百年革命历程中的众多代表人物，在他的传记片中，都透着中国文化的浓厚底色。

丁荫楠：可以说，我是有意识地把革命和文化联系到一块，人物的革命行为是通过文化形态表现出来的。

靳飞：这种文化有的以中国人独有的情感表现出来，有的以一种中国式的人情世故表现出来，有的又以中国式的仪式或规矩表现出来。

高远东：越到后来，丁荫楠电影的这种文化自觉的意识越强烈。在《邓小平》之后，丁荫楠父子索性开始将目光转向文化巨擘。

丁震：这一方面有政治人物选题的敏感性与操作难度大等客观局限；另一方面，确实我们也意识到文化对于百年中国是一个更加值得深刻关注的领域。

王众一：2005年完成的《鲁迅》体现了丁荫楠作品的双重转型。一个是选题从政治人物向文化人物的转型，另一个是作品本身从对革命主题的关注向对文化主题关注的转型。而鲁迅，恰恰是一个兼有革命性与文化性双重身份的人物。

丁震：鲁迅这个人物确实很不容易处理。从上个世纪50年代到70年代，国内就一直有要把鲁迅搬上银幕的想法，但都没有能够实现。因此这个选题从什么角度去写的确费了很多脑筋。最后，决定从生活中的鲁迅入手，从家庭、父子的视角带出鲁迅的社会活动。

丁荫楠：我们坚持不回避鲁迅及当时许多知识分子的时代性选择与倾向。五四新文化运动是一场真正意义的文化革命，涌现出一批爱国、进步的知识分子。鲁迅就是其中最为杰出的代表，是真正的民族精英。

在这部作品中，我们就是要描写一个"大爱鲁迅"：对民族的爱、对人民的爱、对朋友的爱，以及夫妻之情、父子之情。这样的定位，鲁迅的艺术形象，一个写意的、诗化了的鲁迅就活了。

高远东：全片定位在鲁迅生命的最后三年在上海的生活，死亡成为贯穿全篇的话题。片中描写了杨杏佛的死，描写了瞿秋白的死，最后描写了鲁迅的死。大量主观镜头和超现实画面能够让人感受到死亡引发生者的心灵搏斗。

王众一：超现实画面的反复运用确实是这个作品的特点。它符合鲁迅作为文学家的想象力，也符合鲁迅作为晚期肺结核患者经常因低烧而容易产生幻象的特定体质。片头鲁迅在故乡与自己小说中的人物擦肩而过的设定就非常巧妙。他和心心相印的好友瞿秋白深谈后入睡，雪花从天而降的安排也同样是神来之笔。在克勒惠支版画展之后，他在梦境中幻想自己肩住黑暗的闸门，放年轻人到光明的地方去，与片头他在北师大要求年轻人做永远不满足现状的，为民众说话的真的知识阶级正好形成呼应，点出了鲁迅精神的核心。一个革命性很强的新文化启蒙者的形象生动地得到了阐释。

靳飞：这又是一个有着济世情怀的老生形象。而在家庭线索里，鲁迅又是一个慈父形象。在这部作品里，鲁迅与海婴的父子戏很足，使鲁迅的形象更加丰满、可爱。老生与父亲又一次完美地融合了。

王众一：一个热爱生活的鲁迅，因为海婴的存在一下子鲜活起来了。不论是父子一起洗澡，还是躺在地板上用上海话互骂"小赤佬"，都让人感受得到鲁迅亲情的一面，整个一个"无情未必真豪杰，怜子如何不丈夫"的既视感。最为虐心的是，鲁迅临终前的夜里灵魂来到爱子床头告别，而海婴从睡梦中睁开眼走下楼梯时，众人已经围在鲁迅遗体前。我觉得丁导在他的人物传记片中对主人公的死别一直坚持关注，特别善于借用昼夜转换完成阴阳两隔的过程：《周恩来》中病房窗帘的关与开如此，《启功》中为宝琛念"大悲咒"从昼至夜也是如此。

高远东：我们中国电影里面，对死亡强调得很少，你看日本电影里是特别多的，体现了对死的敬畏与思考。你注意到这一点很了不起，丁导确实一直在他的作品里对生死问题坚持关注。传记片嘛，就是不能回避各种死别。

王众一：正如高先生所指出的，和死亡相关的仪式感是丁氏人物传记片中反复出现，制造高潮的要素。这一点，《周恩来》和《鲁迅》中有集中的运用。"文革"中"我不下地狱，谁下地狱"的周恩来，"肩住了黑暗的闸门，放他们到宽阔光明的地方去"的鲁迅，一个是革命家，一个是文学家，两者都有着东方文化底蕴下的"济世慈悲心"。因此他们的死都处理得十分宁静、安详。周恩来死后，吴阶平大夫和医护人员忍泣后退，总理卫士高占普一声"总理"的呼唤，打破了众人的低泣，顿时悲声四起，十里长街送总理；鲁迅死后，也是在一片肃穆的告别中，萧军闯入，一声"先生"打破宁静，将镜头引向抬棺送葬，万民空巷的盛大场面。这种由一个人到一群人的过渡引发出来的情感张力，反映了丁荫楠对人的终极问题的深刻思考，以及对视觉呈现效果的掌控上。

高远东：而鲁迅的人格魅力不同于他者之处在于，他一生中所呈现出来的不断的痛苦与矛盾。丁导敏锐地抓住了鲁迅临终前集中表现出来的精神世界的痛苦、困惑与矛盾。这一切，在片尾为鲁迅送葬的场面中得到集中的表现。濮存昕的《野草》画外朗读与送葬人群，草地野火的画面，再次驾轻就熟地呈现出一贯的丁氏诗化电影风格高潮。宏大的诗意意境烘托出不拘于悲痛与伤感的大结局，升华了"涅槃与狂喜"的悲剧力量。

彻底回归文化主题的《启功》

王众一：丁氏父子不久前完成的新作《启功》片头有一行字幕："谨以此片献给平凡而伟大的老师们"。和迄今为止的传主不同，尽管是一个大书法家，但启功基本上是远离功名，沉浮闾里的一介平民，一个普通的教师。这么巨大的转变是基于什么考虑？

丁震：拍了那么多人物传记之后，觉得应该给辛亥革命后成长起来的知识分子中的代表人物做一个传。这些人在激荡的百年历史大潮中逆来顺受，处在社会底层，压抑了很久，身上甚至有一些犬儒的东西。改革开放后终于能自由地展现他们的才能。

丁荫楠：在这百年历史大潮中，教育家真可谓是忍韧，堪称中国的脊梁。我研究过西南联大那些人。那种形象、那种纯洁、那种牺牲精神，视死如归，为中国培养了那么多的人才。而后来他们的遭遇也令人唏嘘。我想到拍启功，就是想聚焦到一位教育家身上，来探讨，思考民族未来的希望所在。

靳飞：这个选题非常好。中国经历各种革命、改革开放到今天，传统文化的力量应该得到正确认识，文化的传承也应该得到应有的重视。实际上，近代以后文人小了，没有当年的大气劲了。而启功代表了一种回归，一种大气的文化精神。

高远东：和思想启蒙的知识分子同样重要的是，文化传承的知识分子所起到的作用。而这一点往往关注不够。启功先生看似有犬儒气，其实他的自嘲可不是消极的。这部电影基本说清楚了这一点。他真是参透了人生。他出身那么高贵，最后不讲自己的出身了。爱新觉罗，那不是我！查无此人了。因为终生未育，他对自己生命的认识有了一个深刻的总结。他因此四大皆空，把一切都看透，最后达到"天下为公"的境界。

王众一：看了《启功》，对丁氏人物传记片系列有了一个整体的新认识也正在于此。有两个有趣的发现：一是从《孙中山》到《启功》，一个客家革命家的革命目标就是"天下为公"，而这一理想恰恰落在最后一个传主——当年孙中山革命对象的满族贵胄的后人启功身上，并得到了最好的阐释与发扬。革命家的自强不息与教育家的厚德载物，首尾相顾地在这两个人身上得到完美的体现。再有一个是，从电影史上来看，丁导的这部作品使他和第二代导演的代表人物孙瑜的《武训传》完成了一个对话与对接。孙瑜晚年和丁荫楠晚年不约而同，殊途同归地将目光投向教育家，这是意味深长的，值得从电影史和社会思想史等多个维度进一步深入思考。

靳飞：鲁迅与启功也可以有一个对比。两人同为教育家，一个侧重思想启蒙，一个侧重文化传承。他们都有着"济世佛心"，如果说肩扛铁闸门的鲁迅心通地藏菩萨，体现了一种"地狱不空不成佛"的境界的话，对他人书法侵权豁达地一笑了之，充满自嘲精神的启功更像寒山、拾得一样"远离颠倒梦想"。

丁荫楠：实际上启功这么一个人物的一生，就把辛亥革命后的中国、民国时期的中国、抗日战争时期的中国、1949年以后的中国、"文革"时期的中国、改革开放以后的中国几个重要的历史阶段都串了起来。教育启功的人，启功教育的人，一代又一代人的教育串联起来，成就了中国文化绵延流传。

王众一：印象深刻的一点是，在片中，"文革"破坏了文化传承的教育，但传统文化通过书法的魅力依然在浩劫中赢得胜利。片中造反的红卫兵雨辰成为启功的学生，后来自己也成为教育家。这条线索的安排把文化的自信、教育的力量很好地表现了出来。

靳飞：这部电影总导演丁荫楠，导演丁震，是父子两个人的作品。能够看出来在对全片时代感的把握，对京朝仪式感的呈现等方面老丁导对小丁导的指导痕迹。可以说这本身也是风格化的丁氏电影文化的教育与传承的过程呢。我建议应该形成一个丁荫楠导演学派，教出更多的人把这手艺传下去，让更多导演拍出这样的中国电影。

丁震：和父亲一起工作，我学到了什么是严谨。父亲对道具的细节极其讲究，决不允许租用大路货道具。我们拍片，他就一个人出去，很晚回来，带来从朋友处借来的实物道具。记得拍《孙中山》时，准备的道具条幅字体颜色不对，他便要求撤队伍重拍。为此甚至和制片主任发生争执，差不多快要翻脸，最终也没有妥协。

王众一：你说的这个我有亲身体会。拍《周恩来》时我本来在现场采访，临时受邀客串片中媒体记者。当丁导看到我手中拿的是日本傻瓜相机时，毫不客气地把我"清"了出去。（笑）

丁荫楠：还有这样的事情？我早不记得了，多有得罪啦。（笑）

王众一：那是应该的。那件事加深了我对您的敬重。一晃二十六七年过去了。丁导今年虚岁80了吧。从1979年算起的话电影艺术生涯也近40年了，真不愧为是中国影坛的常青藤。而且不仅本人的艺术生命长久，在事业传承方面也想得久远。我们总结一下今天的座谈，信息量真是庞大。丁导的作品系列，和电影史上从第二代到第六代导演都有对话、对垒或对接。

靳飞：从文化史的角度，我们有这样一个发现。1949年以后，50年代对电影《武训传》的批判实际上是来自北京的力量对上海电影的一个打击，而60年代对京剧《海瑞罢官》的批判则意味着来自上海的力量对传统京剧的否定。可是，来自广东珠影厂的丁荫楠，异军突起，完成了一场"文化北伐"，创造了自成一体的京朝派电影，完成了对诗化电影、京剧象征手法和人物传记片三位一体的统一。"电光影戏"在中国化的道路上找到了自己的文化自信。

高远东：说到电影与京剧的交汇，丁导最应该完成一部关于梅兰芳的传记片。2005年丁导曾与黄宗江、雨辰合作完成了《梅兰芳》电影文学剧本，还获得了国家奖项，可惜没能投拍。

丁荫楠：当时构思《梅兰芳》的剧本，写的就是梅先生如何走出国门，把中国京剧推到苏联，推到美国，推到日本的。梅兰芳之所以成为梅兰芳，就因为他是第一个让京剧走向世界的。梅派因此成为世界公认的第三表演体系。

靳飞：2019年是梅兰芳首次访问日本100周年，又是中华人民共和国成立70年，应该是一个很好的时间节点。拍一部梅兰芳将京剧文化推向世界的传记片，可以带出梅兰芳那个时代一批璀璨的文化巨星，也是对"电光影戏"的最好贡献。

王众一：如果借助现在的计算机技术，再现当年梅兰芳访俄、访美的故事，再现日本关东大地震时梅兰芳前去赈灾义演的故事，肯定会非常好看。

丁荫楠：冲你们这番话，一定把这个《梅兰芳》拍出来。咱们好好想一想，先弄一个剧本再慢慢地打磨。已经积累了这么多，怎么也得努把力表现一下。

（原载《人民中国画报》，王众一整理）

丁荫楠故事：时代的电影诗

徐林正

许多人甚至无法相信《春雨潇潇》《逆光》和《孙中山》《周恩来》《邓小平》这两类影片居然都出自丁荫楠一人之手。作为第四代导演领军人物之一的丁荫楠集理想主义和英雄主义于一身，始终追求风格的空灵和历史的厚重，追求诗意和纪实交融，如在"充满活力的电影诗"《邓小平》中所表达的：邓小平越来越老，共和国越来越年轻。

《孙中山》：气势磅礴的交响诗

1984年，珠江电影制片厂厂长孙长城点名丁荫楠执导影片《孙中山》。孙长城是憋了一口气的。因为1983年，珠影厂出品了影片《廖仲恺》，该片获奖无数，但导演汤晓丹、编剧鲁彦周、主演董行佶等主创几乎都不是珠影的人。务实而好胜的孙长城决定尽可能地使用珠影的班底拍影片《孙中山》。激动万分的丁荫楠"得寸进尺"地提了三个要求：自己请美工师；自己请编剧并参与；想怎么拍就怎么拍。孙长城留给丁荫楠这么一句话："行，你怎么拍我就怎么支持你！"

孙长城说到做到，马上拨款六万美元，作为剧组赴海外考察的经费。丁荫楠和其他主创从广东香山出发，先后赴香港、夏威夷、纽约、日本等当年孙中山活动的地方进行考察。

而此时，珠影厂也有不少怀疑的声音，有人说："支持丁荫楠拍片等于少盖两栋楼。"孙长城则回复："我宁可要一部好片子，不要两栋楼，有了一部好片子，十栋楼都有了。"

很快就要开机了，但编剧组交来的剧本都不符合丁荫楠的要求。丁荫楠把自己关在工作室里整整50天，终于写出了电影工作台本。谈起那段时间，丁荫楠说："读完厚厚的有关孙中山的历史资料后，许多事件和人物都记不大清楚了，但一种直想大哭一场的悲怆感，却紧紧地攫住了我的心。"于是，丁荫楠写下了影片开头的一段旁白："历史本身是真实而具体的。可是在我的眼睛里，它只是一个朦胧的幻觉，是人们凭借着想象和感觉，所引发出来的激情。"这就是丁荫楠要在《孙中山》中表达的。

在拍摄过程中，丁荫楠找到了200万元的投资，当他兴冲冲地把这个消息告诉孙长城时，没想到孙长城说："谁叫你去找钱了，你是管花钱的。不用你管钱，你就管集中精力把片子拍好！"其实孙长城也在为钱奔忙，却透露给丁荫楠这样一个信息：为了保证艺术质量，可以不惜血本。

孙中山总统就职时，南京人民专门搭建了一座彩牌楼来欢迎孙中山。拍摄总统就职一场戏时，剧组用半个月近两万元专门搭建了一座彩牌楼。没想到实拍时因烟花火星而起火。大火熄灭后，大家围着丁荫楠："怎么办？"有人建议："凑合着拍吧。"因为重搭牌楼不仅费时费钱，而且每耽误一天光剧组人员的花费就要数千元。但丁荫楠当机立断："重新搭建牌楼，我不信这场戏就拍不下来。"

还有一场4000名群众演员参与送葬的"黄浦告别"戏，一切都准备就绪了，但开拍前突然发现准备的现场条幅标语是红字。丁荫楠马上决定，暂停拍摄，重新制作标语，把红字换成黑字。这么一变色，又花掉了一大笔钱。

这些钱没有白花。丁荫楠几乎毫无顾忌地挥洒着作为电影诗人的豪情，使之成为一部气势磅礴、撼人心魄的交响诗。丁荫楠说："如果你熟悉这段历史，请不要按照历史去看这部电影；假若你不熟悉这段历史，那就请你当作历史去看，因为这是我心中的历史。"

《孙中山》获得1987年中国电影金鸡奖最佳故事片奖以及最佳导演奖等九项大奖，另外还获得大众电影百花奖最佳故事片奖和广电部1986—1987年优秀影片奖。电影学者倪震认为，《孙中山》史诗风格不仅使丁荫楠个人电影创作翻开了新的一页，也使中国传记历史片的形式探索，打开了一个另类的领域。回顾这部影片，丁荫楠说："《孙中山》是我第一部全部想清楚再拍的影片。"导演陈怀皑对谢晋说："《芙蓉镇》我能拍，也许我拍得不如你好；但《孙中山》我拍不了，我没有那样的思维。"

《春雨潇潇》与《周恩来》

1979年，丁荫楠和胡炳榴联合执导了影片《春雨潇潇》，这是丁荫楠第一次联合执导影片。执导之初，厂里许多人根本不看好他，甚至说："不要说拍，能把胶片接上就不错了。"但丁荫楠感到，23年来的学习、实践就是为独立执导故事片而准备的。

影片《春雨潇潇》以1976年"天安门事件"为背景，通过一个蒙难青年的流亡故事，描绘了四五运动在人民心中引起的深切共鸣和巨大回响。在这部影片里，丁荫楠有一个大胆的构想，"让'潇潇春雨'的造型贯穿全片，这部影片的样式应该是抒情正剧，而春雨潇潇，隐喻着愁情哀怨，又孕育着万物生机，正和剧本的主题、情节、政治背景相呼应"。影片所有的镜头都在阴雨天气里拍摄的。

丁荫楠特地和观众一起观看了影片。观众们认为，影片中'潇潇春雨'造成的诗的意境令人神往，有无穷的内涵。丁荫楠因此获得1982年国家青年创作奖，这是丁荫楠获得的第一个电影奖项。他还清晰地记得颁奖典礼在北京友谊宾馆的礼堂里举行，他获得一本相册，相册上贴了一张写着获奖人姓名、内容的纸片。"我坐了两天两夜火车来北京领奖，也奇怪，没有太激动。但是，《春雨潇潇》的成功让我之后再也不用'联合执导'了。"

但丁荫楠并没有被成功冲昏头脑。"通过《春雨》的实践，我能驾驭一部电影。由于是我的独立实践，印象格外清晰，但也格外不安，细心听取反应，普遍得到肯定的只是那场春雨和全片第一本。而原以为得意的设计却没有强烈的反响，我为此进行了痛苦的反思。"

《春雨潇潇》把观众带到了那个令人窒息的"四人帮"横行时全国人民悼念周恩来的情景，之后一种挥之不去的情愫就像无休无止的潇潇春雨一样，在丁荫楠的心头久久回荡。这种感觉延续了12年之久，直到拍出了影片《周恩来》。

丁荫楠早就想拍一部《周恩来》。1986年，丁荫楠想拍一部中美建交题材的影片；1988年，丁荫楠想拍一部中日建交题材的影片，虽然都因故未果，但他对周恩来进行了深入研究。

1989年7月，王铁成拍完电视剧《烽火万里行》，丁荫楠正在厦门拍《廖承志在追忆着》，请王铁成去拍摄几个有关周恩来的镜头，趁此机会，王铁成谈了与丁荫楠合作拍摄电影《周恩来》的想法。

此时，一个是不导《周恩来》决不死心，一个是决不放弃演《周恩来》。

王铁成谈了演周恩来的各种体会，以及各种设想。王铁成越说越激动，丁荫楠越听越兴奋。两人一拍即合，这次拍戏的所有间隙，王铁成和丁荫楠都在讨论电影《周恩来》的构思。

从各方面再现周恩来的影片已经不少了，《周恩来》该怎么拍才好呢？丁荫楠先在中共中央文献研究室的楼上读了整整三个月的书。面对大量的史料，丁荫楠感觉进入了一片汪洋大海，茫然不知所以。一天，因熬夜读书没能按时起床，错过吃早饭的时间，便索性躺在床上任思维随意荡漾，眼睛无意识地在一堆画册上扫着。突然，发现一本画册上写着几个钢笔字"人民心中的总理"，这让丁荫楠眼前一亮，顿时豁然开朗。很快，丁荫楠确定了影片主旨：人民心中的周恩来。同时也确定了完全的纪实性、文献性的风格，质朴而细腻地再现周恩来。他决定选取"文革"作为展示周恩来一生的主要篇章和叙事切入点，用"淡化而写意"的方法淡化事件，淡化情节，用"强化而写实"的方法强化情感、强化情绪。因此，把"文革"、"九一三"事件、中美建交、四届人大国务院组班子、南昌起义、长征、邢台地震等作为背景虚化，而其他则全部写实。"对于其他事件和人物关系，全部进行实处理。即按当事人的介绍，一丝不苟地进行了再现。并且在全部真实环境中拍摄，所用道具80%是文物，就是周恩来生前使用过的。"

《周恩来》公映后万人空巷。多年以后，许多地方发行公司、影院负责人见了丁荫楠还说："你拍一部《周恩来》，可让我们过了个肥年。我们都发了奖金，盖了大楼，分了房子了。"

《周恩来》投资不到600万元，却卖了3000多万元。

时代与伟人：《逆光》与《邓小平》

1982年，丁荫楠执导了影片《逆光》。在这部影片里，丁荫楠肆意汪洋地挥洒才情，用充满诗意的画面和造型阐释着80年代平民青年的青春和爱情，展示给观众一幅长卷的上海风景画，一首都市的诗。

影片采用"夹叙夹议""时空交错"和"虚实结合"的表现方法，"一篇散文体的叙事诗，时而叙述，时而抒发，时而说人说事，时而感慨万千"。影片的结构分为三种时空关系：现在时"生活的远征"，过去时"生活的闪光"，将来时"生活的思索"。

影片《逆光》讲述80年代的上海，几对年轻人面对精神世界和物质世界的痛苦选择，是80年代最成功的生活片之一。

上海一名纺织女工看了影片说："就像我们每天早晨一样。"这年在上海举行的全国故事片创作会议上，专家们评价说："已经将镜头伸向生活的纵深，开始探索生活哲学的真谛。"

在随后的日子里，丁荫楠印证了自己的预言，这个时代发生了翻天覆地的变化。而推动这个时代巨变的就是伟人邓小平。"孙中山是推动历史，周恩来是承受历史，邓小平是改写历史"，他要拍一部《邓小平》。但拍《邓小平》却比《孙中山》《周恩来》更难，因为邓小平离我们太近了，这段历史我们所有人都经历过。但是"对邓小平满怀热爱和崇敬的我们，亲身受到邓小平改革开放的恩惠，亲身经历中国翻天覆地的巨变，有一种责无旁贷的志愿，舍我其谁的决心"。为此，他准备了六年，剧本改了11稿。

◎　丁荫楠拍摄《邓小平》时在天安门前留影

如果说，《孙中山》展示的是丁荫楠心中的孙中山，《周恩来》展示的是人民心中的周恩来，《邓小平》展示的则是丁荫楠感受到的邓小平——也就是这样一个形象：邓小平自己说，"我是中国人民的儿子"。我对邓小平的直观印象，却是一位既严厉又慈祥的父亲。他更像一个中国人眼里的老家长，拿大主意的大家长。一个已进入古稀之年的长者，一位按常理该安享天年的老人，不惜以自己的生命抗争，扛起了改革开放的大旗帜，这是何等感人至深的壮举！

面对这样的伟人，丁荫楠怎能不诗兴大发，他由此确立了这样的风格：一部充满活力的电影诗。"观众要看到的是，邓小平是怎么样左右开弓，东挡西杀，带领全国人民开辟出一条崭新的道路，使我们的祖国以全新的姿态出现在世界人民面前。在胜利的歌声中，他却悄然隐退……"

丁荫楠通过《邓小平》，把这种感受告诉全中国的人民，自然引起了强烈的共鸣，该片获得第26届大众电影百花奖最佳影片奖，既在情理之中，也在意料之中。

永无止境的探索

到了1982年开拍《逆光》时候，丁荫楠已经清晰地意识到："诗歌的创作手法能够使电影按上飞翔的翅膀。要摆脱过去传统的戏剧结构，使电影从传统的戏剧规范中解放出来，必须借助文学、诗歌的力量；借助文学、诗的造型力量，无疑有助于电影本性真正解放。"

于是，丁荫楠开始了一系列探索，充满诗意的探索。

在《逆光》中，丁荫楠还对运用长镜头进行了探索，但他感觉是失败的。1984年，在影片《他在特区》中，丁荫楠在"长镜头多信息"的原则下，对长镜头的运用作了淋漓尽致的探索。一部100分钟的影片，其镜头一般是400到600个，但《他在特区》里，丁荫楠只使用了182个镜头，成为当时使用镜头数最少的国产影片。其中，用了九个400英尺（约122米）的长镜头。有了这些试验，后来，在《孙中山》和《周恩来》中，他把长镜头使用得恰到好处。

丁荫楠在阅读有关孙中山史料时常常感动于那些发黄的老照片，

"我觉得他们的感染力比一场戏还要大"。因此丁荫楠想用演员扮演的凝固照贯穿于影片的各个历史时期。但是，要拍这些"呆照"，从集合演员到化装、搭景，比一场戏还费劲。本来预计拍40张，拍到《孙中山》下集时，演员就找不齐了，结果只拍了20张。虽然丁荫楠最终没有把这些"呆照"用到影片中去，但其叙事方式依然可见丁荫楠对艺术探索的激情。

2000年，丁荫楠执导了影片《相伴永远》，该片以李富春、蔡畅夫妇的感情经历为主线，讲述了他们从法国留学开始，相识、相知、相爱，到相勉、相助、相慰，由同志结成同盟，夫妻恩爱相伴，充满激情的一生，展现了革命伴侣的浪漫情怀。这部影片弥补了中国缺乏以爱情为主线的时代伟人电影的缺憾。丁荫楠又别出心裁地设计了李富春、蔡畅夫妇诀别时隔着玻璃相拥倾诉的镜头。评论家邵牧君认为："隔着玻璃的拥抱是全片最精彩的拥抱，最具有丁荫楠风格，这一段写得特好。"

2006年6月27日至7月3日，以"时代·伟人"为主题的"丁荫楠电影周"在北京举行，期间放映了《孙中山》《周恩来》《邓小平》《相伴永远》和《鲁迅》五部作品。但这次"电影周"并没有为他的艺术生涯画上句号，他以《鲁迅》的成功为契机，筹拍中国文化名人系列电影，目前列入他的视野的有《李白》等。

我不是一个软木塞

1938年，丁荫楠出生于天津。"半夜听评书，跟家里人看舞台戏，自己看了两个话剧《绞刑架下的报告》《雷雨》和一部电影《三头凶龙》。综上所述，形成了我对舞台艺术的迷恋。"1956年，经表姐介绍，丁荫楠到北京医学院当了一名化验员。"我永远忘不了去北京的那个阴雨天，母亲用一张黄油布，裹起一床薄棉被，亲自把我送上去北京的火车。"这一年，丁荫楠17岁。

一到北京，丁荫楠就迷恋于看话剧。每次领到37元工资后，除了12块半的伙食费，剩下的都买了戏票。每次看完演出，丁荫楠都会把戏单子（说明书）悉心收藏。"坐在剧院里，就像和尚进了大雄宝殿，参禅入定！眼前这大舞台框子里，变化莫测的世界，使我忘记了周围的一切，戏剧大师制造出来的一种境界，传达给我的是升华成艺术的气息，使我如醉如痴！我充满了想做演员的欲望。"丁荫楠参加了北京市工人业余话剧院。这个话剧院是青艺老前辈吴雪、金山等人组织的，因此丁荫楠在青艺排的《风暴》《降龙伏虎》等话剧中跑过龙套。

但他是个化验员。整天的日常工作是洗涮仪器，用放大镜看血尿便，工作枯燥而繁忙。不甘居人后的思想也让丁荫楠暗暗奋发。每年教研组都要在北京西四同和居聚餐，丁荫楠注意到，不同级别的人连穿的工作服都不一样，"什么人穿什么衣服，教授是前面开口的斜纹布的白大褂，助教是平纹的白大褂，化验室主任是后开口的白大褂，到我们化验员是一件上衣，一条裤子，到清洁工就只有白帽子。——我是从小充满幻想的人，当然想着要穿白大褂，就暗暗奋发。"

丁荫楠常常一边工作一边朗诵诗歌。教研组里的生化专家刘思植等人鼓励他去考艺术院校。这时候，他常常觉得自己像一个软木塞，随波逐流。但他告诉自己："我不要做软木塞，要做擎天柱。"

1961年，丁荫楠考入北京电影学院。"如果说45年的艺术生涯是我的马拉松，北京电影学院就是起跑点。"

1975年，丁荫楠调入珠江电影制片厂工作，最初任纪录片编导，很快他就跟着云南省野山动物考察队拍摄纪录片《云南野生动物考察散记》。丁荫楠带着热忱和冒险的心，几乎走遍了整个云南。他深入到过瑞丽、丽江、高黎贡山、金沙江、澜沧江、独龙江等地；目睹了野牛、野象、野猪、各种蛇和各种猴子；那时的野象成群，他们吃过野象腿，也吃过羚羊的肉；丛林中到处是蚂蟥，蚂蟥仿佛装了雷达，只要遇到人就吸附

◎ 丁荫楠拍摄《云南野生动物考察散记》时的工作照

上去吸血，揪都揪不下来……

1976年，丁荫楠拿着纪录片《云南野生动物考察散记》来北京审查，但此时"文革"刚刚结束，丁荫楠根本找不到审查负责人，当时北京正风靡着观看"参考片"。丁荫楠一边等着审查，一边看参考片。他在北京一待就是三个月，一连看了100多部"参考片"。这些参考片中，有大量"文革"十年中世界各国拍摄的优秀作品。天赐良机，让丁荫楠有机会进行了一次"补课"和积淀。

回到厂里之后，丁荫楠担任了影片《春歌》的场记。女主角刘晓庆这样回忆当年拍《春歌》的情景："而我在另一部失败的影片《春歌》里，碰到了一大群踌躇满志的、有才华的青年，丁荫楠、胡炳榴、黄统荣、魏铎。当时我们全体都默默无闻，现在都从不同的角度展示了自己的才华。"虽然是场记，但他主动参与到整部影片的创作中，为自己积累了不少拍故事片的经验。

（原载《大众电影》2006年第19期）

历史和诗情
——论丁荫楠电影的风格

倪　震

　　历史永远是当代人的叙述。任何时代的历史题材文艺，都是当时的意识和话语的反映。但是，每一时代的作者，又都希图突破所属的语境，寻求超越。于是，现实和往事，个人和环境，就成为历史文艺作品中永恒的矛盾。

　　中国历史传记电影，在20—90年代备受荣耀，民族独立和杰出人物总是紧密相连，成为历史舞台中心。90年代成为中国历史片的一个创作高潮期，是特定的政治、文化环境所决定的。在一大批历史题材电影中，丁荫楠的作品独辟蹊径。《孙中山》（1986）、《周恩来》（1992）、《相伴永远》（2000）和《邓小平》（2003）以历史和诗情的交融，区别于同一时期主流电影的形貌。诚然，一个主流电影导演，他的任务和角色，是由历史派定的，或者最大限度地争取来的。历史的人格化和叙述的诗情化，作为丁荫楠电影的风格特色，可以看作是作者个人和环境间既冲突又妥协的奇特产物。

　　丁荫楠1961—1966年就读于北京电影学院导演系。在接受正规的艺术教育之前，干过各种职业，备尝世态炎凉。他曾经在一所医科大学的实验室里打工，极尽艰辛甘苦。但他钟情于戏剧和电影艺术，从菲薄的工资里省下每一分钱，购买表演艺术理论和戏剧专著潜心钻研，从不放过北京人民艺术剧院每场好戏，有的甚至看过三四遍，对刁光覃、朱琳、蓝天野等前辈艺术家的风采，由衷钦羡。他自幼受家庭熏陶，对京剧名角情有独钟。沉迷于传统文化，崇尚中国戏曲文化，是丁荫楠进入电影艺术全面训练之前打下的基础，这种经历对于他成熟期的历史片创作，以及历史片中浓郁的诗情风格的形成，未尝不是一种先导和动因。

在60年代的北京电影学院里，苏联电影的影响还是相当大的。爱森斯坦和普多夫金的蒙太奇语言，深深地渗入每一个学生的心中。60年代初期由塔尔科夫斯基、丘赫莱伊、卡拉托佐夫等导演推动的苏联新浪潮，更是令人感慨的电影诗篇。当然，中国默片《神女》和40年代诗情经典《小城之春》也都是令初学者默默崇敬的完美楷模。但当时，日渐紧张的文艺批判和山雨欲来的政治风云，使丁荫楠历史片中探索诗情风格还是1986年以后的事情，但对诗情和造型意境的迷恋，却在他前期创作中就显露无遗。1979年，他在处女作《春雨潇潇》中表达了一个天安门事件中蒙难南逃的革命者的生死命运，把严酷的流亡生活借助江南春雨，作了别开生面的诗意描写。在1982年的影片《逆光》中，更是肆意挥写电影诗行，将一个平民青年的爱情悲欢，展示得亲切轻柔，成为80年代大学生耳熟能详的电影"畅销书"。《逆光》的造型风味独具一格，传统的上海和现代的电影构图交融为一，展示出丁荫楠对电影造型语言的敏感和钟情。正是通过丁荫楠及其同代导演张暖忻的《沙鸥》、黄建中的《如意》、杨延晋的《小街》的努力，80年代中国电影浓郁的人情味和诗情语态，才在银幕上建立起来并产生了深远的影响。

丁荫楠创作道路发生转折，是当他被选定为《孙中山》一片的导演。《孙中山》的史诗风格不仅使丁荫楠个人的电影创作翻开了新的一页，也使中国历史传记片的形式探索，打开了一个另类的领域。在80年代，《西安事变》在前，《血战台儿庄》《南昌起义》《风雨下钟山》在后，电影书写的中国革命史各有千秋。这些影片或者史实详尽，或者场面恢宏，但都情节连贯，手法写实。《孙中山》放笔直书，以虚带实，运用音乐和造型语言，构筑电影诗篇，选取广州起义、惠州起义、睦南关起义和武昌起义四大板块，来表现孙中山一生不屈不挠的坚强性格。摒弃连续写实的情节剧叙述，借助远景镜头展现的气势、孤独悲怆和矢志不移。中国式的电影隐喻，融入叙事格局之中，令人击节叹赏，又回味无穷。比如辛亥革命胜利之后，在推翻封建、欢庆共和的典礼之后，又扫除炮仗余烬，以满眼红絮碎片为隐喻，暗示了这场革命的失败和无奈；又如孙中山以生命的最后一搏，挣扎着北上议政，在北平车站受到平民大众热烈欢迎，却以数千面白色小标语充满画面，暗喻欢迎即是送别，这是孙中山革命生涯的最后时刻。诗是凝练，诗是省略，诗又是隐喻的排比。透过诗情的语言和段落结构，电影《孙中山》锻造了中华民族杰出人物辉煌而又孤独的人生；民众沉睡，智者独醒，如火如荼、可悲可叹。

《周恩来》是丁荫楠在历史传记片中跨出的第二步。

如果说《孙中山》还是领导派定和作者选择相互结合的产物的话，那么《周恩来》就完全是受命而作了。将这位众望所归、全民爱戴的总理拍成电影，难度实在太大了。大起大落的段落式结构的好处，就在于取舍自由，繁简由人。丁荫楠要集中描写"文革"浩劫中的周总理，把他的无私无畏、鞠躬尽瘁放在处境最艰难、斗争最剧烈的历史环境中，唯有段落式的结构可以游刃有余，进退从容。周恩来甘愿牺牲、傲对恶狼的奉献精神，透过保护陈毅、悲悼贺龙、林彪叛逃、长沙面君以及病中念国等章节，得到集中而精炼地表达；尤其是在"文革"的前景上，又构筑了对往事的回忆，将周恩来一生中最有代表性的往事，融入现时的激烈斗争中，构成了现实与历史的交叉对比。周恩来一生奉献人民，忠诚无私的人格力量，在有限的电影时间中得到了展示。演员王铁成长期钻研扮演周恩来的演技，在与丁荫楠的合作中，终于开花结果。"历史人格化"在丁荫楠导演的《周恩来》中得到实现。诚然，在表现手法上《周恩来》要比《孙中山》含蓄、内敛，但在诗情营构上，不因手法变化而有所削弱。在描写周恩来与病魔搏击，终于生命归寂，一颗伟大的心脏停止跳动的这种悲痛时刻时，银幕上一片苍白，邓颖超轻轻俯身在他的额头轻轻一吻，遥远的空中响起了教堂的钟声。这种超然的组合，反而突出周恩来的灵魂穿越政治的界限，在人类历史和人类文化的长河中获得了永恒。

这就是历史与诗情交融的魅力。

《相伴永远》是丁荫楠的第三部历史传记片。在这部描写中共革命前辈李富春和蔡畅的影片中，突出了革命者人生不只是烽火征途，一样有儿女情长、悲欢离合。把笔触深入到高级干部的个人生活之中，洞幽烛微地描写他们情感生活的深层波澜，这是历史文艺作品未曾开拓的一个精神领域。已过知命夫妻生离死别时的相互交流，他们只能用写在纸上的亲情话语互致深情。在李富春轰然倒下的生命句号中，透露出导演对生与死的主题的重视和生命形式多样性的迷恋。

从《孙中山》《周恩来》到《相伴永远》，丁荫楠的诗情化电影系列中，潜藏着主人公赴难不拒、从容献身的主题，而且每一个杰出人物之死，都以精致的电影形式来加以渲染，创造了令人难以忘怀的悲剧美感。这是一种显意识的刻意还是一种潜意识的流露？在一位以民族历史为己任的电影作者身上，这种顽强而贯串的悲剧意识，究竟意味着什么？

诗是一种可以流传百世的语言，是民族灵魂的体现。在中国文学里，诗歌的传统极见辉煌，其地位往往在话本和曲艺之上。但中国诗歌更以抒情见长，而叙事长诗并非强大的一脉。因此，中国电影在吸收文学传统的营养时，话本与小说天然亲近，而诗歌的影响只能见之于精神的哺育，却无法作现实的转化，这正是中国剧情电影肢体健康而诗情电影未见发育的缘由。除了40年代的先驱费穆导演被公认为中国诗情电影的拓荒者之外，半个世纪以来中国电影在诗情化探索上，归于沉寂。

80年代以来，丁荫楠在历史与诗情的结合上，做出了难能可贵的探索。说他难能，是题材过分重大和要求相当苛刻，受到主管部门、电影审查的当然关注和观众期待的当然压力。说他可贵，在于矢志不移，知难而进，在一般人认为只能陈规照履、套话如旧的领域里，言必求新，意必求精。于是，历史和诗情，在丁荫楠电影里得到了和谐的交融。

（原载《大众电影》2003年第4期）

▌人间正道是沧桑

——由丁荫楠作品探论中国传记影片中的悲剧意识

程 敏

在我们的艺术创作中常会出现这样的现象，创作主体总是自觉或不自觉地把自己内在的人格、心态、潜意识等主观方面的内容投射到作品中，通过完成的艺术客体实现对自我的肯定。这种影射现象是作为人的思想、言论和行为的记载、记录，以及意志目的、行为后果有意识或无意识地留下的痕迹片段，这种纪录片段亦是以具体的著作、影片、文物和古迹形式存在的，我们可以称之为陈迹的片段。这一倾向在电影创作中特别是在中国传记影片领域创作中会更加鲜明且显明地存在着。因为，创作主体在整体传记作品创作环节中是相对独立的个体，主体可以通过他内心所要阐释与表述的主旨思想与意识行为及自身对传记人物的人格读解，与时代特质直接渗透贯穿到艺术载体中去，而这种传记载体又是最能集中、有效、生动地表达创作者意愿的最佳途径。有研究者指出："电影的创作者时常是在影片中隐晦而又顽强地表现出个人潜在的各种意愿、思想、情绪。这种主观性并不是直接地、明显地表露在影片的内容层面，而是隐含在整部影片的情绪基调、情感特征和人物关系等复杂的语言修辞策略之中。"[①]深入探究中国传记影片自然而然便会感觉到，隐含在传记影片作品里"语言修辞策略之中"的"个人潜在的"

---

① 贾磊磊：《电影语言的文化释义与本文辨读》，《百年中国电影理论文选》下册，文化艺术出版社2000年版，第614页。

最重要主观叙事趋势便是一种强烈的悲剧意识风格。这些中国传记影片的导演，深度、睿智、多方位地主观植入作者自身对领袖、名人的英雄悲壮情愫，出人意料地都在市场经济大潮中获得巨大成功，雄辩地证明了创作主体艺术的精湛和识力的敏锐。

为更好地传达作品的悲剧意蕴，传记影片的导演总是有意将人物的老年时期定为影片内容的出发点或表现重心，并以此为基点来构造叙事框架。因为在中国观众和创作主体眼中，老年人阅历丰厚，心境澄澈，瞩望现实，回顾平生，往往别生怅触，能为忆想中的事件平添一重沧桑之感；同时，人到老年生命意识分外强烈，而余下的时间却已不多，这种无以解决的根本矛盾本身就包含着一种宿命的意味，足以增强作品的悲剧色彩。比如影片《孙中山》开头以老年孙中山回头凝望的大特写奠定全片基调，将孙中山一生的奋斗业绩都化为人物生命尽头的一次深情回溯；《周恩来》中那些早岁的如烟往事通过闪回一一呈现在晚年主人公心底及观众面前，令人抚今思昔，感慨万千。由导演阐述可以看出，《相伴永远》原本设计了一个"晚年的蔡畅，夜探李富春"的片头，并以之作为"现在时"，由此展开对历史的追忆，影片完成时改成以曾孙女的讲述来贯穿各个段落，作品悠远的历史感并未消减，悲剧色彩却因此而有所淡化，看来这大概是导演为强化影片浪漫气息所做的调整[①]。《邓小平》略去人物生平经历，表现焦点专门对准其"和生命赛跑"的暮年岁月[②]，借以展现老人宽广无垠的精神世界。还有可资比较的《隋炀帝》，导演原来也设想"用一个亡国之君在临终前的回忆，作为框架，不断地展现历史逝去的灿烂篇章，构成一个大的悬念"[③]。又如陈凯歌导演的传记影片《梅兰芳》除了优美、丰富的电影肌理营造，其更着重描述的是艺术大师生存中面临的许多困境，在无数困境或荒诞的降临中又

[①] 丁荫楠：《〈相伴永远〉的制作法则》，《电影不断被我发现》，中国电影出版社2002年版，第159页。

[②] 丁荫楠：《摸着石头过河——关于电影〈邓小平〉的几点想法及导演阐述》，《电影不断被我发现》，中国电影出版社2002年版，第171页。

[③] 李文斌主编：《塑造一个我心中的隋炀帝——历史影片〈隋炀帝〉的导演阐述》，《〈隋炀帝〉电影创作与隋炀帝研究》，中国电影出版社1997年版，第96页。

试图用自己的刚正不阿挽救中国人的尊严，作品中强烈渗透着陈凯歌作者本身意图写出或者成功地写出人在生存困境中的选择与逃避，写出与困境战斗中那些人积极的行动与臣服和无奈的悲愤。在此，陈凯歌能将如此艰难困窘中的梨园名优梅兰芳的艰难和抉择写得如此清晰、如此铿锵有力，实属不易。

作为中国第四代导演的中坚，丁荫楠作品虽然不是很多，但他执导的每部影片几乎都渗透着自己对电影艺术的探索热诚与求新精神，总能在国内引起不同的反响。特别是在人物传记片的创作领域中，从幽邃凝重的《孙中山》到雄浑苍劲的《周恩来》，从激情浪漫的《相伴永远》到波澜起伏的《邓小平》，片中英雄各自在不同时段、以不同方式承受着人生的苦难与命运的打击，并靠顽强的意志向外部困境进行不屈的抗争。孙中山"一生屡遭挫折、牺牲和背叛，就在他即将要实现毕生为之奋斗的理想——建立一个独立、民主和富强的中国时，却与世长辞了"[1]；周恩来"以罹病之躯，系危局于一身，挽狂澜于既倒，苦苦地支撑着被无政府主义浪潮冲乱了的生产秩序和国家机器"[2]；李富春、蔡畅"相依为命，手携手共渡难关，在艰难的时刻更加表现出他们相濡以沫的深情"[3]；邓小平"已进入古稀之年……不惜以自己的生命抗争，扛起了改革开放的大旗"[4]，"左右开弓，东挡西杀，带领全国人民开辟出一条崭新的道路"[5]。甚至就连一度筹拍的《隋炀帝》中功过是非至今争论不定的主人公隋炀帝，在丁荫楠眼中也有一个从"深怀理想，为实现自己的欲望而曾为人民做过好事，并为民族的发展做出贡

① 丁荫楠：《无愧于民族无愧于时代——丁荫楠〈孙中山〉谈创作体会》，《电影不断被我发现》，中国电影出版社2002年版，第85页。
② 丁荫楠：《〈周恩来〉导演丁荫楠访问记》，《周恩来——从剧本到影片》，中国电影出版社1992年版，第333页。
③ 丁荫楠：《〈相伴永远〉的制作法则》，《电影不断被我发现》，中国电影出版社2002年版，第160页。
④ 丁荫楠：《摸着石头过河——关于电影〈邓小平〉的几点想法及导演阐述》，《电影不断被我发现》，中国电影出版社2002年版，第165页。
⑤ 丁荫楠：《摸着石头过河——关于电影〈邓小平〉的几点想法及导演阐述》，《电影不断被我发现》，中国电影出版社2002年版，第166页。

献"到"脱离了现实与人民成了孤家寡人，变成了农民革命的对象"的悲剧人生①。在这些人物身上，悲剧的形态并不完全一致，对周恩来、李富春、蔡畅、邓小平来说，面临的主要是命运悲剧，而隋炀帝的人生历程更多地体现为性格悲剧，孙中山则命运悲剧与性格悲剧兼而有之。第四代导演的另一代表人物郑洞天在评论《孙中山》时提出："影片还有更高一层的涵义，即牺牲、失败给一切先知先觉者所带来的历史的孤独感。……它不再仅仅纠缠个人和历史的相互关系，而是把人置于世界、置于整个人类的思维体系当中。在如火如荼的革命形势下，孙中山孤独悲怆心绪的传达，并没有使我们感到中国革命的前途很黯淡，整个影片的情调还是很昂扬、很充满激情的。这个辩证关系是一种崇高感所带来的。"②这种知音式的理解恰与第四代导演共同的成长经历和心理背景有着极为密切的关系。同为第四代中坚的吴贻弓告诉人们："所谓'第四代'导演群落，受教育于比较稳定的50年代，其成长历史有共同的复合部，有普遍性，文化功底、艺术气质、思维特征，包括情操与修养，都比较稳定趋同，落差不大。传统文化的熏陶很浓重，'十七年'主流意识很深地镶嵌在我们的脑海中……在以后的实践中，我们这一群落的命运分流大了起来，但归根结底我们的深层文化心态，或者说内心情结是很纯情的'共和国情结'。总把新中国母亲看得很理想，很美好，很亲切，千方百计想把这种'情结'投射在银幕作品中。"③"尽管我们也尝到了'十年浩劫'的腥风血雨，但50年代留给我们的理想、信心、人与人的关系、诚挚的追求、生活价值的赢取、青年浪漫主义的色彩等等，这种'人间正道是沧桑'的积极向上的参照体系，总不肯在心里泯灭。"④传记片导演丁荫楠走过的正是这样一条道路。自小即

---

① 李文斌主编：《塑造一个我心中的隋炀帝——历史影片〈隋炀帝〉的导演阐述》，《〈隋炀帝〉电影创作与隋炀帝研究》，中国电影出版社1997年版，第97页。

② 丁荫楠等：《中国电影金鸡奖第七届评委会评委关于〈孙中山〉的评论发言摘编》，《孙中山——从剧本到影片》，中国电影出版社1992年版，第431页。

③ 吴贻弓、汪天云：《承上启下的群落——关于"第四代"电影导演的对话》，《拓展中的影像空间》（苗棣、周靖波主编），北京广播学院出版社2000年版，第256页。

④ 同注释③。

品尝了生活的苦涩、早早就进入社会，凭个人力量艰苦奋斗的他在长期的进取过程中形成了坚韧豪爽的性格。他酷爱读书，从小"对知识就特别敬重"①，在不断努力学习的过程中形成了与当时社会协调一致的人生观，这种思想无形中支配了他此后的艺术创作。丁荫楠这样解释《孙中山》的创作动机："在我戴上红领巾的那一天，少先队辅导员就告诉我，要热爱祖国，热爱人民，要继承先烈遗志，为建设新中国而奋斗。与同代的知识分子一样，我也有着强烈的忧患意识和社会责任感，对民族的命运始终怀着深切的关注。我总觉得，既然自己投身在中国这块土地上，作为中华民族的一员，对它的振兴就负有一份责任。"②他又说："我不是多愁善感的人，但心灵长期的压抑和扭曲，使我对弱者常常怀着深切的同情，并且形成了一种气质，对生活的观察总带有一种悲凉的感觉。……这些必然反映在我的作品里。……我的作品里绝不会有绝望的色彩，而是充满希望和生机的。……我的作品又总带有一种悲怆的情调。我对富于牺牲精神的人（包括小人物），怀有一种特别崇敬的心理。从审美意识上讲，我觉得牺牲是美的，奉献是美的，悲怆也是美的。我喜欢歌颂悲怆的奉献与牺牲。"③

在总结丁荫楠人物传记影片的特点基础上，我发现几乎中国所有的传记影片大体都遵循着这样一个叙事框架有序展开：

奋斗——受难（亲故死亡或背叛）——（受难中）奋斗——逝去（由衰老到辞世或以衰老寓意辞世）或以悲怆力量结局（以人物暮年的人格力量震撼观众）。先来分析第四代导演传记作品中的这种叙事格式。《孙中山》中的"奋斗"主要体现为影片上集中建立同盟会和五次起义的有关情节；"受难"包括前四次起义的失败和辛亥革命胜利后的黯然离职，但更主要的是下集中以"亲故死亡或背叛"方式呈现出来的四位战友的遇难、病逝与陈炯明的叛变；"受难中奋斗"通过讨伐陈炯

---

① 丁荫楠：《用电影为人民服务》，《电影不断被我发现》，中国电影出版社2002年版，第155—156页。

② 丁荫楠：《无愧于民族无愧于时代——丁荫楠〈孙中山〉谈创作体会》，《电影不断被我发现》，中国电影出版社2002年版，第86页。

③ 同注释②。

明、改组国民党及北上议政几场重点表现，讨陈失利、告别广州、专车北上等段落集中显示"由衰老到辞世"的过程；"辞世"主要借北京民众欢迎孙中山的盛大场景配以画外旁白含蓄地加以暗示。《周恩来》中将南昌起义、率师长征等建功立业的"奋斗"列为过去时，推到人物的心理背景中，仅以闪回镜头做出简略的交代，而把"受难"和"受难中奋斗"作为影片的叙事主干。以背景方式出现的"文化大革命"是人物所遭受的最大灾难，贺龙、孙维世、老舍等同志和亲人的死亡及林彪、江青反革命集团对革命事业的背叛都是英雄"受难"的具体内容；周恩来鞠躬尽瘁操劳国事的种种感人言行则构成"受难中奋斗"的主要内容。至于"由衰老到辞世"的"逝去"，影片下集更有令人回肠荡气的充分表现。《相伴永远》以"巴黎之恋""遇难香港""新中国的曙光"三个段落描写人物的"奋斗"，而以"最后的抗争"涵括从"受难"到"逝去"的其他内容。影片的"受难"与《周恩来》中完全一致，不同的是这里为凸显两个主要人物之间的情感关系而将之推为后景，对"亲故死亡或背叛"的内容也做了简化处理，仅以红卫兵对老干部的一次揪斗、陈毅等老帅正气凛然的一番指斥、总理告知某部长被迫害致死的一通电话，及老革命家们同江青、康生、陈伯达等蔡畅口中的"党内的同志"分别进入怀仁堂的一个场景一带而过，而所谓"最后的抗争"实际上已表达出了"受难中奋斗"的全部涵义。"由衰老到辞世"是第四个段落展现得较多的内容，"病房诀别"一场戏更因在人物"逝去"的过程中折射出革命浪漫主义的光辉而成为全片的华彩部分。因为《邓小平》着重表现的是邓小平"近二十年的改革大业"①，所以人物以往的奋斗经历一概从略，直接从"受难"入手展开叙事。这里"受难"主要体现为周恩来、毛泽东相继去世给中华大地带来的迷茫和邓小平被撤销党内外一切职务后的困境；"受难中奋斗"则把顶着压力平反冤假错案、落实知识分子政策、推动真理问题论争、实行联产承包责任制、出访日美、开辟特区、促成香港回归、决策开发上海、南巡讲话等

---

① 丁荫楠：《摸着石头过河——关于电影〈邓小平〉的几点想法及导演阐述》，《电影不断被我发现》，中国电影出版社2002年版，第163页。

邓小平晚年的重要政治活动都涵括在内。在南巡讲话、上海感言等段落中，影片调动多种手段展现邓小平的"衰老"，借以突出"共和国越来越年轻，邓小平越来越老"的主题意蕴[1]，并"以衰老寓意辞世"，用深挚又略显忧郁的情调暗示老人即将离去，手法与《孙中山》基本接近。[2]

前辈所精心打造的这种悲剧色彩式的人物传记叙事模式，我们在第五代及港台导演的作品中同样亦窥见一斑，如吴子牛导演的史诗巨片《英雄郑成功》，冯小宁导演的民族英雄交响诗《嘎达梅林》，尹力导演的革命历史题材展现人民英雄战士的《张思德》，田壮壮导演的"昭和棋圣"棋艺大师《吴清源》；香港导演关锦鹏的功夫艺术史诗巨制《李小龙》，叶伟信的功夫巨制"咏春始祖"《叶问》等。下面，我只取其中具有代表性的一两部影片加以归纳分析。

陈凯歌导演的史诗人物篇《梅兰芳》中的"奋斗"清晰有力，出生京剧世家的梅兰芳，由于同祖父一样扮演女角，而造就了戏子等同娼妓，遭人鄙视的窘困身份。但幼时学戏的梅兰芳没有因艺人的枷锁命运而屈服；戏台上，梅兰芳遭遇人生的第一个竞争对手竟然是和梅家有三代情谊的老艺人十三燕。梅兰芳与十三燕同台竞技，输赢已成定局，梅兰芳的时代到来，但梅兰芳最后一场仍面对十三燕缓歌曼舞，因为他知道，十三燕所争的是一种叫作尊严的东西，他在为深深热爱的旧时代唱着一首挽歌。"受难中奋斗"则通过两条线索委婉道来。一是邂逅梨园知己孟小冬，两人一见如故，戏里戏外惺惺相惜。但在现实名誉面前，妻子福芝芳对孟小冬厉言，他不是你的，也不是我的，他是座儿（观众）的。事业伙伴邱如白对孟小冬说，谁毁了梅兰芳的孤单，谁就毁了梅兰芳。孟梅面对两难抉择。二是日本入侵中国，气节风骨的梅兰芳多次拒绝日本军队对他发出的演出邀请，并注射伤寒针，蓄胡言志。在记

---

[1] 丁荫楠：《摸着石头过河——关于电影〈邓小平〉的几点想法及导演阐述》，《电影不断被我发现》，中国电影出版社2002年版，第172页。

[2] 这种叙事框架已成为丁荫楠特有的艺术手段，因故未能拍摄的《隋炀帝》在创作设计中也采用了同一格局。（参见李文斌主编的《〈隋炀帝〉电影创作与隋炀帝研究》中《〈隋炀帝〉电影创作与隋炀帝研究》一文）

者会上，抛出一句一诺千金的话："我的爷爷十三燕，让我给唱戏的争一点地位。""衰老、悲怆力量结局"，沉重的音弦，抒发着晚年梅兰芳执著而坚定的做人信念。梅兰芳戴着枷锁活了一辈子，但他却坦然地接受并勇敢面对它。他用这份勇气和坚毅得到了世界人们的尊爱。他已经征服了与生俱来的耻辱和恐惧。一切都不再是障碍。

香港导演叶伟信导演的《叶问》系列影片中《叶问Ⅰ》的"奋斗"表现在20世纪30年代，武风鼎盛的佛山，各门派互相比武争胜。北方武师金山找，为了在佛山扬名立万，狠挫各派馆主。并挑战不问世事的叶问，叶问决以熟练的咏春拳大胜金山找。经此一役，佛山掀起了炽盛的咏春热潮。"受难"描写中日战争爆发，佛山沦陷，叶家大宅被日军强占，叶问被迫带着妻儿移居废屋。"受难中奋斗"——叶问一家生活艰苦，但他仍积极面对，到煤炭厂当苦力。日军前来生事，以白米作奖赏，打斗场上侮辱中国人；叶问的好友武痴林由于侮辱三蒲，被击毙；廖师傅也被佐藤无理射杀等场景激怒叶问，叶问于打斗场上痛击日本人。金山找再次来袭，叶问带领工人齐起以咏春反抗，击退山贼，振奋人心。日本人逼叶问向日军传授中国武术，叶问不甘做汉奸，替中国人挽回尊严，公然挑战三蒲，以双拳唤起中国人的团结心。"逝去或悲怆结局"——三蒲与叶问擂台生死决战，日本人暗设埋伏，叶问身陷危机，但仍以咏春力战三蒲，却被左藤从背后一枪打伤……《叶问Ⅱ》中的"奋斗"主要体现为影片中叶问离开佛山到达香港，碍于生活艰难，不得不开馆收徒。"受难"则描写叶问的亲传大弟子黄梁，生性鲁莽冒进、好强争胜，与当地武馆人员比试胜利之后被群殴并抓获，叶问欲救徒弟却引起了更大的纷争。"受难中奋斗"通过洪拳与咏春拳一战，叶问被迫以武术赢尊严。拳王擂台赛上，英国人与拳王对中国人一再相欺，为了中国武术，洪镇南在擂台上力尽而死。叶问为洪镇南捍卫中国尊严所震撼，主动邀战。擂台上险象环生，叶问最终战胜拳王。"衰老或悲怆力量"的环节在《叶问Ⅱ》中则是晚年将毕生最重要的徒弟李小龙，纳入门下，以传承咏春拳的武林精神。

马克思告诉人们："'特殊的人格'的本质不是人的胡子、血液、抽象的肉体的本性，而是人的社会特质。"①人的社会特质是构成个性的主要因素。在传记影片创作者的社会特质中，占据主导地位的，显然是对国家、民族的高度责任感和对理想主义的热切向往，因此他们的创作与第四代其他导演一样，是借助风格与造型将时间与历史悬置在心灵的低回之中。借助风格与造型来构筑一种新的话语与新的符号秩序，从而以全新的影像方式演绎一代人全新的思考，"讲叙不同于第三代导演的'大时代的儿女'、'战火中的青春'的故事——自我的故事"②。因此，在传记影片中，人物的悲剧只是作品表层内容，而"整个民族的历史命运""中国式的崇高历史悲剧"才是他们关注重点之所在。有美学家指出："命运可以摧毁伟大崇高的人，但却无法摧毁人的伟大崇高。任何伟大的悲剧都不能不在一定程度上是悲观的，因为它表现恶的最可怕的方面，而且并不总是让善和正义获得全胜；但是，任何伟大的悲剧归根结底又必然是乐观的，因为它的本质是表现壮丽的英雄品格，它激发我们的生命力感和努力向上的意识。"③传记片创作者们将无法逃避的衰老、死亡作为人物的最终结局，在充分展示命运残酷性的同时，为人物找到了一条超越平庸的道路。作品形象地向人们宣示的正就是"伟大的悲剧""激发我们的生命力感和努力向上的意识"这样的思想。丁荫楠就曾这样评说自己的作品："孙中山以自己的终生奋斗，达到了悲剧美的境界。我把这种悲剧美概括为两个字：'牺牲'。具有这种献身精神的，不仅是孙中山一个人，还有和他在一起的一代精英。他们以自己的热血，浇灌了祖国的大地，用生命的奉献，唤起了中华民族的觉醒。通过宏伟的历史画卷，歌颂孙中山'我不牺牲谁牺牲'的献身精神，就是这部影片的最高主题。"④其实无论是丁荫楠笔下不懈奋斗的孙中山，扶倾的周恩来，矢志不移的李富春、蔡畅，力辟新纪的邓小

① 马克思：《黑格尔法哲学批判》，转引自杜书瀛《文学原理——创作论》，社会科学文献出版社1989年第1版，第216页。

② 丁亚平：《斜塔：重读第四代》，《百年中国电影理论文选》下册，文化艺术出版社2000年版，第342页。

③ 朱光潜：《悲剧心理学》，人民文学出版社1983年第1版，第209页。

④ 丁荫楠：《无愧于民族无愧于时代——丁荫楠〈孙中山〉谈创作体会》，《电影不断被我发现》，中国电影出版社2002年版，第85页。

平，还是叶伟信心中执着武学的叶问，陈凯歌眼中净如荷花的梅兰芳，他们生命的全部意义就在与命运抗争的过程中体现出来，而贯穿他们不朽业绩的正是无私的牺牲精神，是心系黎民、只手擎天、一往无前的仁者精神、勇者精神和强者精神。肉体的衰老和消逝不但没能消减人物的斗志，反而使他们的生命焕发出异常动人的光华，影片以此促成了人物精神的最后升华，也因之而区别于中国传记片中那些歌颂英雄人物的一般作品，真正达到了崇高美的艺术境界。

传记影片以塑造人物为起点，通过富于诗意的宏大叙事，将观众导向一种崇高的人生境界，一种强健的民族意志，一种深刻的历史精神，在创作中，创作主体将诗、史、情合而为一，构成支撑作品的三维，使影片呈现出分外动人的艺术光彩。在一个社会价值体系转型、理想主义失落的年代，他们以自己的炽热和执着苦苦寻觅着历史中的真善美，在动人的光影世界内重新构建出了属于整个中华民族的英雄之梦。

（原载《当代电影》2012年第4期。作者系中国艺术研究院助理研究员）

▌ 试论丁荫楠导演的艺术追求

黄会林

以自己独特的艺术追求奠定了独特影像风格的丁荫楠导演，在中国新时期以来的电影创作领域，开拓了独树一帜的艺术天地。就其艺术追求，似可归纳如下。

电影慧眼

丁荫楠导演曾自言："电影不断被我发现。"我想，这正是他在艺术创造力的发展过程中不断飞跃的走势，其中艺术家的自觉思考与自觉实践是极其可贵的；他的所有创作实践证明了，他的不断跨越来自他对于艺术创造的深入探究，而贯穿期间的自省与反思，更是许多艺术工作者难得具备的重要品格。从首度独立执导《春雨潇潇》后，他经过认真思考，发现影片沉浸于讲故事，导致情节性的强化，而中断了作品的神韵，失去了生活的氛围，以致镜头跟着戏跑，变成了工具，失掉了灵性。他由此获得感悟："必须挣脱戏剧电影化的枷锁，树立起独立的电影思维：声音与画面的思维，传达给观众生活本身所固有的魅力。"从而有意识地舍弃在艺术理解与技巧运用过程中，以戏剧化的情节为主的创作思路，而在以后的创作里着力于将情节溶解在生活的氛围中，组成活生生的图景，运用电影独有的声画思维，传达给观众生活本身固有的魅力。继而在《逆光》的创作中，丁荫楠导演以自觉地强调让生活本身的光彩占领银幕，摆脱戏剧情节的编造。此刻，他进一步明确了电影独具一格的声画思维，是其他艺术无法比拟的造型思维，应当成为导演构思的主导。这一体悟，对于他以后的飞跃极其关键。于是，在《孙中山》的创作中，他认定要以其一生的心理线索为主线，谱写一曲震撼人类灵魂的悲歌，凸现一部哲学性心理片。因此，他大力探索以震撼心灵的造型力量，进行哲理的传播，构成独有的极具东方气质的艺术个性。为了体现独特的美学价值，他坚决排斥编造情节的戏剧结构，而以情绪积累式的组织手段，展示人物最具有心理光彩的片断，他称之为"拼七巧板"，以凸现拯救祖国、肩负人民伟大使命的、被时代造就的伟人形象。在《周恩来》的创作中，他首先确定了整部影片的"魂"——人民心中的周恩来，以得到亿万人民的认同与共鸣。于是，他选择淡化事件，淡化情节，而以浓墨重彩渲染情感情绪，着力描写周恩来在重大历史时刻的情感与情绪，以诗化他的人格，使他的崇高精神得以升华，于是有了影片里的五情并重——领袖情、战友情、同志情、夫妻情、父女情，沁人心脾；再进一步深入主人公的国家情，自觉地运用情感场面构筑起情感的阶梯，一层层深入，一级级攀登，引领观众登上感情的高峰。在《相伴永远》的创作中，导演突出描写李富春与蔡畅及其战友们的感情生活，有意运用大量内心描写，靠闪回和情绪延伸加以渲染，从而富有浪漫气息，成为一部抒情的电影诗。电影中三个时空、四大情节的设计，用不相关联的板块结构，靠心理、情绪作为连接的手段，追求"形散而意不散"的艺术特质。在《邓小平》的创作中，他将影片风格确定为"一部充满活力的电影诗"。因此，这部影片依然排斥编造，强调创作者运用情绪积累的方法，形成贯穿全剧的一条情绪线，以达到紧紧扣住观众的心弦，留给他们无穷的回味与思索。

艺术妙悟

丁荫楠导演自言："我一贯主张造型先行进入剧作，其实质就在于，造型不仅是一种表现剧作的手段，也是一种参与剧作的因素，而且还应当主导剧作技巧。"作为一流的导演艺术家，他对于电影创作中的艺术与技巧十分在意，特别强调影片的艺术造型。认为其他艺术无法比拟的高招，就在于电影的造型思维，包括声音造型和画面造型，应当成为导演构思的主导。

1. 造型构思的深刻体验

在第一部独立执导的《春雨潇潇》完成后，丁荫楠导演总结经验已明确认识到"给人印象最深的是造型构思"——片中的"潇潇春雨"，尽管当时还处于"无意识"的艺术追求起步阶段。到了《逆光》，便已进入"有意识"地追求造型思维在影片中的主导作用。摆脱了情节的束缚，应用三个时空（现在时、过去时、回忆时）的造型构思，以第一度空间"生活的远征"的细雨蒙蒙的情境、第二度空间"生活的闪光"的灿烂阳光，第三度空间"生活的思索"的虚幻诗意，重点刻画人物的思想转折，形成造型与心理的交响诗。此后，有《孙中山》中丰富而交错的环境背景，黑色、红色、金色的主导色调，和富有强烈对比感、两大相互撞击的潮流等等；有《周恩来》中借助于画面中的声、光、色、镜头运动的节奏、音乐、剪接点的准确，把一系列不相关联的"戏"依靠情感的带动，在观众面前连贯表现，使观众接受导演的造型构思，产生理解与认同；有《邓小平》中把历史事件推远，以残缺的形式，用拼图的手法拼接，形成情节的蒙太奇，而人物内心发展的转弯处，就是导演确定的"戏眼"，亦即人物灵魂的闪光点，由此构成叙事结合的艺术造型效果。此中蕴含着一个重要的道理：重视造型艺术，发挥造型艺术在影片中的艺术魅力，利用造型艺术的手段，向观众传达出富有内涵的感觉，是一个导演必须具备的修养。

2. 叙事结构的独特追求

在丁荫楠的影片中，自始至终把叙事结构放在创作的首要位置。如《周恩来》，打破了常规的剧作结构法，采用情感、情绪的"相垒法"，以保证影片的每一段戏、每一个场面都属于周恩来，把有限的篇幅集中于中心人物。影片中的闪回与回忆，也是基于对主人公的历史观照和心理观照。而在描写中心人物时，又有意淡化事件，将感情与情绪浓缩，着重于他一生中最富有感情的片段，一层层地积淀于观众心中，最后造成总爆发的情感轰动效应，此即为"感情积淀情绪结构"的魅力。如《相伴永远》则采用了"空间叙事"来结构全片。导演丁荫楠阐述说："个人在历史中，在革命潮流中还是有充满个性色彩的岁月。到了今天，我们跟那段历史拉开距离的时候，我们就要从'阶级'和'集体'中把个人突现出来、'恢复'出来，以刻画他们个性化的精神生活和心路历程。"基于此点，导演选择了李富春与蔡畅相濡以沫的浪漫爱情为叙事主线，把历史变革和重大事件作为叙事背景，将二人相爱的故事从空间上以四处不同地点加以浓缩：法国巴黎的相识、相知、相爱；香港惊险的地下工作经历；东北昂扬的战斗岁月；北京"文革"时期的痛苦与相依为命。在主流体系中，从人性化的角度完成了革命历史人物的传记式人生表述。

3. 影像语言的诗意风格

这一特色同样贯穿于丁荫楠影片之始终。从起始的影片中便已凸现他对于诗意的偏爱与追求。在他发现电影的过程中，诗的意境成为他重点关注的问题，他还发现镜头的长度是准确传达影片情绪的关键；镜头的叠化技巧中有着诗的韵律。从《春雨潇潇》通过"雨"，构成一幅富有形象寓意的抒情画卷，到以后的多部创作，无不在镜头与影调的诗意运用上下大功夫。如《孙中山》的构思，就完全避免了传统的历史剧创作方法，而是通过艺术的概括与诗化的全然，使历史的庄严时刻得到升华。如《相伴永远》的精心设计：巴黎浪漫的相恋，以镜头的快速移动渲染青春的明朗与激情；地下工作的紧张气氛，以冷调的镜头切换强化表现；东北战场的革命气息，也同样加入了男女主人公热烈而浪漫的相逢镜头；而"文革"的痛苦与沉重，多是借镜头的固定与缓慢，来突出"在生活悲壮的冲突里显露出人生与世界的深度"。如《邓小平》，首先确定"是一部富有激情而不是靠情节取胜的影片"。因此，"不作传，不求全"，避开过程，强调诗化、虚化、哲学化、情绪化，一切从特定人物的心理出发，将历史事件情节化，把人物心理情绪化，运用鲜明的造型叙事手段，以及充满魅力的音乐、音响、台词，展开观众遐想的翅膀，让人们在充满感召力的环境中，得到艺术享受和心灵陶冶。

形象启迪

受到爱戴和尊敬的领袖人物无不具有大公之心，在数十年的电影生涯中，丁荫楠导演为中国影坛献上了以历史巨子为题材的一批重量级作品。他自言："我总是试图去探索这个作为领袖和政治家的主人公的内心情感和精神活动，他的人生历程和爱与恨的深度……因为只有真正把这个历史中的人凸现出来，重大历史才能获得艺术上的再现。"这里渗透着导演对于如何富有个人特色地塑造影片的主人公，特别是他对于中国影坛卓有贡献的领袖人物塑造的独特追求与艺术领悟。

例如，孙中山的形象塑造。经过深思熟虑，他认定必须从人类发展史、中国社会史及哲学史的高度确立创作基点，把握孙中山的伟业、思想、人格及其整个人生的存在价值，因而也就认定必须以宏大气势，把影片成就为一幅惊天地、泣鬼神的历史画卷。导演围绕着孙中山历经挫折、牺牲、背叛的一生，描绘其复杂丰富的人格和内涵多异的心理，折射新旧世界更替中的鲜活生命质感。在他的掌控下，呈现出一个具体的、独特的、富含悲剧美，因而具有巨大感召力的领袖人物。

又如，周恩来的形象塑造。经过反复琢磨，他牢牢地把握住主人公力挽狂澜、稳定国家，光明磊落、廉洁奉公，修养有素、彬彬有礼等与众不同的形象特质，以其动人的人格魅力，成为凝聚着仁爱精神的东方文化象征。由"文化大革命"展开，带出历史上相关的片段，以有利于最大限度再现人物的思想和性格，通过突出人物本身，张扬出一部中国式的崇高历史悲剧。

再如，邓小平的形象塑造。经过认真对比，他为自己定下了很高的标尺："一定要超过我的前两部片子。"他对周、邓二人做出比较，周恩来是在一个极端复杂的情况下表现他的人格，是支撑江山大厦渡过难关的领袖；而邓小平则是一个披荆斩棘、开创全新世界的领袖人物；由此得出"这个性格跟忍辱负重的悲剧性格不同"的明确结论。于是，从性格到心理，从风格到节奏，乃至精心的影片气质设计，使领袖心理情绪通过自然环境加以表现，通过风、雪、雷电、旭日、夕阳加以渲染。他着意全力营造一个巨大的邓小平的气场——磁场，以覆盖在场观影的所有受众。

我们探索电影之美，实质是追寻人文之魂。电影是生命的传奇，传奇人物是电影永远探寻的命题，因为万事万物原因在人、结果在人、解决在人，结论在人。从人物的角度切入时代，抒写时代，既是非常直观的，又是极其复杂的，这不仅需要精湛的电影素养，更需要渊博的学识、深厚的阅历、敏锐的观察力和顽强的精神。

丁荫楠导演在谈论电影创作时，有一段言简意赅的话："大凡一部优秀艺术影片诞生，都极为鲜明地表现出自己的个性，表现出一个导演的'自我'。不论外国影片还是中国影片，能给人以哲理展示，发人深省的，无不充满个性特色。失去'自我'的影片是苍白无力的。"这是一段富有真知灼见的语言，是他近30年兢兢业业投身电影艺术创造长期思考得出的宝贵感悟。他正是以不断的追求、不懈的奋斗，建树起自己洋溢着艺术个性的、不可替代的丁氏电影王国。当然，这也正是朴素的、但却不可推翻的艺术真理。

从清晰畅达的《春雨潇潇》到激情澎湃的《逆光》，从质朴沉静的《孙中山》到至情至性的《周恩来》，再到大雅若朴的《邓小平》，丁荫楠的作品典型地呈现出一种恢宏的时代感和史诗气质，这都源于他数十年如一日的辛勤思考和作为一名电影人的热忱情怀。在这个波澜壮阔的大时代里，祝愿丁荫楠导演百尺竿头、更进一步，以电影的名义，传递人世间永恒的爱、光明和希望。

（原载《电影艺术》2008年第5期）

▌ 属虎的丁荫楠

江　平

　　丁荫楠，导演、怪才，虎年生人，虎背熊腰，剃平头，人耿直。60多岁了，成日风风火火，走南闯北，马不停蹄，劳碌命。

　　1938年10月16日生于天津，中学时酷爱话剧表演，后因家境贫困辍学，在北京医学院当化验员。经过六年自学，丁荫楠于1961年终于考入北京电影学院导演系，毕业后分配到广东省话剧团。因思想活跃，才思敏捷，"文革"后期，丁荫楠调入艰难挣扎的珠影，拍了《云南野生动物考察散记》等纪录片，后跟老导演陶金学当故事片副导演。1979年初春，乍暖还寒，大地刚解冻，思想待解放，丁荫楠属"愤青"一族，和胡炳榴携手，顶压力、冒风险，拍出表现知识分子和"左倾路线"作斗争的《春雨潇潇》。乌云、阴雨、青苔，陌巷、古渡、老屋，淡淡的忧愁，淡淡的哀伤，浓浓的真情，浓浓的春意，组成了这部影片诗画一般的风格。那是建国30周年，文化部隆重颁发"青年优秀创作奖"，丁荫楠榜上有名。

　　丁荫楠是性情中人，他的早期作品就透露着骨子里对命运的不屈抗争和对理想的执着追求。《逆光》《电影人》这类电影都是丁荫楠那个年代的心理缩影。

　　不知何时，丁荫楠接触了革命先驱孙总理的传奇史料。当时，已有导演沉溺于拍"枪战、武打、言情"，也有导演囊中羞涩无钱拍片，转行去折腾广告，而丁荫楠一头扎进故纸堆，遨游于历史的苦海。于是，海峡两岸的观众看到了震惊影坛的《孙中山》，华表奖、百花奖、金鸡奖的颁奖典礼上，丁荫楠成为"三合一得主"，那一年，他47岁，报端称其青年导演。而那时，丁荫楠自己觉得开始成熟，不再愤世嫉俗，他开始了深层次思考。

后来，他呕心沥血地拍《周恩来》，又获"三奖"；十年磨砺拍《邓小平》，再获"三奖"。接着，辗转万里拍《相伴永远》、历尽艰辛拍《鲁迅》。一个个伟人在银幕上复活，丁荫楠也在拼搏中步入退休者行列。

我常被丁荫楠不折不挠的精神感动。为塑造中国文化旗手鲁迅的形象，他跑电影局的次数无法计数，不为别的，就为完善剧本、反复讨论、解决各种难题。每次来，他和助手都打电话给我，让我通知传达室好让他填会客单入内。他忙我也忙，有时我出去公干，他能在大门外一等半天，我深感愧疚，后与总局保卫司商量，破例为丁荫楠办了半年一换的进门证。从此，他不再是客，而是电影局"工作人员"，常常是，分管创作的副局长张宏森同志还没到，丁导演已经提前候在办公室门前。

丁荫楠属虎。熟悉他的朋友至今依稀能感觉到他少年时必虎头虎脑，青年时更生龙活虎。学拍电影时，丁荫楠初生牛犊不怕虎，敢打硬仗，敢下死功夫。后来当导演，常常带一哨人马转战南北，有虎啸山林之威。拍巨片，成了大导演，他虎视眈眈坐在摄影机旁，威风凛凛。我曾见他在天安门城楼上指挥千军万马拍阅兵式，裹一身军大衣，满眼血丝，嗓音嘶哑，蹦上跳下，虎虎有生气。这年月，拍电影难，拍伟人电影难，拍伟人在天安门挥手定乾坤的电影，更难！有一段时间，他每天只睡四个小时，丁荫楠笑称自己是"困兽犹斗"。

丁荫楠"好斗"。拍戏时，无论遇多大困难挫折也不低头。雨天，他拍下雨；雪天，他拍下雪；烈日当空，他下令全组中午睡觉；早四点起床晚八点收工，与时间赛跑，也算是"与天斗与地斗其乐无穷"。丁荫楠也与人"斗"，在他的组里，凡偷工减料、弄虚作假、耍刁玩阴、损公肥私者，但凡让他撞见，二话不说，开除无疑。研讨艺术时，他常和好友同仁争得面红耳赤，有时甚至拍桌子打板凳。第二天，别人还没拐过弯子，他已经若无其事，又亲热地称兄道弟。我就亲眼见他和另一位导演为了剧本而"着急"，丁荫楠激动得像只老虎要"吃人"，我以为这两个"老哥们儿"从此掰了。可不久丁荫楠到我办公室，海阔天空神聊，提及那位导演，丁荫楠却对其称赞有加，夸人家懂艺术还具备市场操作能力。从他的眼神中我能感觉到，丁荫楠说此话时特真诚。

丁荫楠爱夸别人，尤爱夸他用过的演员。刘文治、王铁成、卢奇、古月、王学圻、宋春丽、濮存昕，都是他的重点"表扬"对象，说这个德艺双馨，说那个重情重义。有一天，他忽然问我，你觉得眼下谁演毛主席最合适？我不解其意，追问究竟，丁荫楠说："我准备拍《毛泽东》。"

我惊叹丁荫楠宝刀不老。属虎的他要驾驭这一题材，非让他再费九牛二虎之力不可。不过我坚信：丁荫楠年近古稀，但虎威犹在，他必定能再推出一部精品力作！

（原载《大众电影》2009年第10期）

▌无愧于民族，无愧于时代

——丁荫楠谈《孙中山》创作体会

罗雪莹

珠江电影总公司摄制的彩色宽银幕故事片《孙中山》，以其鲜明的艺术个性，高水平的制作和史诗般的气魄，引起电影界和海内外人士的关注。应笔者之邀，该片导演丁荫楠，谈了创作中的探索与追求。

伟大牺牲精神的悲壮赞歌

记者：丁荫楠同志，听到你拍摄《孙中山》的消息后，不少朋友都曾为你担过心。尽管你的才华在以往的创作中都曾得到过不同程度的展示，但那几部影片所反映的毕竟是你所熟悉的当代生活，并且制作规模也不算大，而《孙中山》却是有相当难度的历史巨片。我很想知道，你是怎么下决心接受这部影片拍摄任务的？

丁荫楠：1984年4月，我在北京参加国际电影研讨会时，厂长孙长城同志把我找去，对我说："我们珠影厂建厂已近30年，创作队伍和生产队伍都有了一定发展，现在依靠自身力量拍一部大制作的时机已经成熟。孙中山是一位伟大的民主革命先驱者，同时又是广东人，我们作为广东的电影厂，把这样一位伟人的形象搬上银幕，是责无旁贷的。党委经过慎重研究，决定把《孙中山》的拍摄任务交给你。"

我当时听了非常激动。通过拍这么一部巨片，可以锻炼自己驾驭大题材的魄力和能力，这个机会实在难得！可是，心里又有点怕：这个题材太大了，我的历史知识少得可怜，觉得有点摸不着边儿。在和朋友反复商量之后，我找到厂长孙长城同志说："如果要我拍，得有条件：一，自己请美工师；二、自己请编剧；三、拍摄过程中我怎么想就怎么干。"孙厂长回答得很干脆："行！你说怎么拍我就怎么支持你！"他也真是说到做到，给了我两个摄制组的建制，并千方百计筹集资金。领导毫无保留的信任和支持，使我非常感动，增强了我的决心和勇气。于是，我正式接下了拍摄《孙中山》的任务。

记者：反映孙中山生平的影视作品，1986年有三四部。而这部影片无论思想内涵还是艺术形式，都独具特色。首先，请你谈谈影片主题的概括和提炼过程。

丁荫楠：我始终赞同"电影是导演的艺术"这一提法。但对这句话，不能仅仅从艺术和技术的角度去理解，关键还在于电影应体现导演对生活的哲学思索。不能拍别人的思想，也不能把别人的东西和自己的东西来个大杂烩。在我下决心拍《孙中山》时，就认定了一条；影片必须鲜明地体现我对历史的思考和对艺术的追求。由剧作家写本子，导演来拍，我认为出不了深刻的东西。因此，我决定亲自参加剧本创作。1984年6月，由我亲自挑选，组成了一个剧本创作集体，开始我就声明："我不挂名，不拿稿费，但本子一定要按我的想法写。"

我和编剧组的同志，一起阅读了1000多万字的有关孙中山的历史资料。最初的收获是，孙中山这个人物在我脑子里具体了，活起来了。比如，我发现他是个很生动活泼的人。他小时候曾到庙里拔过菩萨的胡子，掰断过菩萨的手指，非常爱听太平天国的故事。此外，我觉得他虽未创立完整的学说，算不上成熟的深刻的思想家，但他是有着极端热忱的伟大的革命实践家。于是，我想象，他走路是急的，说话是快的，手势是激烈而有力的。像世界上所有成大业的伟人一样，内心一刻不能安宁，有着无穷尽的追求和使不完的劲，有极大的精神感召力。

但是，孙中山一生经历繁复，涉及的事件和人物浩如烟海，要对这个人物进行塑造，我又觉得有点老虎吃天，无处下嘴。

曾经有同志提过这样的建议，从某一个角度（比如从卫士马湘的角度，或者从宋庆龄的角度），写孙中山是伟人又是普通人。但我认为，局限于某一个角度，或某一个人的眼光，既无法全面概括孙中山的精神风貌，也无法清晰地揭示孙中山思想最核心的本质。

孙中山一生去过十几个国家，国内除西藏、新疆外，几乎各省都留下了他的足迹。用很窄的视角，无法表现这个人物的伟大。但是，两个多小时胶片的局限，又决定了必须对素材进行高度的浓缩和提炼。也就是说，影片所展现的社会舞台，必须是广阔的，同时又必须用一个非常单纯的意念来拎，否则，就是一盘散沙，用广东话来讲，就像螃蟹撒在地上，全乱套了。这是我多年来观摩成功的外国影片的心得。比如《甘地传》，我看时没有翻译，对话一句也听不懂，但作者要表达的东西我理解了——甘地是以极善良而博大的不抵抗主义来感化整个世界的。它的场面极为壮阔，事件和人物繁多，但由于意念是单纯的，所以，无论表现得多么洒脱，给人的直观感受多么丰富，只要稍一思考，便能提炼出一个单纯的主题。

我一边继续深入研究孙中山先生的革命经历，一边感觉着近百年前中国的社会氛围，体察着孙中山以及集合于他周围的一代精英的人生求索，并且孜孜不倦地向研究孙中山的专家们求教，和摄制组的同志们切磋。就在这"读"与"谈"的过程中，完成了影片主题的概括与提炼。

我觉得，必须从人类发展史、中国社会史及哲学史的高度，来认识孙中山的伟业、思想、品格和他的人生价值，并以此作为影片创作的基点。

孙中山一生主要做了两件大事：一是推翻清朝的封建帝制、建立中华民国；二是与中国共产党合作，改组国民党，建立革命武装，进行北伐，推进统一。他一生屡遭挫折、牺牲和背叛，就在他即将要实现毕生为之奋斗的理想——建立一个独立、民主和富强的中国时，却与世长辞了。他留下了震撼人心的悲壮诗句："革命尚未成功，同志仍须努力。"孙中山以自己的终生奋斗，达到了悲剧美的境界。我把这种悲剧美概括为两个字——"牺牲"。具有这种献身精神的，不仅是孙中山一个人，还有和他在一起的一代精英。他们以自己的热血，浇灌了祖国的大地，用生命的奉献，唤起了中华民族的觉醒。通过宏伟的历史画卷，歌颂孙中山"我不牺牲谁牺牲"的献身精神，就是这部影片的最高主题。

影片写了孙中山的失败，更写了他越挫越勇的民族脊梁骨精神。孙中山的失败不是他个人的悲剧，我希望观众看过影片之后，能够对整个民族的历史命运进行反思。这是一种悲怆中的沉思，撞击而出的，将是更加强烈的历史责任感和民族自信心。

然而，编剧组交来的初稿和定稿，都没有达到我的想法。党委决定：剧本创作告一段落，遗留问题由导演解决。我深感自己在这部影片的创作中责任重大，便下决心自己写。在珠影招待所我那间工作室的墙上，挂着两大张图——空间结构图和人物关系图，展现了我对全片的总体构思。我在屋子里关了整整50天，终于写出了导演工作台本。它凝聚了我一年的心血，把我读史料产生的形象感受和随之而来的思索，通过具体的构图和情节，都落实下来了，比我分一次镜头还管用。

记者：把孙中山的一生用"牺牲"二字来概括，体现了你对人物的独特认识。从创作心理的角度讲，这种对历史的个性化把握是否与你的社会意识和审美情趣有关？

丁荫楠：的确有着密切关系。老实讲，我开始接这部片子时，兴趣并不在孙中山本人，而在于它是部大片子。我看了美国影片《现代启示录》之后，觉得当导演只有拍大片子才过瘾。因为电影拥有的艺术手段太丰富了，表现力太强了，如果搞儿女情长的小作品，来点诗歌、音乐就可以了。但是，在创作过程中，越研究孙中山这个人，就越热爱他。我发现他能代表我的思想，甚至觉得我就是孙中山。你别笑，这绝不是我狂妄地把自己和伟人相提并论，而是觉得我理解他，和他的心是相通的。在我戴上红领巾的那一天，少先队辅导员就告诉我，要热爱祖国，热爱人民，要继承先烈遗志，为建设新中国而奋斗。与同代的知识分子一样，我也有着强烈的忧患意识和社会责任感，对民族的命运始终怀着深切的关注。我总觉得，既然上帝把自己投生在中国这块土地上，作为中华民族的一员，对它的振兴就负有一份责任。影片开头"设计党旗"那场戏中，孙中山对陆皓东说："我似乎感到有一般力量在推动着我，我感到我就是为了这个新的国家而诞生的。"这段台词是我自己写的，是一种内心的自我抒发。

这几年，我出过几次国。它开阔了我的眼界，也更加理解孙中山何以长期生活在国外，却对祖国始终怀着满腔的挚爱和热忱。西方高度发达的工业文明我们的确是比不上的，但是，这种悬殊在我心中激起的，不是民族心理的自轻和自贱，而是自尊、自强和自立的志气与紧迫感。我曾在美国林肯艺术中心看殷承宗弹钢琴，下面全是流落在国外的华人。我当时一阵心酸，差点儿流泪。同时，又不大以为然：你弹得再好，可这毕竟是林肯艺术中心啊！

孙中山为他既定的目标终生奋斗，百折不挠。我也是一个奋斗精神极强的人，这一点大概与我的经历有关。我出身于一个思想开化、交游甚广的知识分子大家族，但我出生后两年，父亲便死了，加上其他原因，从此家道败落，沦入社会最底层。母亲靠帮人洗涮缝补，勉强供养我读完初中。在母子相依为命的艰难日子里，我从她身上感受最强烈的，不是温情和抚爱，而是坚韧的意志和奋斗精神。因为买不起字帖，她亲自写帖，教我习字；她不断地要求我，必须做一个自立于社会的有力量的人。我16岁进天津钢铁厂白云石车间当装车工，17岁经表姐介绍，到北京医学院当实验员。我永远忘不了去北京的那个阴雨天，母亲用一张黄油布，裹起一床薄棉被和一双新袜子，亲自把我送上火车的情景。她反复叮咛我："考不上大学，你别回来见我！"底层的社会地位给我带来的种种被歧视和被屈辱，使我的心灵受到许多创伤，对人生的艰难有了深刻的体察。我觉得社会是强者的社会，对于我这个棚户区长大的穷孩子来说，要想掌握自己的命运，必须靠顽强的自我奋斗。除此之外，没有任何别的条件可以借助。于是，我在搬运蒸馏水罐、涮洗药瓶子的繁重体力劳动之余，刻苦自学，经过四年的努力，终于拿到高中毕业同等学力的文凭，并随后考取了北京电影学院导演系。

我不是多愁善感的人，但心灵长期的压抑和扭曲，使我对弱者常常怀着深切的同情，并且形成了一种气质，对生活的观察总带有一种悲凉的感觉。高楼大厦倒对我产生不了多大影响，唯独苦难啊，灰尘扑面中清扫垃圾的老人啊，常使我产生很深的感触。我的内心世界往往是矛盾的：极宽广，极壮烈；同时又极细腻，极惆怅。这些必然反映在我的作品里。第一，尽管我经历曲折、坎坷，但社会对我毕竟是宽厚的。我始终不敢忘怀那些在我最困难的时刻给予我温暖和帮助的人，我从这里获得了生活的信念。因此，我的作品里绝不会有绝望的色彩，而是充满希望和生机的。第二，我的作品又总带有一种悲怆、惆怅的情调。我对富于牺牲精神的人（包括小人物），怀有一种特别崇敬的心理。从审美意识上讲，我觉得牺牲是美的，奉献是美的，悲怆也是美的。我喜欢歌颂悲怆的奉献与牺牲。这部影片开头和结尾两场戏，并不是纯技术性的处理，它们非常充分地体现了我的气质，表达了我对孙中山精神世界的理解。

比如序幕那场戏，我想俯瞰历史，把孙中山作为一个普通人，与他对话。原想用他本人的心声，又觉得这样处理格调达不到我所期望的悲剧美的高度，于是就改成作者的旁白。原来的构图设计是：莽莽荒原，血红的落日，一个小小的身影向落日走去。他身着中山装，手拿手杖，戴着通帽，脚步快而稳健。向前走着的人衬在太阳的图像上成剪影。忽然，他回过头来，在熊熊烈焰的映衬下，向后张望，眼睛里流露出一种留恋惜别的神情。后面再接一段风雨之中残破的长城的空镜头。但太阳和长城没拍好，就把这些画面都去掉了。这场戏的立意是：孙中山怀着救国救民的崇高志向，非常悲凉地走向另一个世界。就在他即将离开大家的时刻，深情地回眸，顾盼灾难深重的神州大地，顾盼沉浮于水火之中的四万万生灵。我希望人物一出场，那回眸的造型和那悲怆的眼神就能给观众强烈的撞击，为这部具有悲剧气质的影片奠定一个精彩的令人难忘的开端。

记者：影片中的孙中山，不仅是一个代表民族之魂的伟人，而且还是一个感情丰富、并有着一定思想局限性的常人。你在把孙中山作为普通人来写方面，做了哪些努力？

丁荫楠：我们把孙中山当作普通人来写，并不是用生活琐事淹没孙中山的伟大情操，把孙中山写成"凡夫俗子"。那种小资产阶级人性人情的庸俗创作观，是和我们所追求的悲剧高度格格不入的。把伟大人物写得生活化是对的，但对这些伟人来说，事业构成了他们生命的主要部分，或者说事业是他们生活的主要内容。要使他们的形象有血有肉，真实可信，关键在于写出他们在处理大事时，也是活生生的人，而不必硬贴上他们回到家里如何儿女情长。因此，我们这部影片中孙中山的喜怒哀乐，既为常人所具有，也是与他的事业和追求紧密相连的。

比如，反帝反封建是孙中山矢志不渝的奋斗目标，但他对中国封建体系的庞大和顽固估计不足，对革命的艰巨性缺乏足够的思想准备。影片在以下几场戏中，对这一点作了表现。一场戏是，他与宫崎坐在榻榻米上，用简单的中文、日文交谈和笔谈，虽语言不通，却声音洪亮且充满激情，俨然两个大将军谋划着一场举世闻名的大战，实际上，眼前只是写满字的几张纸。再一场戏是，孙中山在美国丹佛的咖啡馆，激动地指着载有武昌起义成功的消息的报纸，用英语向在座的外国人介绍中国革命的情况，欢呼革命的胜利。还有一场戏是，孙中山就任大总统之前，在爱丽园的欢迎酒会上，与中外记者的谈话。他说自己这次回上海"一文莫名，带回的只是革命精神"。还说"革命政府成立，恢复秩序只要数月而已"，新政府成立后，对外贸易"可望增加百倍，关闭的中国将向全世界开放"。通过孙中山这番乐观流畅的谈话，反映出在他对革命的必胜信念中，又包含着几分理想主义的浪漫色彩。

另外，作为从封建社会中脱颖而出的叛逆者，孙中山的思想中也还残存着某种独断专行的东西。影片中"孙黄分歧"一场戏，对这一点作了表现。在东京由孙中山主持的成立中华革命党的会议上，他为了对第三次革命负责，希望大家能绝对服从他，并且要立誓约、盖指模。黄兴不同意这种作法，认为这也有悖于民主原则，但孙中山却强硬而固执地表示："我决不让步！"

"镇南风云"那场戏，则通过孙中山在火炮旁指挥和亲自拉炮轰击清军阵地，在临时手术台救护伤员，在镇南关一间低矮木屋内与黄兴、胡汉民下棋，三人和衣睡在草铺上亲切交谈，以及危急时刻固执地不肯撤离炮台等细节，表现孙中山的勇敢、风趣、好冲动等性格的多侧面。

记者：有同志认为，影片中宋庆龄的形象比较弱，尤其在孙中山与宋庆龄的关系上着笔太少。你对这个问题是怎么考虑的？

丁荫楠：一般观众对后期的宋庆龄比较熟悉，因而往往以成熟的革命家的宋庆龄去比年轻的宋庆龄。这种想法是可以理解的。我开始拍片时，也曾经想过，在孙中山最困难的时期，一个充满生命力的年轻女性的出现，对他该有着多么不寻常的意义。如果能寻找到一个恰当的形式对此加以表现，不仅有助于孙中山形象的塑造，影片的节奏也可获得某种舒展。然而，从我读到的史料看，宋庆龄是一位具有很浓的理想主义色彩的女性。她与孙中山结婚，完全是出于一种英雄崇拜，对于孙中山的内心世界，并不能深刻理解。孙中山生前，她只是以秘书的身份在生活上给予关心和照料，并不像后来那样，在政治上具有重大影响。因此，影片对于孙中山和宋庆龄的关系，只用了宋庆龄试用打字机、雪夜下棋、教堂婚礼、一同北上等几个片断，加以凝练地表现。我这样处理，也是由于不想使影片掉进悲欢离合的市民情调。

记者：影片抛弃了环环相扣的情节叙事法，而以孙中山的心理线索贯穿全片。你为什么要采用这种结构方式？

丁荫楠：在进行影片的总体构思时，我首先考虑的，就是结构方式。影片从1894年青年时期的孙中山写起，到他1925年逝世，时间跨度31年。这期间，孙中山经历了1000多个事件，接触了众多的历史人物。如果用传统的情节结构的方法，是无法在有限的胶片容量内展示孙中山精神品格的光彩的。究竟采用什么结构方式比较合适呢？就我所看到的历史影片而论，大概有两个特点：东方人制作的传记片侧重写事，通过历史事件，歌颂伟大人物的历史功绩；而西方人制作的传记片，大多注重于伟人的个性，注重于人物性格细部的描写。近年来两者并重的影片，要算是《甘地传》了，既写了历史事件，也写了甘地的个人情趣。为使《孙中山》能够以其独立的美学价值出现在电影上，我给影片的艺术追求确立了一个目标：必须走向人物心理。既要吸收《甘地传》的优点，写历史事件也写人物性格，同时也要突破《甘地传》纪实性的手法，结构成以心理情绪为主体内容，以艺术的造型与声音为表现形式的一部哲理性的心理情绪影片。

因此，在结构影片时，我们既不搞封闭式的起、承、转、合，也没有罗列历史进程，搞成编年史式的纪录片，而是紧紧围绕着人物心理情绪线，对丰富的史料进行了精心选择。我们抽出孙中山一生中最重大、最悲壮、最有心理光彩的事件，舍去事件的具体过程，将其浓缩为若干"伟大的历史时刻"。这些片断没有情节上的因果联系，却有着内在的心理情绪的衔接。就像拼七巧板那样，选择好各个片断间心理情绪的准确拼接点，以"牺牲"为主线，把这些并不完整的片断，贯穿成一个发展、起伏，不断重复的完整的心理流程。通过孙中山内心孤独、悲怆心理的累积，烘托出他越挫越勇的革命精神。观众看过影片之后，不一定清楚地了解事件和人物的来龙去脉，却能对孙中山的一生获得准确的心理感受。

为了给观众"面对某一历史时刻"的庄严感，影片不搞流动画面，而是大量运用凝固的单一画面构图，把它们"啪"往那里一摆，历史的分量就有了。在每个历史事件之后，都出现黑底白字的叠印字幕，目的是想造成一种间离效果，字幕一出现，实际上是上一个事件的结束和下一个事件开始的间隙。观众便不再去追究这些事件的前因后果，而是更深地沉入因情绪的冲击所引起的思索。

我读历史资料时，常被那些旧得发黄的历史照片所打动，我觉得它们的感染力比一场戏还大。因此，我想用演员扮演的凝固的照片贯穿于影片的各个历史时期。我为自己的这一想法而感到兴奋，因为这是以往历史片中从未用过的一种叙述方法。但是，拍几十人甚至数百人的呆照，从集合演员，到化妆、搭景，比拍一场戏还费劲。本来预计拍40张，拍到下集时，演员就找不齐了，结果只拍了20张。因此，这个想法没有实现。

记者：影片在镜头构成上，虚与实结合得比较好。请你谈谈这方面的追求。

丁荫楠：在镜头构成上追求虚实的完美结合，是由影片的心理结构特点所决定的。传统的虚与实的结合，一般都是虚、实、虚、实……就像有的影片中的情节部分和情绪部分，情节的发展引出情绪的抒发，这两者虽有主有次，却互为因果关系。而我们的影片所追求的是"虚实逆向结合"，即把具体的历史事件推向后景，运用艺术变形的手法，把一个个惊心动魄的场面"虚"现，而将人物内心世界提到前景，变成一个个令人不断揣摩的心理片断"实"现，并且纳入一个总体的情绪结构中。在我们这部影片中，无论是单镜头构成，还是系列镜头构成，都处于这种虚实逆向结合的状态之中。绝不能让观众清晰地分辨和感觉出具体的"虚"或具体的"实"的存在，不能让观众清醒地识别哪儿是情节，哪儿是情绪，而是虚中有实，实中有虚，情节与情绪结合成一个整体。观众既不会感动得失去自己，也不会像上了一堂政治课那样清醒冷静，而是始终被一种情绪控制着，不时为精确的艺术处理发出感叹，既是感情的流露，又是理性的判断，并在潜移默化中，接受我们传达给他们的意念。

记者：请你结合孙中山的心理发展线索，谈谈影片结构上的具体安排。

丁荫楠：根据我们对孙中山经历的研究，发现他一生的心理情绪发展像是一个半弧形。以孙中山在清朝统治中国的昏暗大地最初点燃革命火种为起点，经过屡次起义失败，最后获得成功而就任临时大总统，这是第一个弧形的最高点。其后，由于袁世凯心怀莽曹之志，孙中山被迫下野。接着，他的亲密战友宋教仁、黄兴、陈其美、朱执信等相继牺牲，特别是他的得意门生陈炯明叛变，这是孙中山心理情绪的第一个弧形的最低点。再后，由于俄国十月革命的影响，孙中山接触了中国共产党人李大钊和共产国际代表马林，改组了国民党，促进了第一次国共两党合作，建立黄埔军校，一直到冯玉祥北京政变成功，邀请孙中山北上主持国事，这是孙中山心理情绪的第二个弧形的最高点。不幸的是，此时孙中山已病入膏肓，不久便与世长辞了。我们整部戏就是以孙中山一生中这些重大心理转折为线索而铺排的。影片的上集，表现的是第一弧形从最低点到最高点的发展。孙中山一生领导过12次起义，我们从中选择了1895年的广州起义、惠州大战、镇南关之役、"三二九"黄花岗起义等四次失败的起义为结构支点，表现孙中山在起义失败后内心的痛苦，以及他"一息尚存，此志不渝"的革命气节。"洪门肝胆"这场戏，是孙中山内心痛苦情绪的总抒发。他跪在七十二烈士牌位前大哭，不仅是为死难的战友，也是为自己前半生徒劳的奋斗。

武昌起义成功的消息，使流亡在美国的孙中山重新振奋精神。他在咖啡馆向外国客人慷慨演说，与西方各国要员会见，出席爱丽园上海军政要人和报界记者的欢迎会，身着黄色总统服在镜前端详自己的仪容，直到就任临时大总统的欢迎仪式和宣誓仪式，他的心理情绪达到了影片上集的最高点。

　　就在孙中山推翻清朝、建立民国的宏愿得以实现时，他内心又涌起一股孤身作战的惆怅。总统就职的庆典过后，影片安排了这样一段戏：总统府的庭院中，铺着厚厚一层红色的爆竹屑，孙中山沿着铺满纸屑的长廊，满腹心事地踱着步。他回头望身后，卫士马湘在远处跟随着；他又转头看前方，庭院尽头，一位老人正清扫着爆竹屑，扫把扫过的地面上，露出原有的青石板。我们写这场戏的立意是，辉煌的庆典如过眼云烟，孙中山面临的将是一场更大的悲剧。

　　紧接着，影片通过袁世凯检阅新军，到紫禁城晋见隆裕太后（声画分离的处理），以及"一筹莫展""在困难中"等片断，表现形势的急转直下。在革命与反革命双方力量对比悬殊的情况下，孙中山被迫让位给袁世凯。上集结属"乘风归去"这场戏，我们用了一个43英尺（约13米）的全景镜头：身穿总统服的孙中山，背身朝着圆拱门走去。黄色光线充满整个画面，再加上悲怆的音乐，使上集的悲剧气氛达到高潮。为了引发观众对这一历史悲剧进行深刻的思索，伴随着上述镜头，我还写了一段旁白："在清帝退位的第二天，民国临时大总统也离开了他的办公室。一场轰轰烈烈的革命过后，失败者和胜利者一同消失了。对于种田的人、做工的人来这场革命已经是很久以前的事了。"的确，辛亥革命除了剪掉辫子之外，还留下了什么呢？孙中山的失败，固然是因为他没有唤醒民众。然而，他的悲剧也正在于，民众实在是麻木不仁，百呼不醒啊！我们在"剪辫筹饷"那场戏中写了一位被强行剪去辫子的青年，见到大肉面便止住哭泣大口吞嚼的细节，就是想引发观众对历史的沉思。

　　影片的下集，以曾与孙中山同患难、共生死的战友宋教仁、黄兴、陈其美、朱执信的死和这些事件对于孙中山心理情绪的撞击，作为结构的支点。虽然这些战友死于不同时间、不同地点和不同形式，但对孙中山内心的影响却是相同的，是他孤独、悲凉心绪的重复积累。

　　孙中山最后把希望寄托在他最信任的学生陈炯明身上。在回师广州的庆功会上，孙中山打破"向来不喝有伤脾胃饮料"的惯例，喝下了陈炯明部下的敬酒。可是，陈炯明却背叛了革命。这对孙中山无疑是一次沉重打击。他乘专列南下，亲自督师，讨伐陈炯明叛乱。然而，无论是列车上悬挂的"临阵逃脱，就地正法"的大总统手谕，还是他亲自下车劝阻，都无法制止败兵的逃散。在"兵败如潮"这场戏中，影片用了一个34英尺（约10米）的近景镜头，表现年近花甲、须发已白的孙中山，孤独地逆流站在如潮水般溃逃的士兵中间。面对30年来最悲惨的一次失败，他感到刻骨镂心的痛苦和难以言状的屈辱。这促使他对旧军阀军队最后失望和决裂，并成为他复出任革命领袖，改组国民党，实行三大政策的前奏。

"不眠之夜""深夜畅谈"这两场戏，表现了他后期从凄然、茫然到重新振作的思想转变过程。万籁俱寂的月夜，孙中山辗转难眠。严酷的现实使他认识到"必须改弦易辙，另辟新径"；革命历程中过多的失败和曲折，又使他对"能否重新开始一次"颇多惶惑。当他手中已经没有军队，自己只能在寓所办公桌前的作战图上纸上谈兵时，李大钊和他的亲切会晤，使他豁然开朗。他认识到自己这个火车头之所以在革命的路上常常出轨，是因为路基和铁轨选得不好，真正的基石应该是工农大众。

接着，影片又通过"召开国民党一大""视察黄埔军校""镇压商团叛乱"等一系列诗化的造型排比段落，表现孙中山在推动革命形势向前发展的过程中，心理情绪的逐渐高涨。

就在他扶病北上主持国事，即将达到生命中最辉煌的顶点时，却猝然而逝。从"七十二烈士墓地告别"开始，影片便进入了追悼的气氛。"前门车站万人欢迎"这场戏，孙中山内心的悲怆和孤独得到了最充分的抒发，他的悲剧性格获得了最后的完成。

关于空间结构的探索

记者：这部影片把造型的力量发挥到了极致，它已不仅仅是表现手段，而且成为结构影片的主要因素，具有独立的认识价值和审美价值。请你谈谈对空间结构的探索。

丁荫楠：电影这门艺术，是逐渐被我认识的。我的第一部影片《春雨潇潇》，普遍得到肯定的只是那场春雨和全片第一本，因为当进入第二本后，镜头便落入交代故事的进程里，失去了第一本中的气息与情绪。我由此得出两点结论：第一，导演必须挣脱戏剧化的枷锁，树立起独立的电影思维，让电影镜头从客观地介绍戏剧情节，变成传达导演心理感觉的一种手段。第二，所谓电影的独特思维，就是声音和画面的思维。我的第二部影片《逆光》的实践，使我对电影又有了新的发现。电影既然具有声画思维的特质，那么不论声音造型还是画面造型，都应成为导演构思的主导，造型的作用无可置疑地在导演构思中具有美学价值的地位。而且我认为，不仅导演，电影编剧也应具备这种造型意识。我一贯主张"造型先行进入剧作"，其实质就在于，造型不仅是种表现剧作的手段，也是一种参与剧作的因素，而且还应当统帅剧作，指导剧作。

在《孙中山》这部影片中，空间结构与空间节奏，是镜头构成的两大要素。先谈谈"空间结构"。所谓空间结构，就是利用一环境空间与另一环境空间的造型力量，组成连续不断、起伏变化的造型音阶，再凭借它们发展成一个个乐章，最后形成一曲造型交响乐。为此，我们要求影片中的每一个空间，除提供人物的活动环境、刻画人物心理外，还要能单独完成传达特定思想意念的任务。

继而谈"空间节奏"便简单了。顾名思义，空间节奏便是空间与空间形成的节奏。这节奏的形成，主要依靠的不是戏，而是造型。即在造型与造型的衔接中形成节奏感。对于《孙中山》这部以表现心理情绪为特点的影片，只要构思好这些造型音阶，并找到它们在影片中的准确位置和恰当的表现手段，造型所创造的情绪氛围，便会作用于观众心理，吸引观众，感动观众，震撼观众，引导观众进入沉思。这也就是我经过长时间思索，敢于放弃戏剧结构，而依赖于造型，把《孙中山》制作成一部独具魅力的心理情绪电影的艺术依据。

为了造成生动的空间节奏，除仔细考虑各个相互衔接的空间在内涵上的对比关系外，我们还在光线处理、颜色处理、构图线条处理、音响处理等方面，下了很多功夫，力求通过不同空间画面的转换，形成与心理情绪线相谐调的鲜明、生动的空间节奏曲线。

记者：在用空间造型传达思想意念方面，片头"呜咽的中华""苦海中的劳工""民主的先觉"等段落是成功的一例。请你谈谈这几场戏的艺术构思。

丁荫楠：这三个段落，完全是用画面造型和声音造型来表现的。比如"呜咽的中华"这场戏：风声，沙尘，一群清末装束农民蒙尘的面孔，混浊的目光，麻木的神情。风中飘动的清王朝的龙旗，手执大刀的执法行刑队，阳光下寒光四射的大刀，芦席掩盖下的烈士尸体，地面上落满沙尘的乌血，以及紫禁城中隆裕太后悠悠行逃的銮驾。通过这一系列画面，表现了封建主义统治下中国的愚昧和黑暗。

再如"苦海中的劳工"这场戏：阴暗、潮漏的轮船底仓，痛苦呻吟着的华工，外国水手提着一桶桶冒着蒸气的粉红色消毒水，粗暴地泼在全身赤裸的华工身上。这些买卖猪仔的野蛮画面，表现了帝国主义对中国的欺凌。

"民主的先觉"这场戏，与前两场在调子上形成鲜明对立：典雅舒适的住室，明亮的烛光，暖融融的炉火，孙中山、宋耀如等几位青年激昂慷慨地议论国政。我要求演员们必须是头皮剃得发青，辫子梳得闪亮。他们说什么话观众可以不必记住，但他们衣着整洁、气宇轩昂的气质，一定要给人留下深刻的印象。

以上三个并无因果联系的空间造型组接在一起，产生了一个鲜明的立意：灾难深重的中国，一代精英脱颖而出，担负起拯救中华的历史重任。这也正是产生孙中山的时代氛围。

记者：影片中四次起义的空间造型，凝练而独特，具有强烈的震撼力。请你谈谈这几场戏的构思和拍摄。

丁荫楠：我构思四次起义的艺术原则是，不拘泥于事件的具体过程，而是把它们浓缩、升华，抽象出一个单纯的意念——革命力量不停顿地向清室发起攻击，并以宏伟壮阔的场景，表现中华民族气贯长虹的正气。对于四次起义的空间造型，我采用了类似交响乐中变奏的方法。四次起义同样写的是战争和失败，却以不同的造型形式作用于观众，引起人们欣赏的愉悦。

第一次是1895年的广州起义。我称之为"死的赞歌"，要表现清军的强大和革命军勇敢的赴死精神。在这场戏中，清军以迅雷不及掩耳之势，铺天盖地而来：威武整齐的方阵，快速有力的行进步伐，清一色的红缨帽和铁头红缨枪，明晃晃的大刀，华丽的朝花和顶戴花翎，向革命军的火轮飞驶而去的满载武装的小船……一切都是有力量的。而革命军方面则是弱小的、散漫的。影片着力表现了起义惨败的结局：（近景、横移）一列囚笼，囚禁着革命党人。（大远景）清军层层包围下的山野地刑场，刽子手将革命党人架到山坡，推倒在地，举刀斩首。囚笼的横移镜头后，我们没有接近景表现革命党人如何具体地被杀，而是跳大远景，这样处理，是想把杀人意念化，表现反动势力对革命的镇压。

第二次起义是惠州大战。它与第一次起义不同，是一次极为壮观的原野战役。因为我们想通过这场戏表现革命势力的发展和壮烈的牺牲，所以，关键不在于死得是否逼真，而在于死的规模和气势。因此，我们没有表现具体的死，而是较多地运用全景、大全景、远景镜头，靠调度组成块面运动的对比变化，完成清军和红头军的作战。观众从画面上看到的是，红头军头缠红巾，腰扎红布带，高举"孙""郑"黑字红旗，像红色的巨流，杀声震天地涌向清军；望不到头的清军队伍像一条巨蟒，在山道间浩荡行进。双方在连续的爆炸中一次又一次地冲锋、厮杀，最后是起义军失败，浓烟弥漫的战场一片死寂。

为了显示这次起义的规模、气氛，厂领导动用了全厂42部车中的16部给我们摄制组专用，三台摄影机架在拍摄现场从不同角度进行拍摄。摄制组通过有关部门调拨当地驻军整个师4000多人和43匹骡马，戏用服装、道具等载满24卡车；其中，清军的龙旗，起义军的彩旗，以及刀、枪、剑、清军的假辫子等，每项都是以千计，服装做了8000多套。4000多个战士有时扮演清军，有时扮演起义军，拍出了8000多人的效果。这场戏整整拍了四天，耗资近20万元。拍最后那个尸横遍野的镜头时，我们不惜重金，租用直升机拍摄。通过直升机拍摄的4000多人横倒竖卧在广阔的山坡上和山谷中的全景、中景、近景和特写，构成了一幅幅宏伟壮烈的画面。

作为这场戏的情绪延伸部，我们在结尾还设计了一个镜头：晨雾中，幸存的红头军乘着几百条小船，顺着浩渺的江波向水天相接的尽头划去，最后走成红色的小点，像是战死的红头军乘着"方舟"漂向苦海的彼岸。遗憾的是，由于调不来几百条船，也找不到海一般宽阔的河面，这个设想没有实现。

　　第三次起义是镇南关战役。这是孙中山亲自参加的唯一一次战役。我们希望把这场戏中的战争拍成战火，烟尘与轰鸣的大炮的交响乐。为使烟尘和爆炸取得震撼人心的艺术效果，我们在拍摄场地埋了大约200多颗炮弹，同时起爆（这本身并不符合战争的真实），并用一组特写镜头，反复表现炮弹从炮口飞出，阵地上一片火海。画外是孙中山"打得好！"的激动的呼喊声，与冲天的火光和震耳的炮声形成鲜明对比。影片对于镇南关战役的失败，是这样表现的：（全景）风雨中的镇南关炮台，空无一人。（全景）数十名起义军战士在淅沥的雨丝中默默撤离。这里，空间节奏与人物心理变化的节奏融为一体。

　　第四次是"三二九"广州起义。这时，革命形势已发展到高潮，辛亥革命爆发在即。因此，我们用熊熊的烈火，作为这场戏的主要造型。外景地选在广州市郊一座1900年间的城镇废墟，连一根电线都没有。我们之所以坚持实景拍摄，是因为只有做到画面的质感真实，才能产生撞击力。原来我只想到要拍真正燃烧的烈火，利用《大班》摄制组留下的一条废街的景，决定把里面的木头全部烧掉。现场拍摄时，为使火焰显得更红，逆着打过来一束红光，我一看镜头，效果特别好，正是我们这场戏应追求的色调。于是，我就把摄影、美工都找来看。他们说："这样处理挺好，就这么继续拍下去吧！"这样，红色就被定为这场戏的色彩基调。这场大火连续烧了五天，共拍了七本胶片。我们用了28个以全景为主的镜头，表现"三二九"起义的先锋队员们在红色的火海中冲杀。没有枪炮声和呐喊声，只有如火如荼的音乐主旋律。接下来，是一个长达约小6米的全景固定高度镜头：在清军掩体前，先锋队员们一排一排地倒下，后面的起义者又前仆后继地冲过来。最后是一个中远景：一具黑色棺木在镜头前徐徐滑入墓穴。镜头升拉成远景：一片辽阔的红土上陈放着几十具棺木，不时传来工匠钉棺木的"咚咚"声。

　　这四次起义的空间结构相互衔接起来，形成了革命势力与清王朝殊死搏斗的悲壮乐章。它们一次又一次地作用于孙中山的心理，使他内心的痛苦和失望不断累积，在"洪门肝胆"这场戏中达到高潮。孙中山在七十二烈士牌位前跪谢洪门弟兄之后，影片有一段1.27米长的镜头段落：（近景）孙中山举目苍天，思绪万千；（全景变远景）身着黑西服的孙中山孤身一人，沿着灰色的石子路走去。为渲染孙中山内心的悲痛，强化"国外捐钱，国内捐命"的立意，我要求把路旁100米长的灰墙全部刷成红色，孙中山仿佛是在烈士鲜血的海洋中徜徉。第一次拍下来看看样片，发现红色涂得不到家，还露出一截灰墙。我说："不行，重涂！"于是置景的同志买来大桶油漆，按要求重新涂红，拍完后再刷成灰色，恢复原状。

追求再现与表现的完美统一

记者：你的几部影片，都蕴含着缕缕诗情。《春雨潇潇》着力营造的，是四人帮统治下的阴霾气氛及其对人物心理的影响。《逆光》留给人印象最深的，是蒙蒙细雨中梧桐树的葱茏绿意，以及由此而生发的爱和惆怅。《他在特区》也是用诗的眼光在感受改革者的内心世界。《孙中山》更像是一首气势磅礴、撼人心弦的交响音诗。那么，能不能说，电影的诗化境界是你的一贯追求？

丁荫楠：我没学过诗，也没写过诗。但我感受世界时印象最深、最敏感的，往往是造型和声音。这虽然属于形象思维的范畴，但它不是沿着一个中心事件，情节递进式地向前发展，而是接近抽象，是一种朦胧的情绪感受。这大概就是你所说的诗情吧。

读完厚厚的有关孙中山的历史资料后，许多事件和人物都记不大清楚了，但一种直想大哭一场的悲怆感，却紧紧地攫住了我的心。正像我在影片开头一段旁白中所写的："历史本身是真实而具体的。可是在我的眼睛里，它只是一个朦胧的幻觉，是人们凭借着想象和感觉，所引发出来的激情。"影片把我的这种感受真切地表达了出来。我希望于众的是：如果你熟悉这段历史，请不要按照历史去看这部影片；假若你不熟悉这段历史，那就请你当作历史去看，因这是历史。我觉得，艺术的魅力，正在于似与不似之间。

记者：也许正是为了达到"似与不似之间"这一艺术境界，你才在造型上既追求质感的真实，又赋予强烈的主观色彩，做到了再现与表现的完美统一。不知我的这种理解是否准确？

丁荫楠：影片在造型上追求再现和表现的统一，基于两方面的考虑。其一，艺术是艺术家观察生活后的心理折射，即使现实主义作品，也需要主观的提炼和浓缩，光讲究"逼真地再现"是不够的。就我个人的艺术趣味来讲，更喜欢富于诗情的、表现性强的东西。我这个人有个很大的特点就是富于想象力。比如一次我去油雕室看一位朋友，在院门口看到一尊五米高的雕像《冼星海在沉思》。我忽然产生了一个构思的冲动：如果用超现实的手法，雕一尊写意的《冼星海在沉思》，除眼睛和手指是逼真的写意外，身体的其他部分均变成一支海的旋律，那这尊雕像会是什么样子呢？雕像所引发的遐思，使我联想到观众的审美心理。我觉得，观众和我一样，早已不满足于"实打实"的艺术了，都希望艺术作品能给人以更多的想象的余地。其二，就《孙中山》这部影片的创作来说，纯粹纪实性的表现手法，难以实现我对人物和历史的哲理思考和艺术概括。因此，影片在造型上作了大量的变形处理，它们既不是物质还原型的影像，也不是抽象超离型的影像，而是一定程度地超离生活，但又不破坏观众对影像真实性的可信度。

比如"总统就职"这场戏。灯火辉煌的城门楼，高悬的大红灯笼，军乐队吹奏洋鼓洋号的威武气派，三军仪仗队整齐的方阵、闪亮的军刀、举枪的英姿，将校衣服上金色的流苏和华丽的绶带，宣誓大厅内红色的地毯、黑色的礼服和巨大的五色旗……这一切都经过了考证，有史实作依据，但又比实际情况更华美、更壮观。就连孙中山乘坐的那辆马车，也比实际的要大，要漂亮，做这辆车花了整整3000元。根据历史照片，当时南京人民搭了彩牌楼夹道欢迎孙中山。我们仿造的彩牌楼，比真实的更为堂皇富丽。牌楼木架高8米，宽17米，用2.6万朵各色纸花镶嵌出各式图案，用1600个彩色灯泡组成四个大字"共和万岁"，扎牌楼用的松柏枝装了三大卡车。通过这一系列造型和色彩上的提炼与夸张，对孙中山革命生涯中这个"辉煌时刻"和高涨情绪，进行了酣畅淋漓的渲染。

影片中这类富于表现性的造型，还可举出许多。比如，用暮色笼罩下一群乌鸦在皇宫上空盘旋的全景横移镜头，表现清朝反动势力；用太和殿前残破的旧青石砖地、隆裕太后乘銮驾远去的大全景，表现宣统皇帝退位。实际上，隆裕太后的銮驾根本到不了太和殿，但我看中了那个大柱子它是封建王朝力量的象征。再如，北伐道上孙中山与苏俄代表马林边走边谈这场戏，四五个人拉船纤就够了，但我们设计了两岸北伐队伍举着近千支火把，犹如火龙在夜空中舞动：河滩上有成千人拉纤，寓意着中国革命在苦难中顽强前进。

记者：影片下集四个战友的死，在造型表现上也较大地改变了历史的原貌，具有鲜明的表现性。请你谈谈这几场戏的艺术构思。

丁荫楠：同四次起义一样，由于对四个战友的死采用了不同的造型形式，它们也构成了同一个悲怆旋律的变奏。第一个是宋教仁之死。当宋教仁与黄兴等人一道，冒雨走下饭店台阶、前往火车站时，影片用了一个中景、高速镜头，表现三个带着青春气息的少女欢快地跑上来，衣裙上的白纱徐徐地从镜头前飘过。这青春和生命的美和后面宋教仁的死，形成情绪上的反差。雨夜街道上，浑身插满破烂五色旗的疯老头，预示着宋教仁的被暗杀与"共和"的化为泡影。暗杀宋教仁的枪声，标志着袁世凯窃取政权，大肆屠杀革命者的开始。这一切，与前面热火朝天的庆典场面形成鲜明对照。对于宋教仁的死，影片是这样表现的：（特写）宋教仁身着黑色礼服，镇定地看着四周，慢慢倒下。（特写）鲜血渗透了上前搀扶的陈其美的雪白的手套。（近景）宋教仁呼吸艰难地断断续续说道："克强……我……有点……冷……"我希望把他的死表现为一种从容、冷静的大将风度。

第二个是陈其美之死。影片在造型上强调了色彩对比：刺客的黑色西装和长袍，大厅里的红色地毯，陈其美中弹倒下后身边的一片血泊。我希望他的死能给人一种突发性的感觉，但由于表现时过分拘泥于真实，显得不够从容。

第三个是黄兴之死。这场戏在造型表现上是最抽象、最意念化的。构思这场戏时，我突然萌发了一个想法：要使白色充满银幕。影片连续用了三个全景一个近景的变焦画面（总长达两米多）：黄兴的儿子一身湖南乡土的送葬装束，走在一支古朴的湖南乡土送葬队伍前面；黄兴夫人走在送葬队伍的前面；日本友人宫崎寅藏先生走在送葬队伍的前面。全身缟素的人流不断地朝镜头涌来，像是一首白色的诗。绵延不断的丧钟，为这个悲悼的场面更增添了几分凄怆色彩。

第四个是朱执信之死。他是在处理虎门兵变时，被叛军打死的。他死得勇敢而磊落。因此，我想把这位对信念无比赤诚执着的革命志士的身躯和大自然联系在一起，把他的死写成纯洁的死：阴霾的天空和雨蒙蒙的大地，构成一种悲愤不平的氛围。一个白色的身影在广阔的原野上向前行进，风雨中飘荡着细微的喊话声。随着一声闷锤似的枪响，白色身影一晃，接着又朝前走去。（远景、高速）广阔的原野上，白色身影继续走着，又一枪击中了他，他仰望长空，倒地而去，小小的白点溶入碧绿的原野。中间我切了一个他在硝烟中边走边喊话的近景，目的是让观众看清他死前的神态，增加一点情绪撞击力。

记者："黄花岗七十二烈士墓地""告别黄埔""前门火车站万人欢迎孙中山"是构成影片情绪高潮、哲理高潮的华彩乐章。这几场戏的构思是怎么产生的？

丁荫楠：结尾这个大段落，早在工作台本写出之前，我脑子里就形成了。从导演把握戏的角度讲，这几场戏叫做"兜底"，如果它们没有相当的分量，观众不能进戏，结尾就收不住口。所谓收口，有两个含义。一是情绪的收口，即把全片的主题意念在这里再狠狠地拎一下，使孙中山的悲剧性格获得最后的完成。二是技术的收口，让观众在这里一下子想起影片前面所有的事，想起一次次起义的失败和一个个革命志士的牺牲。结尾的基调既要悲怆，又要辉煌。因为尽管孙中山历尽坎坷，走到了生命的尽头，但他终于寻找到一条正确的革命道路。

"黄花岗七十二烈士告别"这场戏，是我想象出来的。我从一本革命回忆录上读到，广州起义成功后，孙中山曾为四位对革命有功的老人修了一座"四老堂"，这四老虽不干国政，却给予优厚的待遇，让他们住在这里颐养天年。我由此觉得，孙中山是个非常富于情感的人，凡与他共过患难的朋友，他总是挂在心的。影片中有几处对这一点进行了表现。比如影片中有一个约67米的全景镜头：朱执信死后，孙中山一个人在客厅里来回踱步，听着朱执信生前爱听的粤曲唱片。画外的那段旁白，便是他睹物思人、深切怀念朱执信的心理写照："当人们肩负着使命去奋战的时刻，总是临危不惧的，可仔细想起来，这赴死的里程是多么痛苦啊！求得生存是人类的本能，可为了生存又必须赴死。生与死的交替就像呼吸维持着历史的生命。""别情依依"那场戏，则通过孙中山亲自探视病危的黄兴，表现他对战友的深厚情谊。

我觉得，孙中山晚年时，面对事业上的艰难局面会有越来越多的无力回天之感，对老战友的怀念也会越来越深切，当他北上主持国事之前，一定会到黄花岗烈士墓前跟战友们告别。我还想到，这是他一生中最孤独的时刻，满腔的心事只能对死去的战友倾诉。因此，伴随着孙中山和宋庆龄穿过"浩气长存"的牌坊、走过松柏苍翠的甬道、默默地站在七十二烈士墓碑前等画面，有很长一段孙中山的内心独白："克强、执信、英士、钝初、仲元，我来看你们来了，冯玉祥打电报邀我到北京去，我就要离开你们北上了，我再也不能常来看你们了……你们说我应该去北京吗？北京是全国的中心，革命应该在那里展开，这是我们曾经议论过许多次的。我就要走了，也许很久很久都不能来，我会想你们，我想你们、想你们呀！"这依依惜别之情，一直延续到黄埔军校全体官兵的送别。"告别黄埔"和"前门车站万人欢迎孙中山"等情节，史料上均有所记载，但影片在表现上又都作了较多的艺术想象和夸张。比如，孙中山离开黄埔时，真实的情况是，几个士兵正在山上割草，看见船开了，一面喊"大总统走了"一面朝他致军礼。假若照实表现，就会失掉造型的内涵和韵味。于是，我把这场戏处理成超现实的，有点《影子武士》的味道。（远景）1000多黄埔军校官兵列队，接受孙中山的检阅；（大远景、横移）江面岸边竖立着"孙先生万岁""祝总理一路平安""欢送总理北上"的大条白底黑色仿宋体的字幅；孙中山在烟雾缥缈中从欢送他的队列前走过影片从这场戏开始到以后的所有镜头，在色彩上都以黑白两色为主，以造成一种悲悼的气氛。

结尾原来想拍"迁葬"，由黑白两色组成的送葬队伍，浩浩荡荡地从北京一直送到南京，以表现群众对他的拥戴和怀念。但是，这么宏大的场面，而且完全用黑白的色彩，不好拍。同时，迁葬是在宁汉事件蒋介石叛变革命之后，不好表现。因此，就决定拍到北上进京为止，把群众对他的欢迎和悼念融合在一起。

在翻阅历史资料时，我注意到这样一个细节：鹿钟麟自幼读书时，就非常崇拜孙中山。但从未见过他的面。孙中山北上进京时，鹿钟麟作为北京卫戍司令，怀着很深的敬仰之心去看孙中山，但一见之下，却感到十分怅然。印象中的孙中山，是位奇伟的英雄，而出现在他眼前的，却是一个病入膏肓的老人。他心里特别难过，更增添了对孙中山的崇敬。这触发了我的一个想法：一定要让观众跟鹿钟麟一起，看到孙中山晚年心力交瘁的状况。这样，观众会受到感动，会更加理解他，敬佩他。这场戏具体的镜头处理是：（全景）北京前门车站广场，欢呼的人群挥动着手中白色的小旗。（近景）孙中山坐在一张藤椅上，被卫队抬着走进人群。（大全、俯）天上的传单像雪花似地飘洒下来，数万民众汇成的人海，簇拥着孙中山向前走动。（近景、跟）孙中山回头望着，一种惜别的神情从他脸上掠过。（大全）孙中山被民众拥托着向前飘浮而去。配合这组镜头，我写了一段旁白："孙文就要去了，就要离开我们了！他是多么留恋人间啊！当他即将离去，回到来的那个地方去的时候，似乎对于他一切都将重新开始。他是多么的累啊！多么的疲倦啊！"我认为，这是孙中山逝世时心理的真实写照，他一生为国为民鞠躬尽瘁，此刻有一种疲惫感、归宿感；然而，他的事业尚未成功，因此，他内心又感到一种深深的悲怆。

关于表演和声音的追求

记者：刘文治扮演的孙中山，受到观众的一致好评。你是怎样选择演员和掌握表演的？

丁荫楠：在选演员时，最伤脑筋的是由谁来演孙中山。我走遍南北各地物色人选，都觉得不甚理想。后来，我突然想到了刘文治，他曾在《苦恋》中扮演过男主角凌晨光，我非常欣赏他的气质。特别是他那双眼睛，和孙中山的眼睛一样，都极有魅力。此外，刘文治在气质上有一种力度，这使他能够扮演统率千军万马的伟人。我认为，在选择演员时，应尽力使演员靠近角色，而在创作拍摄时，必须让角色向演员靠，向演员的魅力靠，绝不能束缚演员的魅力。我选择演员的原则是：当形象接近人物，而演技不同时，要选择演技优秀的演员；当演技不相上下时，要选气质上富有魅力的演员。我始终认为，演员本人的魅力，将决定角色的成败。为此，演员必须认真地进行从内心到外表的自我塑造，

◎ 《孙中山》剧照

而所造就成的独特魅力，将会使角色大放异彩。

在表演的掌握上，我认为，"有意识的设计，无意识的流露"是当代表演的一个特点。我常对演员说："你身穿龙袍，头戴金冠，坐在金銮殿上，身边有太监执拂，丹墀上跪满文武大臣，你已是皇上了，还演什么皇上呢？还摆什么皇上份呢？该说什么你就说什么，该做什么你就做什么，这实际就是皇上在说，在做了。"这段话有两个意思，其一，电影是综合艺术，表演只占其中一个部分。随着现代电影意识即声画思维的出现，表演艺术应该更加单纯凝练省去许多说明性的东西。所谓"表演不是加法，而应是减法""十分情绪只表现六分，剩下的让给造型"，都说明了表演与电影中其他艺术结合的必要。其二，表演艺术的核心，不是外表形式，而是内心自我感觉。演员起初有点担心：影片没有冲突，没有戏，人物怎么出得来？我对他们说，只要你对人物有了准确的感觉和理解，并把它化作自己的思想行为，这种内在的气质和造型后的气质加在一起，就有艺术感染力，就会唤起观众的信任感。要想准确地寻找人物的自我感觉，就必须经历多次的从感性到理性、再从理性到感性的反复过程。我要求演员不能把这一过程只局限于

◎ 《孙中山》剧照

演员与导演之间就表演问题进行磋商，而是要把探讨的范围扩大到摄制组内的各个艺术部门。演员与导演的交谈，应该是在全面理解了各部门的创作后，经过认真的综合思索，提出自己的创作设想，由导演批准实现。这就改变了过去演员常发牢骚说"演员是世界上最被动的职业"的现象。

刘文治在塑造孙中山这个人物时，在对人物内心和气质的把握上下了很大功夫。他认真研究孙中山的有关史料，收集了大量孙中山的遗照、手迹，对于孙中山的政绩、言谈举止、兴趣爱好，他都逐一揣度、体会，力求找准感觉，有时简直入迷到废寝忘食的程度。一次因病住院，他从大夫用手在他腹部听诊的动作，得到了启发——孙中山早年是行医的，他就为孙中山设计了平时喜扣动食指、中指的动作。孙中山习惯持文明棍，刘文治专门去广东省民盟请教老先生，终于练就了孙先生潇洒自如的持棍姿态，得到老先生们的认可。他在反复研究孙中山的历史照片时，发现在先生那双深邃动人的眼睛里，既蕴藏着惊人的活力和智慧，同时又露出一丝难以察觉的忧虑，有时甚至严肃得有些过分。经过认真地思索琢磨，他终于把握了孙中山在各个不同历史时期和不同场合的心理神态。

记者：我非常喜欢这部影片的音乐和音响，它们对于主题的烘托和诗化意境的实现起了不容忽视的作用。请你谈谈声音的构思和处理。

丁荫楠：在这部影片中，声音造型和画面造型一样，都是镜头构成的重要因素，完成着其他艺术手段不可替代的结构影片、传达意念、刻画人物心理的作用。为了与影片表现性的风格相一致，在声音的设计和处理上，强调造型性和心理情绪性，具有较浓的主观色彩。

比如，第一次广州起义时清军的脚步声和后来黄埔军校官兵镇压商团叛乱的脚步声都是在剧作阶段就已构思好的。从技巧上讲，这两场戏中声音的形态和力度没变，但内涵变了，前者表现反动势力的强盛，后者则象征革命力量的发展。又如惠州大战这场戏，声音是这样处理的：先是现场的千万人的冲杀声、枪支击撞声等真实音响，慢慢过渡到音乐性的声音，变成音乐化的情绪音响，然后过渡到音乐。到后面尸横遍野时，声音节奏下沉，最后什么声音也没有。以声音的时空交换，衬托这一斗争的残酷、悲壮，同时也表现了人物的心理情绪，达到"听其声如闻其形"的作用。

再如孙中山就职前在镜前试穿总统服那场戏，我们对画外声音是这样处理的：近处是成千上万人连续不断的欢呼声、口号声；中远处是一阵阵轰鸣的鞭炮声；远处是此起彼伏的锣鼓声……当时，革命政府外临北洋军阀虎视眈眈，内部经济又处于窘境，这一画外空间的音响，与孙中山照镜子时的忧虑情绪相对应，起到了"以喜衬悲悲更悲"的作用。

音乐音响化，音响音乐化，是我在声音造型上的一贯追求。所谓音乐音响化，是指不要首尾贯穿的旋律性音乐，而要表现力很强的情绪性音乐。具体到这部影片，对音乐的总体要求是悲剧性，用音乐来控制全片雄伟的、史诗般的悲剧气质。比如序幕那段音乐，狮吼、狼叫、蝉鸣、瀑布等音响，都是乐器奏出来的。人们并不觉得它是音乐，而是感到了一种民族的气势，一种如火山般喷射而出的激情。作曲施万春同志历经坎坷，有思想深度和很高的艺术素养，我完全信赖他的创作，由他甩开膀子写。为了保证录音效果，他坚持到北京录音，厂里支持了他。我对这部影片的音乐是满意的。

集体智慧的发挥和导演绝对权威的确立

记者：影片不仅在艺术上别具一格，在制作上也达到了相当精致的水平。这说明你有一个配合默契的创作集体。请谈谈你与摄制组合作的情况。

丁荫楠：大凡一部优秀的影片，都极为鲜明地表现出导演的自我，同时又显示着摄制组的集团性智慧。导演绝对权威的确立和各个艺术部门创造力的充分发挥，是一部影片成功的必不可少的条件。

在1984年春天召开的国际电影研讨会上，今村昌平讲过这么一句话："在我办的电影学校里，我要求所有的系都学剧作课，都懂得编剧法。"我觉得他讲出了电影集团性思维的核心。当然，要求摄制组每个同志都懂编剧，是不可能的。但理解和把握影片的总体构思，却是我们的努力方向。

如果说《孙中山》在创作上有什么经验，那就是总体构思的稳定和摄制组全体同志对我毫无保留的信任和支持。《孙中山》是我第一部在各方面都想得很清楚之后才拍的片子，开拍前六个月，我就写出了"导演阐述"。正式拍摄前，我对摄制组提出：各个艺术部门，都要把"绝对高度"作为自己的努力目标，要以我们的艰苦创造，使《孙中山》不仅在内容上忠实于历史，而且在艺术水平和制作规模上都是第一流的。摄制组的同志们充分理解了我对影片的总体构思，并以一种彼此信赖、团结协作的工作态度，为这一构思的实现努力贡献着各自的聪明才智。

我带着摄制组一起阅读历史资料，一起沿着孙中山革命活动的足迹，到他的旧居、广州、上海、南京、北京，以及香港、澳门、日本、美国等地进行了近两个月的考察；随后，又到北京有针对性地看了几十部影片和录像，包括优秀的历史传记片《甘地传》《阿拉伯的劳伦斯》《巴顿将军》等。我们一边看片一边议论，哪些地方是我们未来影片应该借鉴的，哪些地方是应该摒弃的。大家感到这些活动很有收获。下面，我简单举几个例子，说明摄制组是如何兢兢业业地投入创作的。

为从感觉上提高未来画面的构图修养和创造修养，摄影师根据影片内容，绘画了300多幅未来镜头画面的设想，写了一万字的摄影造型构思；对全片126场景，都分别绘制了分场设计图，并根据影片的心理线索结构绘制了126场景的总体设计图，每一场景的色调、用光等都作了明确的标示。

这部戏共有126个需要加工的景，规模都比较大。美工师在追求历史真实和高度浓缩升华的统一方面，做了许多努力。他用一年多的时间进行美术设计的准备工作，除收集和阅读大量文字、图片资料外，还根据影片总体构思绘画了1000多幅美术图案，其中包括50多幅大场面的气氛图和300多幅镜头画面。

服、化、道等部门在追求历史的准确和质感的真实这两方面，下了很大功夫。比如，这部影片场面大，场景多，所需道具有车辆类、刀剑类、旗帜类、枪炮类、灯具类、家具类等等，名目繁杂，数量惊人。道具组对每一件道具的使用，都经过严格考究。在上海拍宋耀如家那场景，需要1895年的《申报》和其他进步报刊，以衬托人物身份。他们几乎跑遍全上海，最后在上海博物馆找到了。在广州拍摄袁世凯花厅，需要一座古老的进口钟（因袁当时是总理大臣级的官员，必须有这样的摆设才符合袁的身份），也是经过多方努力，才终于找到。还有那张供五人吃饭的古式圆红木桌子，几乎把广州所有的酒店宾馆全找遍，最后才在北园酒家仓库找到。拍七十二烈士下葬的戏时，虽然只有一个棺木徐徐落入墓穴的中景镜头，然后很快拉成远景，但是，如果在远处摆些假棺木，就达不到质感的真实。因此，影片中的72具棺材，全是用真实木材做成的。

服装组的工作量和难度，在珠影的制作历史上是空前的。服装师收集和翻拍了片中主要人物及各个时期群众服饰照片1200多幅。光是主要人物的服饰设计图，就绘制了200多幅，并进行了精心的加工。如孙中山的服装，就有各个历史时期的各式长衫、西装、大衣、军装、礼服、中山装、总统装、元帅服等35套。从史料看，孙中山对衣着相当讲究，他的衬衣，每天至少换一次。因此，影片中孙中山的衣料，均采用真实的毛呢、丝绸，不用代用品。他的领带、袖扣、西裤吊带的环扣等，都是我亲自从香港选购的。

除了主要人物的服装有几十大箱外，还做了各个历史时期样式各异的群众服装两万多套。如军装就分清军、新军、民军、滇军、粤军、浙军、商团军、海军、军乐队、红头军等多种。群众服装更是五花八门，有清末的各式长衫、马褂、大镶大滚的女衫裙，民国初年的元宝领、小裤脚女服，20年代的喇叭袖女衣裙、长衫，还有各种西洋男女大礼服、西装裙等。此外，还制作帽子6000多顶，品种计有：云合帽（瓜皮小帽）、清官暖帽、凉帽、清军红缨帽、毡帽、土耳其帽、鸭舌帽、大小礼帽、巴拿马帽、平顶草帽、鸵鸟帽、女大边帽、通帽及各兵种帽等。制作鞋8000多双，包括云头鞋、朝靴、毡鞋等14种款式。

我们到日本拍片时，带去的日本学生装铜扣子上缺少"大学"二字，立领的厚度和高度也和当时日本的学生装不同。另外，他们的方帽用的是呢料，我们用的是布料。我们带去的和服，尺寸比例和中间加衬的硬度，也与地道的日本和服有差距。为了达到服装质感的真实，我决定把带去的日本服装全部拿掉，出50万美金把服、化、道等全部包给日本荒木正也映画事务所。他们看了一遍剧本，把所需的东西很快找全，经我审定后，装在大集装箱里，派一辆道具车跟着我们走，现场工作效率高极了，完全是在跑着工作。

影片中有名有姓的人物104个，其中主要人物有二三十个，因此，化妆任务相当重。为搞好这部戏的化妆，化妆师先后到广州、南京、上海、北京等地的图书馆、博物馆收集资料，资料照片贴满了五大本，写了一万多字的化妆笔记，并制作了大量化妆用品，如辫子2000多条，清朝头套300多个，都是化妆组自己编织的。

刘文治扮演的孙中山，脸型基本上还可以，但有些部位需化妆弥补，如耳朵较小，下眼垂的沟较深，双眼皮不明显等。后两项我们做了技术处理，耳朵却需重新塑制。化妆师用石膏塑了演员面型，并反复试验耳朵的大小，用了石膏200多斤。耳朵是用特制的薄塑料做的，受热后容易变形，一变形就换，一部影片拍下来，用了塑料耳朵近百对。

为了体现影片心理结构的特点，化妆师将各个时期的孙中山的资料照片和他各个时期的心理情绪进行综合考虑，按九个时期设计了九个化妆。这九个妆的九个头套式样就有清朝头套、西装头、背头头、微秃头等，九个妆的胡子、眉毛，每个妆三套（两套配用）。胡子的式样有胡尾翘的、微翘的、垂的；颜色（包括头发、眉毛）有黑的、稍许间白的、较多间白的、几乎全白的。这些都是化妆组根据资料照片一针一线制作的。

这部影片烟火的工作量，在珠影也是前所未有的。比如"三二九起义"这场戏，要求是火海气氛。烟火组用了两吨钢材搭起房屋形的架，上面盖草席棉絮，泼油烧，共用去2580多条旧棉胎，烧了汽油、柴油、松节油、煤油等共四吨，花费八万元。拍惠州大战这场戏，为了造成浓烟滚滚的战场气氛，拍摄时我们请了部队的防化兵40人，再加上摄制组20人，分五个山头放烟，共用了六吨（100箱）黑白烟粉。有时风向变了，大家就满山遍野地跑着放，以造成镜头要求的艺术效果。拍爱丽园孙中山举行中外记者招待会这场戏，需要很多闪光灯的设计，但又不能用现代照相机的闪光灯。烟火组便用电池，通过电发光把镁闪光粉点着，达到了良好的艺术效果。根据这部戏的基调，上海和南京的景，几乎每一个镜头都要放些白烟，增加画面的沉重感。

影片拍摄点遍布广州、南京、上海、北京、香港、澳门和日本等地，旧的笨重照明器材，很不适合这部戏的拍摄。照明组便认真进行灯具改造，利用儿童布伞，制成了各式伞灯。旧式的两千瓦照明灯，体积有水桶大，几十斤重；新制的伞灯，一个木箱能装20来个。而且这种照明灯光色柔和，提高了照明质量。此外，他们还用罐头盒，制成了各种辅助光。拍摄时把它放在隐蔽处，辅助蜡烛光，火水灯光等，效果很好。"总统就职"那场戏，数万群众夹道欢迎孙中山是夜景，范围很大，用灯较多。但路边有路灯，不符合当时环境。他们便采用分区布光的办法（分五个布光区），在部队借了四台发电机，电线总长达1000多米，还用了两台探照灯，顺利拍摄了这一盛大场面。

对于摄制组各个部门艰苦严肃的创作，我上面所讲的只是挂一漏万的零星描述，好在他们都有详尽的艺术总结。我希望理论评论界对他们的艺术创造给予充分的重视和应有的评价。

记者：你刚才谈了摄制组集体智慧的发挥。那么你作为摄制组的统帅，在完成这部大制作的过程中，有些什么感受？

丁荫楠：首先，我觉得这部戏是对自己意志力的一次考验。我们厂决定上这部片子时，几乎全厂反对，有人甚至讽刺孙长城是"更年期"。他自始至终毫无保留地支持我们实在是担着很大风险的。我是头一回拍这么大的片子，艺术上的是一条没有经验的路，许多设想能否达到预期的效果，心里并不是十分有把握。况且我毕竟只拍过三部片子，还有个技术上的纯熟度和经验不足的问题。此外，统帅150人的摄制组，处理错综复杂的矛盾，也并非轻而易举之事；再加上资金筹备方面遇到的波折，影片几乎面临下马的危机。孙长城当时看我的那种眼神，简直复杂极了，既因弄不到钱而焦虑，又不忍挫伤我的创作情绪，总对我这么说："你先干着，我再想想办法。"当时决定拍这个片子，真是一种冒险，现在回想起来，还有点后怕。我们这伙人可以说是手拉手地共同渡过了难关。记得拿破仑说过一句话："赌注越大，勇气越大。"我有勇气接这个本子，就打算把自家性命全押上了。整个拍摄期间，就像举着沉重的杠铃，好几次觉得实在坚持不下去了，可一咬牙，就又挺过来了。

比如"总统就职"这场戏，一共拍了三次。第一次因南京一家报纸透露了消息，导致午朝门外拍摄现场挤得人山人海，水泄不通，连出动维持秩序的民警也被围在里面，无法执行任务。这次拍摄被迫中止。第二天公安局增派1000名民警封锁通道，拍摄得以顺利进行。可是，突然烟花火星掉在牌楼的松枝上引起着火，开消防车的司机却不知跑到哪里看热闹去了，待消防水龙喷出水来，牌楼已烧掉一半。我前面已经讲过这座牌楼的宏伟气势，为了搭好它，置景组11位同志夜以继夜地干了近半个月，成本费1.7万元。我当时站在电视荧光屏前指挥拍摄，眼瞅着牌楼燃烧，又心疼又着急，却束手无策。大火熄灭后，全组人围着我，等我拿主意。有人建议"凑合着拍吧"，的确，重新搭牌楼不仅还要花钱费力，而且拍摄进度耽误一天，光摄制组的生活费开支就要多花数千元。但是，为了保证艺术质量，就得不惜工本。于是，我下了决心："重新搭！不信这场戏拍不下来！"置景组苦战四天，一座完好如初的彩牌楼，又屹立在午朝门外。

除了坚强的意志力之外，我还体会到导演在摄制组树立绝对权威的必要性。我生活上待人宽厚，不爱对小事耿耿于怀。但一到拍摄现场，就显出了严厉的一面，有点六亲不认的劲头。对于各个部门的创作，我的要求不但严格，而且具体，绝不降低既定的艺术目标。

"惠州大战"是我们开机后拍的第一场戏，大家铆足劲拍了一天一宿，样片出来一看，全部过火得一塌糊涂。我当即决定重拍。"黄埔告别"那场戏，我要求条幅宽两米、白底黑字，但做出来的宽一米、白底红字。我马上要求重做。

我规定，摄制组必须服从我的总体构思。凡艺术上的争执，一律摆到桌面上开诚布公地谈，不搞旁敲侧击，也不准扯皮。拍摄时我一直盯在现场，努力做到身体力行。一次拍戏，飞机出了点故障，我为了鼓起摄影师的勇气，先陪他上去了一次，对他说："这次我跟你一块儿上，掉咱俩一块儿掉。下次实拍，可就是你上了！"因此，大伙儿对我挺服。你听了别笑，憋着劲儿干了三年，今天跟你尽兴地聊聊，也是一种内心的释放。

为新时期电影的腾飞而努力

记者：你呕心沥血的创作终于获得了社会的认可，现在你是一种什么心情？对今后的创作，有哪些设想？

丁荫楠：我深知自己的基础知识还不够扎实，对于哲学美学、古典文学、思想史等等，研究太少。虽然导演主要从事的是艺术实践，但有没有广博的知识积累和深厚的理论修养，还是大不一样的。因此，从《春雨潇潇》到现在，我在创作和学习上不敢有丝毫懈怠。尽管我的前几部作品都不够出色，但每一篇导演阐述和艺术总结都写得很认真。

《孙中山》的拍摄，是对我的思想深度、艺术水平和意志力的全面检验。专家和观众对它的热情肯定，使我感到有种被理解的快乐鼓舞，进一步增强了我的自信心。拍出无愧于民族、无愧于时代的第一流影片，是我为自己树立的艺术标杆。为了达到这一高度，我决心今后继续刻苦地磨炼自己，不停地塑造自己，使自己首先成为一个真正的人，优秀的人。因为艺术家是靠心灵感受世界的，心灵不纯净，不真诚，感受就不会准确、深刻。我读了许多人物传记，没有一个杰出的艺术家，不是像火一样燃烧，对生活充满激情的。

目前，是我体力、智力、精力最旺盛的时候。我要珍视导演生涯中这有限的创作高峰期，不懈地追求和探索。

几年前，我们这批中年导演还都是初出茅庐的小字辈。虽然当时我们的作品远没有现在成熟，但那种为中国电影事业开拓新路的热忱，蓬勃的创造精神，以及艺术上相互砥砺和支持的真诚友情，却是弥足珍贵的。作为中国影坛继往开来的一代，我希望大家今后能进一步加强群体意识，为新时期电影的腾飞，进行一次强有力的集团性冲击！

（原载《电影艺术参考资料》总第177期。收入本书时有所删改）

以现实的生活、工作完成对现实的超越、幻想

——访"电影人"丁荫楠

西　宝

采访丁荫楠先生的这一天，恰逢下雨。当我们撑伞在路上行走时，不由得想起他在独立执导的处女作《逆光》中对于片头、片尾雨景的处理与展现。说起来虽时过境迁，虽年年飘雨，但谁又能说岁月无痕？即便时光再如何飞逝，也还是要为我们留下来一部部好的电影。

作为此次采访的内容，影片《电影人》拍摄于1988年，至明年就整30周年了。它是我国第一部对于电影人的生活有所触及与描写的影片，是迄今我国唯一此类题材的影片，也是丁导创作序列中独辟蹊径的一部影片。

为了这次采访，丁导与儿子——青年导演丁震一起对这部电影事先做了反复回顾。丁导谦虚地笑称："电影的内容很多都忘了，但我还记得一些拍戏的情况。"在这个过程中，他父子俩仍不时会进行一些"导演之间的交流"：

"你这个镜头是什么意思？"

"是不是没有表述清楚？"

"那你看我这个纵深调度还不错吧。"

"嗯，这个纵深调度黑咕隆咚的，摄影曝光应该是有点问题。"

……

从电影学院到珠江电影制片厂

熟悉电影史的人想必都曾见过丁荫楠的一张极为俊朗的照片，方脸浓发、线条刚柔相济，看上去不像是导演，倒像是演员。

由于时代原因，丁荫楠自嘲他的"文化课很差"，初中毕业后以同等学力考取电影学院。虽然是调干生到电影学院读书，但丁荫楠和同期的同学们也经历了数理化和专业课的考试。除此之外，还有三年的甄别期，每年都要面临严苛的考核，如果这些考核都能过关，再接着读后面的两年。这样一共就是五年。假如前三年的甄别没有过关，那么还是会被淘汰。丁荫楠与同班四个调干生，有三个都被淘汰了，最后只剩下他一个。除了勤奋，丁荫楠在进电影学院之前，就已经有在业余剧团表演的经历，这也为他更好地掌握导演技能提供了极为深刻的实践体验。

1966年，丁荫楠从北京电影学院毕业，被分配到广东省话剧团做了五年话剧导演后，1975年调到珠江电影制片厂。当时珠影厂有47个导演，其中很多都是电影学院科班出身，也有一些是从30年代的上海电影创作中历练过来的、老资历的前辈们。丁荫楠刚参加工作时，受到同是北京电影学院毕业的大师兄于得水的热情招待。他向丁荫楠介绍了厂里的前辈们，并且开玩笑地说："你得想办法把他们都比下去。"

一个新人刚进电影制片厂，自然要从场记开始做起，丁荫楠很快就做了两部影片的场记工作，但也仅仅参与了两部戏，他就跳过副导演这个职务，直接在第三部影片当上了联合导演。"跳级"的原因很简单：认真。作为一名场记，丁荫楠不仅每次都能仔细完成场记的所有本职工作，还积极参与选演员、改剧本、现场调度等一系列繁琐工作，五年的科班专业训练，造就了他扎实的电影理论和技术技巧。他负责的工作总是做得又快又完善，让导演挑不出任何毛病。这些事情都被厂长看在眼里，他对这个小伙子的工作能力和工作态度非常认可，这才有了后面跳级直接做导演的机会。

丁荫楠有一个习惯：凡是他经手的所有工作文件材料都会保留好。在采访过程中，他向我们出示了《电影人》拍摄期间的相关文件资料，从送审意见到座谈会纪要，摄制组的成立通知、过审通知、拍摄场景表，一应俱全，甚至当时没有用上的海报设计初稿都在，严谨的工作作风令人赞叹。就连当时的厂长孙再昭也曾经拿着他的场记本对众人说："你们看看人家，这才是导演，你们在干嘛？"丁荫楠当时也在场，作为一个新人，多少有些尴尬，其实他这样做的原因，只是为了锻炼自己，他把导演当成一门手艺活儿来修炼，"要是不勤动手，手艺就生疏了"。

辉煌以后的惆怅

在广为人知的两部剧情片《春雨潇潇》《逆光》之外，丁荫楠在导演生涯初期还曾经拍过两部纪录片，一部关注云南野生动物，另外一部探访了广州民间工艺美术，两部纪录片得了很多奖。厂长孙长城后来给了他一句评价："丁荫楠这个人，你只要把他拨动转了，他会自转，而且比谁都快。"也是这位孙厂长，在党委会上力荐丁荫楠成为《孙中山》的导演。这在当时是一次冒险、一次押宝。最终这个宝押对了。影片获国家广播电影电视部1986年—1987年优秀影片奖，金鸡、百花最佳故事片奖两个大奖，及金鸡奖最佳导演、最佳男主角、最佳摄影、最佳美术、最佳服装、最佳音乐、最佳道具、最佳剪辑八个单项奖，一时风头无两。

当时国内还没有过如此大场面制作的影片，所以《孙中山》获得了极大的社会影响，丁荫楠的导演地位也随之被抬到一个较高的位置。但在他自己心里，除了疲惫，没有什么特别的感觉。好不容易拍完了一部难度比较高的作品，将将松一口气。可当他回到现实中后，却莫名地产生了一种孤立感。有人给他起了一个绰号"花钱的祖宗"，甚至有传闻说珠影厂当时要盖两栋宿舍楼，后来不了了之，就是因为钱都拿去拍《孙中山》了。"是不是这么回事我不知道，也可能是有人在编故事。"多年后，丁导已经可以用一句玩笑话将这段往事一语带过，但在当时，桩桩件件事情累积在一起，内心的压力可想而知，这大概直接促成了《电影人》的诞生。

"我现在想起来，当时想说什么，不是十分地清楚，拍完《孙中山》之后，我有一段沉静的回忆。把我在拍《孙中山》时遇到的事，那些委屈、别扭、尴尬、无奈，在这部影片（《电影人》）里全表现出来了。"

30年后再忆往事，丁荫楠已经不记得当时到底为什么要拍《电影人》。反而是编剧苗月回忆说："你就跟我说了一句话，一个人辉煌了以后，就十分地无奈、沮丧、惆怅。你让我写一个剧本，写一个人辉煌以后的惆怅。"

《电影人》这部影片与其之前、之后的所有影片都不一样，不论是题材，还是风格。因为有真实生活经历的观照，剧本完成得非常顺利，苗月到珠影厂来，从丁荫楠当导演的创作经历出发，以当时电影制片厂的真实生活为素材，经过艺术的加工和处理，只用了个把月的时间就顺利地完成了剧本。这样的创作过程跟《电影人》中编剧"默默"到剧组修改、完善剧本的情节形成了奇妙的呼应。

找对的人、做对的事

由于是在广东本地拍摄，又是珠江电影制片厂自己的项目，《电影人》中的大部分演员都是从广东省内请的"明星"演员，省话剧团、市话剧团的都有。与此同时，丁荫楠想挑选一个真正的电影明星来饰演剧中的女明星舒华，为此特意从瑞士请回了斯琴高娃。彼时的斯琴高娃已经凭借1983年的《骆驼祥子》获得第三届中国电影金鸡奖最佳女主角、第六届大众电影百花奖最佳女主角，还凭借1985年的《似水流年》拿到了香港电影金像奖最佳女主角。之后她随丈夫定居瑞士，回国后拍的第一部戏就是1988年的《电影人》。

出于对第四代导演丁荫楠的信任和支持，斯琴高娃进剧组之前都没有看过剧本。她们这一代实力派女演员与当时活跃的第四代电影导演之间一直有一种良好的合作关系，女演员们都喜欢跟当时的"先锋"导演们合作，报酬少一点没关系，能有一个拍艺术电影的机会就非常令人高兴了。

在《电影人》里，斯琴高娃饰演的舒华有一场独自回家的夜戏，人前的热闹和得意与回到家后的孤独和清冷形成了强烈的对比。她走进房间，呼唤着女儿的名字，从一个房间找寻到另一个房间，回应她的却只有高跟鞋敲击地板的声音。整段戏的主色调为蓝色，清冷又哀怨，穿插的有关女儿的回忆则是暖黄色，象征了美好的亲情。一冷一暖之间，舒华的孤独和落寞尽显无疑。丁导讲，这个情节的设置源自那个年代很多电影圈里同仁的子女都去了国外，这在当时甚至成为一种时尚。往深处看，丁荫楠想要表达的是特定的社会环境下，人们内心在当时的一种外在状态。

在采访中，我们提到饰演导演盖寓的熊源伟在外形上跟丁荫楠导演有些神似，但远没有丁导帅气，而且显得有些"委屈巴巴"的，丁导说："这就是我想要呈现的状态。"他对这个男一号的定义是："一个有思想的、有追求的，虽然狂热却又是无奈的，经得住折腾、有像公牛一样的身体，又有非常坚强的意志，同时还得来点小幽默，不得已的时候还会跟人家要点花招。能够符合全部这些条件的人，可以说少之又少。"熊源伟本身就是一位知名话剧导演，丁荫楠跟他一接触，立刻觉得就是他了。严格来讲，就熊源伟的表演技巧而言，为丁荫楠所看重的，无疑是其在表演时自由无羁的状态。同时，"他把委屈劲儿演出来了"。在《电影人》这部影片中，观众可以看到导演、制片人、演员为了电影拍摄所做出的种种努力，能够时时刻刻感受到一部电影诞生的诸多不易、无奈、尴尬。

一次自由而浪漫的尝试

在采访中，丁导难得不谦虚地说了一句："我有两部电影比较得意，一个是《逆光》，一个是《电影人》。"《逆光》在当年拿到了金鸡奖最佳摄影奖，该片摄影师魏铎在拍摄时一定要等梧桐树树叶长到五分钱那么大，他说这样拍出来才会有雾一般的感觉。而且必须要等下雨的时候拍，那时候树干被雨水打湿，视觉上看起来偏黑色。雾面的绿色与湿漉漉的黑色相衬在一起，是他心目中的效果。为了实现这个理想的效果，摄制组在上海待了相当一段时间。那时候的电影导演为了实现艺术追求，达到想要的画面效果和人物质感，可以任性地等下去，制片厂也不会过多干涉，不像现在一切都要从商业的角度来考量。虽然"人性"，但这样的付出，有看得见的收获。从《逆光》的第一个镜头开始，那种潮湿的、带着阳光的反射和跳跃色彩的诗意氛围就从画面的每一个角落溢出，紧紧地攫住了观众的视线。

而如今重看《电影人》，给人的第一观感就是摄影和灯光都非常考究。

影片第一场戏是在首钢的澡堂拍摄的，群众演员都是工厂的工人，他们黝黑的皮肤、强健的肌肉——以升格的形式展现在银幕上，画面很是劲爆，表现的却是导演意识深处翻滚的思绪，音乐缓缓流淌、赤裸相见的工人互相搓洗着身体，人物滞缓的动作和浑厚深沉的音乐结合在一起，形成一种半清不楚的意象、意识状态，品读起来像一首现代诗歌。

《电影人》的摄影师于小群是丁荫楠一手带出来的徒弟，从17岁就开始跟着他，于小群的父亲就是丁荫楠的师兄、珠影厂的老导演于得水。因为没上过电影学院，是学徒出身，所以厂里有一些人对于小群有些排斥，《电影人》是他自掌机的第一部电影。丁荫楠当时选他有两个原因：一是觉得他已经"行"了。这一年他30岁，已经给丁荫楠当了十几年助理。耳濡目染，练就了扎实的基本功。另外就是丁荫楠欣赏这个如自己一般特别认真、努力的小伙子。之前拍《孙中山》时，于小群作为副摄影，跟王亨里和侯咏历练了很多。最终，他也没有辜负丁荫楠的重托，煞费苦心地琢磨每一个镜头，完美地完成了《电影人》的拍摄，并且一直合作了下去。

在丁荫楠接受的多年的电影训练中，影片的第一个镜头一定要把故事发生的时间、地点、环境、背景、时代几个元素都交代清楚。这是从夏衍的编剧理论中沿袭下来的技巧，也是丁荫楠接受电影训练之初便被要求掌握的能力。出完片名之后，正片的第一个镜头开始介绍男主人公所在的房间：磁带、未灭的台灯、钱币、铃铛、拍摄机位模型、抽水马桶、窗户上贴的各种待办事项、国外电影明星的海报、生锈的电风扇、堆成山的沙丁鱼罐头和蜂皇浆空瓶、电影理论书籍、小件的雕塑、贝多芬的画像……一件件看似不起眼的物品其实都是编剧和导演精心布置和安排的，力求能够准确表现电影人的生活状态。电影学院里习得的一套理论，在后来的实际拍片过程中都潜移默化地展现了出来，甚至很多时候都是一种无意识的行为。

"《电影人》里隐含着我的很多想法"

"《电影人》里有些东西延续了过去的风格，但我觉得有点浪漫、有点疯狂，还有一种自由自在的感觉。"

在影片结尾部分有一场重头戏——颁奖。主要演员站成两排，盖寓踏上白色地毯，接过舒华递给的金色奖杯，画外音是国外的颁奖现场，盖寓在雷鸣般的掌声中挥舞奖杯示意。突然传来两声枪响，盖寓倒地，众人漠然地围观。下一个镜头，盖寓一个人躺在白色的地毯上，他身后的众人都不见了，只有一条车水马龙的马路。

当我们问导演为何有这样极具表现主义的奇思妙想时，他与我们分享了1984年的一段经历。那一年他在德国看了一部音乐剧，在演出结束的时候，天幕"啪"的一声打开了，舞台后面竟然是一座真实的立交桥！这一场景带给丁荫楠很强烈的震撼：立交桥宏大的身影，桥上桥下穿梭的车流，一静一动，形成一种奇妙的视觉效果。对于刚刚还沉浸在音乐剧剧情中的观众来说，有一种"突然到了人间"的感觉。这部音乐剧结尾独具匠心的设计——天幕打开的那个时刻，在丁荫楠的心中深埋下一颗艺术的种子，之后的很长一段时间它都在沉睡，但当恰当的时机来临，它便破土而出。这个时机，便是《电影人》。

影片最后的枪声，是表现主义，但也是源自丁荫楠自己的"切身感受"。1979年他拍完《春雨潇潇》之后，曾经筹拍过一部爱情影片，是原长影厂的编剧李威伦改编自己的一个中篇小说《爱情》为电影剧本，后更名叫《流星》。讲述了一段三角恋爱：一对相爱的男女，男主角应召入伍上战场，却不幸在战场上受伤，导致双目失明，为了不拖累自己的爱人，他向她提出分手。在部队，他得到一位护士长的精心救治，眼睛奇迹般地复明了，两人也坠入爱河并结婚。回国之后，男主角发现他的前女友竟然还在等着他，情感与道德的纠结一起爆发……影片的前期制作一直很顺利，最后去东北拍一场大雪景时，丁荫楠突然接到厂里的通知让他马上回去，等他回去后，却被告知影片被"停拍"。这件事虽然没有阻挡丁荫楠继续拍片的步伐，但是那部已经完成大半的作品、一部浸透了主创心血的作品，终究是无声无息地夭折了。而丁荫楠愤懑压抑的情绪，在《电影人》的结尾借助那个梦境释放了一把。一个导演，得了奖，看上去功成名就，却在众人面前吃了没来由的枪子儿，情绪饱满、手法荒诞。

在影片中，男主角天天都要接各种电话，甚至影片结尾出字幕时，也是一台黑色的电话机在不停地响。这一点也源自丁荫楠的个人感受，在拍摄具体的某一部影片时，作为导演的他每天都要应对数不清的各种电话。《电影人》中的很多细枝末节都是丁荫楠亲身经历过的，影片中人物的情绪也是他自己的心理投射。就像影片过半时，借助小艾的嘴所说的那段话："你们这一辈子，是不是为了学习习惯而生活的？习惯拍电影、习惯分别、习惯听话、习惯幻想、习惯露出假装的笑脸。"

拍完这部影片，丁荫楠整个人都放松了，好像憋了很久的一口气长长地舒了出来。

文化人之心

丁荫楠自毕业后就被分配到远离北京的广州，商业氛围浓厚，政治氛围相对较淡。加之厂领导爱才，对于丁荫楠提出的创作上的要求都会尽最大的力量去满足。《电影人》拍完后拿到北京审查，电影局相关人士给出高度评价，认为影片"创作严肃、制作精细"，"比《黄土地》的探索更进一步"。虽然建议将默默换衣服时的裸露镜头删去，但也未强制要求，所以在最终成片中还是保留了这个镜头。

在年轻的丁震导演看来，《电影人》完成得还不够彻底、但在当时的环境下，"也没法儿更彻底"，导演在创作的时候难免会顾忌到审查。一男二女的人物设置，如果没有感情纠葛，那几乎是不可能的。这也是《电影人》在剧情上稍显松散弱化的原因之一。

但即便在这样的环境下，《电影人》里还是有很多对性意识的表达，只是手法相对隐晦，并且多以符号化的形式出现。影片结尾处，身着男装的斯琴高娃与妖娆的编剧默默抱在一起，甚至吻了上去。丁震认为此处大有深意，潜意识里似乎表达出一种对于爱情的追求，但这份爱情，究竟是发生在男人和女人之间、女人和女人之间、还是编剧和自己创作的角色之间，就要留给观众自己去体味。在丁震看来，影片中像这样的地方还有很多，很多含义不可言传，但是能明显感受到一种对于体制、宗教、意识形态和情感束缚的挣脱。尤其是编剧默默在创作时跳的三段舞蹈，用黑、红、白三种影调来展现，配合相应的音乐段落，完全符号化的表演在当时的中国影坛可以说是头一遭。

作为年轻一代的电影人，丁震对于《电影人》这部影片有很多自己的解读，他直言影片的主要问题是没有故事，人物关系没有展开。似乎有一段三角恋，但是表达得含糊且暧昧。虽然影片没有去编织一个严密的故事，但是丁荫楠却觉得它生动、深刻，是对潜意识的涉及。为什么有的观众看完影片觉得好看，就是因为它有一种活生生的姿态，其中的人物是饱满的，情绪是准确而富有激情的。有人感觉这根本不像是丁荫楠拍出来的，甚至还有人断言这部影片应该是一位年轻导演的作品。

《电影人》是一部充满创新精神的影片，然而与创新相伴的是危险和不确定性。1988年影片上映后，市场反应非常平淡，拷贝数量很少。市场经济的冲击让影片如昙花般华彩一瞬后销声匿迹。在丁荫楠的回忆中，影片当时拿到师大、中大、华南工学院、美术学院去放映的时候，曾经受到师生们的热烈欢迎，他们极端喜欢这部影片，但这也恰恰说明了影片的曲高和寡。在1988年电影研究中心召开的座谈会上，专家胡克曾给出"《电影人》是中国的《八又二分之一》"的高度评价。

在谈到自己创作的溯源时，丁导讲："归结到我的家庭，是一个具有文化背景的家庭，但我出生在平民阶层，我对平民是了解的。我的心是一颗文化人的心。"丁荫楠一直在用自己的作品践行着他的"文化人之心"，落实到视听语言上，则是一直在追求一种诗意的表达。写意与诗意，是他一贯的创作心态。但他自嘲并不是诗人，也不去写诗歌，只是因为从小就有这方面的情趣心理，上学的时候看苏联电影，被其"雕刻时光"一般的诗意深深打动，尤其钟爱苏联电影的史诗气度。这种诗的意趣与情绪，虽存在于他的潜意识里，但在创作中，又可说是无处不在。

要拍留得下来的东西

就像乐团指挥来到现场，一旦灯光亮起，站在指挥台上时，其对于艺术的创作与驾驭之情便会蓬勃涌出，成为一种本能。"我们做导演的大概也有这样一种生活状态，骨子里有一种不可逆转的东西。"当这种习惯变成现实的时候，就促成了《电影人》的诞生，与《孙中山》《周恩来》中都是真人真事的现实主义表达有所不同，丁荫楠在《电影人》中"到哪儿都想来点写意的东西"。这部影片是丁荫楠创作生涯中的一次宣泄，虽然短暂，却充沛着情感和力量，承前启后、不容忽视。

拍完《电影人》之后，丁荫楠松了一口气，因为在作品中彻底抒发了自己心中的郁结。他在《电影人》里探索了半天，用他自己的话来说是"死乞白赖地想表现一种创新精神"。但拿到电影学院放映之后，学校的人看了却笑称："丁荫楠是不是疯了，怎么拍成这样了。"会有这样的评语，源自丁荫楠之前的作品带给人的强烈的现实主义印象。

"他们说我疯了，不现实主义了，我就再来了一部《周恩来》，大家就都不说话了。每个人都不一样，要拍自己喜欢的东西，要拍你能驾驭、又由衷地想要创新与超越的东西。"丁导谦虚地调侃说自己的学问修养没那么好，但是心里充满了创作的热情。"应该说我的运气还可以，遇到很多好人，遇到很多帮助我的人，给我支持、给我开绿灯、给我说好话。不行的时候就搭一把手，拉一把。当然，我很努力，我很玩命，我不是一个不靠谱的人，我是一个靠得住的导演。"

90年代之后的丁荫楠，拿出的作品有《周恩来》《邓小平》《鲁迅》。从片名就能感受到，他的电影作品每一部都极具分量，题材上有鲜明的个人倾向性。这导致很多人会认为他是一位命题作文式的创作者，但是在我们的交谈中，丁导强调，他的每一部作品都是自己真真切切想要去拍的内容，是他真正感兴趣的东西，他想拍的都是"能够留得下来"的作品，而不是那种热闹的、商业的产品。这个理念始终贯穿在他的创作生涯里。"我还有个感觉，就是要拍一点对国家有贡献的东西，一些在电影史上能留痕迹的东西，也算是一点野心吧。"

结语

在采访的尾声，丁导说："《电影人》这部影片展现了我在拍摄《孙中山》之后的心理，再往后，我的创作依然是在很多人的呵护和支持下完成的。但是因为我选择拍摄的人物太难了，所以显得慢。总是想要追求心中的预期效果，很难达到，却又想达到。这种明知不可为而为之的事儿，在我身上特别多，这大概也是中国知识分子的毛病。"

（原载《大众电影》2018年第2期）

春雨潇潇满诗情
——丁荫楠的导演处女作

翁燕然

　　丁荫楠是我国第四代电影导演的代表人物之一。历史政治题材是他最擅长的，伟人传记影片是他为中国电影做出的杰出贡献。《孙中山》《周恩来》《邓小平》三部伟人电影，开阔的视野，动人的传达，伟人风范大气磅礴。《鲁迅》则为时代的精神领袖画像，书写了一个战士和思想家。他说，"艺术家是靠心灵感受世界的，心灵不纯净、不真诚，感受就不会准确、深刻。"和他一起谈及他的第一部故事片《春雨潇潇》，再次触摸了他纯净、真诚的心灵。

来之不易的机会

　　对很多人来说，迈出人生关键的第一步需要不断地努力之外，也需要很多的契机，这条规律同样适用于丁荫楠。为了自己的第一部故事电影，从考上北京电影学院开始，他用了近20年的时间。

　　记者：《电影处女作》是我们一个钩沉当年事，话说当年情，谈自己第一部电影创作的栏目，今天我们也请您谈谈您的电影处女作。

　　丁荫楠：实际上，我最早的电影作品应该是《云南野生动物考察散记》。不过，这是一部纪录片，记录的是野生考察队到云南考察的两年时间，如何艰苦奋斗，如何天天和动物相处的故事，拍了将近20多本胶片才剪出一本来，有相当丰富的故事性，得到了很多好评。这部纪录片之后，我开始做故事片的场记。我没有做过副导演，做完两部影片的场记之后，就直接拍我的第一部故事片《春雨潇潇》，这很大程度上得益于我拍摄纪录片积累的经验和取得的认可。

记者：能否为我们介绍一下《春雨潇潇》的创作情况？

丁荫楠：本来我最初想要拍摄影片《江南一叶》，一部关于叶挺的传记片。那时候我跟着伊琳导演，就是拍摄《大浪淘沙》的大导演。他很支持我自己抓题材并做导演，然后我到北京找到苏叔阳，准备《江南一叶》的剧本工作。我和苏叔阳是多年的老朋友，"文革"的时候，我们联合排练大歌舞，那时候我们就结下了友谊，彼此欣赏。等剧本完成以后，回到珠江电影制片厂，因为那个时代特殊的论资排辈方式，我在所有47名导演中排名第一，不过是倒数的，很多人对我的能力也表示怀疑，一是我只拍过纪录片，能否胜任故事片的拍摄，二是叶挺这样大的题材我能否把握。后来硬生生地被管文学的厂长把剧本给否了，这个厂长后来找来了两个上海的编剧来创作这个题材，我们半年的心血也就此白白地浪费了。

因为当时的苏叔阳写了话剧《丹心谱》在北京很轰动，珠影厂很欣赏他，也请他来继续创作叶挺的作品，但苏叔阳很讲朋友之情，看到不让我来做《江南一叶》的导演，就回绝了继续合作。为了表示对我的支持，苏叔阳来到珠影厂以四五运动为背景创作了《春雨潇潇》，把《春雨潇潇》报到厂里就被批准了，也准许由我执导，不过要联合胡炳榴导演，我的名字排在前面。

记者：这中间的曲折是我们今天难以想象的，拍摄这部影片的时候，您已年近不惑，为了这个机会也一定准备了很多年吧？

丁荫楠：记得当时得到这个机会的时候，非常兴奋。那时候做导演不像现在，只要有人支持、出资，个人有这个志向，任何一个人都能当导演，至于是不是科班出身，是不是做过场记、做过副导演、拍过电影，都不重要。我当时能当上导演丝毫不侥幸。我考北京电影学院导演系从调干开始，先做了五年化验员，然后在北京电影学院读了五年书，到话剧团工作五年，再到珠影厂五年，为了成为故事片导演，我前后准备了近20年。实际上当时我很多同学在导演系毕业之后，像郭宝昌、郑洞天、谢飞、张暖忻等都下乡了，甚至没有工作的机会，我应该还不错，有一份工作。因此，对于能否做电影导演，都是未可知的事情。虽然有这些困难，但我始终没有动摇过，对自己的要求是一定要当上电影导演，在做话剧导演的时候常常向剧团领导打报告，希望能到电影厂去工作。几年后刚好赶上一个政策，叫归口，就是学什么专业就回到什么岗位上去，这样我就来到了珠影厂，从1975年一直到现在。

当然那个时候的电影是一种精英文化，需要付出很多才能够达到基本要求。

现实题材的诗意书写

对自己的第一部影片，很多导演的艺术追求和探索都是一种自觉的表达。《春雨潇潇》一经推出就受到了好评，很多专家称赞影片用淡淡的抒情手法，表现了深刻的社会内容和浓厚的人物的感情色彩，让现实题材作品充满情感的诗意。

记者：《春雨潇潇》是一部和政治关系很密切的电影，虽然有苏叔阳的剧本，但很有可能成为一种政治宣教式的影片，实际上影片却处理得很人性化，您是如何把握这种关系的？

丁荫楠：《春雨潇潇》实际上是一部公路片，讲的是你追我逃的故事，叙事方式很传统，其核心是要反映四五运动时人们普遍的思想，对总理的那种怀恋和感情。这和当时的时代气氛是很契合的，因为"四人帮"刚刚被打倒，影片很有政治敏锐性，应该说是苏叔阳《丹心谱》基础上的再次创作。这让我也有一个感慨，就是现在的文艺创作总是要远离政治，害怕和政治沾边，我一直觉得这是一个误解，参与政治不一定要做政治的奴隶。当时的我们在那个时候有一种责任和使命感，有与时代同行的真诚和热情。虽然《春雨潇潇》看上去是一部政治电影，但实际上和当时的社会生活息息相关，反映了当时的生活，反映了我们对生活的理解。坦率地讲，我是在被损害的那个阶层里成长起来的，因此，我的作品里面会有压抑，有奋斗，有平民情怀，有一种悲情意识，这部影片的人性之源和我成长的经历有很大关系。

记者："象征"几乎是那个时代使用最多的艺术表现手法，在影片中，您是如何将思想性和艺术性结合起来的？

丁荫楠：当时做艺术，讲的是"文以载道"，文艺是要为政治服务的。艺术的一个重要任务是为时代服务，尤其是在"文革"之后，文艺的服务方向很明确。因此，如果想有大的突破就必须从人性角度入手，一方面，而《春雨潇潇》极力挖掘人性深处的震撼和美好。一方而，在影片里我们用春雨来影射政治压抑，阴霾笼罩下的人物内心的低迷，全片500多个镜头全是在雨中拍摄的。另一方面，我们将人物设置在两难的选择之中，让他们面对是非做出抉择，这种选择是从人心向善的角度出发的，而不是强硬地传达出一种政治的声音或者口号，而是用很艺术、很抒情的方式表现出来的。

记者：抒情和诗意可以算是您电影的标签，这应该和您接受的电影创作观念密切相关。

丁荫楠：最初拍摄诗电影是一种本能的反映，因为苏联的那些内容我都早已烂熟于心。我是看着苏联的影片长大的，学的也是苏联的教材，因此受苏联学派的影响很深。在苏联电影中，我更喜欢的是杜甫仁科，《海之歌》是他诗电影的代表作，他用电影本体、电影造型叙事来完成对人物情感的抒发和情感的张扬。因此，在拍摄《春雨潇潇》的时候，我就在为比较传统的叙事模式探索找到一种新的情感载体，在创作上完成情感的张扬，把春雨诗化是我当时的一个艺术追求。也正是从这一部影片起，我就开始诗电影的探索，通过造型将人格情感变成画面，让人格情感外化，让观众从画面中感受到人物的情感。《春雨潇潇》拍摄的过程中，我们在杭州拍了一个春天，其中一个重要的任务就是等着天下雨，人工降雨不能满足我们当时的艺术要求，摄影师魏铎说的很对，空气必须要湿，才会有雨的感觉。

态度是成功的基石

《春雨潇潇》是30周年的献礼片，和吴永刚、吴贻弓导演的《巴山夜雨》，以及后来的《苦恼人的笑》一起成为第四代导演在"文革"之后的集体出击。那一代人的创作态度，是采访过程中记者很关注的一个问题，他们总能在艺术和现实之间找到一个平衡点，这样的创作本身就令人肃然起敬。

记者：您那一代人对待自己的电影处女作的态度很神圣，这样的创作态度让人感动。

丁荫楠：那时候，我们确实把拍电影看成是一件神圣的事情，对拍电影的机会万分珍惜。一部影片有上亿观众来看，必须要用良心和良知来作为保证把影片拍好，那种创作的激情是从心里流淌出来的真切之情。加上"铁肩担道义"，用电影表达对政治、对社会、对人生的看法的责任感，让我觉得真诚可贵。那时候，我们拍摄纪录片是不署名的，拍电影也是没有稿费的，和工人一样拿工资。当然，除了创作的使命感和赤诚之心外，还要受到当时生产条件的限制和约束。那时候拍电影的胶片比例是1∶3.5，厂里面还扣0.5，你补拍的时候才能发给你。并且还要注意拍摄周期，不然厂里会来责问导演的工作是否称职。压力是可想而知的。

记者：一部影片的拍摄是集体努力的结果，如果要谈谈自己的合作伙伴，您要感谢哪些人？

丁荫楠：在影片的创作过程中，和胡炳榴的合作很好，我们也是很好的朋友。剧组中，我最要感谢的是摄影师魏铎，他原是八一电影制片厂纪录片摄影，到珠影厂后还做纪录片，我对他的技术和意识都很欣赏，就把他挖过来做摄影，他对影片的摄影帮了很大的忙，尤其坚持拍摄春雨，在造型方面也严格把关。记得他当时有一个要求，就是树叶必须长到五分铜钱那么大时再拍摄，为什么这样要求呢？因为这么大的树叶，在春雨之中，拍摄出来以后给人的感觉像是烟雾笼罩，能拍出烟树的效果。他的这些技术理论为影片的艺术效果增色不少，因此有人说，这是一部抒情诗一样的影片。后来他拍摄我导演的影片《逆光》，获得金鸡奖最佳摄影。不过可惜的是那么好的摄影师，后来拍完《巍巍昆仑》之后就没有再拍电影了。

（原载《电影》2007年第10期）

▎被忽略的电影艺术之矿

电影界称丁荫楠为中国电影第四代导演，是因为他在"文革"前毕业于北京电影学院导演系，于"文革"后开始创作活动，于改革开放时期取得成功。

从年少开始萌生对电影的梦想。经历了第一个五年的社会锻炼——在北京医学院做化验员并参加了北京工人业余话剧团；第二个五年，1961年考入北京电影学院导演系，在电影学院苦读。毕业后"文革"开始，又经历了三年的动荡；第三个五年分配到广东省话剧团进行艺术实践；第四个五年调广东珠影摄制队做编导，才真正开始用胶片讲故事。1979年，第一部电影终于问世，作品《春雨潇潇》获国家文化部颁发的"青年创作奖"（全国共50名）。当时，丁荫楠已经41岁了。

丁荫楠经过多年的历练与实践，积累了一身手艺，艺术创作一发不可收。他奋发努力，终于跻身于中国电影第四代导演之列，并于中国电影百年大庆上获国家授予的"国家有突出贡献电影艺术家"称号（全国共50名）。

凡与丁荫楠导演接触过的人，都感到他像一团火。由于他平易近人，电影界同仁都欢迎他、信任他，觉得他勤奋好学又靠得住。如今80岁的丁荫楠仍活跃于影视创作第一线。

钟惦棐（文艺理论家、电影批评家）在看完《孙中山》后给儿子写信说："中国再找一个丁荫楠不容易了。"

丁峤（曾任国家文化部部长）在审查完《周恩来》电影后说："丁荫楠是个有勇气、有才能的艺术家，有气魄、有胆识、识大体，比《孙中山》上了不止一个台阶，上了三个台阶。要认真总结丁荫楠的创作经验，创作出与中华民族相称的电影。"

陈荒煤（曾任文化部副部长、文艺理论家）看完《周恩来》发表评论文章，题为《光辉的形象，不朽的史诗》，称其"为中国文艺史写下了一部不朽的史诗"。

于敏（电影编剧、电影评论家）评价《周恩来》："有政治气度、艺术功力，讲人讲爱、讲感情，无产阶级的感情是最新的、最深的、和人民一致的感情，是最伟大的。它的艺术实践在许多方面驳斥了几年前的种种艺术思潮。"

岳野（著名编剧、小说家）在看完《周恩来》后发表的评论文章《又见总理，又别总理》中说："丁荫楠有拍摄《孙中山》的经验，拍《周恩来》已成竹在胸。丁峤告诉我，'没有一个导演，在剧本创作之前能有这样完整的构思'，编导合一的成功，产生了事半功倍的效果。"

袁文殊（电影评论家、曾任影协副主席）："丁荫楠同志拍的电影，有一个共同的特点，是都注重内容的积极意义。《周恩来》是他的精品之作，是一部史诗，把一个全中国乃至全世界范围的伟大人格，集政治、军事、外交、文化艺术于一身的天才，反映在银幕上，其意义是巨大的。"

陈怀皑（著名导演陈凯歌之父）："我和丁荫楠是忘年交，看了《周恩来》非常感动，好几处流了泪。影片强烈感染了我。《周恩来》对丁荫楠来说，又进了一步，不容易啊。"

余倩（北京电影学院文学系教授）看完《周恩来》影片后发言："这样描写伟大人物令人压抑，令人丧气，然而正是在这种悲剧性的矛盾中，才见一代历史巨人的崇高人格。这部影片的力量，也可以说是革命悲剧的力量。"

戴光晰（中国艺术研究院研究员、电影评论家）："《周恩来》是一部具有高度艺术水平的影片，是一部最成功的、很有感染力的影片。节奏好，能让观众沉进去，又有思索空间，艺术分寸掌握合适，不拖沓，不煽情；音乐处理得当，可见导演功力。"

徐怀中（著名作家）："看了丁荫楠人物电影，感到只有他能行，当初北京电影厂领导请丁荫楠拍《相伴永远》选对了，人物电影就得找丁荫楠。"

陈播（曾任文化部电影局局长、八一电影制片厂厂长）："一定要好好研究丁荫楠电影，把他的经验和理论留给青年人。《周恩来》是中国共产党建党70周年献礼影片，掀起了一个热潮，也可以说在献礼影片中是一个新的高度，感谢广西厂，感谢编导，辛苦了。"

丁荫楠导演每拍一部电影，在筹备时总是要制作一张图，以标记出影片的处理方案及对摄制组各部门的要求，悬挂在墙上供大家参照执行。同时要求各部门要有自己对所拍影片的阐述。这种制作艺术示意图的方法，一直延续至今。编写剧本前都应有一张示意图，让投资者也一目了然。同时还有一张摄制组职能表和创作流程表，以保证全组在艺术创作上步调一致。这在电影界独此一家，没有见过其他导演做过这样周密的工作。

再比如与编剧合作，丁荫楠总是强调"造型先行进入剧作"：编剧要先想造型，甚至笔下的每个字都能看到形象、颜色，以至什么年代，都要表达明白，才能让合作者将其作为唯一依据去创作。

再说与演员合作，在选演员时就规定演员越像角色越好，但到了开拍时，变为角色越能接近演员本色越好，充分发挥演员本身的魅力与潜能。在镜头前的演员，一定要保持心理与生理，特别是生理的正常状态。

导演在喊一个镜头"停"的时候，一定要紧密注意演员下意识的流露：往往在一个镜头结束前，表演会有一个惯性，会出现下意识的精彩的情绪流露，导演千万不要打断，要延长喊"停"的时间。

"质感真实"是丁荫楠的法宝，全部要以质感来衡量各部门的工作水平。从主要演员与群众演员的选择，到化、服、道、景、环境色彩、镜头调度以及戏的安排，全部以质感是否真实为标准。只有真实才能感染观众，最后以样片体现综合质感。

再说"音乐音响化，音响音乐化"。凡影片中出现的声音，都要为刻画人物心理服务，否则就是应删掉的杂音。录音师与作曲者必须先拿出音响音乐设计方案，才能参加拍摄工作。当然在导演统一构思的星图之中，一切自然主义均不可取，影片的一切内容都在严格的设计中完成。

美术是电影作品的魂。必须有总美术师控制全片造型、风格，摄影用光、化、服、道，凡可见的都应由总美术设计控制，必须有设计图、全片的画面与分镜小样，应该做到在总美术心中达到影片已经完成的充分准备，才能正式开拍，在导演的认可下逐步完成。

在人物电影拍摄过程中，必须要国家、专家、家属认可，其拍摄难度之大可想而知。丁荫楠总结出一套构思方法，即"干枝梅，论段卖"的板块结构法，不按线型结构，按情节、情绪的板块结构，既能随时添加、抽离，满足三家要求；又能经过选择人物一生精彩片断以板块连接情感、进行情绪贯穿，形成独特的起承转合，同时仍可表现其戏剧性的人生来吸引观众。这种独特方法，全靠掌握大量供选择的素材及导演个人特殊的感觉，全依靠才华进行，结构才能产生特别的剧作效果。丁荫楠作品往往编导合一，这便是一个其他人无法掌握的窍门，人们遇到表现真人真事的题材时，往往异口同声："找丁荫楠去。"

再比如丁导的口头禅："亲兄弟明算账""一切放在桌面上""花招用在组外""以诚相见"诸如此类，可见丁导演作风之严格，律己律人的行为，在电影界是有口皆碑的。

丁荫楠导演曾获百花奖杯三座、金鸡奖杯六座、国家华表奖杯四座、"五个一工程"奖杯五座，出版过五部专著，发表过七篇论文等。

坦言说，电影理论界忽视了对丁荫楠导演创作方法的研究，丁荫楠之所以在人物电影的创作中屡屡成功，自然是因为他有不同于其他人的经验和心得。这具有深刻探讨和研究的价值，是电影艺术的一笔大财富。

如今，丁荫楠导演才思敏捷，身体健朗，我们请他用口述的方式，详细讲述他近60年的宝贵创作经验。这是一部人物电影编创的实践教材，一部专业的巨著，还将为人物电影事业在出人才、出作品、出理论等方面做出新的贡献。

为此，我们要在北京成立"中国人物传记电影研究发展中心"暨"祖国之歌-电影港"（文旅基地），在研究"丁氏电影"流派风格的同时，还要研究与他合作过的多位艺术名家的辉煌成就，这无疑是需要我们精心开采的一座电影艺术的"富矿"。

"祖国之歌电影港"，坚定文化自信，坚持继承和发扬社会主义先进文化的优秀成果，坚持讴歌党，讴歌祖国，讴歌人民的文化思想，承担起培养青年电影人的历史任务，将更多优秀的中华英雄、精英人物搬上银幕，为中华文明伟大复兴的宏伟目标，贡献我们的全部力量。

丁荫楠人物传记电影研究会"祖国之歌电影港"筹备组

2018年8月1日

第三篇

丁 荫 楠 作 品

I　电影作品选介

I　《春雨潇潇》

一、电影简介

电影名称：《春雨潇潇》

摄制单位：珠江电影制片厂

出品时间：1979年

所获奖项：文化部青年优秀
创作奖

二、主创人员

◎　《春雨潇潇》海报

导演：丁荫楠／胡炳榴

编剧：苏叔阳

主演：张力维、章杰、林默予、黄文奎、王进、傅伯棠

三、故事梗概

1976年清明之后，护士顾秀明乘火车护送一名年轻伤员到江南某市治疗。她的丈夫公安人员冯春海奉令拦截一列从北京开出的火车，追捕一名被通缉的"反革命分子"陈阳，这正好是秀明乘坐的火车。两人在车站意外相见，倍感高兴。列车可能得停靠几天。秀明为了方便照顾病人，请丈夫帮忙安排了一家国营旅店。当冯春海去旅店见妻子时，秀明已认出了她护送的病人就是丈夫要抓捕的陈阳。出于正义感，秀明决定保护这位英雄，她把他转移到在列车上结识的老诗人许朗家里。秀明充

满激情，力图说服争取丈夫站在人民一边，但冯春海仍然徘徊不定。上级开始怀疑冯春海，给他设下了"诱捕逃犯"的圈套，令他脱离现实斗争的幻想破灭了。终于，他做出了选择，来到江边码头，把通行证交到陈阳手里。冯春海夫妻俩在老船工的帮助下，站在薄薄的雨雾中安全送走了四五运动中的英雄陈阳。

四、导演阐述与拍摄花絮

《春雨潇潇》分场构思（节选）

丁荫楠

所谓导演的总体构思，是由分场构思组成的。而这分场构思的意图，应该产生于分镜头之先。因为一般顺序应该是研究文学剧本后，进行案头的文字分析——导演阐述，而后做节奏总谱图，演员的人物行为动作宗谱。而再进行分场设计，集中体现于分镜头上。但由于是两人合作，工作方法便不能随心所欲，《春雨潇潇》的文字工作便有些支离破碎，而且拖得时间很长。2月6日—20日，分镜头完成，而其他文字一直拖到3月20日才基本完成。而且尚未印出来。很耽误工作。这是一次教训。导演接戏后，一定要在进摄制组前把一切文字工作——导演阐述、分镜头、场景表、拍摄外景地、棚内景、实景一览表，包括宣传材料（说明书、演员简介、剧情简介），以及道具清单、群众场面清单、化妆服装要求（一般都在导演阐述中讲清），统统制成详细具体的文字材料，打印制成文件发给摄制组成员。

导演一旦进入摄制组，不是仍在文字工作中，而是去和各部门包括演员排戏，落实文字材料中所提出的各项要求。在监督和研究中使自己的构思进一步完善。一直到开拍前，全部变成摄制组成员的行动，使全体参加人都和导演一同想一同做才好。

这些想法早就有的，但这次实行不了了，下部戏一定要这样做。

这次组织上安排的联合导演，不仅是有一种锻炼和培养我的想法，也是为了弥补青黄不接的局面。然而导演工作联合只是一个过渡。因为艺术毕竟是个性创作，没有个性的作品，便没有生命力，而工作方法讨论也有一个个性问题。像军事一样，团长的性格便决定了整个团的作风。导演既是影片的作者，也是摄制组的领导之一，如果不能显示个性或由于集体制约不能显示个性，那就是温吞水，那么作品也会变得平平，失去感人至深的力量。

第一段：漫长的旅途（从进行中的列车至广播前）

这段戏中主要突出沉闷、压抑。单调的车轮声，潇潇的春雨。笼罩在人们心头上的政治乌云，使一切人好像透不过气来，压抑、沉闷，好像周围的空气都凝结了。

（1）表演：人物都沉浸在这种压抑的气氛中，有许多话说不出来。就变成了沉思，凝思，若有所思，不想不思。顾是若有所思，许是凝思，陈是沉思，乘客不想不思。

只有他们之间讨论起来过去和眼前有趣的一点生活小事时，在他们的眉宇间才闪现出他们的个性。

动作节奏是缓慢的，懒散的，与气候和政治氛围是有关联的。就是在谈话和交流中也是这样的节奏。虽然有个性色彩，但节奏要统一在压抑、沉闷之中。

（2）摄影：镜头运动要缓慢，多用固定的长镜头，除了过桥，错车带来一些光影闪动，其他一切都是平缓的。

镜头分切较少，运动多些。

前景、后景关系可用长镜头，深焦距镜头。虚实结合。

（3）特殊要求：这段戏中有穿插两段回忆的爱情戏。这一组回忆的爱情戏必须拍得美好，灿烂和现实形成鲜明的对比，除了交代冯、顾的爱情生活，主要还是烘托这开端沉闷的气氛。要有阳光，水中反光，光斑闪烁，人的衣着、人的情绪都要特别的绚丽华彩。这样插在这漫长的沉闷的空气中，既是调节又是对比，使片段活跃而生动。

第二段：风暴骤起（广播声起至小王送顾、陈出车站）

这段戏要强调突变性，要有福从天降之感。随着骤然出现的广播声中"天安门事件"的报导，把刚才那种沉闷的空气一下子打破了，出现不安与动乱，要强调这一点。

（1）人物在这突然出现的事件中弄得不安和恐惧。长期"文革"中的揪斗与政策的变化无常，使人们变成了神经质，一听到这种带有强烈政治目的广播，神经便紧张起来。

顾：惊呆了。

许：更加深刻地思索背后的实质。

陈：愤怒了。

乘客：都被波及了，感到事态的严重，人们随着紧张的空气而变得严峻起来。

总之随着广播声的出现，平静的或说人们克制着的平静被打扰了，人们处于一种动荡与不安中。

车站出现了疯狂的动乱。连贴大字报的造反派也怀着一种朝不保夕的不安状态。一切都是加快的速度，动荡与不安。

（2）摄影：镜头上要用短切的近景特写镜头组成动乱的蒙太奇句子。长镜头的运动也要随着整个戏的气氛加快，前、后景多用人物划过造成不安的动乱感。镜头组接要干净，变化要多，尤其是镜头的角度要大胆些，对比要强烈。

（3）特殊要求：在乱的基调上，从顾秀明和冯春海见面起，整个戏要用动乱烘托这一对情人的会面。前景是顾、冯含情的相会，周围是一片动乱，而且要像保尔·柯察金在车站相会那样，前景还有人不时地从镜头前划过，后景挑担提篮的人不时地影响他们，碰撞他们，冯、顾在动乱中会见了，一直到冯招呼小王替顾安排车让他走。

顾、冯相会的镜头要近些最好，有一个支点，如小卖部、车站上的小吃车，卖东西的人在后面排队拥挤不堪，动乱便可强调出来，有人举着包子之类从冯、顾身后走过，或从他们两人中间穿过来，前景不时有人划过画面。

丨《逆光》

一、电影简介

电影名称：《逆光》

摄制单位：珠江电影制片厂

出品时间：1982年

所获奖项：第三届中国电影金鸡奖最佳摄影奖（魏铎）

二、主创人员

导演：丁荫楠

编剧：秦培春

主演：郭凯敏、吴玉华、刘信义、肖雄、史钟麒

◎ 《逆光》海报

三、故事梗概

20世纪80年代初，剧作家苏平回到他生长的上海棚户区，重新看到了这里熟悉的一切：自建的小楼，狭窄的街道，那些久违却又熟悉的面孔。

几对不同类型的年轻人引发了他的创作冲动，他不由得要告诉大家一个萦绕心头的故事：造船厂钳工廖星明，从小生长在棚户区。十年动乱中，他在苏平和江老师的启发下，抓紧时间学习，努力掌握文化知识，不参与武斗和派性争斗。他注意到自己周围许多年轻人思想的

贫困、愚昧无知和轻率，感到悲哀。为了改变这种状况，他利用业余时间，致力于科普作品写作，决心做一名现代文明建设中的灵魂工程师。

廖星明和出身干部家庭的夏茵茵相爱了，但受到世俗门第观念的非议和阻挠。廖星明勇敢地接受了这个挑战，他同夏茵茵一起，冲破阻力结为夫妻，在困难的生活道路上一起扬帆奋进。廖星明的妹妹廖小琴却是另一种类型，她思想单纯，没有理想，经不住金钱的强烈诱惑。她不假思索地收受了小齐的1000元钱，听从他的花言巧语，并答应冒充小齐的女朋友，让海外的姑妈过目。结果，成了一幕丑剧，她索性抛弃了纯朴的男朋友黄毛，投入了小齐的怀抱。

造船厂的电工姜维，其父在海外经商。他不学无术，玩弄生活，他嘲讽相貌一般的徐珊珊对他真诚的爱情，但在追求外貌漂亮的夏茵茵时，却要求他人代写情书。在爱情方面受到挫折和伤害的黄毛和徐珊珊，在共同的劳动中为彼此的美好心灵所吸引，不久相爱结婚。

四、导演阐述与拍摄花絮

《逆光》设想（节选）

丁荫楠

我们曾就《逆光》的讨论，开过很多次座谈会。参加人有党政领导、专业创作人员、专业评论人员，也有普通的工人、市民、服务员、开电梯的……由于阶层角度不同，所发表的见解也不尽相同。有赞扬的，有不以为然的，有坚决反对的，但有一点相同，即无论什么人看完剧本，都引起了极大的兴趣，觉得故事中的人和事好像就发生在自己身边，不由得对这些人和事产生一种关切与同情，不自主地要发表一点感慨，还要引起一段沉思，从中悟出一点道理。而我们从座谈会上所得到的慰藉，是支持我们把《逆光》拍成影片的动力。就是为引起人们的一点沉思，从而唤起为祖国，为我们的党，为社会主义做一些有益的事。用一种奋发的精神、坚韧的意志，为改变我们暂时的落后面貌而努力，使得我们的国家从物质文明到精神文明出现一个崭新的面貌。

影片《逆光》的创作者们，都应抱着为唤起80年代青年人思想感情中的民族自尊、民族自信，歌颂那些长期在老一辈人心中回荡着的古朴的，被西方人常常赞美的我们中华民族固有的品德与风尚。

曾有人说《逆光》是一轴长卷风情画。那是就它的外观而言，而就其内在，它包括了80年代中国第一大都市上海——青年阶层形形色色的人的灵魂，尽管作者用非常淡的笔墨，含蓄地说了一段三对青年恋爱的故事，然而，歌颂什么、鞭挞什么，观众就会凭着自己的生活经验，得出结论。所以《逆光》的创作者们的任务并不单是强调，或说教式地宣传某种意念与思想，只要塑造好剧本中的十几个人物，在二度再创作中，利用电影语言、造型手段、表演艺术，丰富、鲜明地，在大银幕上竖起一个个活生生的人，那就完成了这次创作的使命。

《逆光》是以夹叙夹议的形式，完成故事的叙述。它以苏平回顾自己所创作的一个剧本的内容，表现苏平对生活的感受和悟到的哲学思想。为此，便决定影片的表现方法是：时空交错，虚实结合的，它不同于那种起承转合的戏剧结构的故事片，而是一篇散文体叙事诗。时而叙述，时而抒发，时而谈人说事，时而感慨万千。就像一位文学家在向我们朗诵他的新作。并不断揭示其含义，议论其长短。他一会儿唱歌，一会儿批判，一会儿沉吟，一会儿惊呼呐喊。这就是全片叙述形式的总风格。

具体谈到全片的结构分三个时空关系，即：当下时空，一年前的时空，"文革"时期。

第一时空即现在时，全部是以行驶在南京路的公交车上，及转换站为背景。苏平回忆为主要内容。故事就以苏平的回忆开始。所谓"夹叙夹议"的"议"的部分，处于全片的头、中、尾三个位置。我们命名它

◎ 《逆光》剧照

为"生活的远征"。

要强调出上海早晨工人、干部上班的情景。80年代的初春，清明时节万物生机勃发，春雨使整个上海笼罩在薄雾的诗意之中。随着海关钟声从沉睡中唤醒中国第一大都市——上海的一天，人们开始奔忙在上班的各种路上、各种车辆上，人声鼎沸，车声辚辚，剧中的人物随着人潮，卷进这上班——生活的远征行列。苏平观摩着，回顾自己刚刚完成的一篇剧作……

第二时空即一年前的时空。是《逆光》的故事主体，表现三中全会以来，三对主人翁的恋爱故事，集中描写了他们的工作、生活、思想、感情。以他们的苦闷与遭遇，述说获得与失去。它处于全片中间的两个大段落，我们命名它为"生活的闪光"。

80年代初，"文革"刚结束不久，百废待兴，社会充满了一种活力，人们奋发地为建设祖国而工作着。对未来生活充满信念，一派生机勃勃的景象，尽管生活中也有痛苦与不幸……但总调子是昂扬的，勇往直前的。人们生活在不同的环境，思考着不同的问题。形成不同的遭遇。因此，环境变成了刻画人物的手段，这也就是斯氏体系说的规定情境中便产生了各色人物。这一时空是由多种环境组成的，我们企图通过对环境特点的阐明，来说明这一时空中人物命运的交响性，现归纳成六个有特色的规定情景。

1. 工厂——滨海造船厂

时代的脉搏，生活的最高节奏，高耸入云的万能塔吊，长达千公尺的船台。庞大船坞陈列在江边的浮吊，船体车间的弧光，锻造车间的汽笛声。船体合拢巨响，使人带来一种振奋而豪放的气势。

工厂生活区的活跃，与人们集体生活的乐趣，使人们忘记一天的疲劳。这些人有着浓烈人情味的，他们酷爱生活，热情地迎接着明天。

2. 工人居住区

上海的工人区像一座城市中的乡村，带有浓厚的中华民族的人情味，他们像一个大家庭，相互和谐地生活着。一家有事大家帮，一家高兴，大家高兴。他们，不分老少尊卑，相帮、相助、相亲、相爱，有着一种南方农村中特有的温馨。

主要集中一条街和廖家、黄毛家，室中陈设、墙上的挂物，都要真实地反映出，苏北人迁居上海后所立家业的风土气息。那种不统一的和谐——电风扇和八仙桌，壁灯和竹椅。自己盖房子运用的是乡下上梁的仪式。而小芹唱歌却用吉他伴奏，这是一种发展之中的不调和的环境，被"乡亲"的情感统一了。

3. 高级公寓与宾馆

居住在高级公寓和宾馆的人们享受着现代化的生活设备，安静、清洁，周到的服务，营养丰富的展品，华丽的衣着。然而人与人之间有一种隔膜感，他们被那种所谓礼节与尊卑，而隔离了。

集中表现在夏、姜二家的公寓和锦江饭店，高级的玻璃器皿，镀得发亮的各种家具，高档的纱窗帘，柔和的吊灯，闪光的餐具，服务人员谦恭的表情，轻轻的不带一点点声响的走路。使居住在工人区的人来到这里有一种拘束感。

4. 南京路淮海路上

中国最繁华的两条马路，展现着中国经济在调整中日益发展的景象。这里是上海各阶层、全国各阶层的集中地，他们在这里展示自己的经济实力，同时从他们的眼神中也看到对物质文明的渴望与向往。

5. 上海市区内少有的几条林荫路

这是过去租界的痕迹遗留，现越来越整修得更好了。柏油或水泥路铺得光滑平整，梧桐庇荫在路顶搭起凉棚，阳光只能斑斑点点地洒下来。为此，在这种路上走有一种爽快感。论这喧闹的大都市，仿佛到了另一个世界之感。在这种环境中往往使人心静，使人的感情更加纯净。

6. 感受的外滩夜晚——江岸公园

外滩是上海最有代表性的地区。这里一到傍晚，以至深夜，便是一对对情侣的天地。

华灯初上把外滩马路照得通亮，可江边的花园小路上，仍是被树丛遮蔽得很暗，树下的小石凳上坐着一对对情人互不干扰地谈着。沿江堤上更是排成一字长蛇，而在其间来往走动的马路情人，挨肩擦背地走着。这里既甜美又神秘，既纯洁高尚，也发生不幸的事，而这些并非表现在外，只表现在每个人的心中。

　　作者把全片的情绪高潮戏安排在这样一个多变化而又美好，罪恶参半的地方，便更能写照出青年人的灵魂，都集中在这里了，而他们境遇却是那样的天壤之别，有人欢笑，有人悲伤，有人被出卖，有人出卖了自己，这里有良心上的谴责，人生的醒悟，对他人的嘲弄，心灵上的震撼，情绪上的愤怒，也有最冷静的思考与判断。

　　外滩这上海青年的集散地，人民的性格从这里得到陶冶，变得升华或堕落。要拍出外滩的甜美与神秘来，才是真功夫。

　　第三时空即从前时，就是插在第二时空中的四段短回忆。

　　除在情节上完成交待故事的由来与发展，我们认为应起到从情绪上推动第二时空情绪发展的作用。为此，这四段回忆的处理重点不是情节的交代，而是意念与情绪的渲染。由于回忆带有一种虚幻感，一种假定感，需要写意式的处理，这几段戏要用概括的镜头，洗练地把意念与情绪托出来。

　　在环境的选择上不需要注意它的真实感，而要注意它的造型与颜色是否对前景的戏有积极推动的作用，我们命名这一时空为"生活的思索"。

　　简单地说明一下：

　　第一段是表现厂里的技术革新，必须是光辉灿烂，气势宏伟，色彩斑斓，是能使这场戏的情绪得到渲染的。

　　第二段，徐珊珊的爱，受到嘲讽，必须是冷漠的气氛渲染。在会上人与人之间的利益与地位的悬殊感，人的价值观念的冷漠，造型与调子要严格遵循为渲染这一情绪而设计。

　　第三段，黄毛、廖星明在外滩与外国人相遇交谈，要强调渲染其轻松感，越是自由自在才表现出我们的自尊，因为工人是我们国家的主人，我们是站在祖国的土地上与外国人讲话。自由轻松是这场戏的基调。

　　第四段，夏茵茵的表姐来到工人居住区和苏平恋爱而又离开苏平的故事，是一次美与丑的对比。又是对全剧所歌颂的主人翁廖、夏未来前景的一个反衬，引起人们对未来的深思。为此，这一段是非常具有哲学含义的段落，所以在设计拍摄方案时，必须能引起人们的深思。在造型、色彩、人物表处理和镜头组合上下大功夫。

通过对于以上三个时空的解释，我们不难得出这样的一个结论：

第一时空，生活的远征，应该强调其抒情性。

第二时空，生活的闪光，应该强调其写实性。

第三时空，生活的思考，应该强调其哲学性。

《周恩来》

一、电影简介

电影名称：《周恩来》

摄制单位：广西电影制片厂

出品时间：1992年

所获荣誉：第12届中国电影金鸡奖评委会特别奖、最佳男主角奖（王铁成）

◎ 《周恩来》海报

二、主创人员

导演：丁荫楠

编剧：宋家玲、丁荫楠、刘斯民

主演：王铁成、郑小娟、张云立、陈惠良、蓝天野

三、故事梗概

红卫兵在全国掀起的"极左运动令"时任国务院总理的周恩来忧心忡忡，周恩来在国家危局中挺身而出，维护贺龙、陈毅等老同志、老战友。为了保证国家建设，周恩来力促鞍钢恢复生产。1966年邢台地震，他赶赴一线督促重建。70年代中美开始了多个层面的接触，周恩来会见基辛格，在接见美乒代表队时笑谈嬉皮士，促进了两国关系的正常发展。1971年，周恩来着力粉碎了林彪团伙颠覆国家的阴谋。长期的高强

度工作，令周恩来身体每况愈下，体内查出了癌细胞。周恩来带病回到老区延安探访，当地民众贫穷的生活令他无法释怀，指派北京专家帮助延安脱贫。"四人帮"的活动日益猖獗，周恩来力主邓小平、叶剑英回到重要岗位，与"四人帮"继续周旋斗争。

四、导演阐述与拍摄花絮

中国幸有一个周恩来——电影《周恩来》开拍前的三段讲话

丁荫楠

自从电影《周恩来》筹拍小组成立后，我曾作过许多次讲话，也就是人们常说的导演阐述。时间一长，再加上东奔西跑，有的连我自己也记不清了。1990年10月20日《周恩来》摄制组在长沙华新招待所正式成立，会后我作了一次长篇发言，把筹拍以来所有的想法，归纳在三段告白中。录了音，根据录音整理印发摄制组全体成员。

导演告白之一

人们常说："一步一个脚印。"对此我的理解，第二脚总是依照着第一脚而来的，所不同的是"前进了一步"。这是一个规则，我就循着这个规则，开始了影片《周恩来》的创作。大凡在开始工作之前，总是要唠叨说几句，鲁迅先生说，"袖手于前，才能疾书于后"，也就是要想好了再做。这篇文字只是告白各位我想了些什么。

1

周恩来忠于自己的信仰，同忠于自己的祖国和信守人情之道，并无二致。（迪克·威尔逊语）

中华人民共和国的缔造者之一周恩来，早年头角锋芒，领导革命出生入死；中国革命峰回路转，几次绝处逢生的历史，主要由他写成；"文革"十年的动乱，国将不国的危机也是赖以他救起，他传奇的一生使我入迷（方钜成、姜桂侬语）。……出于偶然，我在一年内读过三本有关中国传奇性现代人物与历史的书，江南的《蒋经国传》为蒋经国勾勒出悲剧角色，席格瑞夫的《宋家王朝》好像把现代中国抹上一层灰，方钜成、姜桂侬的《周恩来传略》虽然伤感，但给人带来对中国的希望。把三本书放在一起，更使人感到"中国幸有一个周恩来"。这句话是引自一篇书评，作者是留美学者陈缋汤，多年移居国外，转过头来细看中国的人和事，得出了这个结论。

我想我们的影片《周恩来》也就是对中国的人和事做一番研究，借电影艺术的表现手段表达我们的观感，站得越近越不易理清看法，倒不如站得远些，反能够得出一个清晰的见解。纵观半个世纪的历史长河，才能准确地对周恩来做出评价。周恩来的一切均出于必然。60多年来，在中国这块土地上几乎没有一刻停止过斗争，始终惨烈地进行着，这正是民族自身的磨炼，必将诞生一代推动历史的人物。继孙中山之后，中国的历史是由毛泽东、蒋介石与周恩来三人写成的，所以，毛泽东与周恩来、蒋介石与周恩来、周恩来的自身恰恰形成一个三角形的框架支撑着《周恩来》这部影片的基础。

2

周恩来总理生前，在迫不得已的情况下，也做过违反自己心愿的事。（邓小平语）

超凡的领袖人物的魅力在周恩来身上体现得淋漓尽致。人们提起他来就要落泪。在常人无法理解的斗争中，他苦苦挣扎于矛盾，搏击于险境，忍受着屈辱，竟达到了自我牺牲的悲剧高度。为此，他的内心一定是极为丰富的，也定会是极为令人着迷的。所以，我们确定《周恩来》这部影片一定以主观情绪为线索，以现实与闪回、回忆并叙的方式构成全片的叙述风格。

我们必须选择他人生中最大的历史转折时刻，以及表达他奋斗里程中一颗颗闪光的路标，让人们能鲜明而清晰地看见位于历史太空中的这颗永恒的星座。一部上下集电影的长度，毕竟容纳不下半个世纪以来的风风雨雨，我们采取前景与后景、直接描写与间接描写、实写与虚写的方式，从1949年建立新中国开始至1975年周恩来逝世前夕，以顺时针描写为前景，而不间断地、非顺时针地回忆或闪回着1908年至1949年期间的人与事。以情节与心理，叙事与场面交相呼应构成一曲大江东去的历史悲剧。以周恩来一生的心理轨迹为贯串，选择每个不同历史时期——最能显示周恩来（作为一个具体人）内心世界的时刻，并把这"历史"时刻，用叙述故事的方法，或长、或短、或完整、或残缺、或情节化、或诗化、或行为、或心理，以块面的方式加以拼砌，尤其是要考究这一块面"情绪"与那一块面"情节"衔接的位置，砌入的方法必须天衣无缝，给人以完整和有机的视觉效果，并能利用蒙太奇原理，衔接后所产生的合力将会是一种新的含义，形象地给观众一种直接的感受，从而让观众在直觉中获得理性的提炼，并使其产生联想而获得仁者见仁智者见智的审美快感。

影片的流程，将依靠周恩来自身心理流程的延伸、变化为引导，切忌掉到事件的叙述中去，那将会使编剧如堕十里雾中而不能自拔。

3

周恩来是创造者，不是诗人。（斯诺语）

作为一个创造者的历史，必然是具体而现实的，绝不应有半点浮夸和虚伪，再现历史的真实自然而然地成了《周恩来》剧本构成的准则之一。

周恩来总理的生平事迹本身，充满了强烈的情节性，蕴含着丰富的戏剧因素，只要我们在浩如烟海的周恩来的生活宝库中去寻觅，一定会找到富有魅力又能反映周恩来精神世界、情感世界、内心世界的大量事实。一切虚构、臆造、想象都将与我们的创作不搭界。

《周恩来》影片的气质，一定也要体现他是一部历史影片，应该充满现代意识，是人们运用现代眼光观赏回顾历史，除遵循再现历史的法则外，在表现手段上一定要寻求与当代电影观众产生共鸣的艺术手段。

在历史感方面，除把握历史内容的真实外，主要是强调时代感，这里包括场景的选择、化装的分寸、语言的风格、表演的形体把握与内心的控制、服装与道具的应用、后景演员的处理、调度色彩与光效的设计等，共同完成一个"这就是！"的总体时代感，令人沉醉令人信服。利用再现历史照片的手法准确地唤起人们的记忆，这也是历史感体现的手段之一。

在现代意识方面（这里指的是非思想、政治、哲学范畴的电影表现方法）：

（1）浓厚的情节悬念。人物的遭遇构成人物情感大幅度地转折跌宕。"情节是人物性格发展的历史"的论述是独到的见解。

（2）造型叙事的表现方法，仍是体现影片内涵的重要手段，但要注意其真实感和提炼的分寸，避免为仪式化而仪式化。仪式要有真实的生活作为依据，便能产生威力。情节诗化，情绪延伸必然带来仪式的场面，但必须注意质感的真实。

（3）画面、段落内容要有超负荷的信息量，令观看者有一种目不暇接的审美满足感。随着电影的发展，外国影片广泛的传播，培养了观众更高更深的审美倾向，况且周恩来身为大国总理的氛围，观众必然渴望看到比一般电影更为宽广、更为宏大、更为神秘、更为深邃的情节与场面。

（4）运动与高节奏是当代影片的特点之一，我们一定要加以利用，而且与周恩来的生平相符。运动与高节奏正好是周恩来生活的外部形式，恰恰和影片的外部形式自然合为一体，最能体现一种质朴的感觉："周恩来是累死的！"我的影片必须通过运动与高节奏体现出这崇高的"累"。

这四点集中体现《周恩来》影片气质，而这一气质必须是在影片的进程中"流"出来的，不能用过分夸张、煽情、堆砌强加给观众，它是凭着一种气息、一种感觉、一种心理汇集成一种独特的气质。

4

周恩来是一个信仰共产主义的革命者，又是一个刚毅坚定的共产党的思想家。他忍受着政治上的挫折以及生活上的艰难困苦，平易近人，举止温文尔雅。作为一个现实主义者，他精明机智，善于对国内政治和国际外交的潜在力量做出准确估计，他是内部斗争的能手，又是善解人意得人心的长者。他不露声色的行动，使他的政策在他身后持续不变，他知道怎样维护国家的统一，他对任何一个角色都胜任愉快，或是扮好几个角色，而丝毫不会显得优柔寡断、前后矛盾。这是一个性格复杂、思想深邃的人多方面的表现。（尼克松语）周恩来多方面的品德，无疑是半个世纪烈火般激烈斗争的锻炼，将那极度重要的个性烙印在他的身上。而这些光辉的、令人目眩的人格魅力，是通过他与各式各样人交往中表现出来的，所以在他的周围构成了一个人际关系的网络，我们寻求这条无形的人际关系线，便能窥视到那复杂性格的闪光瞬间。

在周恩来日理万机的工作中，就是与各式各样的人相处并推动了整个革命与国家或国际事务的发展的，而在我们影片中归纳成几条主要线：

（1）周恩来与毛泽东代表的共产党内部（包括军队）诸人物线；

（2）周恩来与蒋介石代表的国民党内的（包括军队）诸人物线；

（3）周恩来与邓颖超代表着战友爱情的家庭线；

（4）周恩来与美国、苏联官方代表的国际外交事务线；

（5）周恩来与第三世界各国及日本民间代表的国际外交事务线；

（6）周恩来与"四人帮"反革命线；

（7）周恩来与围绕着他工作生活的医务人员、勤务人员、秘书人员、服务人员线；

（8）周恩来与国内普通劳动者的关系线（包括文化、科技、卫生、工人、农民、宗教、少数民族）。

《周恩来》整部影片，就是由以上几条关系线索组成全片的关系网，（1）至（3）是贯穿全片，而其他线索，时断时续，"呼之即出，挥之即去"，以非完整的形态出现，完全服从于周恩来人物刻画的要求。

从以上的归纳中，人们不难看出我们的构思用意。集中中国半个世纪以来的历史来展现周恩来这一伟大的光辉形象。

导演告白之二

如果看起来这个作品似曾相识或是曾经有过，那就不是创造。我们要做前人没有做过的事情，也就是说我们在创造一个全新的没有人创造过的电影。当然，我们延续了、运用了先辈们所遗留下来的许多财富，所谓一些电影上的、艺术上的电影语言和技巧，甚至继承了许多我国优秀导演、优秀艺术家所创造出的美学观点。然而这些东西，只是作为营养，作为手段来阐述我们自己的一个独特的作品。这就是我阐述的目的。向大家介绍的是我们做一部让人耳目一新的、为之豁然开朗的、令人震撼的作品。这部作品我们之所以这样想，是因为要得到一个价值。其原因有如下几个方面：

第一，我们选择了周恩来这样一个人物，一个传奇式的革命者，一个被中国和世界人民所热爱的领袖，一个政治家，作为我们的创作对象。迪克·威尔逊写的一本书《周恩来》，其中有一处对他的评价："周恩来忠于自己的信仰同忠于自己的国家和信守人情之道并无二致。"这是西方人对他的评价，也就是说他信仰共产主义，然而他又没有把人情和对祖国的热爱矛盾对立起来，这就是他之所以在世界上称其为世界的领袖和世界上的人都热爱他的原因。熟悉他的日本人、法国人，以及与他接触过的美国官方，没有一个不这样评价他。所以我们刚才这样说：要创造这样的一部作品，首先是我选择了这样一个人物。如果不是周恩来这样的人，我们也不必这样费劲，或者说，也不必这样地钻研他。为什么呢？因为我们创造出来的作品要与这个人物相平衡、相对等，就像描写一个警察局局长和描写凯撒是无法对等的道理是一样的。也就是说我们选择了周恩来这样一个人物，本身就是给我们提出了个难题、提了个目标、提了个标准。

第二，我们的民族是个伟大的民族，在世界上是举足轻重的一个民族。创造出一部与这个民族相称的作品，是我们责无旁贷的责任。我们必须做出一个能充分展现我们民族的哲学价值和美学价值的作品来。

第三，建国40年，在座的80%是三四十岁以上的人。咱们这个队伍特别有趣，是个老中青结合的队伍。正显示了我们国家电影队伍的兴旺。

我们这样的一个优化组合，必然会产生一部优秀的作品。

我对周恩来的理解，应该说是从很小的时候。1956年我就见过他两次，当时被他的魅力所感动。当然不知道自己最后要搞这个电影。后来在"文革"中也多次见到他，但应该说还不理解他。真正了解、研究他，是在1986年我们要搞一个中国和美国建交的题材，写美国考察团在国共合作时到延安考察。那时候美国对中共寄托希望。从那时起我开始研究周恩来，我发现有人说这样的话："我们对共产主义可以不信仰，但对周恩来这样的人，我们可把他当作朋友。"甚至有人说："我们可以不跟共产党打交道，但我们要和周恩来打交道。"这给我极大的震撼，为什么会有这种情况呢？当然正是因为他在外交上是胜利者，他在中国外交史上建立了不朽的功勋。但是为什么会产生这样的情况呢？那我无疑会想到他人格的魅力。接下去，1990年我又在搞"北京—东京"这个题材。这是写他在中日建交的过程中如何迎接第一批偷渡来中国的日本商人，这些人立志于中日贸易，当时是1955年，中日的对立情绪相当严重。他如何推动中日两国人民的交往呢？我研究了大量这方面的材料，又发现他具有东方人独有的那种崇高的道德心理。不仅是表面上的人格魅力，还有他的道德心理，也就是说他的博爱，在于他对所有人的爱。这是我的一个体会，因为日本是我们的敌对国，我们所有的人一提起日本人，那是咬牙切齿的。而咱们许多人不太理解，他为什么接待这些日本商人，因为周恩来看到了日本商人是些普通的人，是爱好和平的。他沟通日本和中国的来往，其最终目的不完全是为了金钱，而是认为这是对人性的崇拜，而是说中日人民联起手来，那军国主义、一切帝国主义就不敢动了。另外，他看到了东方人共有的道德、伦理、礼貌、谦虚、谨慎、勤奋、爱好和平是那样的一致，所以用十几二十几年开拓中日的友谊。人民看到的只是中日建交，殊不知是经过了20几年的不停的努力。所以从中美、中日关系看，从建交的历史来看，周恩来不仅是一个世界人物，而且是具有世界心理的人物。所谓世界心理，就是他从人本的角度来观察世界，来俯视世界。所以这点体会是很重要的。因此我就非常有创作冲动，想努力地歌颂他，歌颂他人的内质的那一部分，也就是最有生命的那一部分。我觉得中国人需要榜样，榜样的力量是无穷的。如果说榜样是谁，那正像胡耀邦同志在周恩来故居提字上写的——"全党楷模"。我们都应该像周恩来那样对待人生，像周恩来那样的牺牲、奉献、无私。那我们的国家将会更加欣欣向荣。

作为我们50年代成长起来的人，我所受的党的教育，也就是这样的教育。随着社会的发展又有很多人不太在乎这个东西了，然而对于我，不能逾越过我的思想范畴和感情范畴。我还是热爱周恩来的，自然而然会有冲动要表现他。这就是我最早的对周恩来的认识和要表现他的基础。

除了党的支持，组织上的关怀，以及大家的理解外，最重要的是由于拍了《廖承志》认识了王铁成。的确，要想表现一个人如果没有人来演，那也是没法实现的。当时我拍《孙中山》的时候，出现了一个问题，一切全筹备好了，就是没有演孙中山的演员。一直到开拍前，才找到了刘文治。现在看来这个演员选得还是很对的。而这次我是先认识了王铁成。生活了一段时间后，我与斯民（本片的副导演）说大概可以拍《周恩来》啦。为什么呢？我仔细地观察了王铁成。他当然各方面无法与周恩来相比，但他却有一个眼观六路、耳听八方的特点，他不闲着，有充沛的精力，对什么都感兴趣。一对纯真的眼睛充满了聪明的智慧和光芒。而在这光芒中又带有一丝忧伤。这是他的经历所刻下来的印记。要是在前几年见到他，我也许不会那么冲动，后来我与他交谈了解他这些年的不平坦的经历。当然他不是救国救民，而是想办法摆脱困境。这困境确实给他造就了一双难能可贵的眼睛，造就了他的灵魂的窗户，令人感到有希望。当时我和厂长说："咱们请王铁成。"厂长说："这诸多的总理饰者中，也就是王铁成最合适了。"从此便开始和他交往。

现在我与王铁成成了朋友，我每次到北京都到他家去。了解他的生活，看他的家人，看他周围的朋友。我才知道他已演了13年的总理了，他所积累的总理的材料，差不多有一人高啦。由此可见，对于王铁成来说并不是外表上的形象合适，而是他将比刘文治演孙中山更有基础。刘文治从接本子后才开始准备。而王铁成已有了13年演总理的经验，同时又有了等身的资料基础。他的理解力增强，加上他与邓大姐和秘书们的交往，使他有了雄厚的生活资料。这也无形中奠定了片子的基础。如果没有这样的一个演员，我们是达不到前面所谈的那样的标准的。

下面是总体的对这部影片的设想：

1. 强调电影诗化

应该说这部影片是一部电影诗，而且不同于以往的我的电影诗。我的许多作品中都体现了我的这一个性。电影自身具有充分的造型表现力，这个表现力能把人带入诗的意境，使人们享受到美。所以我特别迷恋电影诗。从那时起我就一直追求这个，不管是大片子还是小片子。而随着对诗的理解和诗化的研究，我觉得在《周恩来》电影诗中，应该注重细节。其目的在于：周恩来是近代人物，大家都熟悉他，周恩来的生活充满了戏剧性，充满了情节性，他的一生，他的经历就是一部巨大的历史小说。这是传奇的，是了不得的一部作品。由此可见写《周恩来》离开电影诗是不行的，离开他的情感是不行的，同时也离不开细节。这是这个电影所不同于以前的一点。另一个不同以前的也就是他心理的刻画，他是如何刻画出周总理这样一个独特的领袖人物极其复杂的内心。这就是我的这部作品不同于以前的两个特点：一个是注重细节，另一个就是加强人物的内心刻画，概括地说就是加强主观性。

我们在座的各位都是创造者，希望大家能站在总理的角度俯视人生。昨天我和几位美工研究画面的时候，特别谈到了这一点，这部片子的一开始就要以主观的视角进入，只有以影片的视角进入叙述，它才能与别的电影不同。我们采取的是抒情式的、造型式的、叙事式的，这就是影片本身的一个想法，或者说是一个主观感觉，人们就像总理一样体会着我们祖国前进的整个历程，就会在人们欣赏它的过程中，以信息的方法，不是叙事、不是具体的方法，使人得到感受，从而燃烧起对总理的崇敬之情，这就是我创造这部影片的目的。这就是影片关于艺术上的一个构思，或是一种风格、一种追求。

2. 强调造型叙事

所谓造型叙事就是光、色、镜头的运用，包括化妆、服装、道具。因此我再次提出空间结构和质感真实的问题。

所谓空间结构也就是说通过在不同的空间中展现人物的心理，同时展现事件。由于两个不同的空间结合在一起，就会产生撞击力。而这种撞击力就会产生一种魅力，在观众心里产生一种联想。我们运用两个不同的空间，不管它的颜色也好，它的世界也好或它的表现也好，演员的情绪也好，形成撞击后大空间的结构、板块式的结构来完成这种撞击，通过这种撞击，而引发出观众的联想，而联想本身就是对总理的理解，或是对总理的阐述，或是对总理情感上的抒发，或是对总理性格上的刻画。

所谓质感真实，通过服装、化妆、道具来唤起人们对这个空间的独特的回忆。简单地说，就是50年代、60年代、70年代等各种特殊时代的服装、化妆、道具形成独特的真实感、质感。这种质感所形成的魅力，比如总理长征时穿的衣服，总理的胡子，毛泽东长征时的样子；颜碧君问过我有关长征时的毛泽东的造型，我说怎么像就怎么做。只有那样才有真实，才会产生魅力。只有那样经历的人，才能有所作为。如果他吃得好，穿得好，不穿补丁衣服，我看他也不会在日后有所作为。我个人的想法：不同时代、不同环境、不同季节、不同规定情景，所需要的历史的化妆、服装、道具必须保持当初的、自然的、原有的，再现历史真实的魅力，否则我们就失去了价值。当然，我们不是去拍文献片，当然有夸张，当然有塑造，当然有变化。但是原则是质感的真实，包括群众演员。我们现在的群众演员已经选好，但不合适，所有的秘书都不合适，还要找，要研究总理周围这些人是什么样的，这就是所谓质感真实的问题。

3. 我们要分场景地具体谈谈。（略）

导演告白之三

当各位听完我的阐述后，也许会产生许多联想，这是必然的。我倒是希望我的讲话，成为引玉之砖启发大家展开想象的翅膀，任凭自己的力量之所及的，去在创作的天空中翱翔。

然而，总体构思的框架，无疑将是我们这次创作的"河床"，同时在表现方法上，也将不会是一个杂烩汤，也应该是有所选择和规范的。下面我就表现手段上谈几点看法。

1

《周恩来》这部影片是由大国家——中国，大事件——"文化大革命"，大人物——周恩来、毛泽东、刘少奇、朱德所组成。必然是一部巨片。而在《周恩来》这部巨片中所集中把握的应该是"国家感"。是一个世界的氛围。所谓"国家感"便是必须时刻以国家的尺度去衡量你眼前的事物，去创造你所表现的事物。尽管我们的领袖是平易近人的，是劳动化的，但他们毕竟是以领袖的视角看全国以及全人类。他们的品德、他们的胸襟无疑是宽广博大的。这宽广不仅指真实的造型，更为重要的是内心的、感情上的，是影片的综合感觉，影片力求传达出这一宽广的视角效果，不然就变成了形式上的"大"而内容上的"空"。

而"国家感"的另一个标志，便是信息量。是国家范围的信息量，以至世界范围的信息量。影片内足够的信息——国内的、国际的；政治的和生活的；生产的和自然的；物质的和精神的，乃至天地之间所能包括的都应该有所表现。当然是直接与间接、客观与主观、表面与内在不同层次地加以表现，信息是必须达到国家感的饱和度。国家感的第三个标准，则是强烈与深刻程度，也就是我们常说的领袖人格魅力。他必须是超凡的，有光环的，是非常人所及的。我们说神就是神，人就是人。而就领袖而言，必须是超凡的魅力，才能感动世人。这是常人心中的统一感觉，也是观众心理的要求。谁愿意看周恩来的生活琐事呢？尽管他的生活琐事也是令人感兴趣的，而实际上观众在银幕上所期待的是他们理想中的英雄，在伟大事件中所展现出来的伟大心灵。在常人不能跨越的艰难险阻中表现出超人的张力，而化险为夷。于混沌的世界里得出独到的见解，看到光明。第四则是内涵的深，影中所表现出的一切行为，都富有两个或两个以上的含义，这多种含义表现出伟人行事的高瞻远瞩，思想的深刻，眼光的远大，俯视人生，这才能使影片成为周恩来独特的主观视角。伟大的视角才能揭示出伟人的心理。我们常说"天高听卑"，其意义也是俯视人间的意思。这虽然是形容廉政的帝王，同样也可证明一国的领袖们，他们对祖国大地的视察与俯视，也应表现出他们热爱人民的平民心理。这也就是周恩来之所以成为人民爱戴的总理的主要因素。为此，我们的影片必须使这天高听卑的内涵，表现得淋漓尽致，构成领袖与人民的交流框架，也就把影片内涵升华到巨片的程度。

2

《周恩来》这部影片构成的方法，是"空间结构"。所谓"空间结构"便是寻找在不同的造型空间之间形象情绪的合力。

在全片中共有七个空间：A、"文化大革命"的空间；B、周恩来的空间；C、毛泽东的空间；D、林彪的空间；E、"四人帮"的空间；F、群众的空间（或称人民的空间）；G、大"红旗"轿车所构成的领袖综合空间。

而具体地说，周恩来的空间又包括：西花厅、人民大会堂办公室、三〇五医院病房、大"红旗"轿车中、参加群众各种集会的场面等空间。毛泽东的空间则是：书房、吹风会、火车里。林彪的空间则是：毛家湾一号、秦皇岛别墅。"四人帮"的空间则是：钓鱼台十七号楼、在大会上讲话。人民的空间则包括各种集会。总之，这些空间必须经过美工设计、提炼成各种不同调子的板块，而不同色彩板块的拼接中便产生色彩的节奏韵律，进而产生音乐的情绪和戏剧情感的张力。

《周恩来》影片倡导的第一项标准便是"质感的真实"，即化妆、服装、道具的真实性。而化妆、服装、道具的真实性必然在观众面前带来历史真实的再现。这其中也包括群众演员，同样要有"质感"。所以我们必须以"质感真实"作为影片要求的标准之一。

当然，"质感真实"的体现不仅仅是化妆、服装、道具能独立完成的，而是靠摄影师的光效、演员的表演、镜头的运用等配合才能完成，所以我们把"质感真实"作为参加影片创作的各部门一个共同劳动的标准。

3

镜头语言的运用。在《周恩来》这部影片中，无疑用运镜显示周恩来不停顿的一生。只是运镜的方法与节奏，要以周恩来心境、情绪、行为为运用速度的准则，而这不是为了运镜而运镜，必须考究运镜的心理节奏及主观效果。否则运镜便成了外在的浮夸。

而运镜体系中的停顿便成了一次提炼，为此在整部《周恩来》影片中不多见的固定镜头必须考究得非常仔细，恰如其分地进行对人物心理的刻画。

在整部影片中大概有这样一个走向，上集至下集运镜与固定镜头恰恰形成一个长方形的对角线，所切出来的两只对角。这不仅仅是就质量而言，以速度而言也同样是这样一个走向。

而固定的照相镜头是刻画人物在巨大的压力下的心理停顿、情感停顿，应该是切上去，而不是在运动中停顿下来，切记！切记！造成一种强烈的冲击力才能使人物心理猛然在观众面前得到展现，而随之设计的音乐音响便起到了烘托情绪的作用。

4

影片《周恩来》的音乐音响设计，应以周恩来总理"文革"十年走向为依据。十年"文革"中周恩来经历了两个弧形的心理变化。1966年"文革"初期他还不能准确地判断"文化大革命"运动的走向。他只能在逐渐理解中参加与执行这一运动的各项决定，而这时他仍是朝气蓬勃地、一如既往地工作着，当他发现了林彪阴谋集团时，他便奋起斗争。

影片进入下集。在毛主席的决策下创造了外交历史上的奇迹。中美、中日建交使中国在国际上的声誉日新月异。他热情地工作着，然而不幸的是他身患癌症。从此他便与病魔展开了抢夺生命的竞争。他更拼命地工作，疾病不断吞噬着他的身体。而这时"四人帮"也向他展开了攻击。这时他是站在病魔与"四人帮"的双重攻击之下，为自己的信仰拼死一战。重新建立了四届人大的国家班子，提出要实现四个现代化的总方针。此时他已经耗尽了最后一滴血，以无私奉献的楷模离人民而去，结束了他光辉的一生。

随着他行为内心的走向，建立起一条音乐节奏的轨迹，将是我们作曲家创作的根据。

音响也应遵循着这条轨迹而安排，使音响以能够烘托人物情绪为目的，而不仅仅是环境气氛，况且有时音响也应该当作音乐来使用。以音响的形式参加影片声音综合协助之中。

5

所谓群众场面，我在这里称它为人民的场面，既然是人民的场面，当然便代表人民的心声。而这心声的一致性，将决定着群众场面的魅力。千万不能以丰富为名而在群众场面中安排个性。群众场面应该是只有一个感觉、一个情绪、一个方向、一个行动目的，给人一种整体的印象，单纯性的意念传达，才会产生集团冲击力！才会震撼人的灵魂。

我们称之为场面必然是"国家感"的，而细节局部必须是内心的，令人观察入微的局部。一定要杜绝二半调子镜头。二半调子只会起到交代作用，不可能有表现作用。《周恩来》这部影片将是"再现"中的"表现"。失去了这一点便失去了一切。抓住了这一点便抓住了一切，便是抓住了影片艺术风格的核心。

"再现"中的"表现"把"表现"隐藏起来，才能实现影片总构思的设想，不论是艺术造型、镜头运用、音乐音响还是群众场面，都不可忽视这一点。只有演员表演是生活的、真实的、正常心理的、生理感觉的。

（原载《当代电影》1992年第1期）

巨片《周恩来》的诞生

朱家玲

1

那个秋日傍晚，早早的天就黑了。北京人艺剧场前，灿灿的灯光一片。观众大都入场了，只有几个等退票的人在门口晃来晃去。

暮霭在灯下一直蔓延到黑黢黢的角落里。

按约定时间，我去得有些迟了，便焦急地在剧场内外寻觅我所熟悉的那几张面孔。然而，一个也没见到。

我直奔后台休息室。

前台不断传来《茶馆》中傻大杨敲骨板说快书的声音，我的耳朵却在一间屋门口，偏偏把他的说笑声纳入了。他的话声并不大。

这里有摄影、副导演、制片、场记、司机……他就有这个本事，人一到场，便以一种无形的魔力将大家吸引住了。不管你是干什么行当的，文化修养是高还是低，以他为中心的一个侃大山的集体，或者是其他什么集体，就在潜移默化中形成的。也许你在其中并不意识到。那一米七的个头，胖胖的身子，黑黑的面庞……乍一进入陌生人眼中的那一副粗汉形象，实在算不得有什么魅力。但是，当你和他一交往，就渐渐地被他身上焕发出的一种感觉征服了。是什么呢？是言语中的坦诚？是不卑不亢的那种气质？是对艺术的独特感悟？是善于一针见血、抓住要害的看问题的方式？是随意与严谨、粗犷与细腻、决断与机智的统一？……也许是这所有一切的融合。我说不清。

这个丁荫楠啊！

让他把嘴闭上，简直能要了他的命。

他在说……在开一个玩笑，引得众人哈哈大笑。

现在气氛还相当轻松。

今晚要抢拍《茶馆》中的三个片断。实际上就是三个镜头。在整个电影《周恩来》600多个镜头中，这是个极小的部分。是周恩来悼念著名作家老舍先生时所浮现出的一段短暂的回忆，是一段富有感情色彩的戏。前边说到是"抢拍"。是的，是抢——全片尚处在导演案头工作中、筹拍阶段中，离正式开拍还有一段时间。甚至摄制组人马都没聚齐。偏巧《茶馆》这个时候开演了——似乎是专为拍片安排的那么巧；偏偏又是于是之、郑榕等几个老演员上场；偏巧又是这轮演出后要等半年之久再能上演；又偏巧再演时可能这几位老演员都难以出场了——即不是"原版"，而只能是"复制版"了……这诸多个"偏巧"便逼出个"抢"字来。

10月12日。而不是13日。吉利。上苍有眼，选择了这个日子。

并没有举行什么开拍仪式。但这确实是《周恩来》正式拍摄的第一场戏。

我看得出，参加今晚拍戏的人都很激动，也很兴奋。虽然，表面上大家好像挺平静，谈笑风生。

他——丁荫楠也如是。

他在给大家说焦先生当年如何排演《茶馆》……

但，忽然，他警觉起来，侧起耳朵，听墙上音箱里传出的前台演出实况。最后一场开演了。他看了看表，低声同坐在身旁的副导演刘斯民交谈了一句，然后抬头，对摄影、场记说，走，到外头把拍摄准备工作再检查一下，我们开个小会。

几句很平常、很简洁的话，却叫人感到拍摄工作即将进入临战状态。

这个丁荫楠啊！

他不像有些人那样喜欢虚张声势。

剧场外，显得有些清冷。路灯仍然是柔和的，发着昏黄的光……

2

我刚吃过晚饭，刘斯民到家里告诉我，丁荫楠来了。

这简直是一种默契。

几个月之前，一次非常偶然的机会，我和刘斯民神聊。不知怎么就聊起了拍片子。我说，假若真能把周恩来总理内心世界的丰富性表现出来，那拍出的片子肯定会"震"。周恩来，是个多有魅力、多有戏的人呀！

因为是天南海北地瞎扯，说过，也就放在脑后了。

隔了些日子，刘斯民碰到我，很认真地说，你写个关于周恩来的本子吧；丁荫楠要拍。斯民为人直爽，说话从不转弯抹角。他扔出这么一句，我觉得有些突然。怎么说着说着，真的就来了？可看斯民的神情又不像是开玩笑。便说，好呀，丁荫楠真的要拍，那就请他来，我们一起商量商量。拍这样的重大题材，可不是儿戏。斯民说，老丁在拍《廖承志》电视剧时就想到拍《周恩来》。

丁荫楠，我没见过。可他拍的《逆光》我看过，十分欣赏。他拍的《孙中山》，荣获金鸡等多项大奖；他本人也因获最佳导演奖而声名大震，提高了在影视界的地位，跨入屈指可数的著名中青年导演的行列。有他参与，片子有可能搞出来。这么一想，我的热情被激发起来。

如今，丁荫楠真的来了。而且，要具体商谈电影《周恩来》创作问题。我突然闪现出一个想法：这个片子有可能搞成。

这是个临近1989年年底的冬夜。我穿好大衣，按照约好的时间来到斯民家里。

一进门，就见到一个中年汉子迎面坐在方桌后面，只穿一件黑色毛衣，头发梳得很随便，抬起一双不很大的眼睛就那么挺自然地端详了我一下，我也同时看了看他——正就应了小说家的那句话：四目相碰，一下子碰倒了我想象中的丁荫楠。不像我想的那么老成，那么儒雅，那么有一副名导演的派头，那么含而不露……不，这个人一切都很随便，尤其那神情，给你以信赖，我一下子就想到了爽直的东北汉子——其实，我已知道，他是天津人。

这就是第一印象。

大概我们彼此留给对方的印象都不坏，所以坐下后的交谈一开始就没存在什么隔膜。

丁荫楠谈得很痛快：拍《周恩来》是早就有的夙愿。为了防止《孙中山》创作中出现的那种编导艺术处理上的矛盾，这次在剧本写作阶段就采取编剧和导演合作的方式，即，我和你合作编剧，不知对此你是否同意？

我说，同意。这种重大的题材，编与导必须通力合作才能有成功的把握。这样，从第一起步，编与导就朝着同一方向，使编剧少走弯路。这当然是好。

丁荫楠又特别申明：搞这个本子，完全是出自于我们这一代人对总理的感情，并非领导交下的任务。广西厂的高鸿鹄厂长表示支持。但能否搞成，那还难说。也可能搞成，达到我们的预想效果；也可能失败，白忙活一场。如出现后一种结果，那只能怪我们无能，没本事。到时候，咱们谁也别埋怨他。

那叫丑话说在头里。我喜欢同这样的人打交道。

我甚至急不可耐地谈了对剧作结构和人物塑造的初步考虑。竟同他不谋而合。实在说，还没到谈这一步的时候。

刘斯民和丁荫楠同在北京电影学院里学习过，对丁的脾气、性格可谓了如指掌。因此，谈话中不时对丁的想法做些补充和修正。以名气而论，刘自然不如丁，但丁对刘的话却极重视，不断称"是"。

在这之前，丁荫楠与刘斯民二人曾筹拍电影《北京，东京》，因故未成，被搁置起来。丁荫楠的心里总觉得对不起师弟，似乎欠了一笔账。他拉刘斯民参加《周恩来》编导工作，也是为了偿还这笔人情债。

后来，每每谈及此事，丁荫楠都颇为动情，说斯民跟着白忙活一年多，不容易，好人呀！

丁荫楠啊！原就是个仁义之人。

如此，就在那个狭窄的过厅里，伴着寒夜的灯光，三个人订下了：创作电影文学剧本《周恩来》，争取广西厂高厂长支持投拍。

这个想法能实现吗？

不知为什么，当我走到院里，双手插进大衣兜，在冷风里缩紧脖子，竟然连这样的问题想都没想，而只惦记着赶紧借《周恩来传》来看，而只觉得今夜星光格外灿烂。

或者在瞬间还曾有趣地想：此刻，那个叫丁荫楠的汉子也许同刘斯民在谈对我的印象吧？那么，那该是些什么呢？

人，真有意思。

茫茫大千世界，两个陌生者就这般结识了。就因为有一个伟人把两颗心连起来了，要做件共同都感兴趣的事情。

甚至还没来得及想，这件事有多大。

3

春天来了。

北京西城西黄城根有座灰色的高墙大院。门牌：前毛家湾1号。门口有军人站岗。院里花坛，草木葱绿，花儿含苞。平日，除了士兵们操练，便极为肃静。1971年9月13日之前，林彪、叶群一家住在这里，是有名的林家大院。现在是中央文献研究室所在地。

无论是过去，还是现在，大院里都隐隐透出一种幽秘的气氛。

我和丁荫楠、刘斯民三个人提着盥洗用具、换洗衣物走进大院的时候，突然升起一个念头：在历史的万花筒里，每一个瞬间，每一次闪现，看来似乎偶然，其实都是必然。不必庆幸，也无须埋怨。就在林彪当年所在地，我们将要重新掀开那沉重的历史一页——那上头曾留下林彪黑色的足迹。

从去年年底我们三个人商定合作编写《周恩来》电影剧本之后，丁荫楠便开始了北京—广州—南宁的频繁穿梭活动。

一会儿，我得知：丁导向广西电影厂高鸿鹄厂长、张万晨副厂长，还有黄味鲁、侯中两位文学室的头头侃了12个钟头，侃得这几位兴致高涨，已决定厂里倾尽所有财力投拍《周恩来》。黄、侯亲任片子的责任编辑。

一会儿，又得知：北京方面，电影局滕局长、中影总公司胡总经理表示支持，愿考虑投资。

一会儿，又得知：由于丁导的恳请，电影资料馆副馆长奚姗姗答应做"内应"，争取中央文献研究室副主任、《周恩来传》主编金冲及研究员任影片顾问。

金冲及最初并不情愿。

为此，我们三个会同黄味鲁二次登门拜访这位研究周恩来的权威人士，丁荫楠还专门给他放了《孙中山》录像带。真情是会感动上帝的。这位学者出身的领导人绝不只是囿于夫人的情面，最后终于答应做我们的顾问。

丁荫楠这一步棋走得绝对正确。

总之，差不多都是好消息。

从冬天走来，我觉得一个温热的火红希望竟显出些朦胧的影子。

其实，有些情况并不如我知道的那般如意。个中的曲折、变化、苦衷，事后我才清楚一些。比如，丁荫楠的活动经费在当时就无正当出处。光有设想，剧本没写出一个字，电影厂是不会拨款的。尽管厂长百般努力，严格的财务制度仍难以突破。偏偏丁荫楠这些年没去拍商业片、广告片赚大钱，平时积蓄的几个有限的钱又都叫搬家、购置用品、装饰居室用去了。最后，还是多亏住在他楼下的好友——以后成为《周恩来》制片主任的辛明解囊相助，才紧紧巴巴地解决了差旅费的难题。

从一开始，经费就紧张。在以后的一年多时间里，片子的生产费用始终就没宽松过。

比这麻烦、艰难的事还很多、很多。

但毕竟我们走进了毛家湾的这个大院。这似乎意味着什么。这只是我的直觉。

表现一位大家都十分钦佩的伟人，上上下下都支持。这是我们的幸运。丁荫楠总是不厌其烦地同人家讲：北京东四一个公用电话亭的老头，从他打电话的过程里知道要拍《周总理》电影，便激动表示，只要是为拍《周恩来》，到这里打电话免费。这个事很小，却显出中国人的一种心境。以此为开端，日后为《周恩来》影片慷慨相助的故事层出不穷。

我们住在礼堂后身的一间宽大的办公室里。临时搭了几张床。站在窗前看对面便是昔日林彪、叶群居住和办公的那幢高大的苏式宅邸。楼底下是伙房。每日一大早起，就响起呼呼的吹风机声音。

资料室的金以枫是顾问金冲及的女儿，是个从小就患有腿疾的姑娘。那些日子里，她拄着双拐，拖着不灵便的腿脚楼下奔忙，帮我们买饭菜票、联系借阅资料……大院里，除了她父亲外，第一个我们结识的就是她，她便默默地自觉情愿地尽主人之谊，担当起诸多后勤的协理工作。每当听到楼道里传来那"笃笃"的拐杖声，我的心里便禁不住涌起一股热流……是她，按照父亲的意思，介绍我们与周恩来研究组的李海文、高文谦、廖心文、熊华源以及在总理身边做过多年外事秘书的陈浩等人相识。在以后的两个多月时间里，为创作《周恩来》电影剧本，我们和这些研究周恩来的专家们多次商榷、研究。自然，金冲及先生也经常又顾又问。他常常是温文尔雅地微笑着听我们讲述影片设想，之后又以同样儒雅的样子慢条斯理地谈自己的意见……每当此时，我望着他满头花发，就觉得：他不是一般意义上把关的"官"，而是能够理解电影创作特性的学者。也许是因为夫人奚珊珊在电影艺术研究方面的造诣对其确有影响。也许他原本就是一个善于理解人的人。

有时，夜深了，我们在探讨剧情时，他们中的一位来了，主动提供某一个史实的根据或某一个细节。有时为一段情节的真伪竟争执起来，在争论中心却贴近，以至于到后来我们撤离大院时，竟升出一股难舍之情。

当时，专门腾出一张空床，摆满各种有关周恩来的书籍，写字台上也是书、报刊、剪报。李、高、廖、熊等几个人还热情地把自己手头的有关资料主动提供出来。

我的脑子渐渐被周恩来占满。

我们的工作程序是：第一步，大量阅读各种有关资料，讨论最有戏的情节，然后由我摘列出可能构成情节的段落。这是情节的粗选阶段。

对于影片的总体构思，曾有过三次变动。我最初见到丁荫楠时谈到未来影片的大框架，本想在主要塑造周恩来人物形象时，也同时塑造毛泽东、蒋介石。这是三个对中国现当代史进程有过重大影响的关键人物。毛与蒋因周而联系，周恩来恰在这复杂而又多变的关系中展露出自身的神采。这绝对属于巨片——人物巨片。我想上集表现解放前的周恩来，重点刻画周恩来与蒋介石；下集表现解放后的周恩来，重点刻画周恩来与毛泽东。平心而论，这是个极诱人的设想。丁荫楠听了，很赞同。他回到广州在给我和斯民的一封长信中，还专门列了一张表，概述这三位伟人之间的关系。即是说，这部影片不是为了表现周恩来的生平事迹，而是要着力塑造影响中国人命运的三位人物。

但是在具体落实这个设想时，碰到了一些难以逾越的障碍，不得不放弃了。

之后，确定以时空交错的结构方式，将周恩来解放后与解放前的情节交织起来表现，但在选取素材过程中，仍感到庞杂、散漫。

于是，又将前景的范围进一步缩小——缩小到"文革"十年，从中不断反照过去，以充分展现周恩来多姿多彩的内心世界。

总的构思大体确定后，按照丁荫楠的创作习惯，专门列了一个结构大表，把要表现的事件提纲挈领标示出来。丁荫楠在医院里当过化验员，做事习惯于条理、整洁。为绘制结构表，他专门请了一位年轻的电影美工。这样，"文革"十年的现在时空与"文革"之前的过去时空通过不同色彩线块的标示和简练的文字说明，一目了然。

绘制成的大表宽一米半，展开来有五米多长。我们自己感觉，颇有气魄。

在那段时间里，隔三差五地，丁荫楠就挟着卷起的大表外出向有关领导游说。由于囊中羞涩，往往不敢打的，只得挤公共汽车。

有一日，高厂长来，看了大表，给我们鼓劲。我们趁机把顾问金冲及，中央重大历史题材影视领导小组的副组长何静修，还有周恩来研究组的那几位年轻专家请来，将结构大表铺展在地上，丁荫楠便有声有色地解说起来，表情加手势。说到动情处，还真具有感染力，说得大家情绪沸腾，在提意见之余，期望剧本能写成功。

我们的信心又加高了一层。那晚上，我们连夜讨论意见和建议，将结构表做进一步的修改。

电影局的滕局长，电影总公司的胡总、赵总，重大题材小组的领导人丁峤、石方禹、陈播等人都见过这张大表。

我集中精力写剧本内容提纲。刘斯民考虑演员的人选。丁导外出游说，每次风尘仆仆返回，我和斯民都焦急地问：情况怎么样？其实，相处久了，我从他一进屋的表情就能看出结果。他常常带回的都是些好消息。

"五一"时，我们回去过节。剩下老丁孤单一人。斯民知道他在京无亲无故，邀他一起到家里休息一两天。老丁谢绝了，说是要到几位朋友家看看。节后，我走进我们的办公室兼卧室，见仰卧在床上的老丁戴着眼镜正在读一本外国人写的《周恩来传》。我问他：出去了吗？他说，哪也没去，读了两天的书，挺好，挺有收获。我的心不由得热了一下。这两天，这栋大楼里空落落的，大概除了厨房的大师傅就剩下他一个人了。机关食堂，伙食本来就不怎么好，一到节假日，厨师轮休，饭菜就更简单了。一人在外，离妻别子，到底图个什么哟？

有时，谈剧本谈到夜深了，睡不着觉，也故意转移一下话题，彼此谈些个人生活方面的琐事，轻松一下绷紧的思绪。他就感叹：自己从小丧父，寄人篱下，受过不少苦，长大了，较早地走向社会，干过不少粗活。所以，讲吃苦，难不倒我。有人导片子，似乎很轻松就完了。我不行。年过半百，只导了四五部片子。每一部，都不轻快。做事，不想将就，就只能自找苦吃。没办法，就是这么个人。我这一辈子，就是受累的命……

谈得我颇受感动。

这一刻，我又想起他这一席话。

我和刘斯民有时各自从家里带一饭盒烧羊肉、烧猪肉，权作给老丁打牙祭，改善一下生活；或者是通过我那位在菜蔬公司工作的爱人买点新鲜黄瓜当水果吃，补充一些维生素。老丁往往吃得有滋有味。

适逢文献研究室搞室史展览，要拍一部资料片，请了中办的摄像。有人便提议，请老丁当编导，可又担心请不动。

我暗暗叫苦：这不正是"高射炮打蚊子"？这个活，叫我这个没干过导演的主儿去也能完成，还用得着这么个一级大导演？

老丁受到邀请，当场就满口答应，并约刘斯民一块去搞。在写本子的空隙，我曾到现场看了一下，发现这位大导演还真是用心在设计一个个镜头的拍法、布光……竟折腾了整整三天。

我又想起他说过的那句话：我就是受累的命。

将近两万字的剧本内容提纲搞出来后，请文献研究室的打字员帮助打印。我去校对时，两位年轻的女打字员说，看了稿子，很受感动，哭了。

仅仅是个提纲，便有如此感人效果。这真有些出人意料。

4

天，渐渐地热了。

为了赶时间，丁导同高厂长商定，兵分两路进行下一段的工作。一路——由他和刘斯民组建摄制筹备小组，然后带领摄影、美工，按剧本内容提纲要求选景、选演员；另一路——我，留京写作剧本初稿。限定一个月内完成。

剧本内容提纲的打印稿也曾多方征求过意见，我深知任务的艰巨。这30天里，要采访，要继续看资料，更要写剧本——上下集，少说也得五万字。决非儿戏。

由李海文、廖心文等人的引荐，我采访总理生前身边的工作人员成元功、张树迎、何谦……一次次，由生而熟，许多生动的细节就在自然的聊天中出来了。

老卫士长成元功拿出影集给我看他当年与总理的合影，动情地回忆着……

张树迎、高振普两个卫士曾在三〇五医院轮流值班守护身患癌症的总理400多个日日夜夜，他们讲了许多感人的事情……

这是一次激动人心的创作。每每坐到桌前，拿起笔来，那个熟悉的形象——那两道浓眉，有一双焕发着神采的明目，甚或那伤残的弯曲着的手臂，都独具魅力地在脑海中浮现。笔下毫不感到生涩，只是感到要写的太多太多了……有时，整整一个下午竟忘了喝水、上厕所，流出的汗竟就自然蒸发干了。

事后听说，丁导他们跑了20多个地方采景。南起广州，北到大庆，东起沪杭，西至陕川。每到一地下车，便直奔景点。风尘仆仆，日夜兼程，辛苦之态，可想而知。后来，我见到一张照片，上边是辛明坐着硬席、头枕着小桌睡觉的憨态。

中间，老丁几次打电话给我通报情况，询问剧本写作进度。其中一回，讨论剧作的情节，电话通了个把小时。这电话是在辛明家里打的。辛明爱人洗了一个热水澡，出来后看见老丁还在打电话。

老丁、斯民返京时，我的剧本初稿也出来了。他们看后，又一起讨论，做了进一步的修改。之后，打印送中央有关领导审查。

像丁峤、石方禹、陈播、滕进贤等人，既是管电影的官员，又是老资格的电影行家。他们提出的意见又中肯、又细致，甚至将修改建议也一并说了。都是自家人，自然不必藏着掖着。听意见，心里也是热乎的。

那个夏天，有几日非常热。我们三个胖子谈剧本时，往往谈得满脸淌汗，有时都忘了吃饭时间。等到想起，食堂大师傅们已在忙着拾掇餐桌收摊了。和人家好说歹说，总算用残菜剩饭应付了肚子。有时排队买饭菜还在争论某个情节的处理。到了盛菜的窗口，丁荫楠才手忙脚乱地掏饭票。因为急，便总也算不对，弄得卖菜的老大姐直发脾气；他则不急不火，边点饭菜票，边笑着检讨自己……最后，说得那位大姐也乐了。不几天，他就和周围的服务员、警卫战士、传达室的老头混熟了，见面时谈笑风生。

我具体着手改剧本。丁导、斯民继续张罗拍摄筹备工作人，已经聚拢了几十个。经济尴尬的处境越来越严重。筹备小组来京的十来个人，常常不敢在旅馆就餐，而到街头去吃便宜的卤煮火烧、面条。没办法。只有剧本早日通过，才能拨下钱来。借款度日总不是长久之计。我明白。

我感到肩上的担子比先前又重了许多。不必丁导督促，我也得日夜兼程往前赶日子，显得很焦躁，也很迅捷。但，一投入到剧情中去，其他也就顾不得去想了。

终于，有了这一天。国庆节前夕，中央重大历史题材领导小组再次讨论了修改的剧本，基本通过，批示可以拨款，下达生产令。

国庆节，我回家休息了。丁荫楠却在北影招待所里连夜打开剧本，戴上花镜，开始写导演工作台本……

事实上，《周恩来》的文学本在后来的拍摄过程中又改了几次。其间，丁荫楠专门把当时周恩来医疗组负责人吴阶平教授和保健医卜志强、张佐良请来和剧组主创人员、主演座谈，使我从中又得到一些动情的细节，加入到剧本中。就这样，断断续续，本子直到今年3月底才算定稿发表于《当代电影》。从正儿八经动手写，前后算起来，整整一年。这是一个历程——从春天到春天。

5

电影《周恩来》诞生过程中，有许多非常规现象。

比如，剧本尚未通过，丁荫楠得到高厂长的支持，竟然拉起了一支四五十人的队伍，紧锣密鼓，着手影片拍摄的筹备工作。这么一个大题材，牵扯到上层领导人那么多，讲的又是在许多人眼中视为禁区的"文革"，倘若剧本被否了，会有什么后果？三四十万花出去了，这责任谁负？非但厂长的日子不好过，恐怕丁荫楠在电影圈里的形象也要矮下一大截。在这之前，他不是没尝过筹拍影片被迫下马的苦滋味。虽说作为一厂之长的高鸿鹄下了背水一战的决心，咬着牙表示广西厂就是砸锅卖铁当裤子也要把《周恩来》拍成，但这事毕竟不完全取决于他一个人的意愿。这里，含有强烈的政治因素。

还有，参与筹备工作的，有许多都是影坛上的大明星、金鸡奖得主。参加这个摄制组，报酬低，还担着成败未卜的风险。若是影片过不了审查关呢？岂不热热闹闹地白忙活一场？

已经是香港公民的王铁成，在剧作构思阶段就跟着操心。他早已表示，在这个片子里扮演周恩来分文不取。你说，片子要出不来，他名扬不了，赚大钱的生意也做不了。这么一年半载地泡下来，亏得慌不？他倒图个啥？

怪的是，人们全然把失败之念抛到一边。似乎拍《周恩来》就得成。曲折也好，变化也好，反正豁出去了，不成也得成。而且个个信心十足，劲头十足。

现在回过头来看，为了再现周恩来的不朽形象，对于参与影片的也好，关心的也好，一个个都成了贼大胆。

10月，金秋季节，来自于全国七大电影厂（公司）、几十个文艺团体的艺术家们陆续聚会长沙。10月26日，摄制组举行成立大会，人人激动不已。当然，最为心情不平静的要数丁荫楠和高厂长了。含辛茹苦大半年，总算有了这一天。别看表面上他们讲的都是"感谢""决心"之类的官面话，了解内情的听者却从中体味出那话音之外的沉重含意。

会上，正式提"拍总理，学总理"的口号。

之后，丁导用两天时间向摄制组人员做导演阐述，向摄、录、美、服、化、道等各部门讲了每一场戏的要求。

筹备工作由此全面铺开。

缘何选择长沙建组、长沙开机？按理说该在北京、在人民大会堂最合适。这里面，可看出丁荫楠的用心良苦。北京在轰轰烈烈地搞亚运会，你一个小小摄制组能开进大会堂？门儿也没有。再者摄制组成员来自四面八方，不像同在一个单位那么好管理。这个彼此戏称"多国部队"的集体战斗力如何？丁荫楠心里着实没有底。也有党支部，也有一套管理体系，但人家不服你，甩手不干了，你又能怎样？就是同一个电影厂组建的摄制组还矛盾重重呢！在北京，稍有闪失，乱了阵脚，那就影响大了。这是"周恩来摄制组"呀！他丁荫楠想在外地看一看、练一练队伍，然后避过亚运会，进军北京。

丁荫楠和我谈这一番心思时，我眼前仿佛浮现出一幅画面：一位象棋大师在拿起一个棋子时，眼观棋盘，脑子里盘旋的不是这一步，而是以后的三、四步，甚至五、六步该如何走……

《周恩来》的重场戏大都在北京，偏偏京城的事又难题多。方方面面，请示汇报……一个图章没盖，就可能翻车。对于大字报街、中南海、三〇五医院、钓鱼台等的几场戏，丁导甚至做了在外地搭景的准备。

12月16日下午，正式在长沙开机，拍毛泽东南巡和周恩来抱病赴长沙面见毛泽东，确定四届人大人选的一组镜头。实景实物，丁荫楠一开始就往这个方向努力。

当年在毛泽东的住地蓉园九所大院里架好机器的时候，天阴沉沉地下着小雨。天气非常符合剧情要求。只是雨不大，又调了几辆救火车协助老天爷加大雨量。各部门到位后，丁导下达开拍的命令，抱着摄影机的于小群坐在轨道车上缓缓移动……从这一刻起，《周恩来》历时半年之久的拍摄工作算是正正经经地揭开了序幕。

现场秩序井然。道具师老田头已将80余部70年代的"红旗"、"伏尔加"、"上海"、"北京"吉普等道具车排放就绪；礼堂门口，灯光师已布光完毕……

非常可惜的是这两场戏的大主角毛泽东偏偏没到位。原定邀请的毛泽东扮演者古月在拍《大决战》，来不了。所以，忙活了半天，只能拍些过场镜头、气氛镜头。

但毕竟是开始了。

在长沙和周围几个景点的拍摄，十分辛苦。有时连续几天坐汽车赶路，忍受颠簸之苦。饿了，只能吃一点干粮。有时抢景，日夜连轴转，回来还难以休息好。剧组住的劳改局招待所，冬天无暖气，室内阴冷异常。我坐在桌前改剧本，不得不穿棉大衣。坐久了，脚下便冻得受不了，只好起来活动活动。夜里钻进冷被窝，半天睡不着。

何况，老丁和铁成住的又是不向阳的北屋。

如此条件，却未挫伤大家半点兴致。

一日，副导演周子和带领一位女同志走进屋里，对我介绍说，这位是省美协的工笔画家郑小娟，在片子里演邓颖超。我一看，果然像，不仅外形，更重要的是气质。这时，丁导进屋，与郑小娟握手，说，邓大姐的演员一直未落实，简直成了我的一块心病。这回好了，你来演最合适不过。一会儿你就上妆试一下镜头吧。说罢，他回过头来，冲我一乐：像吧。有这么合适的演员，你给邓大姐安排十段戏吧。上集五块，下集五块……

我能理解老丁的兴奋之情。

拍摄也并非都很顺利。有一回，在机场拍林立果的戏，司机大概心慌了，吉普车拐弯时失控，直奔摄影升降机而来。坐在上边的于小群眼睛还没离开取景框，便被重重撞了一下。多亏他系着保险带，手里把得紧，几十万美元一台的摄影机才没脱手摔着。腿受了点伤，却还不碍事。就那么一瘸一拐的，嘴里一个劲儿地说，不要紧，往下拍吧。

站在升降机附近的丁导镇定一下情绪后，当即果断决定，这个镜头暂停拍，移机拍下一场戏。

这时，已近黄昏。停机坪上作为背景的几架飞机在场务调遣下安排停当。塔楼上的小屋里，"小舰队"的几位骨干围桌而坐。导演发出开拍命令，林立果、周宇驰急急进屋，对众人部署……摄影机转动着，楼下的录音机也转动着。但突然，林立果的话卡壳了。导演只得喊"停"。也不知怎么的，扮林立果的演员台词总卡壳。老丁喊了八次"停"，最后扔下一句，"场记，你帮他把词背熟"，转身便走下小楼，什么话也没说。但我看得出，他是在竭力压着火气。事后，他跟我说，那种场合下要发火，演员会更紧张，往下更没法拍了。末了，他对因此浪费的3000英尺（约915米）胶片深为痛惜。

还有一回，去外地返回长沙途中，突然翻车。扮演总理的王铁成六根肋骨摔裂，紧急抬入长沙医院救护。不幸中之大幸的是铁成的脸面和外表还是好好的，伤养好了并不妨得拍戏。后来王铁成因此住进总理逝世之前所住的三〇五医院，为剧组进入该院拍摄做了一个异常有利的铺垫，而铁成本人也恰好找到了总理病态中的感觉，这又是因祸得福。

还有一件事，不算大，却不是个好兆头。一天下午，到某机关大院拍戏，机器都架好了，戏也走过了，光线也十分好。但人家经过请示，说是本机关保密，硬不让拍。本来制片都联系好了，却又发生了变故。拿出三大部——广电部、文化部、总政治部的文件也没用。等了几个小时，夕阳西下了，最后不得不撤机器回大本营。

这道阴影不大，落到丁荫楠心上却显沉重。由此及彼，想到将来赴京拍戏可能遇到的难关，他不得不更加谨慎小心，多长几个心眼，多做几手准备从事了。

6

周总理生前对一些干部曾讲到自己对工作的谨慎之态是"战战兢兢，如履薄冰，戒慎恐惧"。1991年元旦之后，丁荫楠率领摄制组大队人马进驻北京时的心态，恐怕就是如此。

北京的戏拍得好坏关系到片子的整体质量和成败。选择人民大会堂作为头一个拍摄景点，丁荫楠也是考虑再三决定的。一来大会堂里，别的影视摄制组拍过戏，有先例可循，好交涉一些。二来在大会堂拍戏，影响大。特别是拍国庆招待会、四届人大、中美建交这样一些大场面，人多面广。如考虑周密，一举拍摄成功，将会给中办有关领导留下一个好印象，为下一步进军中南海等景点做好准备。再说，大会堂这个大空间是总理博大精神的一个象征物，在此开拍北京的戏顺理成章。接着，又决定将新闻发布会穿插其中，在舆论上也造一点声势。

日后证明，这个决策是对的。

为打好北京这一仗，中影公司派出田春丽、明景新加入摄制组制片部，进行特别协助。

电影局决定以宣传报刊处处长李文斌牵头，搞好新闻发布会工作，广西厂则把文学室、财务、宣发、保卫诸部门的头头、骨干调集北京。家里几乎唱了空城计。

摄制组专门成立的公关部节奏倏然加快了。主任匕书杰和两个部下频繁出去活动。

摄制组驻地——海司三所大院内停放着带有《周恩来》摄制组标志的大小车辆20多部。广西厂车队特意调了两位维修汽车的技工来京保证车子的正常运转。

这阵势，叫人意识到一次非同寻常的摄制任务即将到来。

那几日，丁荫楠睡得极晚。他和摄影于小群反复磋商拍摄方案。我驻在他的隔壁，常常我一觉醒来，还见他的房里亮着灯光。

拍大会堂之前的动员会上，亲临摄制组坐镇的监制人高鸿鹄厂长和丁导都强调，要在拍摄中树立摄制组的良好形象，要记住"周恩来"三个字。

　　1月下旬，摄制组在大会堂用一周时间连续拍了近20场戏。不包括大门内外，一共占用了大小八个厅室，万人大礼堂也算在里边。头一天拍国庆25周年招待会，是1500多人的大场面。许多部长、将军级的老干部、老首长应邀充当群众演员。那天傍晚，大会堂北门外灯光通明，一辆辆小轿车摆满停车场。警察林立。不知情的过路者还以为这里开什么高级会议呢！

　　走上高高的台阶，走进那扇庄严的大门，便好像有一种无形的力量在约束着每一个人，兢兢业业、小心翼翼地干着每一件事情。为避免碰坏大会堂光洁的地面，将事先买好的塑料布铺放整齐，把一件件摄影器材放在上面。尽管如此，使用摄影灯光器材时仍是提着一口气，轻手轻脚。

　　一些喜欢开玩笑的人都变得肃然起来。

　　大主角王铁成却在尽量使自然松弛。我听到他在北京厅门外的值班室跟人说笑，就好奇地走了进去。原来，他正跟制片主任神侃总理脸上的老年斑。颜老

◎　丁荫楠为王铁成说戏

太太愣说总理脸上这块儿有个老年斑，我说没有。她拿出一张照片给我看。哎，还真有，不但有，还挺显眼，块挺大。奇怪呀！我也拿出一张照片给她看，确实没有。怎么回事呢？后来，一问保健医才知道，敢情是有一回做手术拿掉了。

　　铁成伤未好利落，身上还缠着绷带呢！可他这人闲不住，特别是嘴闲不住，有点空儿就跟人聊。不管多紧张，多累。要是丁荫楠在场，那两人就是一台戏。

　　此刻，丁荫楠可顾不上这般潇洒。他正在北京厅内和于小群谈移动拍摄的要求，设计演员的调度……他这个总指挥，深知肩上的重量。

　　在大会堂领导和工作人员的支持下，凡属拍摄空间都依总理在世时

的模样恢复了原貌。总理办公室的沙发、床铺、办公桌、电话、台灯、文具……原物全都各就各位。当年的军乐团指挥又重新操起了指挥棒。一个个真实的总理生前生活、工作的空间呈现了出来。

更叫人感动的是，李鹏总理听说摄制组正在某厅拍戏，竟然破例决定给摄制工作让位，改到相邻的另一厅接见外国元首。

同一日，江泽民总书记、李鹏总理等人在三楼宴会厅向有突出贡献的博士、硕士学位的一批年轻科学家颁奖，而楼下上百人的摄制组仍继续拍电影。这恐怕在中国电影历史上是绝无先例的。

大会堂的拍摄非常成功。为了国庆招待会这场戏，铁成看了60来遍纪录片录像，反复揣摸总理的心情、神采、讲话的特点，甚至动作的每一个细节。实拍时，演得异常逼真。一位在旁边观看拍摄的女服务员激动地对我说："当年那次招待会，我也是做服务工作。今天，大家的激情劲儿绝不亚于当年。"真的，我亲眼看到，许多参加过25周年国庆招待会的老干部仿佛总理真的亲临现场，热烈鼓掌之余不由得又淌下了泪水。

有了影响，良好的形象开始树立起来。大报、小报、广播电视都有了反响，连司机驾驶挂着"周恩来摄制组"牌子的汽车在北京街道上跑，也倍觉神气了许多。

丁荫楠说："大家凭什么顺顺当当听我的调遣，没出什么漏子？不是我丁荫楠有多大的威望，我心里清楚，是'周恩来'三个字将摄制组凝聚成一个人一样。"这是心里话。

要说把一万多张大字报、宣传画、大标语在一夜之间糊满那一里地长的北京成贤街街道两旁，也并非易事。没有群众的支援，真难以想象。再说几百人大张旗鼓地在一条这么著名的文物街如此折腾，又是处在两会全国人大会议和政协会议召开期间，又必须北京市公安局出动人马戒严、维持秩序，这要不是凭"周恩来"三个字，谁人有那么大的面子？

拍成贤街，我曾写过一段拍摄散记——

　　一向颇具儒雅意味的安静的成贤街，忽然间形形色色大字报、大标语铺天盖地而来，臂戴红袖章的一队队红卫兵打着各种旗派，高呼"文革"期间流行的"打倒""火烧""批臭"之类的口号走过街旁……

就在这种气氛里，一辆黑色大红旗轿车穿过街头牌坊驶来，车内的周恩来总理观望着这一切，沉思着……

这是故事片《周恩来》开头的一场戏。

虽然是一场过场戏，却十分重要。

这部影片以周总理最后十年为前景，不断观照过去，采用时空交错的手法结构全剧，因此如何表现"文革"，成为艺术处理上一个至关要紧的课题。

编导们决定：用诗化的手法，通过一条街道大字报的变化来概括"文革"的全过程；同时，又强调以总理巡视了解街头大字报情况的方式，而着意带上人物设定的主观色彩，突出表现内在的意味。

丁荫楠导演将此设想同美工师王大雨商量，大雨非常赞赏。

那几天，两人坐车转了北京城的九条备选街道，最后选中了成贤街。这条街，两头有牌坊，中间有孔庙，有国子监，有学校，有四合院。围墙，不是红就是灰……一看，便充盈北京文化色彩。宽窄也适宜拍摄，用大雨的话说，"比特意搭的还理想"。

为设计这场戏的氛围、布置，大雨一连几天就像着了魔。终于，设计稿、气氛图得到导演的肯定。

为使一里地长的街道完全"文革"化，道具师郭大刀和他的助手们请部队、学校等单位帮忙，写了数千张大字报，他们自己亲自动手，夜以继日地写了三四张重点大字报，又专门请人画了六七幅具有"文革"特色的巨幅宣传画，摆到街头显眼处又请锦旗厂赶工制作了四五十面带有造反队名号的红旗。拍摄前夕，红旗插在招待所院内，猎猎飘扬，不知情者乍一看，还以为在开什么大会。

首都博物馆、一四三中学、当地街道办事处、居委会……伸出援助之手。

还有解放军战士、军艺和其他学校的学生参加贴大字报，扮演红卫兵、造反派。

一个日景，三个夜景，大字报由兴盛而衰落，又再度兴起再度凋敝，以至于销声匿迹……全都一一摄入了镜头。

不单是"文革"情景的展示，更为重要的是表现了总理的不同心态，拍了整整一周，它们将贯穿整个影片。

事前有王铁成做工作，所以进三○五医院也还算顺当。实在说，三○五医院也是非同小可的场所，原称中南海门诊部，是专给中央领导人和中南海工作人员看病的地方，其重要性并不低于中南海。当然，经过大会堂的考验，摄制组取得了有关部门的信任感是一个因素，但主要还是人家看在周恩来的面子上，允许我们进去拍戏了。在这之前，他曾在长沙物色了一所医院作为备用景点。这回，一进到那高大的走廊、高阔的病房，丁荫楠便禁不住激动地对站在身边的制片主任说："看到了吧，这才叫国家感，这才和周恩来相称。"

丁导拍这部片子始终关注国家感。

环境是人物的延伸。人物与环境构成一个有机整体，给人以崇高感。专列—毛泽东，书房—毛泽东，大会堂—周恩来，病房—周恩来……其中，环境感是否具有人物感？把人物拍大，用仰角拍，就会显得人崇高了吗？未必。有时故意把人物拍小，但环境要拍大。这样，人物精神世界的博大反倒可以在无形中展现出来。这是电影创作上的一个辩证法。丁荫楠深谙此道，和他谈得多了，也就理解了他千方百计追求实景拍摄的深意。这里，还不仅仅是个真实感问题。

在三○五医院，一切仍是恢复原貌拍摄。好在当年的有些医护人员都还在，东西放哪都清楚。这回，高振普把自己保存的总理中山装也拿出来了，给王铁成穿上，刚好合体。再一摸兜里，还有一方手帕，恰是总理外出时常带的。这真叫神奇，连高振普也没想到。影片中，周恩来出席四届人大做报告，就是穿的这件中山装。

进中南海就要难一些。这也是能够理解的事。听说有几部电影给中央打了报告，未获批准，只得另外搭景。制片部门开始前去交涉时，人家说在中南海院子里拍几个镜头还可以，但进西花厅、游泳池有困难。邓大姐还住在西花厅，惊动了她老人家，总是不好。西花厅的戏比较多，何况西花厅除王铁成外，又谁都没进去过，美工师如何设计搭景还是个难题。

有一天，我们约高振普采访。回电话说，到西花厅找他。丁荫楠、王铁成和我，又特意叫上美工设计王大雨一同前往。大雨带了台相机，趁我们和高振普谈话之机，他里里外外照了个遍。让不让照，他也没请示，反正人家没说"不"字，就是默许了呗。照相为何？为了搭景。大雨甚至还偷偷量了尺寸。

只是，这一番心计白用了。中办领导后来批准了剧组进入西花厅和游泳池拍戏。这可是破天荒，除了纪录片摄影师被特许进去赶紧拍几个镜头外，哪个故事片有此殊遇？

这期间，意外地拍了北京的一场雪，丁荫楠兴奋异常。事后，我专门为此写了一段散记——

眼瞅着冬天就过去了，可北京愣是没正儿八经地下一点雪。

一进入三月，天气就开始暖和了。

丁荫楠心里着急，影片《周恩来》里冬天的戏不少，有些场戏缺了雪简直就是不行，到东北抢拍了一点雪景，可弥补不了那些有硬性规定的"北京雪景戏"呀！怎么办？

天阴了，丁导似乎有一种预感，要下雪。可又担心，下的不是雪，而是雨。

第二天天刚亮，他一睁开眼，就赶忙拉开窗幔向外望，晨光中果然有雪花飘落。不是很大，但那白茫茫的一片雪景，满可以进入镜头，派上用场了。

急忙穿好衣服，没顾上洗漱，便去砸摄影师于小群的门，又去砸场记的门、制片主任的门……一阵阵急促的砸门声，不知情者还以为招待所发生了什么事。

就在走廊上，丁导同有关的摄制人员碰了一下头，商定了所拍的镜头，几乎同时，司机师傅已把车开到门口，副摄影师已备好摄影器材下了楼。

用不着制片主任特意招呼，大家已各就各位。

见了雪，都情绪高涨，喜出望外。

先拍人民大会堂，再拍中南海红墙外的街道……

登上景山，大俯瞰——雪雾中的北京，氛围特棒。

又经有关领导批准，进入中南海内，啊，千树万树梨花开，摄影机伴随着人们的喜悦之情，悠悠地奏着一支抒情曲。

那天，拍摄结束后，丁导高兴之余，又有些遗憾，雪还不够大，还没有造出漫天皆白的特定情境，西花厅尚未拍……

也怪，老天似乎明察导演的心情，第二天又布了一天的雪，而且比前一天的大，飘飘洒洒，给屋顶、树枝妆上一层厚厚的雪绒。

于是，又是抢拍。

拍周恩来雪中返回西花厅时，导演规定非现场必须人员一律不下车，以保持西花厅院内的安静环境，在这里，摄制人员动作紧凑、利索，说话声音都低了八度，演员配合默契，进入规定情景快。在中南海工作人员的大力协助下，十来个镜头很快就完成了，坐在车内的服装、剧务等人员都想一睹总理生前的住地西花厅，但碍于摄制规定，硬是坚持没有下车。

拍摄完毕，已是下午三点多钟了。大家都还没吃午饭，有些人只凭几块点心来充饥。

望着车窗外仍在纷落的雪花，不知是谁说了一句："感谢你，老天爷这位绝妙的置景大师。"

在西花厅总理居室拍戏，隔壁就住着接近90高龄的邓大姐。尽管摄制组小心翼翼，连丁导喊"开拍"都得用气声，低八度，有时甚至用手势代替，但强烈的照明灯光还是引起了邓大姐的注意。当她得知在拍电影《周恩来》时，特意接见了部分主创人员和主要演员，鼓励剧组拍好片子，再现总理形象，并与大家合影留念。

游泳池是毛泽东"文革"期间的住地。现在变化较大。为了布置好那间阔大的书房，道具师郭大刀可没少动脑筋。早在长沙时他就做了6000册道具线装古书，量不算少，但要想摆满那整整占了一面墙的17个大书架，就差远了。为此，他又赶忙驱车琉璃厂中国书店求援。

在游泳池拍戏，毛泽东生前的卫士周福民出来帮忙了。他搬来一个箱子，对扮演毛泽东的张克瑶说："这些，都是主席生前穿的、用的，只要拍电影用得着，您随便挑。"能进到一位曾左右中国历史进程的伟人的住地演戏，就已叫老张激动不已；现在又见到这么多的珍贵遗物，他简直不知如何用言语表达自己的感情了。

李鹏总理和夫人朱琳来游泳池接见了剧组。谁都理解那种感情。

丁荫楠又一次来到毛家湾一号。这回，他是率领摄制组来的。中央文献研究室、周恩来研究组的一部分熟人、老朋友和老丁握手、致意，心里格外激动。老丁来到过去住过的那间屋子，触景生情，禁不住想起近一年之前在这儿搞本子的情况。

那时可不曾想到今日这种烈烈轰轰、牵动社会多少根神经的拍片场面……

中央文献研究室的领导、工作人员如今以加倍的热情接待、支持丁导一行。比起其他地方，老丁在这里便觉随便多了。

林彪和叶群的戏不算多，但很重要，要拍出个性。说起林彪的扮演者，内中还有一段趣事。我在拍摄散记中写道——

一个颜碧君，一个王希钟，都是影视界大名鼎鼎的化妆造型大师、老前辈，如今，应导演丁荫楠之邀，齐聚《周恩来》剧组，为扮演周恩来、毛泽东、陈毅、贺龙、叶剑英、邓小平以及江青、张春桥、姚文元、王洪文、蒋介石等特型演员化妆。

影片中的周恩来跨越了青年、中壮年、老年等人生几个重要阶段，均由王铁成一个人扮演，这给化妆造型增加了极大的难度，特别是老年周恩来，又有健康和病态之分，又是第一次出现于银幕上的由演员来塑造的形象，又是最为当今很多人所熟悉的总理形象，稍有差池，便很难让观众认同。为此，早从去年6月份起，王希钟就开始了王铁成的总理晚年形象的化妆设计。重点放在头发、眉毛、鼻翼、嘴和面部皮肤等几个部分。

头皮，根据不同年龄段准备了五个头套。嘴的难度最大，经过了多次琢磨、实验，最后用了一种较软的塑胶材料才算完满地解决了难题。总理晚年，特别是身患绝症后的几年里，面部老年斑很多，他和颜碧君老师对照相片细心观察、研究，取得较满意的效果。

还是王希钟进组不久，丁荫楠就发觉他若稍作化妆有可能演林彪，当时王希钟还以为是笑谈，并没当回事。其后，副导演找了几个演林彪的演员，丁导均不满意，林彪在影片中的戏不多，但很重要，要求演员在有限的戏里演出林的个性、心态。越到后来，丁荫楠越觉得林彪这一角色非王希钟莫属了。

王希钟过去在影片里偶尔也演演大群众，但那纯属是龙套。用他的话说，是"瞎起哄"。这回要演的可是个中外闻名的大人物，能演好吗？

丁荫楠鼓励他说，肯定能演好，他要王希钟一改面善的模样，变成冷面孔、硬面孔，不轻易露真情的所谓"整脸子"，同时还要时时想到自己是党内二号高位的副统帅，举止动作皆不能小气。

在毛家湾林彪住地实拍那天，王希钟提前给王铁成化好总理妆，颜碧君再为王希钟化林彪妆，然后，丁导一声实拍令下，演员各就各位，总理和林彪的一场戏开始了。

王希钟表演得不错，受到了导演和其他人的赞扬。王希钟身穿军装、秃顶，手捧毛著拍的一张彩照，同当年江青给林彪拍的那张"孜孜不倦"，真可称得上是以假乱真呢！

一天，我正在屋里写文章，听到外间门响，还传来一个人的话声："快去把医生找来。"接着，一阵脚步声进到隔壁丁荫楠的房间。我推门进去观看，见老丁躺在床上，脸色不好，心里已猜到八九分了。果然由于休息不足，疲劳过度，刚才他晕倒在拍摄现场。随组医生来检查了下，给他服了药。人们走后，我在门上贴了张条子：导演身体不适，请勿打扰。

导演躺倒，摄制组就如同钟表停了摆。

我担心的事终于发生。

本来，看到他日里、夜里都那般忙碌，我就曾劝过他，当心身体。可我也清楚，有些事他不过问，就难以解决。"多国部队"嘛！组内的矛盾推来推去，最终还是推到他跟前。没办法。

哎，我又想起老丁说过的那句话：我就是受累的命。

还好。第二天，他又爬起来，出现在拍摄现场。

北京西郊有个军用机场。周恩来最后一次乘机赴湘面见毛泽东，就是从这里起飞的。机场现归部队管，不定什么时候就有专机起落，自然也是个拍电影的禁地。可最终也进入到《周恩来》的镜头中。有人猜不透公关部的乜书杰和肖鹰用了何种神法攻破难关的，老乜却说得极平常："管机场的部队参谋长就是当年给总理开专机的女驾驶员，人家是出自于对总理的感情啊！"

女驾驶员深情地为摄制组介绍了当年的情况：总理如何走下车，如何上飞机，如何同机组人员亲切聊天、握手……我听着，似乎历历在目。

也怪，实拍时，天上阴云密布，朔风渐起，竟和当年情景一模一样。而且恰好有一架三叉戟飞机起飞。

八宝山"周恩来参加贺龙骨灰安放"一场戏，拍得催人泪下。王铁成那一声"薛明，薛明啊！"的叫板，先就叫人心中一颤；和薛明的几句对话，感情浓重，令人有撕心裂肺之感；灵堂里的七鞠躬，将悲痛之情又推向一个高峰。演员全身心地投入了，导演全身心地投入了，在场的摄制组人员有许多流下了泪水。这当然是这场戏拍成功的因素。可从另一方面来说，要是没有解放军三总部和北京军区的将军们亲自出面，哪有100多辆老式"红旗""上海""伏尔加"等组成的具有"国家感"的庞大车队，又怎会在短短一周内就能招之即来？再者说，那些充当群众演员、站在灵堂内参加吊唁仪式的几十位老将军、老部长们规规矩矩听从你丁荫楠调遣；贺老总的骨灰真的就让剧组请出来，放入灵堂供拍摄用……所有这一切，凭什么？人家看重的是周恩来。

7

　　周恩来重返延安，是影片中的重场戏。这个情节，我最初从一些报刊资料上看到过，但比较笼统、简单。后来，采访周总理的保健医张佐良才比较详细地知道了一些内情。他说，总理见到延安市人民还是那么穷，心里十分难过地自责："我是一国总理，我没当好这个家呀！"并且还表示，将来延安市改变面貌，生产翻一番，"要是我不死，我不犯错误的话，一定再来看望大家。"那时候，总理已知身患癌症，江青一伙又在搞"批林批孔批周公"，他身心所负的重担可想而知。我们听后，十分感动，觉得这是一段动情的戏，非加进本子里不可。

　　为了拍好这场戏，丁荫楠特意提前一个月派美工王大雨做先导去采景。之后又派一位副导演、一位制片主任前往组织群众演员。影片中有一场戏是总理乘坐的吉普车陷到延河畔的泥沙中，群众见状从四面八方奔来帮助抬车。事情凑巧的是，王大雨采景的吉普车也陷到了河边，不得不请附近的老乡们来帮忙抬车，提前演习了一次群众抬车戏。

　　后来，按照当地干部、群众的座谈情况，对剧情又做了一些改动。

　　拍延安这场戏，几乎就是当年旧景的再现。许效民、土金璋等几位延安地委的老领导又穿上当年接待总理的服装，加入到演员行列里，说着当年说过的那些熟悉的话……

　　河滩抬车一场戏，光群众演员就要四五千。场地大，人员多，需要严密的组织。延安地市领导为此专门做了部署安排。就像当年打仗那样，缜密而周到，滴水不漏。这里摘要如下——

延安地市协拍电影《周恩来》办公室
关于周总理车泥南河一场戏群众演员的安排

　　拍摄时间：5月26日（星期日）上午

　　拍摄地点：市第一中学外河滩

　　群众演员分布位置：

　　一号位：一中外河滩向北500米处。

　　二号位：一中外河滩向南500米处。

三号位：黄蒿沟口下坡处。

四号位：应子沟口向北500米处。

一号位904人。其中二十里铺农民182人，带队干部张文林；王岔沟农民150人，带队干部倪树强；凤凰山街办事处居民150人，带队干部景生旺等；东关小学学生105人，带队教师王军、韩巧花等；市二中学生160人，带队教师侯忠义、高日兰等；地委干部140人，带队干部段生华。

二号位870人。

三号位661人。

四号位580人。

群众演员入场路线：

一号位：

①派三辆车接二里铺群众，到一中大门口下车，步行到位；

②派两辆车在丁家沟右拐弯上机场跑道接王岔沟群众，一中大门口下车，步行到位；

③凤凰办居民步行到位；

④东关小学学生步行到位；

⑤派三辆车接二中学生，一中门口下车步行到位。

现场指挥：

一号位指挥：凤凰街道办书记陈发育。副指挥：凤凰街道办主任张文福。

二号位指挥：宝塔街道办主任张修有。副指挥：宝塔街道办副书记杜水发，宝塔街道办副主任郭明智。

三号位指挥：南市街道办主任王海燕。副指挥：南市街道办副书记姬年祥。

四号位指挥：桥沟乡书记李志杰。副指挥：桥沟乡乡长周光雄。

戒严总指挥：地区公安处副处长肖志荣。副总指挥：市公安局副局长刘忠义。

注意事项:

1. 各单位群众演员必须按时到场。

2. 各单位带队干部要严格把好群众演员服装、发式关,不符合导演要求的坚决不让上车。

3. 5月25日下午二时半在军分区招待会议室召开带队干部、各位置正、副总指挥会议,会后去拍摄现场实地察看,务必准时参加。

一九九一年五月二十三日

为拍电影,人家专门成立了办公室,制定了如此周详的计划,哪位电影导演碰见过这般协作?一股热流冲上心头,丁荫楠深深感动了。这哪是一份拍摄计划书,这是老区人民对敬爱的周总理充满浓烈缅怀之情的一首抒情诗篇呀!

实拍时,许多来自于几十里之外的老乡们赶来观看。当导演一声令下,摄影机启动,对准河滩上陷入泥潭中的总理的车时,群众演员从四面八方赶来,而围在四周的看热闹的人群也情不自禁地要涌上前去……这一刻,人们似乎忘记了吉普车里坐着的是演员王铁成,恍若总理真的再一次来到了革命圣地延安,来到了人民中间。

8

3月底,一夜大雪,覆盖京城。第二天早起,雪雾蒸腾,满街树挂恰如盛开的梨花,煞是好看。丁荫楠率领摄影组,登鼓楼、爬景山,补拍全片最后的雪雾镜头。

已近4月,北京降下如此大雪,堪称奇观。

丁荫楠仰天慨叹:天助我也。

也就是这一天晚上,丁荫楠参加了全国各地电影公司经理们的看样片座谈会。其实,说样片是不确切的,应当说是第一批素材片。影片还在拍摄中,许多戏没拍。这些粗粗拉拉连起的只是未来影片的片断,情节不连贯,只有同期声录上的简单对白,画面色调未修正,无音乐,这当然很难谈得上什么艺术感染力——因为它还算不上艺术品。一般来说，导演是不愿意让这种未经处理的、不完整的素材让外人见到的，尤其不愿让这些爱挑剔的、决定未来影片发行命运的经理们见到。明摆着，这种情况容易露丑。而一旦让人有了坏印象，以后再更改就很难。这回，丁荫楠却宁愿露丑。不知他是对已拍出的素材有底气呢，还是想真的要听听经理们的意见以改进今后的摄制工作？

我感觉，他是两者兼而有之。

看片过程中，有人被感动地哭了；一会儿，场内隐约响起了抽泣声。

观片结束，放映间灯亮了，半天没人言语，人们还沉浸在感动中。

经理们纷纷赞扬影片拍得好，拍出了总理感人之处，并表示要多订拷贝。

从某种意义上讲，这经理就是这个城市、这个省的观众代表。他们最了解观众想看什么。

观众是上帝。如今，上帝的代表们叫好了，丁荫楠听了，当然高兴。摄制组上上下下，备受鼓舞。

仅仅是素材便有如此效果，那影片完成后呢？

但是，且慢。丁荫楠在此时此刻反而冷静了下来，他让各部门连夜开会，主要是从已拍出的素材片中找不足，找差距。

于小群跑到我屋里征求摄影方面的意见，整整谈了大半夜。

丁荫楠也坦率地讲了不少遗憾之处。有些，尚可弥补。他对艺术总是真诚的。

那以后，拍出的素材果然改进了许多。

丁荫楠说，这是拍片规律，会越拍越好的。

6月26日。拍摄完"总理参加泼水节"的最后一个镜头，国内拍摄工作正式结束。

7月14日至21日，摄制组一行21人飞赴日内瓦，在当地中国使馆协助下赶拍"周总理参加1954年日内瓦会议"的几场戏。由于种种条件的局限，再加上时间不等人，有些已定的戏没拍上。日内瓦是世界闻名的旅游城市。可大家光顾拍片，还没顾上欣赏异域秀丽风光，便又匆匆踏上了归国之途。虽说在出国经费上，只花了8000元外汇，节约预算九倍多，但在艺术上却增加了丁荫楠的又一个遗憾。

电影是遗憾的艺术，没办法。

后期制作的20多个日日夜夜，丁导会同剪辑、场记、录音、作曲、配音、拟音等奔忙于珠影录音间、剪辑间。有些需补录台词的外地演员，只要一个电话或电报打过去，立即赶来。当时正值广州盛夏，湿热无比，一些住在空调房的人昼夜难眠，再加上蚊子叮咬，其苦处一言难尽。

8月上旬，双片如期制作完成。

一直关注《周恩来》影片的中央重大历史题材影视领导小组和电影局的领导们在审看片子时，许多人被感动得泪流满面。

看完片子，电影局局长滕进贤说："这是一部非常感人、结构严谨、流畅的好影片。实现了我们今年计划的第四个冲击波。第一是《焦裕禄》，第二是《毛泽东和他的儿子》，第三是《大决战》，第四就是《周恩来》。今天，我是被真情打动了。男儿有泪不轻弹，我看时流泪了……"

丁峤说："广西厂拍了一部好影片，生动真实地表现了一个伟大的无产阶级革命家辉煌的晚年。在政治上处理得很有分寸……丁荫楠是真正的艺术家。他不是搞简单的遵命文学，他是融合了大家的意见。这部影片，比他执导的《孙中山》又大大地进了一步！不是跨一个台阶，而是跨了三个台阶。王铁成对艺术的认真、对总理的爱，使他创造的周总理的形象，不仅形似，而且神似。他是用心在演，是一次表演的升华。把周总理的情感、特点都表现得很细致，很动人。"

8月24日晚7点30分，江泽民、李鹏、乔石、李瑞环等20余人在中南海审查了《周恩来》双片。深夜11点多钟，参加审片的广西壮族自治区李振潜副主席向高鸿鹄厂长、丁荫楠导演传达了中央领导对影片给予了很高评价、审查顺利通过的特大喜讯。高、丁二人又依次到其他人房间一一通告。参加后期制作的十多位摄制组成员，兴奋地连夜聚会，以冷饮代酒，共庆影片的成功。

从1990到1991这一年半的时间里，丁荫楠和他的一帮支持者们，还有高鸿鹄和广西厂的头头们，因《周恩来》尝尽了多少辛酸苦辣，谁人说得清？如今，都一齐化作甘甜倾注心头。在闪烁的彩灯下，我发现，一些人说话都带着激动的颤音，眼里闪着泪光。

我的眼睛里也是潮乎乎的……

第二天上午，滕局长向高厂长、丁导演等人传达了中央领导观看《周恩来》情况——

从现场看，各位领导的确很受感动，对片子评价很高。中央领导审片一次就顺利通过，在这之前还不曾有过。《开国大典》看后，都做了多处修改。值得向厂长、导演和摄影组祝贺……

这之后，围绕修改问题，还曾出现过一点小曲折。但很快就过去了。

北京、上海、广州三个地方的电影洗印工人连续加班，在半个月内要印出第一批300套拷贝，以争取影片如期在国庆42周年同广大观众见面。这个时间，这么多拷贝数，也是一个纪录。

9

从国庆前后开始，《周恩来》在全国各地影院上映。单集拷贝数830多个，创新中国成立以来发行拷贝最高纪录。

《周恩来》轰动大连，上映20天，收入15万。

江苏江都县城区共有六万人口，观众数达6.5万人次。

扬州市原计划市区八家影院排映七天，但售票出现供不应求的趋势，决定又延长映期。

哈尔滨市动用飞机撒传单，大张旗鼓宣传《周恩来》影片。

芜湖市人民影院上映《周恩来》十天共40场，第一天所有票都卖光了。

武汉市电影公司搞过一次民意测验，结果是在今年已上映的影片中，最受欢迎的是《周恩来》。

南京梅园新村周恩来纪念馆专门组织了《周恩来》影片咨询活动和演讲朗诵会。留言簿上有人写道："王铁成，你最了解老百姓的心。"

总理的故乡淮安，在剧组前往参加首映式的两三天里，全城轰动，人们如同过节一般，缅怀敬爱的周总理的巨大标语从繁华市区十来层高的大楼挂下……剧组人员前往总理故居参观，数百群众自发地集聚在小巷里和广场上，挤得水泄不通。

在桂林漓江的游船上，来自菲律宾和台湾的游客，听说同船的有《周恩来》剧组，许多人走过来同剧组成员亲切交谈合影留念。

中国电影发行放映公司和中国记协联合举办《周恩来》影片外国记者招待会。原拟邀请30多个国家50多个记者，结果来了50多个国家100多个记者。有些记者在观片过程中甚至也流下了泪水。这是在过去同类活动中从未出现过的。

1991下半年掀起的周恩来热，至此涌起一个高潮。

我有时想：《周恩来》的诞生说明了什么？

周恩来身上所焕发出的人格魅力，源自一个伟大民族，是永不会衰老的。

（写于1991年1月北京，收入本书时有删节）

▌《相伴永远》

一、电影简介

电影名称：《相伴永远》

摄制单位：北京电影制片厂

出品时间：2000年

所获荣誉：第21届中国电影金鸡奖最佳故事片奖（提名）、最佳导演奖（提名）、最佳男主角奖（提名）、最佳女主角奖（宋春丽）、最佳美术奖（屠居华）

◎　《相伴永远》海报

二、主创人员

导演：丁荫楠

编剧：顾保孜、胡建新

主演：宋春丽、王学圻、苏岩、苗海忠

三、故事梗概

上世纪20年代，年轻的李富春和蔡畅在一次留法学生聚会中相识，两个同样满怀爱国热情和报国支援的年轻人被对方的风采深深吸引。蔡畅的哥哥蔡和森与周恩来、向警予带领着勤工俭学的留学生在北洋政府驻法公使馆门前示威请愿，学生们被陈公使招来的法国巡警所镇压，李富春为救蔡畅，被巡警打伤，两人的感情愈加深厚，遂结为夫妻。生下女儿李特特后，蔡畅和李富春为革命事业忍痛离开尚在襁褓中的女儿，远赴苏联学习。此后，一家人为了祖国和人民，随时都准备着为革命献出自己的生命。终于，中华人民共和国成立了，但两个人继续为建设祖国而努力工作。"文化大革命"爆发，李富春和蔡畅被这场突如其来的政治风暴压得喘不过气来，他们相伴在一起，共同经历着这场艰难的考验。1975年初，李富春积劳成疾，病危住院，蔡畅前往探视，却因自己感冒怕感染丈夫，只得在特护病房外与李富春交谈，无情的玻璃窗门使两人只能用纸和笔相互表达思想感情，一对相濡以沫53年的革命伴侣，不得不在此诀别……

四、导演阐述与拍摄花絮

《相伴永远》的制作法则

丁荫楠

《相伴永远》是一部传记体故事影片，以真人真事为基础，是一部现实主义作品，是专为描写李富春与蔡畅及其战友们感情生活的影片，所以富有浪漫气息。情节中有大量内心描写，靠闪回和情绪延伸加以渲染，因此这又是一部抒情的电影诗。

全片共分三个时空，四大情节段落。

三个时空：

1. 现在时：晚年的蔡畅，夜探李富春。这个时空要用纪实的手法加以表现，声音画面，全然是写实的，营造起真实的氛围。

2. 过去时：共四段。（1）巴黎之恋；（2）遇难香港；（3）新中国的曙光；4.最后的抗争。这四段情节应该采用浪漫手法表现，因为是回忆，应充满情绪化。夸张的声音与造型，给人一种遥远的历史感，变形的印象，四段相互要有明显的对比与反差。法国、俄国部分要有异国他乡的情调，尤其是法国，更要有中国人流落到异乡的陌生感、隔离感，当然，同时还要有一种解放感，冲出牢笼的自由自在感。

3. 心理时：一系列较短的历史情节与人物关系段落穿插其间，为的是刻画蔡畅与李富春彼时彼地的心理情绪，要寻求一种虚幻感，强调画面与声音的诗化，虽然有的部分仍是叙事，但要尽最大努力残缺，不要完整，而给人以印象化，自问、自语，强调其主观感！

四大情节段落：

1. 巴黎之恋：李富春与蔡畅相识、相恋、结成同盟，为寻求真理在法国留学后转赴莫斯科。这一段情节强调激情，用长运动镜头，在运动中表现青年留法革命者的激动心情，除画面与声音的张力外，就是速度一定是前进式的快节奏。

2. 遇难香港：大革命失败，李富春与蔡畅共同肩负着与叛徒斗争，重建地下党组织的责任，同时，表现了他们与自己孩子的情感。这是一段惊险样式的影片，渲染白色恐怖气氛，制造悬念，是生与死的搏斗，以短切镜头为主。

3. 新中国的曙光：解放战争取得全面胜利，在新中国即将诞生的时刻，李富春与蔡畅沉浸在新中国成立前的亢奋之中。利用广角镜头舒展胸怀，长拉、长推、大仰、大俯、大升降、长叠化，给人一种张扬感。

4. 最后的抗争："文革"中李富春、蔡畅相依为命，手携手共渡难关，在艰难的时刻更加表现出他们相濡以沫的深情。庄严、肃穆、深情，以固定镜头、凝重地表现那段历史的沉重，利用大前景使镜头有张力，并产生一种窥视感，利用长焦距镜头拍摄人物的局部表情，强化气氛，画面与画面的连接处必须富有冲击力。

以上所谈的三时空、四段落，必须强化段与段，时空与时空的对比反差。利用声音与造型，形成相互的冲撞感，是一种鲜明而响亮的节奏。

关于景：选择景地或搭景，以真实为基础，在不违反历史真实的前提下，要提炼、夸张，尤其是三时空、四段落，各自的造型与色彩，在整部影片的统一风格下一定要各自有各自的特征。比如："巴黎之恋"是异国风情——灿烂（法式）；"遇难香港"是恐怖笼罩——灰冷（英美式）；"新中国的曙光"是热情奔放——金黄（日本式）；"最后的抗争"是庄严沉重——黑红（中国式）。这里只是我的一点建议与感受，希望美术师给予具体的安排。

关于造型设计：我对化妆、服装、道具一贯的要求是三条不变的标准：性格感、时代感、质感真实（不能穿帮）。

关于录音：音响、音乐、对白的录制，包括后期制作，无疑是要参与营造氛围，刻画人物性格表现人物心理。《相伴永远》应该是强调声音的主观效果，这是一部大回忆式的影片，必须是蔡畅的视角，在真实的基础上要渲染夸张到极致，但绝不能游离于规定情景之外，要让观众感受到心领神会才好，从声音中能悟到画面之外的东西，这是我们最希望的。

关于剪接：请剪接师不仅仅满足于外部节奏，而要追求心理节奏，主观的节奏，因为《相伴永远》是一部电影诗，情绪的停顿与延伸，最见剪接师的感觉功夫。所谓影片的速度与节奏，是在前期的拍摄时就已经设计好了的，而剪接师除完成设想外，必须挖掘出影片中提供的独特人物心理的纯属电影的标点符号，哪里是句号，哪里是破折号，哪里是问号，哪里是删节号，哪里是冒号，诸如此类。

我迷恋运动中的"动接动""局部接局部"。拍摄运动镜头时，我将使用大量主体转换。三时空、四段落，我已严格界定了表现手段，望剪接师能够体会我的追求，不论固定镜头或运动镜头，均应做到天衣无缝。

关于演员：演员要真实地再现历史人物的音容笑貌，性格是第一，历史感是第二，所谓京剧里常说的装龙像龙，装虎像虎，手、眼、身、法、步、语言都是演员的手段，化、服、道、摄、录、美、照都是为演员刻画人物而服务的，都会给演员意想不到的帮助，但是唯独演员的眼神所表现出来的情感、思想、气质，那是谁都无法帮助你的，只有靠你自己救自己。一声"开始"后，谁也救不了谁了！

最后，我再唠叨一句，《相伴永远》是一部用不相关联的板块结构的电影，靠心理、情绪作为连接的手段，不是靠情节，如何做到形散而意不散，并能靠情绪循序渐进的积累达到影片的高潮，感染观众，就是我们每个部门都必须追求并要达到的艺术目标。

关于《相伴永远》的回忆

穆德远： 他对历史人物的研究是十分深入的，他带动整个摄制组十分严谨认真地考察了这段历史。很多历史资料有的在剧作中体现了，有的没有体现，但是跟着他，我们会去查很多根本没有在影片中写到的这些资料。查人物的背景资料，很深入地了解当时每个人的心路历程和他们真正的心态。比如：为什么他们要去法国，这些人去法国到底在干什么，在想什么，出现了些什么样的状况，科学救国是一种什么样的方式，当时的爱国青年是怎么想的，包括他们对政治的理解，对生活的追求，面对困境的选择。所以拍完《相伴永远》，我对这段历史有了很多新的认识，学到了很多东西。

有一点他给我印象特别深。当时我们拍《相伴永远》的时候，中南海已经进不去了，李富春家里该怎么摆设，摆什么样的家具，什么样的沙发，什么样的台灯，是非常非常考究的，他说中南海的沙发有专门的部门负责制造。因为当时国家并不富裕，而且干部的审美都比较传统，都觉得这家具要结实、要传代、要大方。什么叫大方？宽、大。他认为就是大方、结实，必须用好木头、好料，做工不好看，但要讲究。像毛泽东坐的永远是那种宽背沙发，看上去不好看还有点拙，但做工很细致，很宽大很舒服。他用一个"大"字来概括中南海的化、服、道特征。家具要大，沙发要大，然后所有人的家具规格一样，沙发一做一百套，大小领导都一样，体现一个官兵一致。台灯也是这样，电镀杆，底座大铁盘大铃托子，绝对不能说碰就碰倒了。所有家具颜色调子一看就是"海"里的东西。他喜欢用"海"里来形容中南海。他把中南海的气氛理解得非常独特和准确，所以他对整部影片历史氛围的还原也是十分准确的，化、服、道的制作细节也非常到位。包括院子里有什么样的架子，种什么样的树，院子里只能种葡萄架，前面必须有个影壁写着"为人民服务"。丁荫楠常常会想办法调中南海的真家具到戏里用。比如我们用的台灯，就是真从那儿调过来的，你没觉得它好，但放在一块儿你觉得它"对"。他在把握这种历史氛围时所拥有的这种感觉和经验是极其宝贵的。当他带领摄制组完成整个真实气氛的还原，从工作人员到演员，都会有一种真实的感受。我们摄影也一样，当这些环境都到位的时候，会形成一种气场，你对光线会有一种新的联想和新的感受，那种感受是依附于这种环境或者气场产生的。当我们脱离这种气场，是难以有这样的光效感受的。

丁荫楠很务实，也很聪明。他知道什么时候该糙，什么时候该细。我们都知道，拍戏这事，时间常常是不够用的。时间很紧的时候他会压

◎ 丁荫楠在《相伴永远》拍摄现场

缩镜头的数量，但绝不压缩镜头的质量。他在现场非常清醒，他会把大的东西全部弄完，质量都很高。他可能少拍两镜头，但是对这场戏来说，少这两镜头并不重要，重要的是这些镜头给人的流畅感和质感，还有这场戏的气场在不在。当这个气场在的时候，多一个反应镜头少一个反应镜头并不重要。在这方面的把握上，我认为丁荫楠是一个非常优秀的导演，从中我也学到很多东西。其实当导演的永远要面临这样的抉择，要有舍弃，无论现场拍摄还是后期剪辑。经常因为时间问题、经费问题，而必须做出舍弃和有所保全。一个创作的过程本身就是一个选择的过程。和丁荫楠的合作中，我们会发现，他真是能把最重要的东西留下，而他放弃的往往是次要的东西。他非常懂得尊重别人，对摄影造型非常的支持，因为摄影总是想精益求精，有些工作是要以时间为代价的，但我印象中他很少催我，他心态非常好。丁荫楠是一个很少发火的人，偶尔的发脾气也极少与拍摄有关。平时还爱开开玩笑，看起来漫不经心，又极端认真的一个人。他在尊重历史真实的问题上扣得非常细，绝不二乎，剧中人物造型，李富春、蔡畅、周恩来等等，他都非常下功夫，一遍一遍反复推敲，然后向方方面面征求意见。

当你给他提建议时，如果能从人物出发，从戏剧出发，从导演所要的那种氛围出发，他会很满意地采纳；如果你跟他说的不一样，他也不会很轻易地否定，他会非常婉转地表达一个意思要求你换一种方案。影片最后有场戏，李富春住院，蔡畅去看望。李身体已经很虚弱了，而蔡畅在感冒，她怕传染，两人只能隔着玻璃相见。这是个历史事实，当时就在三〇一医院，拍的时候我们对场景做了处理，玻璃面做得很大，两个人隔着玻璃相互抚摸，说"我爱你"。当时这场戏还有一层深意，就是李富春病重期间，邓小平即将上台了，李和蔡两个人要隔着玻璃传递这个信息，这是很微妙的情感，二人不仅情感上相濡以沫，而且在政治信仰上同样休戚与共。我们根据这些表现意图设计了这个场景的整个气氛。这个玻璃效果非常好，正反打的时候对方的影子可以映在玻璃上，镜头上两个人物都是正面的，一实一虚，很有味道。丁荫楠对这个方案挺满意，拍出来效果也很好。当时我曾经建议二人这时候用法语交流，我猜想当时的政治气氛一定是很恶劣的，二人讲话应该不那么自由，这时候用法语可以强化那种曾经的理想和浪漫以及现实的严酷和伤感，但丁荫楠没有采纳，他仍然选择了用中文，事后看他对这件事的把握还是蛮准确的。他能够对别人的建议认真思考之后做出自己的准确判断和决定。其实导演就应该是这样，他的才华很大程度上表现为调动和整合他人智慧与才华的能力。他不仅要胸怀开阔，还要心中有数，要对各个部门的技术、创作原理与规律有清醒的认识和准确的把握，之后调动所有人的创作热情，共同建设这部影片，最后由他来选择最佳方案，把影片拍好。丁荫楠就是这样一位好导演。

王学圻：记得拍一场李富春和蔡畅在前沿阵地地下诊所见面的戏，场面恢宏，炮火纷飞中两人拥抱，非常的浪漫，这场戏拍完了导演很满意，之后他就赶赴法国拍摄李蔡两人年轻时代的戏。这时候却来了一个噩耗，刚拍好的那场前沿的戏不小心被洗印厂"煮"了（底片报废）。当时景也拆了，导演人也在法国，片方又重新投了70万元搭景，导演回国后重拍。丁导回到国内，接到了一封李富春当年厨师的信，这位同志记录了一些李富春生前的点滴，对这位革命家的果敢、干练，对腐败的憎恨，对国家的热爱都作了生动地补充。导演看到这封信，当机立断重新修改剧本，对拍摄又作了调整，令这个人物更加丰满。这部影片最后获得了华表奖最佳男主角奖、金鸡奖最佳女主角奖和华表奖最佳剧本奖。

宋春丽：我在拍摄《相伴永远》前，虽然也塑造了不少干部形象，但大都出入在县政府或市委的大门，真正让我走进中南海大门的就是丁荫楠导演的《相伴永远》中的蔡畅。

　　走进这个人物的内心和生活空间是有着一段过程的。记得那时丁荫楠导演给了我一堆图片和影像资料让我看，还一举手一投足地教我如何表现高级领导干部因社会职务所形成的一些外在形态和感觉。比如中南海院内蔡畅家中的门板很高，我有时会下意识地像老百姓一样一片腿就迈过去了，每到这时丁导就会提醒我要高抬腿轻放下。再比如，刚开始拍摄的时候，我总不习惯死板地坐在那里说话，总想边干点家务事边说，这也是我演小人物养成的习惯，可丁导要求我动作简单，不要那么琐碎。特别是最后那场和李富春分别的戏，无论在镜头处理还是在细小情节的组织上，导演都为我们演员的表演提供了极大的帮助。

▎《鲁迅》

一、电影简介

电影名称：《鲁迅》

摄制单位：上海电影集团有限公司

出品时间：2005年

所获荣誉：第12届中国电影华表奖优秀故事片奖（提名），第11届中国电影华表奖夏衍优秀电影文学奖

二、主创人员

导演：丁荫楠

编剧：刘志钊

主演：濮存昕、张瑜

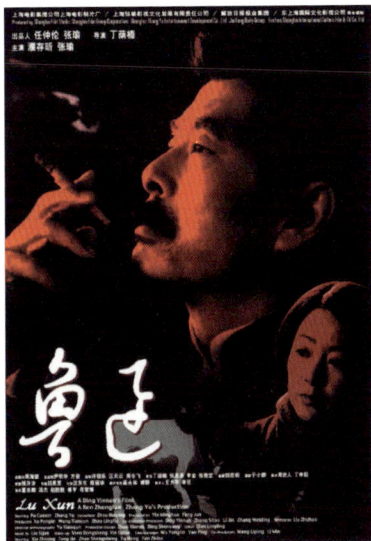

◎　《鲁迅》海报

三、故事梗概

横眉冷对千夫指，俯首甘为孺子牛。在19世纪末的江南水乡，一个日后在中国文化界占有重要席位的人降生于此，他就是鲁迅。经历了人生几度沉浮，见过了人吃人的阴暗面，鲁迅与夫人许广平于1933年来到上海，度过了人生最后的一段时光。凶险的暴雨之夜，丁玲和潘梓年遭到反动派绑架，侥幸逃生的瞿秋白求助鲁迅，民权会的负责人杨杏佛振臂高呼，要求立即放人，严惩绑架案的策动者。习惯了但依然反抗着

白昼的黑暗，鲁迅牵着幼子海婴的手，从容走过杀机四伏的上海街头。光天化日之下，杨杏佛当街被杀。见过太多比自己年轻之人的死，鲁迅悼念着逝者，谴责着利欲熏心、歹毒非常的执政者。暂时避难的瞿秋白固然逃过一劫，可是在黎明到来之前，他的生命也必将献给伟大的革命事业。

四、导演阐述与拍摄花絮

再现与表现

丁荫楠

主旨

选择与拼接是这次分镜头剧本创作的唯一方法，经鲁学专家指点，完成鲁迅由生—死—生的转化。鲁迅的一生像一颗钻石，由许多晶面组成，选择其中的一小部分，不完整地拼接在一起，依靠互相折射的作用，形成鲜活的人物形象。所谓一滴水看太阳。

五四新文化运动以来，中国涌现出一批最热爱祖国、最热爱中华民族的知识阶级，他们是无所畏惧地表达着自己的见解，为推动社会走向民主与科学，而不惜牺牲生命，鲁迅就是其中最杰出的一位。他的遭遇最具代表性，他的作风最崇高、最优秀。说到个性，他的骨头最硬，是民族的脊梁。他的心具有最博大的爱。只要能把他的生存状态真实地再现出来，就会让世人感动，从而体会到"民族精英"四个字的真正含义。

我们要做一个艺术品出来，让中国和世界的观众看了影片后有共鸣，引发出观众对人生、社会、中国历史的感悟或启示。我们不要把这部电影归结成政治宣传品，即使他的内容跟政治密不可分，因为它代表了世界普遍的人性，人是要追求自由、平等、博爱的。鲁迅就是一个一生都在为中国大众追求这个最起码的人权。言论自由、没有奴役、没有虚伪、没有肮脏的交易，有的只是真善美。他的理想在他的生前实现不了，然而他却为了这个理想不停地工作，"肩住了黑暗的闸门，放他们到宽阔光明的地方去"。他不停地影响着周围的青年，即使是失败，即使是被黑暗的势力威胁，即使是被背叛，受到了心灵的最大伤害，他仍然"赶快做",在生命的最后几个小时里,还在战斗,还在关心着中国新时代青年的思想启蒙。我想,"横眉冷对千夫指,俯首甘为孺子牛"是这部影片的主旨。

结构

鲁迅的演讲,突出鲁迅精神的两个侧面:(1)他的"永远不满足现状"的,"为民众说话"的"真的知识阶级"的立场,由此决定了他不为任何政治势力左右的独立品格,而这正是全剧所要具体展现的;(2)他的"肩住了黑暗的闸门,放他们到宽阔光明的地方去"的先驱者的形象,由此决定了他与中国青年及中国未来的关系,并突显出"生"与"死"的主题,而这也正是贯穿全剧的条内在的主线。

全剧表现层面,主要是三个死亡——杨杏佛的死,瞿秋白的死,鲁迅的死,以及这些死亡所引发的生者的心灵生命的搏斗。如何将这三个死亡表现得各有特色,揭示其丰富的内涵,并具有张弛自如的节奏感、层次感,在具体拍摄中是需要再三斟酌与精心设计的。

而其背后则蕴含着更为普遍的、超越的、形而上学层面的思考与生命体验:关于生与死的意义与转换,生之灿烂永恒与死之灿烂永恒。通过鲁迅主观梦境和幻想延续抒发他的情感情绪与哲学的意念。

由此而形成全剧的风格:现实与超现实手法的交织、转换,而成为一首"哲理诗"。

虚实的美学原则

《鲁迅》是一部虚实并重的影片,虚的部分就是全片中一系列梦境。这部分内容应该是像海市蜃楼一样的,是我们依照着主体意念的要求制作成的独特的影像,把鲁迅内心的爱与痛外化成可以看见的、可感受得到的影像(包括声光色),让观众与鲁迅一起感受这爱与痛、惊与悲。为此也会呐喊,也会彷徨,也会"解剖"自己胜于"解剖"别人。

实的部分,即鲁迅的真实生活情景,以质感真实为前提,现实主义的表现方法平实自然,再现30年代上海的真实情景。再现历史真实呼唤观众灵感,进入到历史情景中去,达到震撼效果。这样才会理解鲁迅独醒者的苦闷与呐喊,体会到那苦闷与呐喊的必然,接受与同情鲁迅。从而心中升起崇高的敬意。

在实的范围里，还有一个内景与外景的造型对比。内景与外景的对比，内景是局部的，质感真实的。全景的光是古典写实主义的，色彩是提炼了的，分场设计好的。稳定的运动，相对"静"。窗外真实环境与风、雨、雪、夕阳、晨光、月亮……外景是动荡的，浮躁而喧嚣、杂乱的。远景用长焦、变焦来拍摄，运动用摇，中景用肩扛跟拍或跟移，群众场面还要注意抓拍，轻微的不稳定感营造出纪录片式的真实感、临场感，如葬礼的场景。提倡富有冲击力、色彩纷繁的，焦点的虚实，纵深感强的镜头。有时外景的运动镜头要处理成情绪的延伸，所以摄影机的运动也要符合影片情绪的节奏，要充分运用高速摄影等技巧。

镜头语言

镜头是电影最小的组成单位，用蒙太奇法连接它们，通过两个不相关画面之间的连接，给观众产生一种心理的撞击，让他们兴奋不已。我认为，《鲁迅》电影最适合用简单的句子来完成。但这里有一个矛盾，因为影片以写实为主，容易变成节奏缓慢的纪实风格的影片。而这又违背当下电影观众的观赏习惯，会使观众打起瞌睡来，导致达不到传达影片意念的目的。如何来解决这个矛盾，是影片成功与否的关键。

正如刚才第一句话提到的蒙太奇，是通过两个不相关画由面的连接，给观众构成一种心理的撞击。重点是在"不相关的镜头"上，虽然只是蒙太奇法则，可是却给予我们创作的自由空间。所有"不相关的"或"看似不相关的"镜头接在一起，所产生的意义就会延伸，而观众想象的空间可以自由释放出来，100个人，对这个连接会产生100个不同的联想。我们的镜头，不是单纯的记录与还原，而是主动地有机组合起来。我们要观众看的东西，就是鲁迅的内心视像，即使他说的都是些抽象的东西，但通过画面，我们可以给观众直接感受到他内心的孤独与苦闷，幸福与快乐，愤怒与痛苦，悲哀与怜悯……这是个新课题，值得我们去再创造和研究。

《鲁迅》影片是"现实"与"鲁迅梦""幻觉"的结合，"梦""幻觉"是可以拍成超现实影像的。但需要提炼出单纯的概念来，在这个概念的基础上，把影像发挥到极致，这个极致就是艺术，就是感觉，就是内心，就是本质的鲁迅。

临死前的顿悟、仍旧要"赶快做"的疲倦、失去朋友的痛苦，这些都是普通人的情感，从个人反映到整个社会。社会和人，人和环境，人与人之间，呈现出一种压抑，呈现出逼迫中国最杰出的人最终赴死的悲凉结果。

是牺牲吗？对，然而却是鲁迅所不自觉的，他总觉得，自己还是可以再活得长一点，他也许还没有准备好……去迎接那个死亡，他的心仍存有一丝希望。

电影语言必须以这些抽象的概念话语为指导，通过声光色构图来具体表现在影像上。

演员

在表演中，台词是相当重要的元素之一，在这部影片尤为重要。因为鲁迅的精神世界多是通过他的语言来表现的。如果演员表演台词上虚假和做作，将影响整个片子的真实性。台词必须具有时代性、地域性、生活性。以当时的时代地域背景作为依据来处理自己台词，才能真实可信。这里说的不仅是"鲁迅"一个人，而是全部出场人物的语言，利用语言的处理，营造起30年代上海文人圈的氛围。

语言台词是影片角色真实性塑造的一个关键，因为我们塑造的是真实存在的人，只有真实了，才能感染观众。演员应努力做到这点。

演员在处理压抑和伤感的情绪时，不能顺拐，演员无需再往低沉这个点来演，而是克

◎　丁荫楠与濮存昕交流

制起来，越是在克制中找到下意识的动作、表情流露，越真实。无需在表情上和动作上做太大的夸张与设计。而应在微小的细节上下功夫，尤其是眼神的流露。我认为情绪与情感始终是在流动着，不时地通过下意识的动作表现出来。

摄影

《鲁迅》影片影像美学原则，不同于以往的影片。

◎ 《鲁迅》剧照

因为全片有两种时空：一是现实的，一是梦境的。是两个极端的空间。一个是具体的、自然的、写实的，一个是抽象的、夸张的、浪漫的。我们不应给予摄影太多的规定，但衡量的标准，以是否能让所摄物体或人或场面具有比常规画面所承载的信息量多来评判。

在风格上是写实的，偶尔夸张和浪漫，有时也要用长镜头来营造压抑、低沉的气氛。技巧有华丽的一面，也有朴实、直接而有力度的画面。

在写实的空间内，我们在构图上不追求变形，而是平实的，且可理解、可视的。但不用生活的长镜头来营造所谓的自然气氛，画面应留给观众思考和想象的空间。象征和隐喻的画面必须吝啬地出现在具有张力的画面中。局部的细节，包括鲁迅周围的事物，一切可以拿来作为情绪延伸的静物，都是我们要拍摄的。要注意景物和人物的清晰度，景物与人物必须有机地结合，有对比但不是强烈的。低反差，脸部明暗柔和地过度，自然而不人为。但"鲁迅"或"许广平"，表现极端的情绪时，镜头必须特殊处理，以配合表达人物的内心。

在梦境的空间内，我们不排除任何手段和技巧。只要合适，我们就"拿来主义"。因为必须与写实的空间形成强烈的对比，风格是表现的、抽象的、意念化的。尤其在声光色上，要大胆尝试。

美术

由于《鲁迅》剧本故事的规定情景70%发生在鲁迅住过的大陆新村25号公寓内，在棚内搭建一座完整的公寓楼是势在必行的事。这在一个电影厂置景车间不是难事，根据棚内技术条件，立即就可以施工，但为了摄影和灯光的操作，必须比原景大。根据室内多用长焦距镜头、小升降中近景移动，利用演员调度形成情绪情节张力。这在过去实景拍摄中是难以做到的，而进棚的意义就在于让摄影机自由行动。过去常用的所谓"活片"，目前已不多用，因为那样只能提供180度的舞台式观看视角，当今电影运动应该是36度，并且要加屋顶形成完整的立体空间画面。道具陈设，我这里指的大道具的布局，应该是参与构图，不仅是完成重现生活环境，还必须以"造型先行进入剧作"的安排原则。随着摄影机的运动，景别构图的变化，现场美术及道具师要根据画面的变化进行道具位置的调整。这里墙面的颜色、道具的颜色、建筑的材质，不能完全按真实生活照搬。场景中的整体调子，应根据戏中人物心理情绪，各种光线气氛，包括洗印还原等技术问题以及导、摄、美、演共同创作的目标而确立。在照明灯光下，景会随着人物心理、气氛的要求而产生不同的色调变化。再次强调搭"景"不是用来展览的，是用来提供镜头选择角度，为刻画人物服务的。

关于场地外景加工和实景的布置，仍是以上原则，真实地再现剧本中的规定情景，并有艺术家的主体意识。造型要参加人物刻画，当然一切好的想法都会被导演采用，归纳到总体构思之中。

我一直期待着美术应该拿出整部影片的造型构想，包括化妆、服装、道具的总体把握。

录音

人声的感染力在于清晰，能听见呼吸声、琐碎的杂声。关键在于细节的把握，要营造出生活的真实感来。声音素材必须来自生活本源，秉承真实的、自然的、细腻的、不人为的原则。素材音带尽量少用。

点音虚实的部分要处理好过渡。不能太硬，应有起承转合。局部要设计好，量、停顿、长短的分寸要把握好。

梦境里、幻觉里的声音，要有设计和个性，甚至是夸张，例如临死前的呼吸声、心跳声。梦里虚幻的部分，类似空气、风的流动的噪音，人声都经过特殊的处理，例如"与瞿秋白鬼魂的相会"这场戏，都要大胆地尝试、创造，将鲁迅主观想象中的声音发挥到极致。

离音也要依据造型对比的原则，处理好声音的虚与实、内与外的强烈对比，可以利用声音的蒙太奇来达到富有冲击力的效果。

化妆

"鲁迅"角色塑造的成功，首先是神似，其次形似。为此，除了演员的努力在神似下功夫外，化妆就要在形似上下功夫。需要化妆对演员脸部做一次变脸"手术"，但这不能限制演员的表演。这两点要结合好。

关于其他演员，要注意时代感。这在选择演员时，就必须注意到演员的长相是否像那个时代的人。副导演要依据这个原则选择演员。

群众演员一定要理发，一定要符合30年代的发型要求，切记这里梦境的化妆与现实的化妆也要区别开，风格也要形成反差。

在现实时空中，拍摄演员近景特写时，要充分注意到细节部分，如汗、灰尘（风尘仆仆）、毛发（还原生活的不规则状态）……总之，要有设计，通过试验定下来，不能即兴创作。

服装

上海30年代，鲁迅在这大上海，衣着却是格格不入的，他很土气，很简朴，甚至是粗糙的。旧的衣物，穿了又补，补了又穿，似乎是个平民，他不是没有钱，有钱都用到了他所认为有价值的事情上了。虽然穿着平民的衣着，但仍然让人感到他是一个精神贵族。光通过外表是看不出他深邃的灵魂，只能从他的言谈举止感受到。鲁迅一家人都是平实的打扮，看来只有海婴穿得比鲁迅和许广平要光鲜得多。这个点必须要注意。还有鲁迅和"左联"知识青年的对比，鲁迅与二萧在地域上的对比，鲁迅与许广平之间，那种相互融合的对称感觉。

除了主要演员的衣着，群众的衣着打扮也相当重要，因为虚假的群众场面，一样削弱整个影片的真实感染力。群众的衣着，在与摄影和美术沟通后，要统一出调子来，不应该有太多不恰当的杂色掺杂在里面。因为每个场面都是一种象征，一种情绪的渲染，必须是统一的强有力的。对于拍摄局部的群众镜头，必须注意细节方面的考究，身份、职业、知识水平，都需要细细考虑。衣着和打扮都必须是准确而有效地烘托出这个人物的情绪。尤其是1933年至1936年的时代特征，半殖民地半封建的十里洋场，通过群众的服装得以展现。

道具

我一向以质感真实要求道具师，这质感真实由规定情景中时代的阶级地位、气候、地域等诸多因素组成，当然还有感觉逻辑、导演的偏爱、道具师的人生体验。一件道具往往救活一场戏，这样的实例随处可见。

《鲁迅》剧组庆幸原鲁迅故居有一批仿制品，细节的真实魅力无穷，大道具定要考究，形式、色彩必须和墙及服装相协调，而小道具一定要经得起"特写"的检验。

有一本鲁迅文物画册，应该用来参照甚至应该作为唯一的依据，在真人真事的影片中，万万不可独创小道具，因为小道具是人物的神。以下为道具陈设提供的文字材料：

大陆新村九号——鲁迅辗转一生的最后的定居点。

弄堂入口处，满地铺着大块的水泥砖，出出进进有不少外国人，一些外国小孩也常常在院子里玩。鲁迅寓所的西邻住的是白俄巡捕，东邻是日本人，这种"半租界"的环境往往把人弄得很难堪。

铁门后面是一个小花园，种着他喜欢的桃树、石榴树、夹竹桃，紫荆花。还有丝瓜和南瓜等。可以说，这是复制的百草园，关于少年时代的记忆的储藏地。可是，纵有阳光、乌雀，暮年多病的主人也已经很少有观赏的闲情逸致了。

底层的前面是客厅，右边为餐室，中间用玻璃屏门隔开。客厅西面靠墙摆着瞿秋白走后留下的一张单人写字台，中央摆着黑色长桌，一个豆青色的花瓶里伸出几片万年青大叶子，周围是七八张木椅子。另一边并排摆着两个带玻璃的书架，放着《陀思妥耶夫斯基全集》和别的外国作家的全集。此外，还有许广平使用的缝纫机、海婴的玩具橱。

三楼前间是整幢楼房居住条件最好的地方，南面有小阳台，可以享用充足的阳光和新鲜的空气。可是，鲁迅让给保姆和小海婴了。后间是空着的客房，放着张单人床、写字桌，也有书橱，供给少数远地来访的朋友或是流亡者。

鲁迅住二楼。二楼也有两间，前间是工作室兼卧室，后间是储藏室，放着木刻镜框及其他什么。卧室横着一张铁架大床，上面遮着许广平做的白布刺花的围子，旁边站着抽屉柜。进门的左面摆着八仙桌，两旁躺着两只藤椅，大衣柜站在方桌一排的墙角，但衣服很少，都让糖果盒子、饼干筒子、瓜子罐子给塞满了。沿着墙角靠窗的一边，有一张旧式小妆台，上面是一个方形的玻璃缸，养着一种不知名的扁肚子的灰色小鱼。不是金鱼。还有一只圆形小闹钟，三幅带框的木刻画，其余那上边都装满了书。铁架床靠窗子那头的书柜里里外外都是书，写字桌上边也是书，后楼还是书。书的世界。

写字桌放置于南窗的中央，铺着黑漆布，四角周围用钉按着。桌面是冯雪峰赠的带绿灯罩的台灯，白瓷的烟灰盒，戴盖的茶杯，小砚台，乌龟笔架，数支插放的"金不换"。除了书，就是写文章用的材料和来信，重重叠叠，把桌子给压满了，简直腾不出可以伸手写字的空隙地。

属于他的全部的时光都几乎用在这里。这里，是他与整个世界对抗的地方。写作习惯在下半夜，正是最黑暗的时刻。倦了，就坐在藤躺椅上，燃一根烟。到了害病严重的时刻，还在这里会客。客人走尽，就又燃一根烟，想一贯的主题，或是寂寞地想其他的心事。

音乐

音乐不是背景音乐，而是影片中的一个角色，音乐不是煽情的助手，而是引导观众灵魂的先知和向导。

音乐应发挥带动情绪的功能，而不是用所谓优美的旋律去装饰影片，不是用来炫耀作曲的技巧。因为技巧的东西会让观众在观影过程中变得游离出来，而忽略电影里要表达的东西。我们不希望有完整的主旋律，而应该是用厚重的、随意的、抽象感的灵魂之声进入观众的心灵深处。

剪接

剪接——虚与实的结合，也是许多影片常用的手段，并不新奇，本片严格的说不是以情节为链条的结构，而是以板块为结构，所以每场戏的相互连接部便非常重要。首先，实与实的连接必须形成影像的冲击对比，千万不能顺拐，因为逆反的反作用力要大，形成节奏对比。其次，实与虚的过渡必须是自然而流畅的，合情合理顺理成章的，虚一定是实的情绪延伸。而这里需要提醒的是，虚转接实的环节又必须要对比强烈高反差，形成节奏，令人耳目一新，形成审美心理的一次调节，始终让观众保持兴奋的观赏状态。虽然这些都是老生常谈，但我必须在这里反复强调其意义，因为这不仅仅是后期剪接的事，而是全体创作人员都要懂得，这部影片讲故事的方式，从而从各个环节把握好虚—实，实—虚，实—实，一种不同的情景转换甚至具体到很细小的因素都要考虑节奏的对比与延伸。这样才能使全片浑然一体而又变化多端，让观众目不暇接，处永不疲倦中，一直到剧终。

群众场面

群众场面不仅仅是一个许多人共同做着一件事的概念，而且应该是人物心理情绪的延伸，是规定情景表达的一个意念。镜头调度、拍摄手法，及化、服、道的安排都应服从这个意念的表现，为此而去寻找自己部门的能够做好的表现方法，设计一个各部门相和谐的方案，给观众视觉极大的冲击力，并感染观众，传达出该片的意念。集会、游行、暗杀、葬礼，都要有独立的设计。在处理上，并不一定符合真实状况，只要能准确地抒发角色的情感，就能煽动观众情绪，达到效果。这是表现的，不是再现的！重复生活的原形，是我们处理群众场面的原则。

对"鲁迅"银幕形象塑造的几点看法

烟卷总不离手，一根接着一根，有时用竹烟嘴，晚年用象牙烟嘴或蜜蜡烟嘴，已经被烟熏得很黄。有时他手夹着香烟思考或写作入神时而忘记吸，唯有任其燃尽，想吸时再换一支点上，并不是频频地吸。烟灰也有时忘记弹，而落在了桌上。这时才回过神，连忙用嘴把落在桌上的烟灰吹散开。烟缸自然是特大号的，一夜过后，烟缸内插满了抽过的烟

◎ 濮存昕饰演的鲁迅

头和烟灰，有时也用罐头铁盒作为烟缸。

头发是硬的，睡完觉不梳头，也不用头油，头发常常是竖起来的，而两鬓的头发却被枕头压得贴在头皮上。广平在的时候，终于可以时不时理理发，刮刮胡须，但忙起来，还真是懒得去理发。常常是胡子拉硫，蓬头垢面的。可一旦理完发就好像变成另外一个人，让熟悉他的人看了都感觉怪怪的。黑头发里掺杂着白发，黑白相间，增加了年龄的感觉，虽只有50几岁，可看起来却60多岁了。

胡须是一字胡，黑色的，硬硬的，很浓很密，吃东西时左右动感很强，看起来有一条毛毛虫在他嘴上爬动着。对于胡子，他是很在意的，总是要时不时打理下。鲁迅应该有摸胡须的习惯，如独自思考的时候。鲁迅喜欢吃硬的食品，咀嚼起来，格外使劲，两腮和牙冠部分有节奏地鼓动着，犹如老头般。虽然他的年龄未到。

喝酒，要喝好酒，通常是绍兴黄酒（花雕），但有时是葡萄酒或白酒。每顿饭前，都要喝一些，但不论喝什么酒，都是为了助饭，喝完酒脸色已很好看，很兴奋，遇到请朋友吃饭的时候，谈话的兴致也随之而来。通常是从晚饭一直聊到凌晨。

他不修边幅，穿着也不讲究，以灰色、黑色为主，也有咖啡色。常穿的有灰大褂。还有薄呢做的灰色或色环啡色的呢礼帽，但不常戴。橡胶底布面鞋，系黑色的带，但都沾着灰土。冬天穿棉袍子，里面穿有广平给织的绒线背心或毛衣。哔叽料的大褂和黑西装裤，是参加活动的时候穿的，已是比较讲究的了。但有时不知道哪里蹭了灰尘在裤腿上，或者吃完油腻的东西后，随意擦在大褂上或裤子上，那一处的颜色总是和其他部分不太一样。

他的居住写作的环境，总是那样井然有序的，尤其是他的书稿，很少有修改处。他书桌堆放的稿纸、字典、书籍，是从来各自有各自的位置，他的包裹书和整理书架，也是从不混乱，准确地随手可得，书桌的陈设也是各有自己的固定摆法，墙上的图画与照片，书桌上的笔架、鱼缸总是一尘不染，只是烟缸里常常插满了烟头，要不时清理。也许这就是许广平的业绩，使鲁迅在生活卫生上有了改善。鲁迅的动作是敏捷的，不做作，随意，直接，自然，怎么舒服怎么做，没架子，直到临死，动作都不显老态，只是脸色略显病态，可动作依然快速利落。

脸色随着病情恶化而变化，或灰白或红润，瘦得像刀刻，但眼神却像镜面的、透亮的、闪光的，尤其在暗处显得格外明亮，像夜幕中的星。鹿地亘说鲁迅"晚年像受伤的狼"不无道理，因为鲁迅的眼神是高贵的，是深邃的，有时是冷漠的，也有时突然变得天真而纯洁。这变化便是鲁迅独有的魅力。

畅快地大笑，像孩子，很响，是轰然而出的，感染着周围人。真诚是贯穿他一生的，不论跟什么人交谈，真诚是第一的。不论与有文化有地位的人还是平民劳动者，他都一样的真诚而且平易近人。

他是一个毫不掩饰自己、直接表达爱憎的人。一旦他认为他应该批评或批判的，他是毫不留情，且语言锐利、尖刻、得理不饶人。他对敌人是不宽容的，脸色随着情感变化也在变化，表达上非常直接。尤其对敌人，他是要痛打落水狗的。鲁迅或怒、或笑、或喜、或愁、或无奈、或感伤、或同情、或感动，都是陡然出现的，突变是一大特点。

在生人面前他不愿意过多表露自己的想法，尤其是他不认识的，而他认为对方不善意时，他就会警觉起来，经常是沉默的，即使是见一般的人，也是沉默多于说话的。他说话从不重复，也不絮叨，而是准确、简洁，一针见血。幽默时也是自己不笑的冷幽默，从不故意耍贫嘴，来做低级的取笑。赞成的经常用"是好的""不坏"。在外人面前，称呼广平总是平等地叫她"密斯许"。

文人身上的清高、自我、激烈，不甘愿听从统治者的命令，喜欢自由地发表看法，并固执地坚持着，这些鲁迅都具备。而他超出一般知识阶级的特点，就是他对民族劣根性与统治阶级的腐朽堕落，愤恨不已，并与之做毫不妥协的斗争，直到死亡，也不宽容。

　　我们说，鲁迅的骨头最硬，在半殖民地半封建的中国尤为可贵，就是今天也尤为可贵啊，这也就是我们歌颂鲁迅的本意。

（写于2004年12月25上海龙华寺，收入本书时有删节）

▎《响九霄》

一、电影简介

电影名称：《响九霄》

摄制单位：珠江电影集团有限公司

出品时间：2010年

所获荣誉：第28届中国电影金鸡奖最佳戏曲片奖

二、主创人员

导演：丁荫楠

编剧：杨舒堂

主演：裴艳玲

三、故事梗概

◎　《响九霄》海报

清末时期，梨园名伶响九霄用生命的投入进行着艺术的探索和改革，他将二黄引入河北梆子剧目，进行了"京梆两下锅"的大胆尝试，使已呈萧条之势的演出市场出现了勃勃生机，他沉浸在自己钟爱的艺术领域之中。晓霞深爱着师父响九霄，响九霄却将真情压在心底。艺术，在真情之间凸显出了圣洁和崇高。

在国家命运出现危机的关键时刻，响九霄自己也选择了危机，他冒着杀头之罪，乘给慈禧太后演戏之机，将一封攸关变法的密信转送光绪皇帝。为此，他付出了惨重的代价，晓霞为掩护响九霄不幸身亡…… 响

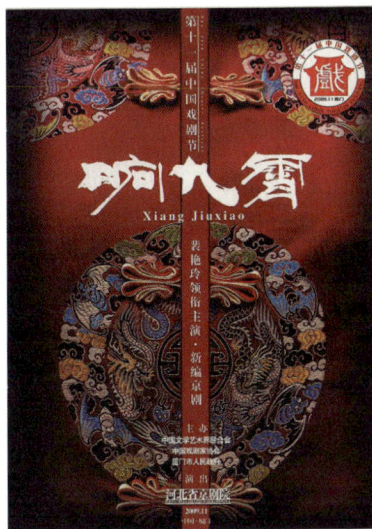

九霄孑然来到晓霞孤零零的坟头，给深恋着自己的孤魂唱了一次"堂会"。荒郊野外，大雪纷飞，一曲千古绝唱感天动地。哭罢，他愤然出走，去寻找和追索他理想中的艺术绿洲……

四、导演阐述与拍摄花絮

《响九霄》戏曲电影导演阐述

丁荫楠

这是一部歌颂京剧艺术家响九霄勇于替康有为、谭嗣同等志士传递变法论给光绪帝，为推动变法维新而献身的豪杰义举的主旋律现代新编历史京剧。

这是一部抒情诗，描写响九霄作为一代京剧传人，以戏是我的天、戏是我的魂、戏是我的命、戏是我的根为终身追求的崇高艺术人格。

这是一部爱情故事，用主人公响九霄与晓霞的恋情贯穿全剧，以悲剧的高度抒写一对追求精神盛宴，共同献身艺术与变法的伟大民族魂。

戏剧性的情节，抒情的美学，热恋的爱情，交相呼应，令人振奋，令人潸然泪下，令人感悟至深。

——以上就是我观摩了新编历史京剧《响九霄》的综合观感，中国文联党组把《响九霄》搬上银幕的任务交给我，还没来得及与主演裴艳玲副主席及编剧杨舒棠先生交谈，更没有和全剧组各位演员、音乐师、美术师、服装师等创作同仁交流，便班门弄斧地写起导演阐述，实属由于拍摄时间紧迫，并还要赶着为国庆60周年献礼。故便先行写出自己的点滴思考，抛砖引玉，就教于文联党组各位领导及剧组各位同仁。

我以为《响九霄》是一部成功作品，经过舞台演出，取得了不同凡响的成就。因此，这次把《响九霄》搬上银幕，我们的工作重心是如何利用电影的手段，运用现代高科技影像数码技术，把镜头、光和色等元素，为《响九霄》最终生动的银幕效果而努力。

主演裴艳玲在《响九霄》这部大戏中重要的成就是"一赶三"。她先以旦角出场，先声夺人；贯穿全剧为老生，以歌剧咏叹调的形式，留下千古绝唱，后以戏中戏的武生为主，技压群雄，一展裴艳玲先生一生追求文武昆乱不挡的艺术成就。故要突出这"一赶三"，利用对比鲜明而混然不同的手段，既有区别又互相映照地表现三个不同的艺术形象，刻画三个不同人物和三种行当的特点，从造型元素上给予"三突出"。

我们运用中国画为显景的大胆尝试，依靠这部戏的艺术指导冯远副主席全力支持，动员中国画高手，为我们绘制40多幅各种场景的整体与局部，用电脑扫描，然后运用三维动画的特技，构成独特的全中国风格——国画与国剧的精美结合，创造出独特的电影空间，产生大写意的效果。大写意也是《响九霄》这部作品的美学原则。

音乐是京梆两下锅，为尊重原著，要在录音上下功夫，做到有质感的立体声效果，不能像一般的京剧电影把音响夸张，加残响，去噪，而失去空气的声音，所谓的"棚味重"，必须让观众真正感受到舞台唱腔的魅力。

整部影片贯穿爱国豪情，热恋的感情，艺术家的激情，这"三情"便是《响九霄》这部影片的气质！为此，剪辑的节奏除按照锣鼓经的原则来剪外，尤其注意长镜头的抒情段落，即《响九霄》核心唱段的完整与连贯，不能碎，不能跳来跳去。

摄影打破以往拍摄戏曲人物用"平光"的传统，采用戏剧性明暗反差，也不同于通常舞台的点光源，是以刻画人物情绪为最高原则的电影光效，营造出戏剧气氛的整体光感，这是于晓群摄影师的大胆创新，也是勇敢地向前大跨一步。

这里，我们要感谢（香港）亚洲传奇有限公司的加盟，他们拥有100多名经验丰富的动画特技师，为本片的一幅幅画面进行修饰，尤其在电脑最后重新配制光效后，将会有惊艳的效果。

总之，我们将遵循京剧艺术先辈梅兰芳先生的名言，"移步不换形"的精神。《响九霄》这部作品是在中国文联党组的领导下，由中国剧协自行制作的一部戏剧电影，将为国庆60周年和中国文联60周年献上一份厚礼。

戏曲影视艺术的一项神圣职责

仲呈祥

作为一名从事了30余年影视艺术工作的戏迷，近年来有两件事终生难忘。一是中国文联主席团在昆明开会，会间休息时身为副主席的戏曲表演艺术大家裴艳玲即兴为大家来了一段《林冲夜奔》，她演得身心投入，大家看得如痴如醉，那身段，那神采，一腔一调，一招一式，整个从头到脚，浑身是戏！当时她已年届花甲，我想再不赶紧用现代化的影视语言把这精湛的艺术忠实地记录下来，于祖国伟大的戏曲艺术的传承发展将造成不可弥补的损失。二是不久前著名书法家、戏曲家欧阳中石先生把我叫去，托我帮他查找其恩师奚啸伯先生于20世纪40年代留下的迄今为止唯一的电影资料——京剧《四郎探母·坐宫》。中石先生深情地告诉我：今年适逢奚老百年诞辰，倘能觅得这份珍贵的影像资料，是对这位京剧老生重要流派之一的创始人的最好纪念，也是传承发展奚派艺术的重要文献。他是1945年左右在济南看过这部电影的。多谢中国电影资料馆的领导和同仁们鼎力相助，终于从库中寻觅到这份已沉睡多年的电影拷贝。当这份真实记录着奚老当年舞台演出的音容神貌的影像资料碟片呈送到中石先生手上时，他如释重负，夙愿以偿，其兴奋和喜悦溢于言表。

这两件事联系起来，令我悟出：戏曲电影、电视剧在满足当代观众从银屏上欣赏戏曲艺术的同时，还理应自觉肩负起一项纪录传承的神圣使命。李瑞环同志积20余年之心血，领导京剧艺术家齐心合力完成了功德无量的460多出《中国京剧音配像工程》，堪称运用现代化的电视语言完成这一使命的成功范例。如今由丁荫楠导演、裴艳玲主演、中国文联等单位摄制的戏曲电影《响九霄》则是运用电影语言表现裴艳玲对戏曲艺术的独特贡献及其代表作的美学风范的成功实践。众所周知，丁荫楠以其电影《孙中山》《周恩来》《相伴永远》《邓小平》《鲁迅》等伟人传记片蜚声影坛，又是京剧鉴赏家，裴艳玲是当今剧坛不可多得的京梆表演大家，而中国文联拥有最雄厚丰富的文艺家资源，如此强强联合，优势互补，相映生辉，自然给《响九霄》实现戏曲艺术资源的最佳配置和影片创作生产力诸因素（编、导、演、摄、录、美、音、化、服、道）的优化组合，奠定了坚实的基础。

这是一部专为裴艳玲量身打造的力作。我历来主张影视艺术为艺术家立传，基本的也是最重要的要求，是以影视语言再现影视家在其艺术领域里的独特贡献及其主要代表作的美学风貌。丁荫楠亦深通此理。裴艳玲在其《潇潇洒洒演一回》中坦言：她对《响九霄》剧作的要求有四——一是要"潇潇洒洒地演一回女人"；二是要再现她擅长的"铁骨铮铮的武松形象"；三是要像多年前她看过的广东调的《光绪哭井》那样安排成套唱腔"淋漓尽致地宣泄一下这种情绪"；四是要有"一大段道白，以展示戏曲独特的念白神韵"。显然，这四条，就是要凸显和展示她多才多艺的审美心理、审美气度、审美风格、审美个性和审美情趣。丁荫楠在戏曲电影《响九霄》中很好地

◎　《响九霄》剧照

体现了裴艳玲的审美创造意图。他自觉运用电影语言表现戏内艺术的独特魅力。他的原则是以电影语言发挥和强化戏曲艺术的审美个性和审美优势，而不是反过来弱化和消解这种个性和优势。且看片头片尾由裴艳玲演唱的一曲"戏是我的魂，戏是我的命，戏是我的梦，戏是我的根，日出日落唱不尽，笑瞰这世间风云"，既是艺术家发自肺腑的人生理想和美学理想，又是贯穿全片的精神灵魂。而围绕着支持康有为、谭嗣同变法图新编织出的艺人响九霄的动人故事带出的《斗牛宫》演出展示了"潇潇洒洒地演一回女人"的风貌，《蜈蚣岭》演出活现了"活武松"的英姿，《哭坟》一场淋漓尽致表现了唱腔艺术的巨大魅力，终场"仰天啸，洒热血，唤醒我，华夏神州"大段道白更显现了戏曲"独特的念白神韵"。至于以巨幅不同的国画为后背景，既腾出了宽敞的舞台空间供演员表演施展才华，又令国画与戏曲表演在写意、抒情、诗化等相通的美学特征相映生辉。难怪裴艳玲观罢《响九霄》样片后满意地对丁荫楠说："有了这部电影，我这个'戏痴'对后学有个满意的交代了。"

愿多拍摄一些像《响九霄》这样的戏曲影视艺术作品，为传承、发展祖国戏曲艺术做出独特贡献。

（原载《中国艺术报》2010年4月27日）

国画绘景、数码合成的创新之举

周华斌

河北省京剧院裴艳玲主演的戏曲舞台艺术片《响九霄》是中国文联、中国剧协投资拍摄的第一部电影。该剧由河北梆子、昆曲、京剧"三下锅"的女老生裴艳玲主演，自2009年7月正式开机，同年12月成功完成，为时不到半年。其国画绘景、电子合成的制作手段，不仅取得了独特的视觉和艺术效果，而且在戏曲电影史上也是开创先例的创新之举。

戏曲表演重虚拟、重象征。其程式化、技艺化的表演方式与电影的纪实手段涉及"写意""写实"的不同的审美情趣，正如西方油画与中国国画。在戏曲舞台上，这两种美学观念多有碰撞，尤其表现在"布景"运用上。在电影拍摄的戏曲片中，"实景""虚景"问题亦颇多争议。其实，戏剧情境由情与景共同生成，戏曲的唱、演，固然可以通过观众的想象带来意境，但若视觉上能有情有景、情景交融，则会更具美感。在这个问题上，"一桌二椅"的空旷舞台并非单一的选择。

美术手段存在多种表现风格，涂鸦式的"形"与"色"未必都能为戏曲表演增光添彩。有道是"成则双美，败则两伤"，戏曲毕竟有相当成熟的表演艺术语汇，它与美术的交融需要整体把握其间的美学韵味，这应该是导演的职责。

传统国画的意象和装饰美术的情趣，在美学韵味上与戏内的表演比较契合。新中国成立后戏曲的舞台美术及戏曲电影中多有成功的范例。如，在舞美布景的运用上，京剧电影《野猪林》整体采用国画大写意的风格；《杨门女将》整体采用传统工艺装饰的风格。近年来，台湾白先勇先生策划组织青春版的《牡丹亭》，其中不但采用了国画的写意风格和工艺美术的装饰风格，更以"写意"的观念，创造性地运用美术语言，大笔泼墨地表现"姹紫嫣红"的色彩、笔走龙蛇的书法和传统意味的布幔、帘帐、屏风。在这些成功的作品中，在有限的舞台空间里，舞美工作者往往同时安排一些富有象征意义的实景和中、小道具，给演员留下表演的空间。

随着现代数码技术的出现，电脑美术和视屏艺术已比较广泛地运用于现代舞台，包括话剧、歌剧、舞剧，以及广场艺术、剧场艺术中多功能的场与台。数码技术穿凿的画面可写实、可写意，有动、有静，在以表演艺术为中心的戏剧舞台上，电脑美术和视屏艺术可以看作是一种新型的"布景"，具有变化多端的、方便的、可活动的"布景"性质。

《响九霄》采用电子抠像方式拍摄，拍摄场地没有布景，背景仅仅是一面单色的空墙。剧情所需要的各种环境，或者说"布景"，都在国画家的画案上用宣纸画就。其中有山水、有花鸟，更多的是宫廷、楼阁、园囿、厅堂、会馆，具体说，如：颐和园万寿山、听鹂阁看戏亭廊、故宫、牌坊、西直门郊外、后花园等。这些具体的场所尽管倾向于写实，但绘画风格比较统一，既有宣纸和笔墨的韵味，也不再需要绘景人员在布幕上的绘制。通过数码制作，国画的场景与演员的表演合成一体，天衣无缝。数码制作需要经济与技术的支撑，制作方香港亚洲传奇电影制作公司在总导演丁荫楠的指导下，用了两个多月的时间，完成了20余万个画面的对应和修改。通过数码制作，在某些细节处，如山水间的瀑布、楼阁下的云层，还略带流动感。

笔者尤其欣赏"二龙山"和"哭奠"两场戏，除了裴艳玲本身的表演艺术精游以外，数码技术的运用增添了无穷的艺术魅力。

"二龙山"演《水浒》英雄武松改扮为头陀行者投奔二龙山的情节，是身段功夫吃重的传统折子戏。这段表演在《响九霄》中是"戏中戏"，主人公响九霄在颐和园的戏台为慈禧太后和光绪皇帝表演。演员载歌载舞，唱昆曲牌子，既要有形象，又要有身段、武功，应该说是裴艳玲的拿手戏。数码制作的这段戏加上层峦叠翠、荒山野岭的国画山水，美不胜收。影片中这段"戏中戏"相对完整，没有穿插慈禧太后等人的"反应镜头"和"环境声"，老实说，一般电影故事片是不会这样拍的。但是对于戏曲观众来说，审美视角有时不完全沉浸于剧情，往往会因审"美"而"出戏"，而叫好。这段相对完整的、精美的经典折子戏可以剪裁下来单独观赏，甚至可以作为裴艳玲的表演艺术留存。

"哭奠"是情感戏，响九霄声泪俱下地痛悼爱徒兼恋人小霞。裴艳玲的感情完全投入。数码制作的雪山野冢是另一幅国画图景，加上大雪飘飘、纸钱纷飞、白幡飘摇的银幕画面，叠加涕泪纵横的响九霄的脸部特写，情景交融，十分感人。在大段哭腔中，影片还通过剪辑技巧，以意识流的手法三次虚叠小霞生前笑盈盈的形象和二人合聚的特写，恰如其分地表现了响九霄"问棺内孤魂伶仃身可冷"的唱词意境。

《响九霄》是2009年表演艺术家裴艳玲获"梅花大奖"的优秀作品。但欣赏电影的审美过程使我感到，这部影片不仅很好地再现了舞台艺术的韵致和精华，而且数码制作的电影戏曲的艺术感染力，甚至超过了舞台演出的效果。

（原载《中国球报》2010年4月27日）

▌《启功》

一、电影简介

电影名称：《启功》

摄制单位：青年电影制片厂、珠江电影集团有限公司

出品时间：2015年

二、主创人员

导演：丁荫楠、丁震

编剧：丁震、李强

主演：马恩然、王馥荔、张绍刚、孔祥玉、张炜迅

三、故事梗概

◎　《启功》海报

"文革"期间，一生兢兢业业以教育为毕生事业的书画家启功平静的生活被打破。显赫的帝胄家世，即使摘掉了右派的帽子，在那个特殊的年代也依旧避免不了浩浩荡荡的思想改造运动，由于擅长书法，红卫兵队长刘雨辰安排启功负责摘抄大字报。一切教学研究、书法创作活动的中止，带给启功生活上的窘迫令他一度开始怀疑自己的创作，甚至想烧掉自己毕生研究的心血。身患重病、不离不弃的妻子鼓励启功继续坚持自己的事业。红卫兵的搜查让启功销毁了不少珍贵的文物字画，尘封的往事随着字画浮现眼前。

启功少年时代接受祖父的艺术熏陶，痴迷于作画，后拜书画大师溥

心畬（程前饰）为师潜心学习，颇有成就，宗亲纷纷来求画却因字丑不许他落款，启功从此发奋练习书法。中年时期的启功（张绍刚饰）被辅仁大学校长陈垣先生（孔祥玉饰）提携，介绍进入辅仁中学教国文，因学历不够被辞退，走投无路之际，陈垣校长又伸出援手，破格让他到辅仁大学当助教。陈垣校长悉心指导栽培启功，师生情谊真挚感人，启功更以"学为人师，行为世范"当做自己一生所求。

改革开放后，启功先生成为了享誉国内外的大师，他笔耕不辍，继续为教育事业奋斗。为了恩泽下一代年轻人，他用自己书画作品义卖所得的资金成立了励耘奖学金。启功先生高尚的品格，伟大的情怀堪称圣贤。

四、导演阐述与拍摄花絮

"北京精神"与启功的人格魅力

电影《启功》导演组

宗旨

1. 爱国——贯穿全片主线

启功自己最为看重的是对古代书画、古籍善本、碑帖的鉴定工作。由于启功出身清朝皇族，从小家学严谨，自身天资聪慧，见多识广，练就一双"火眼金睛"。同时由衷热爱书画。最终成为一代国学宗师。

解放前，30多岁的他就已经是故宫博物院的研究专员了。建国后更是这方面的权威专家。"文革"后，国家组成七人鉴定小组，负责为藏于全国各大博物馆的古籍、书画、碑帖，辨别真伪。他担任鉴定组组长更是当仁不让。他跑遍大江南北，国内国外，大小博物馆，过眼藏品十万件。尤其经他鉴定的国宝级碑帖、书画、文物，不下千件。因有他的努力，国家把流失海外的国宝级文物追购回国的名帖、名画更是不胜枚举。他不遗余力地保护文物回归祖国，建立了不朽之功。他虽已七八十高龄，但还以极大的热忱，付出辛劳与智慧，并与疾病一直做着顽强的斗争，他称是"迟到的春天"。他想在有限的时间里多为国家做贡献，与生命赛跑！

剧本的构思就是以这条线为主要中心线贯穿全片的，以表现他的爱国情怀。

2. 创新——重点板块集中体现

启功从事教育工作，担任教师70余年。所积累的教学方法经验，让人敬仰。他师承陈垣先生，后由陈桓先生推荐，到辅仁大学附属中学教授国文，两年后又到辅仁大学教授国文。启功先生从陈桓先生和自己的教学实践中，总结出九条育人经验：

（1）脸对立，感情不可对立。讲课时老师和学生的脸是对立的，但感情不可对立。启功先生把老师教课的姿态提高到关系师生情感的高度，告诫教师授课姿态不雅，会使学生产生反感。情感交流才是教学的本质。

（2）万不可有所偏爱、偏恶，万不许讥笑学生。偏爱、偏恶是教师偏执的根源；讥笑学生的老师常犯伤害学生自尊心的错误。其结果必然导致师生对立。

（3）以鼓励、夸奖为主。即使表现令人不满意的学生，也要尽力找他们的好处，加以肯定和夸奖。

（4）不要发脾气。你发一次，即使有效，但以后再有更坏的事件发生，就再发更大的脾气？万一发了脾气之后无效，又是什么下场？所以不要发脾气，要让学生佩服你。启功先生说："教师发脾气，被大多数人认为是理所当然，甚至是对工作负责，对学生负责的一种体现，因此予以忽视和不加约束。其实这是极端错误的。教师发脾气不仅对教学造成损失，而且会伤害师生间的感情。"启功特别指出，教师要在学生中树立威信，就必须用自己良好的学识、人品、性格等去征服学生，而不是压服学生。

（5）教一课书就要把这一课的各方面都预备到，设想学生会问什么。启功先生说："教师研究几个月的结果，有时并不够一堂课讲的。"这就是我们如今强调的备课，不仅要背课本，背大纲，而且要备学生的实际。教师不仅要背学生问什么，而且要备如何引导学生去思考，去提问。

（6）批改作业，不要多改。多改了不如你替他作一篇，改多了他们也不看，要改重要的关键处。如今教师普遍喊累，喊工作量大，大都是批改作业的原因。教师事无巨细的"多改"，没有突出应该学习或者应该纠正的地方，结果老师的教和学生的学都造成了事倍功半的结局。

（7）要有教课日记。自己和学生有哪些优缺点都要记下来，经常反思，这是教师提高自己素质和教学水平的重中之重。

（8）"缺点尽量在堂下个别谈；缺点改好了，有所进步的，尽量在堂上表扬。"这是启功先生教育教学中特别注重细微之处的体现。有些老师在讲解学生作文时，对不好的作文，作文中存在的不足之处，往往不假思索指名道姓地进行批评，忽略了学生的情感，给学生以负面影响。

（9）要疏通课堂空气。启功先生说，你不能总在台上站着，学生总在台下听着。要常到学生座位间走走。讲课时，写了板书，也可下台看看，既回头看看自己的板书效果如何，也看看学生会记不会记。要在学生的座位上给他们指点，对于被指点的人，会有深刻的印象，旁边的人也会感兴趣。

这九条育人经验，句句朴实无华，却击中了教育的要害，闪耀着智慧的光芒。

启功还是一位诗人，儿时家学严谨，天赋诗情。将白话诗推向了一个高峰。尤其他熟读研究历代诗词名家作品，结合当代词句，总结出自己独特的做诗方法，诗句浅出易懂。还总结出诗歌平仄格律的"竹竿法"。让后学一目了然，心领神会。这是前无古人的学习古代诗歌格律的方法。

启功是一位对国学、书画艺术极有天赋的人，从小就具有诗书画方面的才能。初从戴姜福学古文，师从吴镜汀、齐白石学画，师从溥心畬学诗。经常出入文化沙龙，潜心学习，30年代便在书画界小有名气，并在荣宝斋等名画廊挂单。启功的书法是童子功，当今一代书圣。他结字的方法是"黄金分割率"，这是他的发明创造，让人耳目一新。让后学了解到书法的真谛。

建国后，在苏联专家的指导下，他所教的中国古代文学被分成三段或四段，启功先生对此不满。所谓三段就是把整个的古代文学分为先秦至魏晋六朝文学段、唐宋文学段、元明清文学段；所谓四段就是把其中第一段又分为先秦两汉文学段和魏晋六朝文学段。教师被分配到这几段中，"铁路警察，各管一段"。启功先生认为古代文学从先秦到明清的发展是一个整体，发展过程中各段是有联系的，不可割裂的。为什么要把各段这样机械地分割开来呢？启先生上课就不管这种分割，他可能从先秦跳到明清，也可能从明清跳回唐宋再跳回先秦，来一个反三级跳，他自由自在，想讲什么就讲什么，不管三段、四段的割裂。他说："没有吃过猪肉，还能没见过猪跑？"他就这样幽默地告诉学生说，他讲的课可是"猪跑学"。实际上，"猪跑学"比分段"学"要困难得多，因为它必须熟悉整个中国文学发展的历史，能够前后联系贯通，能够讲出文学的生成与发展的根由，才能真正理解中国文史中的真髓。

以上"创新"的内容，分布在影片四大段落中，成为影片的四根柱子。

3. 包容——内心干净，无阴影，无欲无求，海纳百川

自幼年到青年，至老年，启功都经历过委屈，受过欺凌，不公平的待遇。尤其是1957年时期，被补划为右派，1966年剥夺了副教授的待遇，受到身体上和精神上的冲击。但每每提起当年的人与事，启功宗师付之一笑，从未记恨过他们，反而同情他们在当时的境遇。从未因此而影响他对党、对祖国的情感。一次台湾人来请他写"国父孙中山"，他拒绝了，他说："我要写了，不就成了国民党了吗？"国父是国民党叫的，可见其立场鲜明。他是共产党的好朋友，为响应党的号召，他下乡劳动改造。支援灾区捐款，从不落后。为抢救古籍、国宝，不辞辛苦，以满腔热情把自己热爱的中华文化传承给下一代。他爱文物，从不私藏。所拥有的藏品，悉数捐献国家。他待人谦和，从不让人下不来台。中华传统道德规范，在他身上能充分体现。他超然于世俗，又对世俗宽容，有人骗他字，他一笑置之，有人仿他的字，他调侃说，"他的字写的比我好"。他达观，幽默，机智，畅然，透明，内心感怀世间一切美好的事物，但却带着一点点的怅然，由此可见他灵魂的纯洁。

"一拳之石取其坚，一勺之水取其净"是启功珍爱的一方藏砚的铭文，他取其中"坚净"二字作为自己的书斋名，"石"与"水"均为自然造化之物，"坚"与"净"皆出自天性之源。启功有诗："笔随意到平生乐，语自天成任所遭。""审美归于自然，诗书出于天成，学问求

于平常事理，操行守于坚净"。"坚净"二字也正是他道德操守的生动写照。他是一个行圆智方，"双眉弥勒开"的"脸微圆，皮欠厚"的智者，他以"中学生"之身份走上"副教授"之三尺讲堂。他生性忠厚，极少表现"多目金刚怒"的情状。

4. 厚德——像繁星一样落在影片第二时空内

启功先生一生中有两个恩人，一个是他终身难以报答的恩人——陈垣老校长，他三进辅仁，一波三折，身处绝境之时，只有陈垣校长伸出援手，将他一个中学生一手培养为讲师直至副教授，他为了报知遇之恩，发奋学习，无愧于心，才成就了今天的启功。

另一个便是他的妻子章宝琛。他所做的《痛心篇》《赌赢歌》的诗歌，就是纪念其与妻子的深厚情感。章宝琛一生追随他，过着清苦的日子，一天的福也没享过便离启功而去。这在启功心中是无法弥补的伤痛和遗憾。身后启功翻开她的箱子，里面竟没有一件没有补丁的衣服。她是全身心地为照顾启功，辛劳一辈子，临了却没有像样的衣服入殓，启功心中愧疚。所以在后20年，启功的生活变好了，但凡是有好吃的好看的，都会想起章宝琛、陈垣及母亲、姑姑，他要报答的亲人都永远离开了他，让他的生活也失去了光彩。

启功一生待人以礼，有求必应，从不计较个人得失。无条件关心弱者，屡见不鲜。特别是和普通人交好，如司机、服务员、医生、护士、修电话的，掏地沟的，都收藏有他的墨宝。他桃李满天下，凡得到他培养的学子，都无不感恩戴德。在启功追思录中，其学生写下的多篇动情的文字，无不令人潸然泪下。他像慈父一样，对待自己的学生，予以无微不至的关怀，以至学子们每每谈起启功夫子无不动容。这些"厚德"瞬间像繁星一般散落在他的一生中，我们用积累的手法，表现启功"厚德"的形象。

综上所述，用北京精神来解析启功一生最凝练不过，因为启功是北京精神的代表人物，也是本片创作的宗旨。

影片艺术形式

风格：这是一部古典写实主义，具有散文诗的特点，气质典雅高贵，写实与写意交汇，强调如呼吸一般细腻的细节。

结构：板块与散点相结合，成螺旋上升的情绪积累式。但在上升过程中同样要注重波浪起伏感。情绪有高有低。

叙事：间离叙事，夹叙夹议。利用启功画外音，口述历史的方式讲述第二时空回忆的段落，老年启功带着观众穿越历史的时空。讲述自己的故事。

造型（摄影美术）：写实部分生活化，写意部分风格化。

表演（演员，导演）：是现实主义风格。有形式感的动作，启功的动作更是具有满人的习俗特点，如作揖、打千、鞠躬，礼貌而谦恭。

注重人物之间的交流，强化人物关系，流动与变化。静场，黄金停顿。内心外化，借助旁白描写心理状态或用环境自然景观照应。

启功语言必须是京片子，带有老北京的味道，幽默而不痞，不贫。

服装、道具：质感真实，时代感强，与光效、画面成为一个整体，道具要仿造好实物，切忌粗制滥造。

化妆：刻画人物，具有时代感。尤其是发型、面部的化妆要根据人物的情绪、身份、状态加以变化。

音乐：古典现实主义与印象派结合，加入民族乐器，如二胡、单弦、锣鼓等。

录音：典雅空灵。强烈的北京时代特点，背景声包括吆喝声，弹棉花，磨剪子……

剪辑：内容丰满，节奏清晰，段落转场要有内涵。切忌短平快，谁说话给谁，给予画外空间足够的长度，以产生临场感。

群众演员：必须用专业演员，选择重要形象，尤其是气质要对。

2012年8月8日

电影《启功》的构思

电影《启功》导演组

前言

《启功》这部影片的筹备工作已经万事俱备，可以说只欠东风了。

两年来，很多热爱启功的人——崇拜者和弟子们做了很多具体的事，帮助和推动了电影的筹备。这其中，有启功家属章景怀、《启功全集》编委候刚、赵仁珪、柴剑虹、王连起、李强等一群把启功当成终身导师的专家。"人无完人，启功除外！"启功先生在人群中享有崇高的威望，这是我们拍摄这部影片的动力。

在电影的筹备过程中，凡是我们汇报过、求助过的领导，如中国文联党组书记赵实同志、中国文联基金会秘书长及曲协主席姜昆同志、书协书记赵长青同志、北师大校长董奇同志、中国文化国际传播研究院院长黄会林同志、人艺院长张和平同志、全国政协常委苏士澍同志、中央文史馆常务馆长冯远同志、北京市委书记郭金龙同志、中国影协书记康健民同志、影协副书记许柏林同志等（以上按汇报、求助顺序），无不鼓励我们拍摄一部真切感人的启功传记影片，并给予了支持。

《启功》剧本的创作，经过多次反复，也得到了众多领导、专家的支持与帮助。启功先生的生平事迹，生动、风趣而富有表现力的细节很多，以致一部电影颇难取舍。我们依据启功先生"老北京""老学者"的风采、"爱国创新包容厚德"的品格，以及谦己敬人、"是中国共产党的好朋友"的形象等几个方面，对掌握的材料进行了剪裁和组织，剧本取得了鲜明的脉络，也得到了评论者的认可。《启功》剧本得到广电总局电影局批准立项，获得准拍证。此前，《启功》剧本广泛征求意见和论证。北师大组织教授代表进行了论证，中国艺术研究院电影所所长丁亚平先生、北京大学艺术学院院长王一川先生、社科院著名文艺评论家童道明先生、北京电影学院理论室主任陈山先生、书协副主席苏士澍先生、书法家李鸿海先生、张志和先生等对剧本给予肯定与推荐，并提出了宝贵建议。《启功》剧本是在众多专家与熟悉启功的学子们的扶植下，创作完成的。

电影《启功》由中国文联、师大、北京市委三家联合完成。当拍摄时间和质量产生冲突时，要毫不犹豫地服从质量；当社会效益和经济效益产生冲突时，要服从社会效益；当资金和艺术产生矛盾时，毫不犹豫地服从艺术。这就是电影《启功》拍摄原则的"三个服从"。

启功先生的一生，是实践爱国、创新、包容、厚德品格的一生，是北京精神的生动例证。启功先生的精神，也是追求爱国主义、改革创新为核心的中国梦的生动例证。我们决心遵照"三个服从"的指示，高品位、高质量地完成《启功》这部影片。

我们尽可能展开了电影《启功》的筹备拍摄工作。丁荫楠总导演领导的16人创作筹备组，经过22个月的努力工作，已经完成：

（1）剧本创作。并经广电总局电影局批准立项，由中国电影家协会承制，聘请影协许柏林副书记任总制片人，聘请前文联副主席、国家一级电影导演丁荫楠任总导演兼执行制片人。

（2）选定主要演员及配角演员。决定由北京人民艺术剧院著名演员马恩然先生扮演启功。试妆工作已经进行三次。

（3）选景，看内、外景工作。对启功先生早年生活的北京"后门"地区的历史沿革以及风貌进行了考察、访问。

（4）分镜头剧本讨论和定稿。

（5）人物造型和服装设计工作。

（6）编制预算工作。具体编列预算，精估摄制费用计3000万人民币。

（7）完成分镜头剧本创作，完成情节画面、场景气氛图稿的绘制共100幅。

（8）正在进行的工作是：摄影阐述，美术阐述，服化道设计阐述，演员阐述。

宗旨

为什么要拍《启功》这部电影？

近两年以来，创作筹备组的同志们经常这样自问。当前的社会，有一股实用主义的浮躁风气；而电影市场也流行唯票房论，以打斗刺激为满足。电影的形式越来越豪华，内容却越来越空洞。

我们选择启功先生做电影的主人公，是希望探讨人生的一种境界。我们一次次尝试用电影语言讲述启功的人生故事，一次次推翻叙事重构再写，转换各种角度，反复探讨，反复研究。每写一稿，都更加理解启功的内心，更加走近启功的人格，更加使我们认识到，启功的人生力量来自中华文明的精神。一个人教一辈子书，没有惊天动地的事迹，怎样成为广受人们爱戴、在人们心中威望崇高的人？启功的生活方式，是中华民族千年推崇的高洁慈善的生活方式。这是支撑我们民族屹立东方，身经百难，愈挫愈强的文化精神。是众多像启功这样的认真生活的人的生命信念。

启功的一生告诉我们，纵然生活有坎坷，也要不叹气地认真做人。

我们之所以用极为真实的现实主义创作观，不戏说、不搞笑、不刺激，平实生动、真实再现启功的人生，是因为启功真实的言行便魅力无穷。不要低能的编撰、庸俗的想象与概念的创作。使观众随着电影，一步步走进启功的内心，观影过程中参照自己的人生，更加珍惜、更加幸福地拥有自己的生命。在生命的最后，启功曾说"物能留，人不能留"，我们拍这部电影，就是"留"住中国人的道德精神！为后人留下老辈学人的生命痕迹。

启功是大名人，他的作品洛阳纸贵。在这个"大师"的背后，有多少令人心酸的往事。启功历经了近代中国从衰到盛的整个过程，他的人生经历过社会巨变和文化浩劫，也迎来文化的春天，就是一部当代中华文化的复兴史。

启功的待人接物，有传统的礼貌和谦卑，有"难得糊涂"的智慧，有"金刚怒目"的原则，但启功的人生更像是弥勒开口，大度能容，笑对一切。他的善心、慈悲、诙谐、克己，打动着身边每一个人。这部影片将把启功的音容再次展现给观众，让人们感受中华博大精深的文化内涵，感受启功先生的厚德与包容，发扬精神的正能量！

风格

这是一部电影诗，是歌唱心灵的抒情片。结构穿插时空，以情绪为线索。古朴、淡雅与灵动的节奏相结合。做好造型与音乐元素，形成写意与工笔兼容的中国画表现手法。留白处，便让观众有无穷的遐想。对话凝练、幽默，令影片具有禅意的韵味，同时也是世俗的、接地气的，能与观众共鸣的。

结构

精心结构启功的人生轨迹，板块叙事，情绪推动，以启功人生中每次关键转折为戏眼，形成节奏更迭，感情变化的多彩片段，完成全片的起承转合。

表演

表现主义表演手法，塑造人物为第一要求。演员不能自然主义演自己，要设计人物心理、人物表象，确立最高任务。从动作中分析角色，设计潜意识与潜台词。追求对话性格化，根据人物提出对服装、道具的要求。熟悉布景的环境，生活在规定情景之中。

我们常说启功像苏东坡，能与社会的各阶层都能做朋友，虽为"皇亲帝胄"，却不以为自己的身份特殊，而是平易近人，了解平民的需求与爱好，没有所谓架子。启功内心细腻而敏感，能体会到周遭人的心理状态。有时候他有些孤寂，寡言少语，内心又变得深不见底，似乎产生一睹无形的墙，把自己包裹起来。出世入世间，谈笑现禅机。

在表演上，我们或者可以定位为时而"表现"，时而"体验"。

摄影与音乐（音响）

这两个部门必须密切合作，才能表现"风格"中提出的要求。作曲要先行进入，不能等片子后期。而摄影师在拍摄中要有旋律的感觉。

作曲在这部影片中要有特殊的安排，启功一生比较多有宗教色彩，为此在音乐、光影中必须有所表达。只有光影与音乐结合才会出现特殊、崇高的境界。

仪式感是摄影应追求的，凡运动必须优美庄严，不能靠惯用小技；凡主观镜头必须极具心理效果；大全景的绘画感、特写的质感不容忽视。总之，"传统的优美+灵动"，要运用音乐来辅助摄影完成画面的节奏。

美术与化、服、道

再现生活真实为第一要求，局部质感真实，要能拍大特写。景的设计必须适应室内升降横移，甚至是斯坦尼康的运动。本片将是运用调度和镜头运动完成叙事的影片。美术必须与摄影沟通，密切研究镜头走向。没有好美工，便不可能有好摄影。在搭景之前，美术、摄影与导演三位一体，共同研究后再动手搭景。化妆的性格化是一贯要求，质感也是一贯要求，不像不拍更是一贯的要求。

服装：便是质感与身份性格相符，是帮助塑造人物的手段之一。服装的色彩与景的关系，与人物气质关系，都要认真考察。服装穿在身上要像人物的，要随人而动，不能是戏袍。服装的衣角等局部地方要做特殊效果，如汗迹、油渍，符合书画家气质。

道具：也强调质感。尤其环境布置，要从人物性格出发，要量、要质，必须从人物生活情趣着眼，布置出个性。尤其小道具、手持道具，体现性格，确保真实。性格道具，更应布置得活灵活现。要过细，道具是表演最重要的帮手。

录音：音乐音响化，音响音乐化。《启功》电影以真实还原生活为主体，但必须随着人物的心理转变而设计有效的、尤其富有宗教色彩的音响，以丰富观众感受。注意表达主人翁每一场的心理变化，及所处的意境。

剪辑与后期合成：剪辑是第三度创作，有再生能力。让镜头改变面貌，借以展现奇特效果。通过长短分用，重叠重组，包括后期电脑的制作，让影片有一种印象派的情调，增加直观效果。后期有广阔用武之地，寻找可视效果与声音的结合，增加影片感染力。要做到纯净的感觉，要高境界，要深入浅出，又要具有中华文化的深刻内涵。那种跳跃式，眼花缭乱的、花哨的剪辑是要不得的。

剪辑工作是导演第二度创作，充分利用技术手段，弥补拍摄中的瑕疵，提高素材的画面质量，万变不离其宗的就是讲好故事。从光、色到氛围的营造，都要充分利用技术手段。但不是炫耀，要恰如其分。

制片

第一，摄制组成立临时党支部，选举支书和支部委员，负责管理摄制组的思想与生活。有这样的组织领导，确保拍摄质量与进度。

第二，按鲁炜同志"三服从"工作原则，早做计划，在影响拍摄之前发现问题，协同各部门的制作与创作。

第三，按投资方批准的预算，计划、支付各项开支。只能节支，不能超支，尤其必须在计划周期内完成制作，不能拖期。

第四，按国家财务制度掌控财务，不能偷税漏税，建立严格的报税制度。建立各级审批的财会制度。

第五，遵守国家法律，创造优良拍摄环境。建立合理的作息时间表，要专人负责掌握监督。剧组是一个整体，一个社会细胞，应对自己与他人负责。让摄制组保持人文创造环境，成为艺术学习和实践的现场。

2013年2月20日

Ⅱ 其他作品

▍ 用电影书写人生

口述/ 丁荫楠　采写/ 方舟

丁荫楠拍摄人生当中的第一部片子的时候已经40岁。这个时候，几乎比他小一轮的第五代导演已是蓄势待发，即便在第四代导演群中，他的年纪也明显高出了不少。一个在起跑线上就落后于他人的40岁导演在未来的艺术道路上能有什么样的作为？这恐怕是当时很多人对丁荫楠的疑惑。但是40岁却成了丁荫楠人生的发轫点，从《春雨潇潇》的顺利起步，到《孙中山》的大获成功，丁荫楠为自己赢得"电影诗人"的美誉，也在中国电影的版图上创立了自己独特的风格。

人生的第一部影片

我1966年从北京电影学院导演系毕业，1979年担任导演，拍摄了人生当中的第一部影片《春雨潇潇》，这期间隔了13年。很多人都会觉得13年太过漫长，漫长得能把一个人的理想与意志消耗殆尽，但是经历了13年等待的我并不这么认为。我觉得这13年恰好是我人生的一个重要积累阶段。

这13年中，我在广东话剧团做了五年的话剧导演，虽然大部分都是政治宣传的剧目，但是作为专业来讲，对我却是一个很重要的锻炼。1975年我被调到珠江电影制片厂。我在云南花两年拍摄了纪录片《云南野生动物考察散记》，这个漫长而艰苦的过程，则是我熟悉电影设备，了解电影拍摄的一个重要时期。

　　"文革"结束以后，我积压了十几年的创作热情被充分激发起来，整个人都充满了拍摄电影的激情和活力。当时珠影厂一共有47名导演，经历了"文革"之后，谁都想拍片子，尤其是那些年龄比较大的老导演，哪里还轮得到我。那时候，没有人相信我能拍好电影。当时我们的一个业务处长还跟我说："你还拍电影，你能把它接上就不错了。"意思是说，我能将镜头剪辑在一起就不错了。对于我而言，我必须"打败"其他46名导演，才有可能完成自己的梦想。

　　我拿出的第一个剧本是有关叶挺将军的故事。当时是一名老导演想拍叶挺的故事，让我帮他搜集资料。于是我到资料馆看了将近三个多月、两三百万字的资料，看完以后我就很有冲动地想写一部剧本。我找到了北京的好朋友、著名编剧苏叔阳，一起写出了剧本《江南一叶》。但是这个剧本拿回厂里以后却被领导压下，不能投拍。我不甘心，于是又和苏叔阳合作，由苏叔阳创作了一个剧本，这就是我的第一部电影《春雨潇潇》。

　　《春雨潇潇》取材于著名的四五运动，内容则来源于当时广泛流传的《天安门诗抄》。故事讲述了1976年清明节后，一列从北京开出的列车上，护士顾秀明护送一名重病人去某市治疗。列车忽然中途停驶，顾秀明意外地遇见她的新婚丈夫、公安人员冯春海，他正奉命前来截车，搜捕全国通缉的"反革命分子"陈阳。从通缉令上，顾秀明认出她护送的病人就是被通缉的陈阳，她决心保护这位英雄，最后终于说服了丈夫，帮助她安全送走了陈阳。

　　《春雨潇潇》是"文革"后当时电影界普遍流行的"伤痕电影"的典型代表，反思和批判是电影的基本主题，但是因为加入了追捕的情节，所以影片还是具有很强的可看性。这部影片拍摄出来之后，很多人都感觉故事好看之外，还有一种诗的意境。我想这就是后来人们对我的电影总结的"诗化"风格的萌芽。

　　比如在电影的结构上，我有意识强化感情线索的抒情因素，而没有过分沉迷于追捕线索的惊险。整部电影是以顾秀明和公安人员冯春海这对年轻夫妻之间的冲突为中心的。在掩护和追捕的动作线索后面，潜伏着一条时断时续的夫妻感情线索，甚至有的场面情感的抒发淹没了掩护或追捕的动作线索，而故事仍然吸引人看下去，就全凭着夫妻线索的连贯。

同时我借助于"春雨潇潇"这一个具体意象展现了我们国家在这段阴云密布的日子里政治生活的严酷与紧张。同时，"春雨"既隐喻着愁情哀怨，又孕育着万物生机，正和剧本的主题、情节、政治背景相呼应，构成一幅富有形象寓意的抒情画卷。

一般来讲，一个追击类型的电影，更多的是强调故事本身的连贯性、剧情的冲突性等外化的因素。尽管《春雨潇潇》本身是一部情节动人的影片，但是影片并没有过多地渲染这些因素，我要讲的反而是发生四五运动时那种整个中国土地上普遍存在的压抑的沉重心理，所以我有意识地渲染了"春雨"这一意象，电影中的很多情节都是在春雨的弥漫中进行的。《春雨潇潇》公映以后，很多人都对影片独特的风格表示了肯定。为什么会有这样的风格？我想可能和我在电影学院的学习有关。那个时候，我们所用的教材基本上都是苏联五六十年代的电影理论，借鉴于普多夫金、爱森斯坦、杜甫仁科等电影大师的经验。印象最深的就是杜甫仁科的作品，思想内涵丰富，主题意念多角度，有诗的意境、诗的激情，能感染观众，唤起观众的多种感觉，而不是仅仅停留在讲故事上。我不自觉地受到了他的影响，从电影戏剧的规范中解脱出来，寻求电影本性的真正解放。

我的半自传体影片

《春雨潇潇》获得了当年的文化部青年创作奖，但是我认为，《春雨潇潇》只是别人的故事，我只是做了一个故事的讲述者而已。在我看来，一名导演应该和一个文学家一样，文学家用文字来表达自己对世界的看法，电影导演就应该运用电影的手段来表达自己的理念、自己的哲学思考、自己对世界的理解。在经历了13年的艰辛等待之后，我心中的创作欲望简直不可遏制，在《春雨潇潇》开启了我的导演之路后，我要拥有一部真正属于自己的电影，我需要用电影来表达自我。《逆光》就是在这样的思想主导下产生的一部电影。

《逆光》通过编剧苏平的回忆，讲述了80年代在上海造船厂做工的三对年轻人之间的故事和经历，表现他们处于精神和物质双重世界的痛苦抉择，以及爱情和理想之间的矛盾冲撞。尽管这是一个虚构的故事，但是实际上却是一部我的半自传体电影。之所以这么说，是因为片中的主人公廖星明和我的经历有太多相似的地方，这部电影的核心要表现的是一个处在社会底层的青年的奋斗历程。

造船厂钳工廖星明，从小生长在棚户区。十年动乱中，他在剧作家苏平和江老师的启发诱导下抓紧时间学习，努力掌握文化知识。他和出身干部家庭的夏茵茵相爱了，但受到世俗门第观念的非议和阻挠。廖星明勇敢地接受了这个挑战，他同夏茵茵一起，冲破阻力，结为夫妻，在困难的生活道路上一起扬帆奋进。

廖星明的妹妹廖小琴却是另一种类型，她思想单纯，没有理想，经不住金钱的强烈诱惑。她不假思索地收受了小齐的1000元钱，听从他的花言巧语，答应冒充小齐的女朋友，让他海外的姑妈过目。最后，她索性抛弃了纯朴的男友黄毛，投入了小齐的怀抱。

造船厂的电工姜维，其父在海外经商。他不学无术，玩弄生活，他嘲讽相貌一般的徐珊珊对他真诚的爱情。在爱情方面受到挫折和伤害的黄毛和徐珊珊，在共同的劳动中为彼此的美好心灵所吸引，不久相爱结婚。

当时我遇到编剧秦培春，他告诉我说，他正在写一个上海"下只角"的故事。在上海，"上只角"指淮海路，富人区；"下只角"指苏州河畔，穷人区，就是棚户区，是两个完全不同的世界。我正好是在天津棚户区长大的，而秦培春也是在上海棚户区长大的，所以他说他要写这样一个故事的时候，我就非常感兴趣。一个普通的贫民孩子，怎么能够自己奋斗出来啊？怎么能够进入知识分子这个阶层啊？周围的爱情，周围的事物，是怎么样的艰难啊？这些感受，我深有体会。我正是要通过廖星明这个人物把这些体会和感觉准确地传达出来。

经过《春雨潇潇》之后，我认真总结了拍摄经验。在《春雨潇潇》放映的时候，我还一起陪观众看片，并且听取他们的意见。观众对于影片中"雨"的感受之深出乎我的意料。为什么作为环境衬托的雨会有如此大的号召力？我想正是因为"春雨"传达出当时压抑的政治气氛，并且象征了未来的希望所在，所以才引起了广大观众的共鸣。从这一点出发，我认识到，电影和其他姊妹艺术一样，除了内容之外，还必须要向观众传达一种信息，唤起欣赏者的一种感觉。影片所有的宽广的艺术内容必须和影片特有的声画手段结合起来，才能传达出富有思想内涵的感觉，达到发人深省的目的。

《逆光》以夹叙夹议的形式，以苏平回顾自己所创作的一个剧本的内容，完成故事的叙述。为能达到影片思想深刻的目的，我在电影的整体形式上还是下了一番功夫。我没有延续一般的起、承、转、合这种最常用的戏剧结构，而是采用了"时空交错"和"虚实结合"的手法。

我将全片的结构分为三个时空关系：现在时、过去时和回忆时。第一时空就是现在时，全部以南京路各路口的公共汽车上以及转换站为背景，以苏平回忆为主要内容，位于全片的头、中、尾三个位置，我把它叫做"生活的远征"。第二时空是过去时，集中描写了三对青年的工作、生活、思想、感情。它处于全片中间的两大段，我把它命名为"生活的闪光"。第三时空是回忆时，就是插在第二时空中的三段短回忆。这三段回忆的重点不是情节的交代，而是意念与情绪的渲染。

《逆光》事件线索较多，人物也多，甚至每个人物都可以单独拎出来写一个戏。然而，只让这些人物在全片中画下许多线，交织着向前延伸，而画下的线有实有虚：实线是银幕上表现出来的，银幕后还有一条虚线。这样便形成了一种内涵，引导观众去思索、琢磨，从而增加影片诗的储蓄性。

在拍摄《逆光》的过程中，我还有意识地把它拍成一幅上海风情画，比如影片一开始，就是早晨群众在雨中挤电车的情景，打破了观众看影片等情节、等人物出场的习惯，用一系列真实的生活图景、生动的生活现象，使观众有身临其境的感觉。比如，我还有意识地运用了一些典型性的音响，像马路上车辆、人声、拍打车门以及售票员喊声的混响，海关大钟长鸣和雨声的结合，石子路上的脚步声与弹棉花声的结合等等。

在《逆光》的拍摄过程中，我一直强调要精益求精。比如第一时空"生活的远征"，为了强调抒情性，我们全部设计在细雨蒙蒙的气氛中，春雨中一派生机，雨中刚刚发芽的绿色小叶儿，一层绿色的雾笼罩着上海城。当时在上海拍摄的时候，雨非常少，由于天气冷，梧桐树也总不抽芽，我们咬着牙等待着，一直到梧桐树叶长到五分钱硬币那样大，一场透雨过后，我们才抢拍成功。

《逆光》上映以后，很快便掀起了观影热潮，尤其在大学生中间，更是展开了对主人公们的选择的广泛探讨。我记得有一次在高校放映《逆光》后，全场起立鼓掌。直到现在，很多观众见了我，知道我是《逆光》的导演后还热烈拥抱我。

《逆光》对我个人影响非常大，它标志着我的电影语言的成熟，电影思维的建立，奠定了我的电影美学基础。《逆光》在日本放映时也受到热烈欢迎，影评家佐藤忠男说："丁荫楠是一个很有野心的导演。"

开启人生的另一个局面

在我的电影作品中，历史人物占了一大半，和之前的影片相比，这算是一个非常大的转折。对于我而言，这个转折的发生完全是无心插柳的结果。事情要追溯到1983年的珠影厂。

当时，珠影厂长孙长城正在积极筹备拍摄影片《廖仲恺》。当时的想法是，《廖仲恺》由珠影厂自己制作，由厂里的导演陶金导演，但被夏衍否定了，他说："你们珠影厂做不了，你们这么一个小厂子能拍大片子吗？你们肯定拍不了。我给你派一个大导演，汤晓丹。"汤晓丹来了，当然得带自己的班子啦。问题是，主创虽然不是我们，可是整个队伍是我们珠影厂的。当时，孙长城觉得很憋气。他说："这叫什么！我们自己还要拍一个大片！我们都得姓'珠'！珠影厂的导演，珠影厂的编剧，珠影厂的摄影。"于是在《廖仲恺》之后，他制定了拍摄影片《孙中山》的计划。挑来挑去，最后他把这个任务交给了我。

我当时听了非常激动。我意识到，通过拍这样一部巨片，可以锻炼自己驾驭大题材的魄力和能力，可是，心里实在又有点打鼓：这个题材太大了，我的历史知识又少得可怜，实在有点摸不到边。但是想到领导这么热心信任我，我还是接下了这个任务，不过我向厂长提出了几个要求：第一，我自己请美工师；第二，自己请编剧并参加；第三，拍摄过程中，怎么想就怎么拍。孙长城当时就说："你怎么做我怎么支持你！"

因为要争一口气的缘故，珠影对这部片子非常重视。筹拍之初，厂里就给了六万美金，让我沿着孙中山的路走一下，搜集素材。于是，我带着这六万美金，和摄影王亨里、美术闵宗泗、制片主任李榜金一起从澳门到香港到日本再到夏威夷，转了一大圈，包括访问相关人士、参观故居、收集资料等等。1984年6月，我组成一个剧本创作集体，开始我就声明："我不挂名，不拿稿费，但是本子一定要按照我的想法去写。"

可以说，《孙中山》这部戏是对我意志力的一次考验。我们厂决定上这部片子时，厂里80%的领导和职工表示反对，有人甚至讽刺孙长城是"更年期"。我是头一回拍这么大的片子，艺术上走的是一条没有经验的路，心里不是很有把握。此外，统帅150人的摄制组，处理错综复杂的矛盾，也并非轻而易举。再加上资金筹备方面遇到的挫折，影片几乎面临下马的危机。整个拍摄期间，我就像举着沉重的杠铃，好几次觉得实在坚持不下去了，一咬牙又挺过来了。

1986年，《孙中山》上映后获得了好评。获得了第七届中国电影金鸡奖最佳故事片奖、最佳导演奖、最佳男主角奖等九个奖项，并获得了第十届大众电影百花奖最佳故事片奖，以及广电部的优秀影片奖。《孙中山》可以说是对我的一次从思想到意识的全面检验，同时它也开启了我的历史人物传记影片的拍摄路程。此后的《周恩来》《邓小平》《相伴永远》《鲁迅》都是在这条路上的延续。

（原载《大众电影》2007年18期，收入本书时有删节）

我的电影梦

丁荫楠

梦的缘起

我最早是一个业余话剧演员，也是受我哥哥的影响，喜欢话剧，就参加了北京市工人业余话剧团，就是吴雪、金山、白凌等老前辈组织的一个业余话剧团。我参加了活动，不断受到当时是大师级的艺术家们给我的影响，那时候的艺术家对业余的年轻人特别热情。我参加话剧团是1959年，他们鼓励我，一定要去考学校，做个专业的演员。我去考学校的时候，有一个叫李维新的导演说，你当演员条件不好，不如去试试考电影学院或者戏剧学院的导演系。导演是电影灵魂，你要成为导演了，比做一个演员要了不起得多。其实当时的我的目的就是想要改变命运，要上大学，虽然对电影导演的概念还是很模糊，但我还是听了他的建议，去考电影学院。这里要特别感谢导演系的周伟老师，当时录取我的时候，有人反对，说我的文化课考得不及格，周老师说，"我觉得他有希望"。一共收了四个人带职生，那时候有淘汰制，一年一甄别，三年都及格了，才能正式留下来继续学习，所以我特别刻苦努力学习，补落下来的文化课。我们班14名学生，共淘汰了四名。我非常感谢电影学院培养了我，使我具备了一个专业的技能，我才能踏上这条电影之路，作为我终身的职业。

梦的追逐历程

1975年我调到珠影。我特别感谢珠影厂的领导孙长城，他对我有很大的培养，应该说没有孙长城的支持，我拍不成后来《春雨潇潇》《逆光》《他在特区》《孙中山》《电影人》，这几部奠定了我中国第四代导演的位置。因为当时珠影能拍电影的机会不多，导演却有40几位，什么时候才能轮到我呢？当时的我十分卖力，40岁了还做场记，别人不想去云南拍野生动物考察纪录片，由于当时条件很艰苦，要到海拔5000米的原始森林里拍，很多人都害怕危险，推掉了，只有我勇敢地接受了这个任务。由于我的表现突出，获得了厂长孙长城的赏识。1979年，我和胡炳榴合作执导了《春雨潇潇》，获得了全国第一届青年电影创作奖。奠定了我作为导演的第一步。

1980年我拍了第二部电影《流星》，结果却被枪毙了。因为电影中表现了一尊南丁格尔的雕像，而护士南丁格尔具有国际主义精神，不分敌我都救护，是讲所谓"人性"，所以被认为是资产阶级自由化的表现，当时政治环境还是很"左"的。其实这个电影只是一个爱情故事，作者是李威仑，就因为当时中央出了七号文件，要"清除精神污染"，认为我的片子有"自由化"倾向，我已经拍了99%的内容，快拍完了，剪了九本样片。当时，我们厂的党委书记蔡辉就坚决地枪毙了这个片子。最可惜的是把拷贝给烧了，如果不烧，现在还可以播放。最惨的是李威仑，当了一辈子编剧，一辈子没拍过电影，唯一的一次机会，从此之后再也没有了。我整个人陷入了从未有过的痛苦，精神都有些快要发疯了，逢人就说，自己的片子没有问题，为什么会被枪毙，很不能理解。就在我人生低谷的时候，孙长城鼓励我

◎ 丁荫楠与《逆光》主演郭凯敏（左二）等合影

说，放下《流星》，做《逆光》，编剧秦培春有一个本子，写一个年轻人在改革大潮中如何奋发的故事，这是一部宣扬民族自尊心的影片。听到这个，我立刻就从情绪的低谷走了出来，立即把秦培春请来，我们俩一块说服蔡辉党委书记，找来当时珠影最好的摄影师魏铎来掌镜，还有当时最火的男演员郭凯敏、女演员吴玉华。在上海连续奋战了半年，从春天拍到夏天，当时很多上海影人看了都觉得奇怪，为什么丁荫楠能把上海拍得那么有味道。《逆光》得了一个金鸡奖最佳摄影奖，在艺术上取得了很好的成绩。

梦的奋斗目标

因为有《逆光》的成功，孙长城对我很信任，他说，我们珠影厂一直想当大厂，得出作品。老孙说我得拍一部全得姓"珠"的电影，编剧、导演、摄影、美术，都得姓"珠"，检验一下珠影厂行不行，在这个背景下，所以请我来导，我知道拍政治性的伟人电影特别难，因为关注这个电影的人太多了，到处都是提意见的。所以我和孙厂长说："导这个戏，在艺术上不能够有任何干涉，你不能管我，我想怎么拍就怎么拍。"老孙说："你怎么拍，我怎么支持你。"为了了解孙中山，孙厂长花了六万美金，让我们主创人员沿着"孙中山的人生路"，从广东翠亨村到美国夏威夷，再到南京、北京……全国各地走了一圈。当时的六万美金不算少，走了一圈下来以后，突然燃烧起我对孙中山的崇敬之情。我们在学校里就十分崇拜苏联的史诗电影《海之歌》《战舰波将金》《战争与和平》等。史诗电影在我心里始终是一个情结，而且我热爱孙中山那种"越挫越奋，越战越烈"的奋斗精神，伟人这种丰富的经历，卓越的智慧，伟大的壮举，对我的心灵有了强烈的撞击，我的梦想就是要拍出中国的史诗电影。真是太好了，正是我施展的时候，所以我下定决心一定要拍好史诗伟人影片《孙中山》。后来经历了从筹备到拍摄，三年艰苦的漫长过程，在孙长城的全力支持下，《孙中山》这部电影取得了空前的成功。一上映就产生了轰动的效果，获得第七届金鸡奖最佳故事片奖及最佳导演奖等八个单项奖，以及第十届百花奖最佳故事片奖等多项大奖。这成为我后来拍摄伟人传记片的发端。

1990年我又拍摄了《周恩来》，影片上映后更是空前轰动，不仅获奖，在票价为两元的时代还创下了两亿多元票房。后来我形成了一个信念：一个人不可能做很多事，能做好人物传记影片、反映中华精英的影片也是很有价值的。自此树起"拍摄伟人影片"的品牌。 到后来，我又接连拍出《邓小平》《鲁迅》《相伴永远》等一系列伟人人物传记片，确立了我在中国人物传记片类型的影坛地位。

一个导演的成长是很不容易的，他需要一个强有力的助力，才能得到好的机会施展，这个助力不光有电影厂、制片人，还要有国家的支持和党的关怀爱护，没有这些条件，我也不可能拍出这些伟人电影。

我今年已经75岁了，从1961年9月考入北京电影学院学习电影导演开始，我有幸在中国电影百年的历史中度过了52个春秋。这是我一生中最美好的时光，岁月短暂而漫长，我从来没有一刻动摇，不敢怠慢地劳作着。

我依然，保持着对电影的痴迷与崇敬之心，就像第一天踏进北京电影学院大门时的心情一样。

我依然，崇拜着为中国电影的发展与进步做出不朽贡献的一个个光辉的名字。

我依然，沉醉于创作的激情之中而没有丝毫虚情假意。

我依然，怀着极大的好奇心，去发现不断更新的电影理念，紧跟上迅跑中的电影脚步。

我依然，不会忘记在我的电影生命中，一次次给过我帮助与合作的国家领导人、投资人、艺术家、专家及许多朋友们。

我依然，走在通往外景地、摄影棚、剪接室、录音棚、电脑特技车间、试映厅的路上……

我依然，继续着我的电影梦……

2013年8月25日

附　录

丁荫楠艺术年表简编
（1938—2017）

1938年（出生）

10月16日（农历）出生于天津市王庄子祖屋，时遇天津水灾，一家人爬上屋顶避水，险遭不幸。

1945年（7岁）

9月，入读天津市第七区中心小学。

1952年（14岁）

小学毕业，考入天津耀华中学初中部。参加少年先锋队。

1955年（17岁）

在耀华中学（后改为天津市第十六中学）组织红领巾话剧团演出的儿童剧《中队的荣誉》中饰演中尉军官；在由《铁道游击队》小说改编的独幕剧中饰演游击队员；在哥哥带领下观看天津人艺演出的《尤利斯》《契科夫》和《雷雨》等话剧。

是年初中毕业考入天津师范学校高中部。因哥哥反对，未到师范学校报到。参加中国共产主义青年团。由于家境贫困，由表姐介绍参加工作。

1956年（18岁）

9月，到北京医学院生化系任教学辅助技术员，帮助安排教学实验器材，辅助教授做实验研究工作。

1958年（20岁）

5月，下放北京清河参加农业劳动，监督右派改造，大炼钢铁，深翻土地。

1959年（21岁）

10月，因劳动损伤腰部，得腰椎间盘突出症，返回医学院治疗。同时调入北京医学院第一附属医院化验科学系临床化验中心，卫生学系成立后，又被调入卫生学系做化学实验技术员，后又参加北京西城业余话剧团，参加演出抗日剧目。

1960年（22岁）

9月，参加北京市工人业余话剧团。北京青艺吴雪、白凌为辅导老师。参加青艺演出，充当群众演员。并参加排演话剧《北大荒人》，扮演农场场员。同时每天上夜校补习高中课程，而后考取高中同等学力资质。

1961年（23岁）

9月，中央下达政策，号召在职干部考大学，提高文化修养，有利于社会主义建设。遂以调干身份考入北京电影学院导演系学习。当时学校有甄别制度，每学年考核一次，不及格者退学。调干助学金每月27元，五年完成学业。

1966年（28岁）

毕业于北京电影学院导演系。恰逢"文化大革命"，以大学毕业生资格在校每月领取56元工资。

1968年（30岁）

与中国音乐学院钢琴系助教李汉文结婚。

被北京电影学院工宣队分配去广东参加工作。到韶关机务段体验生活，跑车烧锅炉。到乐昌体验"农业学大寨"，在缺水村第一次体验到无水之苦。先后编导排演了独幕剧《银锄战》《进仓之前》，及多幕话剧《红色火车头》。

1975年（37岁）

中央下达干部政策，干部专业归口，遂调入珠江电影制片厂摄像队工作。编导了《潮汕抽纱》《广东民间工艺》《云南野生动物考察散记》等纪录片、科教片。获得珠影厂领导及社会认可，其中《云南野生动物考察散记》还得到国际电影节好评。

1976年（38岁）

"文革"结束，珠江电影制片厂开始投拍故事片。被分配到导演陶金处担任场记工作。参加《野马河之歌》的筹拍工作，该片后因种种原因均未能完成摄制。

1977年（39岁）

5月，分配到陈岗导演处做场记，参加故事片《春歌》的创作活动。影片年底摄制完成。

1978年（40岁）

6月，为伊琳导演做助手，阅读叶挺生平资料，与苏叔阳合作创作传记电影剧本《江南一叶》。因被卢怡浩厂长否决，最终没有投拍。

1979年（41岁）

与胡炳榴联合导演故事片《春雨潇潇》，获得全国青年创作奖（50名之一），获奖金50元。

1980年（42岁）

与曹征联合导演《流星》，后因中央七号文件的下达，厂领导决定停拍。拍摄未完成，底片也被销毁。

1982年（44岁）

独立执导的故事片《逆光》获金鸡奖最佳摄影奖。
成为中国影协广东分会会员。

1984年（46岁）

独立执导鲁彦周编剧的故事片《我要飞》，后改名《他在特区》，于深圳蛇口开发区拍摄。影片以蛇口开发区总指挥招商局董事长袁庚为创作原型，受到开发区大力支持。主演为李维新、李雪红夫妇。

开始接受珠影厂领导孙长城分配的拍摄任务。参加传记故事片《孙中山》的导演和编剧工作，历时三年。

1986年（48岁）

7月15日，光荣加入中国共产党。

是年，电影《孙中山》全国上映。该片获得第七届金鸡奖最佳故事片奖、最佳导演奖、最佳摄影奖、最佳美术奖、最佳男主角、最佳服装、最佳道具、最佳剪辑、最佳音乐九个奖项。并获国家广播电影电视部1986—1987年优秀影片奖。

1987年（49岁）

《孙中山》获第十届大众电影百花奖最佳故事片奖，获第三届广东省鲁迅文艺基金一等奖。

1月，被任命为中国政协广东省第六届委员会委员。8月，被授予"广东省职工先进生产（工作）者"称号。

1989年（51岁）

为安徽电视台执导七集电视剧《廖承志在追忆着》。由此结识王铁成，起意拍摄电影《周恩来》。

1990年（52岁）

开始创作电影《周恩来》，由广西高鸿鹄厂长挂帅，夫人黄味鲁任剧本编辑，由广电部电影局滕进贤局长和中国电影发行总公司胡健总经理支持，在中共中央文献研究所金冲及主任指导下参加编导工作。

由高级职称评审委员会评定为国家一级导演。

1991年（53岁）

《周恩来》上映。

获"广东省宣传系统优秀党员知识分子"称号。获国务院特殊津贴。

1992年（54岁）

《周恩来》获国家华表奖最佳故事片奖，第12届中国电影金鸡奖故事片特别奖、最佳男主角奖，第15届大众电影百花奖最佳故事片奖、最佳男主角奖。

随大陆电影代表团访问台湾，两岸首次电影交流，并有幸与张学良将军会面。

获"广东省优秀中青年专家"称号。

获中国大陆孙中山研究优秀成果奖文艺奖，奖金1.2万元。

获国务院特殊津贴。

1993年（55岁）

选为中国政协广东省第七届委员会委员。

拍摄以河南刘庄先进人物史来贺书记为创作素材的电视剧《农民的儿子》，获电视剧飞天奖二等奖。

1994年（56岁）

筹拍电影《隋炀帝》，剧本由丁家桐创作完成。演员确定由国际影星尊龙出演，但该项目由于投资方资金断裂而搁浅。

1995年（57岁）

筹拍电视剧《商旗》。

10月，任第15届中国电影金鸡奖评委委员。

1996年（58岁）

协助拍摄一部由台湾制作的言情电视剧《欢喜人家》，与郎雄、归亚蕾合作。

为湖南电视台拍摄农村电视剧《乡里乡亲》。

12月，任中国文联第六届全国委员会委员。

1997年（59岁）

为北京电影制片厂拍摄电影《黄连·厚朴》。

1998年（60岁）

出任电视剧《郭兰英》总导演。

1999年（61岁）

拍摄40集电视剧《海瑞》。

2000年（62岁）

拍摄电影《相伴永远》。该片获第七届中国电影华表奖优秀故事片奖、最佳男主角奖、最佳剧本奖，第21届金鸡奖最佳女主角奖、最佳美术奖，大众电影节组委会大奖。

出任中国电影家协会副主席。

2001年（63岁）

在珠影创作筹拍《邓小平》，参加编剧、导演工作。

2002年（64岁）

《邓小平》拍摄完成，全国公映。获第九届中国电影华表奖优秀故事片二等奖，第26届大众电影百花奖最佳故事片、最佳男演员，第23届中国电影金鸡奖最佳故事片奖提名、最佳男演员提名、最佳化妆奖，组委会特别奖，大学生电影节组委会特别奖。

出任第七届中国文联全国委员会主席团副主席。

2003年（65岁）

筹备电影《梅兰芳》《鲁迅》，电视剧《李少春》《神医喜来乐》《老子》。

2004年（66岁）

执导电影《鲁迅》，与濮存昕、张瑜合作。

2005年（67岁）

《鲁迅》在上海国际电影节作为开幕影片首映。

剧本《梅兰芳》获中国电影华表奖夏衍电影文学三等奖。

12月8日，在纪念中国电影百年盛典中被评为"国家有突出贡献的电影艺术家"（共50名）。

2006年（68岁）

出任中国文联第八届全国委员会主席团副主席。

筹拍天津电视台的戏曲电视片《凤阳情》。该片获电视飞天奖戏曲片一等奖。

2007年（69岁）

拍摄数字电影《和平将军陶峙岳》。

出任长春国际电影节评委主席。

筹备拍摄电视连续剧《传奇福贵人》。

2008年（70岁）

出任电视连续剧《澄江情》总导演。

2009年（71岁）

筹备戏曲电影《响九霄》。由裴艳玲主演。该片获第28届中国电影节金鸡奖最佳戏曲片奖，获中宣部2009年度"五个一工程"奖。

2010年（72岁）

筹备电影《中英谈判》《孟姜女》，终未果。

2011年（73岁）

与丁震联合执导电影《左利军》。该片获金盾影视奖二等奖，并入选建党90周年献礼影片。

2012年（74岁）

筹备电影《启功》。

2013年（75岁）

筹备电影《启功》。

拍摄微电影《启功轶事》。

《启功轶事》获第一届亚洲微电影节金海棠奖、央视微电影最佳制作奖。

电影《启功》剧本获北京市影协杯剧本二等奖。

2014年（76岁）

电影《启功》开拍。

2015年（77岁）

电影《启功》在北京电影学院首映。该片获北京国际电影节民族电影展金杉叶奖、中加国际电影节最佳导演奖。

2016年（78岁）

获巴黎中国电影节最佳青年导演。

策划电影《林巧稚》《歌唱祖国》。

2017年（79岁）

巴西圣保罗中国电影节电影《启功》巡展。

参加央视国际台《中国文艺》栏目。

参加北京科教频道《记忆》栏目。